BASTEI LÜBBE TASCHENBUCH

Weitere Titel der Autorin:

Der schwarze Wikinger

Titel in der Regel auch als E-Book erhältlich

Über die Autorin:

Shirley Waters hat unter anderem Namen bereits diverse Bücher veröffentlicht, ihre wahre Liebe gilt aber dem historischen Liebesroman. Besonders die Wikinger faszinieren sie, und daher macht sie diese wilden Krieger zu den Helden ihrer Geschichten. Die Autorin lebt und arbeitet in der Nähe von Mainz.

Shirley Waters

WIKINGER-FEUER

Roman

BASTEI LÜBBE TASCHENBUCH

BASTEI LÜBBE TASCHENBUCH
Band 16 860

1. Auflage: September 2013

Dieser Titel ist auch als E-Book erschienen

FSC
www.fsc.org
MIX
Papier aus verantwortungsvollen Quellen
FSC® C014496

Originalausgabe

Dieses Werk wurde vermittelt durch die
Literaturagentur Schmidt & Abrahams
www.schrift-art.net
Titelillustration: © Agentur Schlück/John Ennis
Umschlaggestaltung:
Pauline Schimmelpenninck Büro für Gestaltung, Berlin
Satz: Urban SatzKonzept, Düsseldorf
Gesetzt aus der New Caledonian
Druck und Verarbeitung: GGP Media GmbH, Pößneck
Printed in Germany
ISBN 978-3-404-16860-6

Vieles erwähnt' ich,
mehr noch weiß ich;
Wisst und bewahrt es;
wollt ihr noch mehr?

Unbekannt,
aus der älteren Edda

I.

GEFANGEN

1.

»Halt durch, Junge! Halte durch!« Rouwen murmelte die Worte immer wieder, während die Wellen mit furchtbarer Gewalt gegen das Schiff brandeten und es erbeben ließen. Das Seil drohte ihm aus den Händen zu gleiten, bevor es ihm endlich gelang, es um seine Mitte zu knüpfen. Dann warf er sich nach vorne. Die Zeit, den Knoten fest anzuziehen, hatte er nicht. Der würde sich straff ziehen, wenn sich das Seil spannte. Wenn nicht, wäre es sein Tod.

Kopfüber schlitterte er das steil aufgerichtete Deck hinunter. Das Seil, das er am Fuß des gebrochenen Mastes festgemacht hatte, hielt ihn mit einem Ruck auf.

»Gib mir deine Hand, Elric!«

»Meister.« Im Tosen eines sturmgepeitschten Meeres war der Junge kaum zu hören. »Ich kann nicht.«

»Du kannst!«, brüllte Rouwen und reckte eine Hand nach seinem fünfzehnjährigen Knappen. Er, Rouwen von Durham, Sohn eines reichen Earls und zugleich Armer Ritter Christi vom Tempel Salomons, würde dafür sorgen, dass sein Schützling auch diese letzte Schlacht, die sie mit dem entfesselten Nordmeer schlugen, überstand. Es konnte nicht sein, dass sie beide nach den Jahren des Kämpfens im Heiligen Land jetzt ein so schmählicher Tod ereilen sollte. Auf ihrer Heimreise! Es *durfte* nicht sein!

»Du kannst!«, rief er noch einmal, diesmal weniger laut, doch drängender. Er flehte zugleich zu Gott, nicht so grausam zu sein.

Nasse Strähnen bedeckten Elrics hageres Gesicht. Dahinter waren die ohnehin großen Augen vor Todesangst geweitet. Ein Blick lag darin, den Rouwen in der Schlacht schon oft gesehen hatte. Wenn ein Mann erkannte, dass er sich einem Stärkeren ergeben musste.

»Eine Hand nur, Elric ...«

Seine eigene schwebte nur Fingerbreiten von Elrics rechter Hand entfernt, die sich an die Kante einer geborstenen Planke klammerte. Das scharfe Holz hatte seine Haut aufgeschlitzt, und das Blut vermischte sich mit dem Seewasser, das beständig darüber schwappte. Die Linke hielt ein Tau, doch das drohte jeden Augenblick zu reißen. Das eiskalte Wasser ließ Elrics Kräfte schwinden. Längst waren seine Lippen blau, das Gesicht kalkweiß. Und die Augen seltsam dunkel, gleich einem Geistwesen.

Wenn sich das verfluchte Schiff doch aufrichten würde! Um sie tobte der Sturm, doch die *Martin von Tours* lag beinahe ruhig auf der kochenden See. Sie war mit einem heftigen Ruck, der Rouwen hatte glauben lassen, seine eigenen Glieder würden bersten, gegen einen Felsen gerammt und saß nun stark krängend fest. Dass irgendwo hinter ihm – vielmehr über ihm – die Besatzung der Handelskogge ihren eigenen Kampf gegen den Tod ausfocht, nahm er nur am Rande wahr.

Rouwen streckte sich noch ein Stück. Fast konnte er die Fingerspitzen des Jungen berühren. »Elric, du gottverfluchter Dummkopf, in der Hölle sollst du schmoren, wenn du mir nicht deine verdammte Hand entgegenstreckst. Deine Hand, Elric. *Jetzt!*«

Plötzlich lächelte der Knappe und sein Gesicht nahm den tadelnden Ausdruck an, den Rouwen schon tausend Mal an ihm gesehen hatte. Doch diesmal entsetzte es ihn. »Herr, Kaplan Heward hat doch gesagt, Ihr sollt nicht fluchen, wenn Ihr nicht in die Hölle kommen wollt.«

Die Finger lösten sich, glitten über das Holz. Nicht weil Elric nach Rouwens Hand zu greifen versuchte – die Kräfte verließen ihn.

Und plötzlich war nur noch dichte, weiße Gischt dort, wo eben noch sein Kopf gewesen war.

»Nein!«, schrie Rouwen. »Elric, nein! *Nein!*«

Die Zeit stand still. Das Meer, obschon es wild kochte, hörte er nicht mehr. Er starrte auf die Stelle, an der er Elric zuletzt gesehen hatte. Wartete, dass er wieder auftauchte. Und begriff langsam, dass das nicht geschehen würde.

Man sagte, die Nähe des Todes brächte Bilder eines vergangenen Lebens, und so ging ihm durch den Kopf, wie Elric vor Jahren in seine Dienste getreten war, als ein fröhlicher, stets zu Streichen aufgelegter Junge, und wie sich Ernsthaftigkeit auf seine schmalen Schultern gelegt hatte, während er seinem Herrn ins Heilige Land gefolgt war. Wie das Lachen immer seltener gekommen war. Stattdessen stumme Verzweiflung und Angst, zuletzt als sie von den Heiden auf den brennenden Feldern von Hattin umzingelt worden waren … Und nichts blieb nun, nicht einmal ein Andenken, das Rouwen den Eltern des Jungen geben konnte.

Verflucht!

Irgendwann hörte Rouwen eine Stimme, die ihn ermahnte, wieder das gekippte Deck hinaufzuklettern, dorthin, wo die aneinandergebundenen Truhen und Fässer des Händlers mitsamt dem gefallenen Rahsegel ein Wirrwarr ergaben, das irgendwie Halt bot. Rouwen erklomm Handbreit um Handbreit das Tau, während seine Gedanken in ihm tosten wie das Meer. Warum strafte Gott den jungen Elric statt ihn? Weil das Weiterleben die größere Strafe war?

Gerard, der franzische Händler, der nach ihm gerufen hatte, hatte die feisten Arme um ein Fass mit gutem Frankenwein geschlungen und betete. Von der restlichen Besatzung sah Rouwen kaum mehr als Schemen in den Wolken der Gischt. Welle um Welle schlug auf den Schiffsrumpf nieder, peitschte in sein Gesicht wie ein Pfeilhagel und riss die Tränen fort. Er ermahnte sich, sich um sich selbst zu kümmern, und band das Tau, das er am Maststumpf festgemacht hatte, noch um eines der Fässer. Jetzt wäre Zeit zum Beten, sagte er sich, doch ihm wollte nichts einfallen. Sein Rosenkranz wäre vielleicht eine Hilfe, hätte er ihn nicht längst verloren. Seine Gedanken trieben dahin, und irgendwann stellte er fest, dass einige Zeit vergangen sein musste, denn der Sturm ließ nach.

»Wusste ich doch, dass es sich eines Tages auszahlen würde, das Schiff nach dem Schutzpatron der Kaufleute zu benennen.« Gerard, immer noch an sein Fass geklammert, lachte, und es klang ein wenig irr. »Fast meine ganze Ware ist weg, ich bin ruiniert. Aber wenigstens leben wir noch.«

Rouwen sah sich nach dem Rest der Mannschaft um. Zwei Schiffsleute klammerten sich an die geborstenen Planken; ein von Gerard angeheuerter Söldner hielt sich an der Takelage des zerstörten Mastes fest, und dann war da noch ein Sergent des Templerordens, der im Heiligen Land unter Rouwen gedient hatte.

Sechs Seelen hatten den Sturm überlebt; zehn waren demnach über Bord gegangen. Rouwen löste das Seil und kletterte zum höchsten Punkt des Decks, um das Meer überblicken zu können. Mit der Linken hielt er sich an der Reling fest; die andere Hand tastete gewohnheitsmäßig nach seinem Messergürtel über der nassen Lederhose. Seine gesamte Ausrüstung lag wahrscheinlich längst auf dem Grund der See. Aber wenigstens ein Brotmesser, eines zur Jagd und eines zum Kämpfen hatte er noch.

Während er den Blick über die weißen Schaumkronen auf den allmählich ruhiger und kleiner werdenden Wellen schweifen ließ, verdrängte er die Gedanken an Elric und die anderen Toten. Auch die Frage, ob es ein Fehler gewesen war, so früh im Jahr nach Hause zu wollen, stellte er zurück – *diese* Milch war vergossen. Den Winter hatten sie an der franzischen Küste in einem erbärmlichen Nest verbracht; er hatte das Warten nicht mehr ausgehalten ...

Jetzt galt es zu überleben. Nur wie? Den Horizont verdeckten Wolken, so tief und grau, dass man glauben mochte, dort oben befände sich ein weiteres Meer. Der Wind ließ sie bedrohlich wirbeln. Weit voraus tanzten schwarze Punkte – herumtollende Möwen. War dort Land? England? Seine Heimat Northumberland? Tage hatte das Unwetter gedauert; das Schiff mochte sonst wo sein. Wie auch immer, dieser Felsen, der sich der Handelskogge erbarmt hatte, war viel zu weit von der Küste entfernt. Rouwen drehte sich um, versuchte in dem Gewirr von geborstenen Kisten, Truhen, Fässern, Tauen und Planken zu erkennen, ob und wie man daraus etwas bauen konnte, das sie übers Wasser brachte. Er entdeckte seine eigene Truhe, und sie war sogar noch verschlossen. Sie steckte zwischen zwei gebrochenen Decksplanken fest. Ein Wunder, dass sie nicht gesunken war, war sie doch voll von schweren Mitbringseln aus dem Heiligen Land. Dabei war es ihm schon wie ein Wunder vorgekommen, dass er sie nach der verlorenen Schlacht bei Hattin überhaupt hatte retten und mit sich nehmen können. Gott wollte anscheinend, dass der kostbare Inhalt nach Durham gelangte.

Und als wollte der Herr ihm ein Zeichen schicken, brach ein matter Sonnenstrahl durch die Wolkendecke. Rouwen bekreuzigte sich.

»Wir werden überleben, Männer«, rief er heiser. Seine Kehle schmerzte; seine Schultern zitterten von der Kälte. »Haltet euch gut fest, bis der Wind gänzlich abgeebbt ist. Dann prüfen wir, was wir noch an Vorräten haben, versuchen auf dem Felsen so etwas wie ein Lager aufzuschlagen und überlegen, wie wir von hier fortkommen können.«

»Heiliger Martin, steh uns bei!«, jammerte Gerard. »Auf diesem Stein werden wir kaum nebeneinander stehen können.«

Eng würde es werden, aber immer noch besser, als auf diesem schrägen Schiffsrumpf festzuhängen. Vorsichtig, eine Hand immer an der Takelage, arbeitete sich Rouwen zu dem Händler vor, um ihm von dem Fass herunterzuhelfen. Der Franzmann flehte zu Martin und mehreren anderen Heiligen, dass sie ihn davor bewahren sollten, ins Wasser zu fallen, während er sich linkisch zur Bordwand kämpfte und dann einen langen Schritt auf den schwarzen Felsen wagte. Dort schlitterte er mit wedelnden Armen auf dem von Algen glitschigem Boden herum.

Mittlerweile war der Sturm kaum mehr als eine böse Erinnerung, doch es hatte zu regnen begonnen. Rouwen überlegte, ob sie versuchen sollten, das Regenwasser aufzufangen. Wie lange würde es dauern, bis der Durst sie alle quälte? Von den Wasserfässern war nichts mehr zu sehen. Eines war aufgebrochen und dümpelte auf der Seite, gehalten von einem Seil. Vielleicht befand sich darin noch etwas brauchbares Wasser.

»Schaff das Fass herauf, wenn du kannst«, wies Rouwen einen der Schiffsmänner an. »Aelwulf, schneide dort einige Seilstricke ab und bring sie mir. Und du, Caedmon, kümmere dich um den Schiffseigner, bevor er über ein Möwennest stolpert und ins Meer fällt.«

Er selbst kletterte zu einer der Truhen, öffnete sie und zerrte die Tuchballen darin heraus. Als er damit über die Bordwand auf die Felseninsel stieg, schrie Gerard auf.

»Bei allen Heiligen, was tut Ihr mit dem kostbaren Rest meiner Ware? Genügt es nicht, dass jetzt die Fische über all die guten fränkischen Küchenmesser hinwegschwimmen, die ich in Newcastle verkaufen wollte? Jetzt beschmutzt Ihr auch noch den teuren flandrischen Brokat. Den Ballen dort hat der Bischof von Durham höchstselbst bestellt!«

Rouwen riss den Stoff ein Stück auf, um ihn am Rest der Kastellwand festknüpfen zu können. Gerard schrillte, als zöge man ihm das Fell über die Ohren. Nur die kräftigen Hände des Sergenten Caedmon hinderten ihn daran, sich auf Rouwen zu stürzen.

»Das wird Euch teuer zu stehen kommen!« Sein Doppelkinn wackelte empört, und er fuchtelte mit einer Faust herum. »Templer! Ich wusste doch, dass es nur Ärger bringt, einen Tempelritter mit an Bord zu nehmen.«

»Wieso das?«, fragte Rouwen, während er in aller Ruhe den Stoff dicht über seinem und des Händlers Kopf spannte, um sie vor dem Regen zu schützen.

Mit dieser Frage ausgerechnet aus dem Mund eines Templers schien Gerard nicht gerechnet zu haben. Er kratzte sich den sorgsam gestutzten Bart, in dem Salzkristalle klebten. »Na, weil es Rittern, die stark wie drei Männer und wahre Meister im Schwertkampf sind, nicht gut bekommt, gleichzeitig sittsame, brave Mönche sein zu müssen. Ihr wisst schon, wie ich's meine, hm?« Da Rouwen nicht sofort antwortete, fügte er mit gedämpfter Stimme hinzu: »Wer tags stark sein muss, der will es auch nachts im Bett sein dürfen. Aber wer das nicht darf, wird rabiat. Versteht Ihr *jetzt*?«

Rouwen erwog, einen Streifen von dem Tuch abzureißen und den Mann zu knebeln. »Wer tags stark sein muss, will nachts seine Ruhe. Setzt Euch unter das Tuch, Herr Gerard, und hört auf zu reden! Dann plagt Euch auch nicht ganz so schnell der Durst. Wir haben nämlich kaum noch Wasser.«

Gerard klappte den vorlauten Mund zu. »Gott steh uns bei«, murmelte er und sackte, wo er stand, auf den Hintern nieder. Die wulstigen Hände gefaltet, begann er leise zu beten. Rouwen half dem Seemann, das Fass auf dem Felsen abzustellen, und prüfte den Inhalt. Das spärliche Wasser schmeckte ein wenig salzig; das war zu erwarten gewesen. Dennoch war es genießbar, und so hielt er Gerard die halb gefüllte Kelle, die noch an einem Haken daran gebaumelt hatte, hin.

»Trinkt langsam«, ermahnte er ihn.

Der Händler kostete und verzog angesichts des Geschmacks das Gesicht. Der Durst trieb ihn dazu, die Kelle zu leeren. Als er sie wieder sinken ließ, weiteten sich seine Augen, und er spuckte es aus.

»So übel ist es nun auch wieder nicht, Herr Gerard.«

Doch der Händler ließ die Kelle fallen und deutete mit einem zitternden Finger voraus. »Seht doch, Herr Rouwen, dort, seht!«

Rouwen wandte sich wieder dem Meer zu. Zunächst sah er nichts in diesem schier endlosen Meeresgrau. Dann zeichnete sich ein dunkler Umriss auf einem Wellenkamm ab. Ganz deutlich sah er ... Nein, das war nicht möglich.

»Ein Schiff!«, jubelten die überlebenden Männer mit entkräfteten Stimmen. Rouwen beschirmte mit einer Hand seinen Blick.

»Was ist es für ein Schiff?« Der Händler versuchte sich auf die Füße zu rappeln, doch er rutschte auf der glitschigen Felsoberfläche aus und setzte sich wieder. »Kommt es her? Sieht es uns?«

Rouwen sah noch einmal angestrengt hin. Tatsächlich, er hatte sich nicht getäuscht.

»Herr Rouwen, sagt schon!«

»Es sieht aus wie ein Drachenschiff.«

»Ein Drache?« Gerard bekreuzigte sich. »Ich wusste, dass es im Nordmeer Ungeheuer gibt, ich wusste es immer!«

»Kein Seeungeheuer. Ein Schiff mit einem geschnitzten Drachenkopf auf dem Vordersteven. Wenn ich nicht ganz genau wüsste, dass es nicht sein kann, so würde ich sagen, das ist ein Wikingerschiff.«

»Wikinger? Redet Ihr etwa von diesen Heiden, die früher die Küsten sämtlicher christlicher Länder überfallen haben? Das ist wie viele Generationen her? Sechs, sieben? Heutzutage muss man Sarazenen und Mamelucken fürchten, aber doch nicht diese Barbarenhorden aus alten Geschichten.«

Gewiss nicht. Die Wikinger aus alter Zeit waren sesshaft, friedlich und christlich geworden. Irgendeine Erklärung würde es schon dafür geben, dass dieses Schiff mit seinem Drachenkopf, dem rotweiß gestreiften Rahsegel und den an der Bordwand aufgestellten bunt bemalten Rundschilden existierte. Es glich aufs Genauste den Abbildungen, die Rouwen auf Wandteppichen und in der Angelsächsischen Chronik in der Bibliothek von Durham Castle bewundert hatte.

Zunächst zählte nur, dieses Schiff auf sich aufmerksam zu machen. Er zog eines seiner Messer und schnitt das teure Tuch wieder los. Dann stieg er auf die Reling, spreizte die Beine, um Halt zu finden, und reckte die Arme. Das Tuch flatterte in der sanft gewordenen Brise.

»Sie kommen«, hörte er einen der Männer hinter sich erregt raunen.

Sie kamen tatsächlich. Und sie kamen schnell. Etwa zwanzig Männer saßen an den Riemen, und weitere zehn oder zwölf liefen auf dem Deck auf und ab. Die Sonne blitzte auf Helmen und Speerspitzen, und Rouwen meinte schon ihre Stimmen zu hören. Er sah, wie sie ihre Waffen zum Himmel erhoben ... Ihm stockte der Atem. Er erkannte, wann Männer kämpfen und nicht etwa helfen wollten, selbst auf diese Entfernung hin. Er wusste es viel zu gut ... *Verdammt*, dachte er.

»Betet, Herr Gerard«, sagte er ruhig, obwohl sein Inneres toste wie noch vor Kurzem der Sturm. Was durch seine Adern zu strömen begann, war eine Erregung, von der er nie wusste, ob es die Gier nach dem Kampf oder in Wahrheit doch nur Furcht war. »Und ihr anderen – macht euch bereit, euer Leben so teuer wie möglich zu verkaufen. Diese Männer werden uns nicht retten. Sie werden uns zu töten versuchen.«

Gerard quiekte vor Entsetzen, und Rouwen hätte keinen Shilling auf eine trockene Bruche unter dem Kittel des Händlers gewettet. Caedmon fluchte und fischte von irgendwoher eine Zimmermannsaxt hervor. Sein Jagdmesser warf Rouwen jenem Söldner zu, der einen wehrhafteren Eindruck als die beiden Seeleute machte. Er selbst ließ das Tuch fahren und zog das lange Kampfmesser aus der Scheide.

Einen guten Stand hatte er hier oben nicht. Auf dem Felsen jedoch auch nicht, also blieb er breitbeinig stehen. Er wünschte sich, über der zerschlissenen Tunika seinen Mantel zu tragen, den weißen Mantel mit dem roten Tatzenkreuz, das edelste Kleidungsstück eines Ordensritters der Templer. Dazu seinen Anderthalbhänder mit der teuren, im Frankenland geschmiedeten Klinge. Wenigstens hatte ihm der Sturm nicht das silberne Kreuz entrissen, das er an einer Lederschnur um den Hals trug. Er hob es an die Lippen und küsste es.

Das seltsame Drachenschiff war nun so nah, dass er hören konnte, wie die Männer brüllten, und sah, wie ihre Augen gierig blitzten. Unter ihren Helmen quollen hellblonde Zöpfe und Bärte hervor. Die ersten schnappten sich ihre Schilde von der Bordwand, rissen ihre Schwerter hoch und schlugen sie gegen die eisenbewehrten Ränder – somit verflog der letzte Zweifel, sie könnten friedliche Absichten hegen. Ihr Geschrei war inzwischen so laut, dass es sogar Gerards Schluchzen übertönte.

Rouwen dachte an seine Truhe. Es musste doch Gottes und des Heiligen Cuthbert Wille sein, dass sie an ihren Bestimmungsort gelangte. Aber er dachte auch, dass die Wege des Herrn unergründlich waren und der seine vielleicht tatsächlich in die Tiefe des Meeres führte, dem armen Elric hinterher. Er dachte, dass dieses Wikingerschiff eigentlich nicht existieren durfte und er das Rätsel, weshalb es dennoch drohend vor dem Felsen aufragte, gerne noch gelöst hätte. Tausend Gedanken schossen ihm durch den Kopf.

Im nächsten Augenblick wurden sie alle vom Anblick einer Frau vertrieben.

Er blinzelte. Stand dort auf dem Deck wirklich eine hochgewachsene, schlanke Frau, mit goldenem Haar, das ihr bis zu den Ellbogen reichte, in einem Kettenhemd, das sich über zwei Brüste schmiegte, so vollkommen, wie die Bibel sie in Salomons Hohelied beschrieb? Doch als er wieder hinsah, war die Frau fort. Weshalb auch sollte unter dieser Horde wilder Krieger ein weibliches Wesen sein? Seine angespannten Sinne hatten ihn genarrt.

Als der erste Speer neben dem kreischenden Gerard aufschlug und Rouwen einen Satz auf den Felsen machte und danach griff, bevor die Waffe ins Meer polterte, hatte er die Frau vergessen.

Rúna rannte zum Heck, um ihren Bogen und Pfeile zu holen. Sie wusste, dass Yngvarr, der erste Krieger der Yoturer, einen Langbogen für die Waffe fränkischer und englischer Feiglinge hielt. Geringschätzig hatte er das Gesicht verzogen, als sie zu ihrem achtzehnten Geburtstag von ihrem Vater diesen Bogen bekommen hatte. Er selbst hatte ihr eine Kriegsaxt überreicht. Ihr Gewicht am Gürtel fühlte sich gut an. Gut und wichtig. Trotzdem wollte sie nicht auf ihren Bogen verzichten. Außer Yngvarr achteten sie die Schwertmänner Yoturs ohnehin als schnelle und geschickte Kämpferin, egal mit welcher Waffe sie kämpfte. Und jetzt durfte sie sich endlich auf einer Wikingfahrt beweisen.

Ein Schiff zu erobern, das bereits zerstört war und so tief krängte, dass nur noch dieser nackte Felsen es vorm Sinken bewahrte, war jedoch keine Tat, über die ein Skalde später Lieder dichten würde. Zumal nur eine Handvoll Männer überlebt hatte. Aber einer von ihnen machte einen äußerst wehrhaften Eindruck.

Rúna schlüpfte unter die Ruderplattform, wo Proviant und Beute verstaut wurden und sie und ihr Bruder eine kleine Ecke für sich hatten, um des Nachts nicht wie die Männer an Deck schlafen zu müssen. Sie schnallte sich den Köcher um die Taille und zog einen Pfeil heraus, während sie mit der anderen Hand nach ihrem Bogen griff. Als sie wieder aus dem Hohlraum hervor kam, hatten die Ruderer die *Windjägerin* bereits dicht an den Felsen gebracht. Soeben sprang Rúnas Vater, Baldvin Baldvinsson, auf die Reling und hob sein Schwert.

»Seid tapfer und kämpft!«, schrie er in der Sprache der Engländer. »Dann gewähren wir euch die Gnade, mit einer Waffe in der Faust zu sterben, damit ihr wie ehrenvolle Krieger in Walhall einziehen könnt!«

Rúna sah, dass der hochgewachsene Fremde mit dem fetten Kerl, der auf dem Felsen hockte wie eine Glucke auf ihrem Ei, einen verständnislosen Blick wechselte. Natürlich, die beiden waren Christen. Die ganze Welt folgte diesem schwächlichen Gott, der sich an ein Kreuz hatte nageln lassen, statt um sein Leben und seine Ehre zu kämpfen. Wer wusste noch von Allvater Odin und den Asen, welche die gefallenen Krieger mit Met empfingen, um mit ihnen an den riesigen Tafeln Walhalls zu feiern, bis sie alle dereinst gemeinsam in den letzten Kampf gegen die Riesen ziehen würden?

»Wir wollen nicht kämpfen«, rief der Mann, seinem Akzent nach tatsächlich ein Engländer.

»Natürlich nicht, sind ja Christen«, brummte Yngvarr in seinen Bart. Er stand dicht neben Rúna, sodass nur sie ihn hörte.

Was immer der Fremde noch sagen wollte, die dicke Glucke kam ihm zuvor. »Wir bezahlen euch, damit ihr uns an Land bringt!«, schrie der Mann mit sich überschlagender Stimme, während er sich aufrappelte. Sein Englisch war eigentümlich gefärbt. Er drohte auszurutschen, und nur dem beherzten Griff des Anderen verdankte er, dass er nicht geradewegs ins Wasser platschte.

»Mund halten, Herr Gerard.«

»Wieso? Was wollt Ihr denen stattdessen vorschlagen, Herr Rouwen? Ich glaube, wir haben nicht viele Möglichkeiten.«

»Stimmt allerdings«, murmelte Yngvarr. Er grinste breit, und auch die anderen Krieger konnten sich das Lachen kaum verbeißen.

Der Mann namens Rouwen schob die Glucke hinter sich und trat einen Schritt vor.

»Du hast von Ehre gesprochen«, wandte er sich an Baldvin mit einer dunklen, kräftigen Stimme, die erahnen ließ, dass er sie ebenso wie seine muskulösen Arme in vielen Schlachten gestählt hatte. »Aber ist es ehrenhaft, Notleidende zu töten? Wir stehen auf einem Wrack, ohne Hilfe würden wir hier elendig sterben. Also appelliere ich an deine Ehre, uns zu helfen.«

Das Lachen erstarb in ungläubigem Staunen.

Baldvin strich sich durch den geflochtenen Bart. »Ihr habt nichts mehr von Wert an Bord?«, fragte er lauernd.

Der Engländer öffnete den Mund und atmete so tief ein, dass sich unter seinem Hemd die mächtige Brust wölbte. Er zögerte mit seiner Antwort.

»Nichts haben wir!«, schrillte Gerard. »Nur noch unser nacktes Leben!«

»Lügner«, knurrte Yngvarr.

Im gleichen Augenblick riss Rúnas Vater sein Schwert hoch. »Tötet sie, Männer! Und holt euch, was immer ihr findet!«

Aus dreißig yoturischen Kehlen kam begeistertes Gebrüll. Die *Windjägerin* schwankte, als die Krieger über das Deck stürmten. Einige rückten ihre Schilde zurecht, andere sprangen ungeschützt über die Bordwand auf den Felsen. Thorkil Rothaar glitt aus und stürzte auf den feisten Gerard; im Fallen stieß er sein Kurzschwert in den Bauch des Mannes, der staunend Mund und

Augen aufriss und blutüberströmt zur Seite sackte. Wie ein Sack rollte er den Felsen herunter und versank in den Fluten.

Rúna keuchte auf, als sie sah, dass es Thorkil nicht besser erging: Der Engländer versenkte seine Messerklinge in dessen Kehle und brüllte dabei zornentbrannt. Seine Augen loderten. Er riss dem Toten das Schwert aus der Hand und parierte einen Hieb Yngvarrs. Wie ein Berserkir schwang er die Klinge und ließ fremdartig klingende Schlachtrufe ertönten. Yngvarr musste hinüber auf das Wrack springen, um den gewaltigen Hieben zu entgehen. Er zog es vor, außer Reichweite des Engländers zu bleiben und stattdessen zwei der Seeleute in den Tod zu schicken.

Drei weitere von Baldvins Mannen setzten hinüber – der Fremde besiegte sie mühelos. Breitbeinig stand er auf dem schlüpfrigen Grund, die Zähne gefletscht wie ein Wolf. Rúna spannte den Bogen und versuchte auf ihn zu zielen. Es war schwierig, denn er bewegte sich trotz der Enge schnell, und die Gefahr, einem der eigenen Männer in den Rücken zu schießen, war zu groß.

Doch nicht nur deshalb ließ sie schließlich den Bogen sinken. Dieser Engländer verdiente es, ehrenhaft zu sterben, nämlich mit einer Schwertklinge in der Brust. Er war wie ein in die Enge getriebenes Raubtier: von wilder Eleganz und Gefährlichkeit. Die kurzen, kastanienbraunen Haare klebten an seiner Stirn, die Augen glühten wie Bernstein im Feuer. Seine ansehnlichen, jetzt von hitzigem Zorn verzerrten Gesichtszüge waren von einem Bartschatten bedeckt. Rúna fühlte sich an Bilder von Männern eines uralten Volkes aus dem Süden erinnert, das vor tausend Jahren die Welt beherrscht hatte. Sie hatte sie in einem von Stígrs Folianten gesehen.

Allerdings würde dieser Rouwen heute nichts erobern, sondern sterben.

Für einen Augenblick bedauerte sie es.

Ein heiserer Schrei zu ihrer Linken ließ sie zusammenfahren. Derbe Flüche ausstoßend, stürzte Arien über das Deck, einen Streitkolben hoch erhoben.

»Tod den Engländern!« Aus seiner geplagten Lunge klang der Schlachtruf eher wie Rabenkrächzen.

Rúna packte ihn an der Schulter. Um die Achse wirbelnd, stieß er mit ihr zusammen. Fast hätte der eisenbewehrte Schlagkopf des Streitkolbens ihr Gesicht getroffen. Sie ließ ihren Bogen fallen und umfasste stattdessen den Schaft des Kolbens, während sie mit der anderen Hand Ariens Kittel im Nacken packte und ihn schüttelte.

»Sag mal, wer hat dir erlaubt, dich in die Schlacht zu stürzen?«

»Ich habe es mir selbst erlaubt.« Ihr schlaksiger Bruder reckte das Kinn. Noch war er einen Kopf kleiner als sie, aber lange würde es nicht mehr dauern, bis er sie, obschon sie eine große Frau war, überragte.

»Unser Vater hat zu Beginn der Reise ausdrücklich gesagt, dass du unter Deck bleiben sollst, wenn es zum Kampf kommt.« Rasch hob sie den Kopf, um nach Baldvin Ausschau zu halten. Er stand auf dem Handlauf der Bordwand, sein Schwert hoch erhoben. Was sich auf dem Felsen tat, konnte sie nicht mehr sehen, denn der Blick war von einer Reihe von Kriegern versperrt, die jene, die auf dem Felsen kämpften, lautstark anfeuerten.

Zwei Schwertmänner, Hallvardr und Sverri, hatten dem Geschehen den Rücken gekehrt. Ihre Aufgabe war es, auf Rúna und insbesondere auf Arien zu achten. Rúna fand, dass sie keine Aufpasser nötig hatte. Arien dafür umso mehr.

»Sag nicht, du bist schon wieder erkältet«, sagte Rúna, da er wieder hustete. »Du warst erst vor zwei Wochen krank.«

»Mir geht's gut. Ein Wikinger muss sich abhärten.«

»Mit deinen zwölf Jahren bist du noch lange keiner.«

»Und du mit deinem Frankenbogen wirst nie eine Walküre.«

Sie hob den Bogen auf. Mit der anderen Hand schubste sie Arien in Richtung der Heckplattform. »Mach, dass du da hinunter kommst, Trollkopf!«

»Drachenfrau!«

»Nachtalb!«

»Hässliche ... alte ... Norne mit ... gemüseverklebten Zähnen!«

Was? Unwillkürlich fuhr sie sich mit der Zunge über die Schneidezähne. Dann zuckte sie zusammen, als eine Axt über ihren Kopf hinweg flog. »Bei allen Göttern, hinein mit dir, Arien, bevor noch etwas passiert.«

Erst wehrte er sich, doch als ihn ein Hustenanfall schüttelte, konnte sie ihn mühelos ins Dunkel unter die Decksplanken schieben. Damit er nicht gleich wieder entwischte und in Gefahr geriet, hockte sie sich neben ihn, auch wenn sie es bedauerte, den Kampf zu verpassen. Sie mussten die Köpfe einziehen und sich dicht beieinander kauern, denn hier unten waren Taurollen, Decken, Werkzeuge, Wasserfässer und Proviantsäcke aus geöltem Leder und zwei Kisten festgezurrt, welche die Beute aufnehmen sollten. Bisher waren sie leer.

Ein einziges Handelsschiff hatten sie auf der Fahrt gesichtet. Dann war urplötzlich der Sturm gekommen. Nicht dass es der *Windjägerin* und ihrer Besatzung etwas ausgemacht hätte – Rúna hatte wie alle anderen das Gesicht in den Wind gehalten und das Auf und Ab genossen; lediglich Arien war grün im Gesicht geworden. Doch das Beuteschiff war natürlich schnell außer Sicht gewesen.

Hier, in dem schmalen Zwischenraum unterhalb der erhöhten Ruderplattform, sah man nur die Beine der Kämpfer. Die Decksplanken bebten unter ihren Schritten. Rúna sehnte sich danach, hinauszustürmen und zu kämpfen. Aber ihr Vater hatte sie angewiesen, vorsichtig zu sein. Sie sollte auf ihrer ersten Wikingfahrt zuschauen und lernen und sich als umsichtig erweisen. Sie durfte kämpfen, sollte es sogar. Doch nur, wenn die Lage übersichtlich war. Das war jetzt eindeutig nicht der Fall.

Rúna legte den Bogen beiseite. Als ein Mann der Länge nach hinschlug, griff sie wieder hastig danach. Er wälzte sich herum und hielt sich das blutige Gesicht. Ein zweiter fiel auf ihn. Blut strömte aus seinem Mund, den er zu einem stummen Schrei geöffnet hatte.

Rúna ahnte, wer dafür verantwortlich war.

»Bleib hier«, zischte sie Arien zu und wollte hinaus.

Nun war es Arien, der sie aufhielt. »Bei den Göttern, geh da nicht raus! Der Engländer tötet auch dich!«

Seine dünnen Arme waren wie ein Fischernetz, das er über sie geworfen hatte. Sie griff nach ihm, schimpfte, wand sich, und endlich lag er am Boden. Sie drückte seine Hände nieder. »Mit einem gezielten Schuss kann ich den Engländer vielleicht doch töten«, sagte sie. »Also lass mich gehen.«

Noch zögerte sie allerdings, den Bruder loszulassen. Die Augen hatte er weit aufgerissen, als fürchte er sich. Das war für ihn ungewöhnlich. Oder lauschte er? Auch sie bemerkte, dass es draußen schlagartig ruhig geworden war. Die Schlacht, wenn man diesen einseitigen Kampf so nennen mochte, war vorüber.

Sie ließ Arien los und kroch ins Freie. Die Männer nahmen sich bereits den Gefallenen an; sie warfen Planen über die Körper, wickelten sie rasch darin ein und legten sie an den Bordwänden nieder. Die anderen Kämpfer ließen schwer atmend die Arme mit den Schilden und den Schwertern und Äxten hängen.

Sie starrten auf den Engländer, der mit einem langen Schritt von der Bordwand auf die Planken trat.

2.

Zwei Krieger hielten den Engländer in Schach; ihre Lanzenspitzen berührten seinen Nacken. Aufrecht stand er da, mit leicht gesenktem Kopf. Auf seinem rechten Oberarm klebte Blut – nein, es war eine blutrote Tätowierung, ein seltsames Kreuz mit gespaltenen Enden. Unter den wirren rötlichbraunen Haaren, aus denen Feuchtigkeit tropfte, ließ er den Blick schweifen. Er atmete schwer. Seine Tunika hing nur noch in Fetzen von seinen Hüften, und von der Brust rann der Schweiß. Beide Hände hatte er gespreizt – eine Geste, die besagte, dass er seine Waffen fallen gelassen und sich somit ergeben hatte. Doch er wirkte wie ein Wolf, der sich jederzeit dazu entschließen konnte, mit bloßen Händen anzugreifen.

Kaum merklich zuckte er zusammen, als eine Truhe neben ihm auf das Deck prallte. Yngvarr sprang daneben auf. Er musterte den Fremden von oben bis unten und richtete sich zu voller Größe auf, die den hochgewachsenen Engländer noch um eine halbe Handbreite übertraf. Langsam zog er ein langes Messer aus der Scheide an seinem Gürtel. Rúna hielt den Atem an, als er mit der Messerspitze zwischen die Augen des Engländers zielte. Der hatte den Kopf in Yngvarrs Richtung gedreht, wich jedoch nicht zurück.

»Trollkopf«, hörte sie Arien murmeln.

»Der Engländer?«

»Yngvarr!«

Sie stieß ihn mit dem Ellbogen an. Erst als Baldvin sich durch die Reihen der Krieger schob, entspannte sich Yngvarr, ließ das Messer einmal in der Luft wirbeln, fing es geschickt am Griff auf und beugte sich über die Truhe. Sie war mit dicken Tauen verschnürt, die er schnell durchgeschnitten hatte. Mit der Klinge hob er den Deckel an.

Alle reckten die Köpfe. Auch Rúna. Sie hielt den Atem an.

»Wie war das noch gleich?«, fragte Yngvarr in der englischen Sprache. Er stemmte eine Faust in die Seite, während die andere Hand mit dem Messer anklagend auf den Fremden zeigte. »Nichts von Wert hattet ihr an Bord, hast du behauptet?«

»Das war der Dicke, Trollkopf«, murmelte Arien.

Der Engländer verzog das Gesicht, er schien dasselbe zu denken. Unwillkürlich fühlte sich Rúna von seinem Stolz beeindruckt.

Yngvarr bückte sich. Er zog einen dicken, mit goldenen Fäden und roten Edelsteinen bestickten Stoff aus der Truhe. »Was ist das?«, fragte er.

»Ein Geschenk«, erwiderte der Engländer.

»Und das?« Yngvarrs Pranke zerknüllte einen weißen, glänzenden Stoff. Das war Seide, wusste Rúna. Sie kam über verschlungene Wege aus dem Osten, aus der Rus. Ihre verstorbene Mutter hatte als Frau des Häuptlings der Yoturer zwei Hausgewänder aus Seide besessen.

»Ebenso.«

»Und für *wen* waren diese Gaben gedacht?«, fragte Yngvarr, während er weiter in der Truhe wühlte und Gefäße aus Silber und auch aus schlichter Keramik zutage förderte. Dazu gut gearbeitete Messer, teils verziert. Weitere Stoffe. Und Bücher. Der Engländer ballte die Fäuste, als Yngvarr die Eisenschließen eines solchen Buches öffnete, es aufschlug und sich anschickte, mit der Messerspitze die Seiten zu zerschneiden.

Arien hustete, bevor er empört hervorbrachte: »Er macht das wirklich!«

Doch Yngvarr war nicht so dumm, kostbare Beute zu zerstören, nur um den Christen zu ärgern. Er schlug das Buch wieder zu und warf es in die Truhe. »Für wen, Engländer?«

»Was geht's dich an«, schnaubte dieser.

Arien hustete wieder. »Weiß er nicht, wie wütend er Yngvarr macht?«

Er weiß es, dachte Rúna.

Anerkennend pfiff Yngvarr, als er eine goldene Kette aus der Truhe zog. Das Sonnenlicht brach sich in einem geschliffenen Kristall in einer goldenen Fassung.

Die Knöchel an den Fäusten des Engländers wurden weiß. Auf den Handrücken traten Adern hervor.

Für wen mag dieser Schmuck gedacht gewesen sein?, überlegte Rúna. Angespannt wartete sie, dass Yngvarr diese Frage stellte – und was der Fremde antworten würde.

Doch nun trat Baldvin vor. Er besaß muskulöse Arme und war stämmig, jedoch nicht eben groß, sodass er zwischen den Kriegern wie ein Zwerg aus alten Geschichten wirkte. Ebenso grimmig blickte er um sich. Immer noch hielt er sein blutverschmiertes Schwert in der Hand – mochte er klein und mit seinen fünfundvierzig Jahren nicht mehr der Jüngste sein, so war er doch immer noch ein gefürchteter Schwertmann.

Er hob die Klinge und berührte mit ihrer Spitze die feine Goldkette. Yngvarr ließ los, und so glitt sie hinunter bis zum Heft, wo sie blutbesudelt hängen blieb. Rúna entging nicht, dass der Engländer das Geschehen unter seinen gesenkten Lidern genauestens verfolgte. Er war angespannt wie jemand, der jeden Augenblick losstürmen wollte. Leicht wippte er auf den Fersen seiner Stiefel. Die Lanzenspitzen im Nacken stupsten ihn warnend an, sodass er den Kopf noch tiefer senken musste.

Baldvins wasserblaue Augen musterten ihn von oben bis unten. Er schien zu überlegen, ob er den Lanzenmännern den Befehl geben sollte, ihn zu töten. Seine knorrigen Finger rieben den geflochtenen Bartzopf.

»Du stammst aus einem reichen Stall«, sagte er langsam. »Ich nehme an, dass man dort bereit ist, einiges für deine Freilassung springen zu lassen.«

Erleichtert bohrte Rúna die Finger in Ariens Arm, sodass er leise fluchte und sich von ihr losmachte. Sie schüttelte über sich selbst den Kopf. Was scherte sie das Schicksal dieses Mannes namens Rouwen? Er war gefährlich, und es wäre besser, wenn er starb.

»Ein Christenstall«, warf Yngvarr ein. Er deutete auf das blutrote Kreuz an Rouwens Arm. »Ihr Gott wurde an hölzerne Balken genagelt, ohne dass er sich wehrte, und dafür beten sie ihn an. Ihre Priester sagen, ein Christ solle den Kopf hinhalten, wenn ihn einer schlägt.«

»Dann ist der da wohl kein guter Christ«, flüsterte Arien.

Stimmt, dachte Rúna. Der Engländer hatte schließlich mit all der Kraft seiner Arme zurückgeschlagen.

Yngvarr stapfte auf ihn zu und schlug ihm unvermittelt auf die Wange, sodass sein Kopf nach hinten flog. Nur die schnelle Reaktion der Lanzenträger verhinderte, dass er sich ernsthaft verletzte. Bedächtig drehte der Engländer den Kopf in Yngvarrs Richtung. Sein Blick schien aus purem Eisen zu bestehen. Doch er schlug nicht zurück. »Ein Leichtes, Geld aus seiner Familie zu pressen, vermute ich«, sagte Yngvarr an Baldvin gewandt. Der hatte die blonden Brauen, dicht wie Büsche, gerunzelt.

»Fesselt ihn an den Mast«, wies er die Männer an. »Rúna! Komm her! Wo ist mein aufmüpfiges Töchterlein?«

Ihr gefiel es nicht, unter die Augen des Fremden zu treten. Doch sie gehorchte, straffte sich und marschierte an ihm vorbei, ohne ihn eines Blickes zu würdigen.

»Vater?«

»Hier, mein Wirbelwind.« Baldvin, der die Kette von der Klinge gezogen und notdürftig das Blut mit den Fingern abgewischt hatte, hielt sie ihr hin. Er entblößte seine gelben Zähne zu einem entschuldigenden Grinsen. Rúna wollte diesen Schmuck nicht, doch ihre Hand schien ein Eigenleben zu führen, und schon lag der Kristall auf ihrer Handfläche.

An der Schulter drehte Baldvin sie dem Engländer zu. »Das ist Rúna, meine einzige Tochter, mein Wirbelwind. Die schönste Frau, die die Götter je erschaffen haben. Und eine Kämpferin dazu. Du kannst dich nicht darüber beschweren, dass *sie* es sein wird, die diese Kette tragen wird, nicht wahr?«

Yngvarr hatte es sich nicht nehmen lassen, die Hände des Gefangenen in dessen Rücken zu fesseln, was dieser stoisch über sich ergehen ließ. Nun stieß er ihn an Rúna vorbei in Richtung Mast. Rouwen, endlich von den lästigen Lanzenspitzen befreit, hob stolz den Kopf. Er murmelte etwas, das vielleicht ein Gebet war. Sein flüchtiger Blick, der ihren nur streifte, ging ihr durch Mark und Bein. Seine Bernstein-Augen schienen von innen zu glühen – so kam es ihr zumindest vor. Sie ballte die Faust um die Kette, unfähig zu entscheiden, ob sie sich über das Geschenk freuen oder es ins Meer werfen sollte – wo es der Fremde zweifellos lieber sähe als in ihrer Hand.

Herr im Himmel, steh mir bei. Jesus, sei bei mir, sprach Rouwen in Gedanken und überlegte, wie er es schaffen könnte, sich aus seinen Fesseln zu befreien, ein Schwert an sich zu reißen und all diese merkwürdigen Gestalten in die Hölle zu schicken.

Er hockte an den Mast gelehnt, über sich das geblähte Segel. Ein dickes Tau um seinen Rumpf und seine Arme ließ ihm so gut wie keine Bewegungsfreiheit. Rechts und links saßen an den Riemen die Wikinger und ließen ihre Muskeln spielen. Nicht alle ruderten, denn der Wind kam günstig von achtern. Andere schöpften Bilgenwasser, flochten Taue, pflegten die Klingen ihrer Messer und Schwerter mit Wollfett; wieder andere halfen dem Schiffszimmermann, bei voller Fahrt eine beschädigte Stelle in der Bordwand auszubessern. Keiner ließ sich von dem leichten Regen stören, der auf sie alle hinab fiel. Der Herr dieser Horde marschierte auf dem Deck auf und ab, inspizierte die Tätigkeiten seiner Leute und trank und scherzte mit jenen, die pausierten. Die nordische Sprache klang fremd in Rouwens Ohren, aber wenn man länger hinhörte, konnte man einiges verstehen. Alle gaben sich Mühe, ihn keines Blickes zu würdigen. Trotzdem schaute immer wieder jemand her, und manchmal, wenn einer dieser Kerle vorbeiging, musste Rouwen einen unerwarteten Schlag oder Tritt einstecken.

Die Nacht kroch heran, der Wind nahm zu. Der Regen wurde ebenfalls stärker und biss Rouwen ins Gesicht. Die Seile, mit denen seine Handgelenke im Rücken gefesselt waren, bissen ebenso in seine Haut. Ihn plagte Durst. Niemand kam, um ihm etwas zu geben. Und da ihm eine Bitte niemals über die Lippen käme, mussten ihm die Regentropfen genügen, die ihm in den Mund rannen.

Das Auf und Ab des Schiffes ließ seine Gedanken treiben. Wohin ging die Reise? Würde er seine Mutter in Durham je wiedersehen? Würde er Elrics Eltern je vom Schicksal ihres Sohnes berichten können? Er dachte an Oswald, den greisen Herrn der Komturei Durham, der seine Stirn geküsst und ihn gesegnet hatte, bevor er mit drei anderen Brüdern und ihren Knappen ins Heilige Land aufgebrochen war. Zweiundzwanzig Jahre war er alt gewesen – jetzt, vier Jahre später, fühlte er sich um zehn gealtert. Er dachte an die Dummheit des Königs von Jerusalem, der seinen Ritter Renaud, den Herrn der östlichen Jordansgebiete, der muslimische Karawanen überfallen hatte, nicht an Saladin hatte ausliefern lassen. Er dachte zurück an Saladins Rache, die schreckliche Schlacht bei den Hörnern von Hattin, welche das Ende dieser unseligen Auseinandersetzung markierte. Welche der anderen Ordensbrüder mochten das

Massaker überlebt haben? Schreckliche Gerüchte hatten die Runde gemacht, von Folterungen durch die Krieger Saladins, von unzähligen Köpfen, die gerollt waren, von der Gefangennahme des Großmeisters der Templer …

Er selbst hatte es mit Elric in die Templerburg Tortosa geschafft – mehr noch, er hatte eine Kiste voller Wertsachen retten können, die er in den Jahren in Outremer zusammengetragen hatte. *Vor den Heiden dort habe ich meine Mitbringsel retten können*, dachte er bitter, *nur damit sie anderen Heiden in die Hände fallen …*

Eine kleine, schlaksige Gestalt schlich auf ihn zu. Er sah hellblonde Haare, die in der Brise tanzten. Es war ein Junge, der auf ihn zukam, die Arme um den Leib geschlungen, da es kalt war. Zwei Schritte vor Rouwen blieb er stehen und musterte ihn.

»Was willst du?«, fragte Rouwen schroff.

»Euch bloß ansehen. Ich hab noch nie einen gesehen wie Euch. Woher kommt Ihr? Was bedeutet das Kreuz auf Eurem Arm?«

»Dass ich … ein Christ bin?«, fragte Rouwen lauernd.

»Nein«, entschieden schüttelte der Junge den hell glänzenden Haarschopf. »Die Kreuze in den Klosterkirchen, die mein Vater bisher überfallen hat, sehen anders aus. Sie haben nicht diese gespaltenen Enden, und der senkrechte Balken ist länger.«

Rouwen lehnte den Hinterkopf an den Mast und schloss seufzend die Augen. Ein neugieriger Bengel, das fehlte ihm noch … »Frag mich ein andermal, ja?«

»Wenn ich jetzt nicht frage, erfahre ich es nie. Mein Vater wird Euch irgendwo anketten, und später werdet Ihr gegen das Lösegeld ausgetauscht oder umgebracht.«

»Ich danke dir für die Aufmunterung«, brummte Rouwen. »Beherrscht ihr alle Englisch?«

»Die meisten. Wir haben englische Sklaven, die es uns beibringen, und mein Vater sagt, dass es wichtig ist, wenn man sich auf Reisen verständigen kann. Ist Euch kalt?«

Rouwen nickte.

»Ihr als Engländer müsstet doch wie wir den Regen gewohnt sein.«

Er hätte darauf geschworen, dass der Junge selbst Mühe hatte, ein Zähneklappern zu verbergen. Allerdings schienen sich die Männer nicht an dem harten Wetter zu stören. Einige hatten sogar die Oberkörper entblößt.

»Warum ist Eure Haut so gebräunt? Fast so wie bei den Leuten im Süden. Also ganz weit weg im Süden.«

Er wartete, dass jemand dem Jungen verbat, mit ihm zu reden. Da das nicht geschah, nahm er an, dass der Bengel von hoher Herkunft war – vielleicht der Sohn des Zwergs mit dem bärtigen Zopf. Trotz des Altersunterschieds war eine gewisse Ähnlichkeit nicht zu leugnen. Außerdem war seine Kleidung zwar schlicht, doch mit aufwendigen Stickereien verziert.

»Seid ihr wirklich ...«, Rouwen zögerte, diese Ungeheuerlichkeit auszusprechen, »Wikinger?«

»Natürlich.«

»Aber das ist eigentlich unmöglich.«

Der Junge winkte mit einer altklugen Geste ab. »Ich weiß. Die Zeit der heldenhaften Seekrieger ist schon längst vorbei. Überall in den nordischen Landen sind sie sesshaft und christlich geworden. Sie haben jetzt Könige, wie im Frankenreich, die über alle Sippen herrschen. Aber den alten Glauben und die alten Bräuche gibt es trotzdem noch, sagt mein Vater. Man zeigt es nur nicht so. Wir dagegen ...« Er unterbrach sich, weil er husten musste. Mit einer kleinen Faust schlug er sich gegen den ebenso schmächtigen Brustkorb.

Er mochte so alt wie Elric sein, als sie damals ins Heilige Land aufgebrochen waren. Rouwen schnitt die Erinnerung an seinen Knappen ins Herz; er musste die Augen schließen. Er lauschte dem Prasseln des Regens, dem Knarren des Tauwerks und den leisen Unterhaltungen der Männer, um das Bild von Elrics angsterfülltem Gesicht zurück in die Tiefen seines Innern zu verbannen. Erst als er die Stimme der jungen Frau hörte, gelang es ihm.

»Arien, was machst du da?«

Rouwen hob die Lider. Sie war tatsächlich da. In einen dicht gewebten Umhang gehüllt, kam sie über das Deck gelaufen. Die Männer nickten ihr ehrerbietig zu, doch sie beachtete sie kaum.

»Ich unterhalte mich mit ihm«, erwiderte der Junge.

»Komm da weg!« Sie beugte sich vor und zog ihn an der Schulter zu sich.

Er krümmte sich plötzlich und hustete so gottserbärmlich, dass sie die Schließe ihres Mantels löste und ihn schwungvoll abnahm. »Hier«, sie legte ihn um seine Schultern und rieb sie kräftig. »Besser so?«

»J-ja.«

»Gut. Und jetzt ab unter Deck mit dir!«

Eben noch hatte sich Rouwen gefragt, ob er sich ihre männliche Aufmachung vielleicht nur eingebildet hatte. Doch als sie den Mantel abnahm, kamen darunter lederne Beinkleider und ein dunkelblauer Kittel mit silberbestickten Borten und hellem Pelzbesatz zum Vorschein. Ihre Füße steckten in Hirschlederstiefeln, und ein Gürtel aus ebensolchem Leder lag um ihre Mitte, an dem ein langes Messer in einer silberbeschlagenen Scheide steckte. Die hellblonden Haare waren zu einem dicken Zopf geflochten, der ihr über die rechte Schulter hing. Gelöste Strähnen ringelten sich an ihren Schläfen. Ein Silberband umschloss ihren Kopf, und wie auch viele der Krieger trug sie über den Ärmeln mehrere Silberreife.

In jedem Haushalt, den er kannte, wäre eine solche Aufmachung nur dem Sohn zugefallen, auf dem das Wohlwollen eines reichen, mächtigen Vaters ruhte. War dieser Baldvin mächtig? Und diese Frau – weshalb war sie gekleidet wie ein Sohn?

»Ich will aber nicht«, riss ihn die helle Stimme des Jungen aus seinen Überlegungen. »Vater hat gesagt, dass die Fahrt meine Lunge kräftigen soll. Also muss ich auch einmal bei Regen an die frische Luft. Das tut mir gut.«

Sie stemmte die Fäuste in die Seiten und neigte sich vor, was Rouwens Augenmerk unwillkürlich auf ihre Brüste lenkte, denn ihre Tunika saß eng. Von ihrem schlanken Hals baumelte eine Lederschnur mit dem gleichen Götzenamulett, das ihm auch schon an den Männern aufgefallen war. Es sah aus wie ein kopfüber hängender Hammer.

Er schluckte und sah an ihr vorbei. Der Mann, der soeben über der Bordwand sein Wasser abschlug, war jedoch bei Weitem kein so angenehmer Anblick. Einige Wikinger sahen her, doch niemand machte Anstalten, die beiden Häuptlingskinder des Platzes zu verweisen.

»Es wird gleich dunkel«, hörte er sie sagen, streng wie eine Mutter. »Also lass dir einmal etwas von *mir* sagen, Arien, und geh unter Deck.«

»Ich wollte dem Christen etwas zu trinken bringen.«

Rouwen sah wieder zu den beiden. Er war sich sicher, dass dem Bengel das jetzt erst eingefallen war. Arien sah auch unter dem Mantel noch verfroren aus. *Seltsamer Bursche*, dachte Rouwen. Er selbst wäre froh, sich in einer warmen Ecke verkriechen zu können.

Verächtlich schnaubte die junge Frau. Sie ging an Rouwen vorbei aus seinem Blickfeld und kam kurz darauf mit einem Becher zurück.

Unschlüssig blieb sie vor Rouwen stehen. Er hatte den Kopf zur Seite gedreht, um nicht mehr von ihrer Schönheit zu sehen, als unumgänglich war. Einem Ritter Christi stand das nicht zu.

»Du musst Durst haben.«

»Nein.«

»Er *hat* Durst«, verkündete Arien. Offenbar hatte er beobachtet, dass sich Rouwen den Regen von den Lippen geleckt hatte.

Rouwen wandte sich ihr wieder zu und musterte sie aus schmalen Augen. »Ma dame, hätte ich die Hände frei, würde ich trinken wollen, aber ich lasse mich nicht von Euch tränken wie ein Tier.«

Verblüfft ruckte sie hoch. Sie starrte ihn an.

Hatte er je so helle Augen gesehen? Sie erinnerten ihn an einen regenverhangenen Himmel, der sich anschickte, die ersten Sonnenstrahlen hindurchzulassen. Plötzlich zog sie ihre Hand beiseite; das Wasser schwappte aus dem Becher. Sie brachte ihn zurück, und als sie wiederkehrte, schnappte sie sich ihren Bruder und zerrte ihn zum Heck, wo die beiden auf die Knie gingen und in einem zweifellos gut gewärmten Eckchen verschwanden.

Gott im Himmel, bewahre mich vor diesen Wikingern und ihren seltsamen Frauen. Vor allem vor dieser. Rouwen versuchte sich wieder zu entspannen und seine missliche Lage für eine Weile zu vergessen. Der allmählich zunehmende Druck zwischen seinen Beinen machte diesen Vorsatz jedoch zunichte.

Rúna ging an Deck, um sich den stinkenden Heiltrunk von den Händen zu waschen, den sie Arien gleich nach dem Aufwachen verabreicht hatte. Er mochte das grässliche Zeug nicht, das zur Hälfte aus Tran bestand, und hatte es in einem Hustenanfall ausgespuckt. Sie steuerte Sverri an, langte in seinen Schöpfeimer und säuberte sich die Finger, während der große Krieger ehrerbietig in seiner Arbeit innehielt. Wie so häufig mussten die Männer schöpfen, denn über die niedrige Bordwand schwappte selbst bei mildem Seegang Wasser, und auch durch die Beplankung sickerte es ständig durch.

Aus den Augenwinkeln betrachtete sie den Fremden. Die Nacht musste schlimm für ihn gewesen sein. Sie hatten sie an einem verlassenen Gestade an Schottlands Küste verbracht. Einige Yoturer hatten auf dem felsigen Ufer geschlafen, die anderen in Decken gehüllt zwischen den Ruderbänken.

Der Engländer hockte nach wie vor gefesselt am Mast.

Unter der ungewöhnlichen Sonnenbräune war er blass vor Kälte geworden. Die Knie hatte er angezogen, um sich ein wenig Wärme zu verschaffen. Zwei Männer näherten sich ihm und banden ihn dann los, doch nur, um seine Hände vorne am Leib zu fesseln. Bei dieser Gelegenheit entrissen sie ihm noch das silberne Kreuz, das er an einer Lederschnur am Hals trug. Kampfäxte warnend erhoben, bedeuteten sie ihm, aufzustehen. Langsam erhob er sich und streckte sich vorsichtig, um die Steifheit aus seinen Gliedern zu vertreiben. Rúna sah zu, wie man ihm erlaubte, ein paar Schlucke aus einem Lederbeutel zu trinken. Er tat all das würdevoll; nicht wie ein halbnackter Gefangener, der vermutlich erbärmlich fror und um sein Leben bangen musste. Anschließend durfte er an die Bordwand treten, um einem drängenden Bedürfnis abzuhelfen. Als er sich die Hose aufzuschnüren begann, wandte sie sich ab.

»Rúna, komm her!«

Sie gehorchte dem Ruf ihres Vaters und eilte zu ihm auf die Heckplattform, wo er mit kräftiger Hand die Ruderpinne hielt.

Wie immer leuchteten seine Augen auf, als er sie erblickte. »Mein Wirbelstürmchen. Ich habe dir etwas zu sagen.«

»Ja, Vater?«

»Wir kehren um.« Seine Stirn krauste sich, als er in den

Himmel blickte. »Der Sturm war eine Warnung Njördrs – der Winter ist noch nicht ganz vorbei, fürchte ich. Und wir haben ja mit dieser Truhe des Engländers schöne Beute gemacht.«

»Aber ...« Rúna wollte protestieren. Es war doch ihre Wikingfahrt!

»Kein Aber«, unterbrach Baldvin sie. »Der Engländer beansprucht unsere ganze Aufmerksamkeit. Es wäre töricht, jetzt noch irgendwo anzulanden, um ein Dorf oder ein Kloster zu überfallen. Er ist zwar gefesselt, trotzdem ... Sieh dir seine Augen an. Das ist, als geifere eine wilde Bestie in deinem Rücken, während du zum Kampf ausziehst.«

Unwillkürlich sah sie zu dem Gefangenen, der seinerseits – inzwischen wieder an den Mast gefesselt – über die niedrige Bordwand aufs Meer hinausstarrte. Seine Haare waren immer noch – oder wieder – nass von der Gischt. Die Augen hatte er zusammengekniffen, da sich die helle Morgensonne auf dem Wasser spiegelte. Im Moment sah er nicht gefährlich aus, doch sie wusste, dass ihr Vater recht hatte.

»Vater, du hast versprochen, mir die schottische Küste zu zeigen«, murrte sie trotzdem. Sie hatte ja noch kaum etwas gesehen, nur die Küste aus der Ferne und das einsame Gestade, wo sie über Nacht angelandet waren.

»Die steht auch in ein paar Monaten noch, sofern Odin nicht das Weltenende einzuläuten gedenkt.«

Sie hegte den Verdacht, dass es ihm zupass kam, seine väterlichen Sorgen um sie noch eine Weile aufschieben zu können. Mit achtzehn Jahren hatten die jungen Männer, die sich zum Dasein eines Kriegers berufen fühlten, längst drei, vier Fahrten hinter sich. Verdrossen verschränkte Rúna die Arme, wie um ihre Brüste zu verbergen. Eine Frau zu sein und zugleich im Herzen ein Krieger, war nicht leicht. Und jetzt hatte ihr dieses Schiffswrack, nur weil sich eine kostbare Truhe und ein Christenkrieger darauf befunden hatten, einen Strich durch die

Rechnung gemacht. Bei Odin, das konnte doch nicht wahr sein! Wütend sah sie zu Rouwen hinüber.

Rouwen hatte gehofft, dass man auf dem Weg nach Norden die Orkneys anlanden würde. Vielleicht hätte sich Hilfe gefunden, schließlich lebten dort Schotten. Aber die Wikinger ließen die Inseln links liegen. Als Nächstes würden sie die Shetlands erreichen. Rouwen überlegte, wem sie zurzeit gehörten. Den Norwegern, wenn er sich nicht täuschte. Aber um den norwegischen Thron gab es seit jeher blutige Kämpfe und finstere Intrigen. Diese Leute waren seit zweihundert Jahren Christen, aber sie verhielten sich immer noch wie die barbarischen Helden in ihren Sagas. Wahrscheinlich scherten sich die Norweger nicht im Geringsten darum, ob es auf den entlegenen Shetlands noch Leute gab, die offen ihre alten Götter verehrten und sogar auf Raubzug gingen.

Der Wind wehte günstig, und so tauchten anderntags die Shetlands auf. Hjaltland, wie es bei den Nordleuten genannt wurde. Den Gesprächen der Mannschaft hatte Rouwen entnommen, dass die Heimatinsel dieser Leute Yotur hieß. Ebenso das Dorf, das sie dort bewohnten. Sie hatten schon einige Inseln hinter sich gelassen, als eine Flaute kam und dichter Nebel das Schiff verschluckte. Rouwen konnte kaum noch den Bug des Schiffes sehen, doch die Männer ruderten völlig unbesorgt weiter. Bald schälten sich aus der weißen Nebelwand die Umrisse eines Kliffs. Ein Fjord schnitt tief in die gewaltige Felswand. Das Schiff glitt hinein. Eine eigenartige Stille herrschte hier, und das Plätschern des Wassers, wenn die Ruder eintauchten, wirkte ungewohnt laut.

Es war, als glitte das Drachenschiff hinüber in eine andere Welt. In die der Geschichten über Götter, Riesen, Zwerge und Feen.

Plötzlicher Regen riss die Nebelwand auf. Rouwen konnte hören, wie einige Männer zufrieden seufzten. Ein großartiger Anblick offenbarte sich ihm: Die schroffen Felsen wichen einer sattgrünen Ebene, in die das dunkelblaue Wasser wie eine Speerspitze schnitt. Auf der ruhigen Wasserfläche spiegelte sich ein Dorf. »Yotur!«, rief ein Hüne, und einige hoben ihre kleinen hammerförmigen Amulette und küssten sie dankbar.

Ein Langhaus mit einem geschnitzten Adler am Dachfirst überragte die niedrigen Hütten mit ihren mit Heidekraut überwachsenen Dächern. Dahinter erstreckten sich, sanft ansteigend, Wiesen und Weiden. Abseits erhob sich – Rouwen wollte seinen Augen nicht trauen – eine Kirche.

Dicht an einer steinernen Mole reihten sich Fischerboote aneinander, und in Gattern zwischen den Häusern drängelten sich Ziegen und Gänse. Ein Hund rannte ans Ende der Mole und bellte aus Leibeskräften das herannahende Schiff an. Nun sahen auch die Nordleute auf; Frauen kamen aus den Häusern und trockneten die Hände an den Schürzen, alte Männer legten die Fischernetze nieder, an denen sie gearbeitet hatten, und Kinder rannten aufgeregt umher.

Das Schiff legte kurz darauf an. Baldvin, der ein poliertes Schuppenwams und etliche goldene und silberne Reife an den Armen trug, schritt über die ausgelegte Laufplanke. Eine junge, pummlige Frau stand an der Spitze der Mole, neben sich den freudig bellenden Hund, und hob mit beiden Händen ein mächtiges Trinkhorn. Ihr Lächeln war zurückhaltend, doch erfreut. Rouwen sah noch, dass Baldvin das Horn ergriff, dann versperrten seine Krieger die Sicht.

Yngvarr schnitt ihn los, und sofort umringten ihn drei Männer mit ihren Waffen. Langsam erhob sich Rouwen. Nur kurz gab man ihm Gelegenheit, die von der Kälte steifen Glieder zu lockern; dann band man ihm die Hände im Rücken. Dieses Mal legte ihm Yngvarr zusätzlich ein Lederband um den Hals. Das

Ende der daran hängenden Schnur wickelte sich der Wikinger um die linke Hand. Die rechte lag drohend um seinen Schwertgriff.

»Willkommen in Yotur«, sagte er mit einem eiskalten Lächeln.

War es Zufall, dass sich in diesem Augenblick die Kriegerin näherte, um an ihm vorbei zur Laufplanke zu gehen? Rouwen fing ihren Blick auf.

Sie war wie eine Distel. Stachlig, unbeugsam, stolz. Doch sie hatte ihm während der Fahrt zu trinken geben wollen. *Sie* war die einzige Hoffnung, dass seine Bitte erhört wurde.

»Ma dame.«

Rúna stutzte und starrte ihn an.

Er holte tief Luft und ballte im Rücken die Fäuste, um sich dazu zu zwingen, einen sanften Ton anzuschlagen. »Ma dame, lasst mich mit dem Dorfgeistlichen sprechen. Ich bitte Euch darum.«

Sichtlich verblüfft runzelte sie die Stirn. Da schlug ihm Yngvarr gegen die Schulter. Sein Lachen klang schmerzhaft laut in Rouwens Ohren.

»Ein Dorfgeistlicher, haha! Sverri, Hallvardr, habt ihr das gehört? Er will den *Dorfgeistlichen* sehen!« Genüsslich betonte er das Wort, und die Männer, die Rouwen umringten, lachten. Rúna senkte die Augen; dann trat sie an ihm vorbei und machte einen langen Schritt hinauf auf die Planke. Der junge Arien folgte ihr dichtauf, danach schleppten zwei andere Rouwens Truhe an Land, und letztlich musste auch er folgen. Das Geschnatter der Dorfleute verstummte, als er über die Planke ging und auf der Mole stehen blieb. Er straffte sich. Sein Blick glitt zu der kleinen Stabkirche.

»Ma dame …«, sprach er Rúna noch einmal an, die stehen geblieben war, um einige Dorfleute zu begrüßen.

Sie funkelte ihn an.

Siehe, du bist schön, deine Augen sind wie Tauben … Bei

allen Heiligen, wie konnte ihm jetzt ein Vers aus Salomons Hohelied in den Sinn kommen? Verwirrt schüttelte er den Kopf. Wie kam er überhaupt dazu, sie um etwas bitten zu wollen? Diese üble Kälte musste seinem Verstand zugesetzt haben.

»Willkommen in Yotur«, sagte schließlich auch sie und wandte sich ab.

3.

Rúna ließ die goldene Kette mit dem kristallenen Anhänger durch die Finger gleiten. Woher der Fremde ihn wohl hatte? Und wem hatte er ihn schenken wollen? Sie kam nicht umhin, sich eine Lady von auserlesener Schönheit vorzustellen. Eine feine Dame. Vermutlich eine wie Athelna.

Sie ließ den Schmuck fallen und glitt von dem mit Fellen üppig bedeckten Bett. Eigentlich hatte sie keine Lust auf die Feier der Heimkehrenden, denn der Stachel, um ihre Wikingfahrt gebracht worden zu sein, saß noch tief. Aber der süße Met, die gebratenen Birkhühner und der leckere Kuchen, den Júta, die zweite Frau Baldvins, aus Weizen, Honig, Butter und Moorbeeren backte, lockte sie dann doch.

Sie zog ein Unterkleid aus heller Wolle an, dann das blaue Schürzenkleid mit den silberbestickten Borten, legte sich die Träger über die Schultern und verband sie mit dem Brustlatz mit runden Goldfibeln, Erbstücken ihrer verstorbenen Mutter. Zum Schluss flocht sie rasch die Haare zu einem langen Zopf und schlüpfte in seidene Schuhe.

Der Kristall ... Nein, der passte nicht dazu. Noch einige goldene Armreife in Form sich windender Schlangen ... Leise lachte sie auf, als sie überlegte, dass so viel Aufputz für ein bisschen Met und Kuchen nicht nötig war. Aber als Häuptlingstochter musste man schon etwas hermachen.

Sie verließ ihre Kammer unter dem Dach des Häuptlingshauses und stieg die Treppe hinunter, die in den Windfang am Eingang mündete. Durch einen schweren Wollvorhang betrat sie die große Halle. Der Rauch des Herdfeuers, über dem die Reste dreier Spansäue gedreht wurden, wirbelte über den Köpfen der Feiernden. Die gesamte Schiffsmannschaft mit ihren

Familien war hier, die Frauen in ihren besten Kleidern, die Männer mit sauberen, polierten Waffen an den Gürteln. Zwei Jungen mühten sich, ihren Knochenflöten schrille Töne zu entlocken, zu denen getanzt und gesungen wurde. Die Halle war voll, und es ging laut zu, doch Rúna wurde kaum angerempelt – selbst die furchteinflößendsten Krieger gaben acht, die Häuptlingstochter respektvoll zu behandeln.

Eine Sklavin hielt ihr ein Tablett mit dampfenden Bratenscheiben unter die Nase. Rúna nickte ihr freundlich zu und bediente sich. Sie hörte den Vater rufen; er hatte sie von seinem erhöhten Häuptlingsstuhl aus entdeckt und winkte sie herbei, doch sie hob nur die Hand und winkte zurück. Es war ja kaum ein Durchkommen.

»Met, meine Schöne?« Yngvarr war plötzlich hinter ihr aufgetaucht und hielt ihr einen Silberbecher hin.

»Danke.« Sie nahm den Becher und trank einen langen Schluck.

»Ich habe ihn eigens für dich nachgesüßt«, verkündete er mit einem breiten Lächeln. »Ich weiß doch, wie du ihn magst.«

Über seinem sorgsam gestutzten Bart zeigten sich hübsche Grübchen. Er war manchmal grob und gedankenlos, doch er konnte auch ganz anders sein: freundlich und einnehmend. Dies war einer dieser Momente. Sie dachte daran, wie es in ihrem Bauch gekribbelt hatte, wann immer er sie angelächelt hatte, damals vor fünf Jahren, als sie begonnen hatte, zu einer Frau zu erblühen.

Es kam ihr inzwischen so seltsam vor …

»Lass uns tanzen«, er fasste sie am Ellbogen.

»Erst möchte ich nach Arien sehen. Wie ich ihn kenne, lungert er irgendwo hier herum, obwohl ihm diese Luft nicht gut tut.« Sie wollte zwar tatsächlich nach Arien sehen, doch es diente ihr auch als Ausrede. Ihr war nicht nach Tanzen. Was sollten die Leute denken? Die Krieger und Töchter der anderen Familien? *Was feiert Rúna Wirbelwind denn da? Sie hat doch gar keine Beutefahrt gemacht.*

Enttäuscht runzelte Yngvarr die Stirn. »Ich glaube, er ist im Schwitzhaus.«

Hastig trank Rúna den Becher leer und drückte ihn in seine Hand. Sie dankte ihm noch einmal, dann machte sie kehrt. Zurück im Windfang, befahl sie den beiden Wächtern, ihr die große Eingangstür zu öffnen. Die Männer zogen beide Flügel auf, und sie eilte ins Freie.

In einer Ecke des Dorfes schmiegten sich in die Hügel mehrere Schwitzhütten. Die erste, die sich auf einem Felsen über einem Teich erhob, sodass man nach dem Schwitzen gleich in das kühle Wasser hineinspringen konnte, war der Häuptlingsfamilie vorbehalten. Aus dieser quoll Dampf. Rúna schlüpfte hinein. Sofort brach ihr der Schweiß aus allen Poren. In der dunklen Hütte entdeckte sie Arien, der nackt auf einer Pritsche lag und schlief, von der Hitze des Feuers eingehüllt. Rúna fluchte leise. Die Sklavin, die für die Schwitzhütten zuständig war, gehörte gezüchtigt – ihn so lange hier schlafen zu lassen!

»Arien!« Sie rüttelte ihn an der Schulter und öffnete die rückwärtige Tür zum Teich hin, damit der Dampf abzog. Er ruckte hoch und begann kräftig zu husten. Wenigstens klang das, was er von sich gab, nicht mehr so trocken. Sie ging rasch hinaus, schnappte sich einen Eimer und füllte ihn an der Quelle, die den Hügel herabsprudelte und den Teich speiste. Als sie in die Hütte zurückkam, hustete Arien immer noch. Er stieß spitze Schreie aus, als sie ihm das Wasser langsam über die Schultern goss.

»Ich *hasse* das!«

»Es tut dir aber gut!«

»Warum huste ich dann immer noch?«

Rúna sagte nichts, denn es gab darauf ja keine Antwort. Bis auf die von Stígr, dem Dorfzauberer, der gesagt hatte, dass die

Götter es so wollten. »Andernfalls wäre es vielleicht noch schlimmer«, rang sie sich schließlich eine müde Erklärung ab. »Aber jetzt musst du dich wieder warm anziehen.«

Wenigstens das ließ er sich nicht zweimal sagen. Er rannte aus der Hütte und war in Windeseile in seinen Kleidern. Rúna folgte ihm und hob seine Filzkappe vom Boden auf, die er ständig vergaß. Er nahm sie entgegen, setzte sie auf und rückte sie zurecht, dann nahm er seinen Umhang zur Hand und straffte sich. »Ich gehe jetzt zur Feier«, verkündete er. »Tanzen.«

Sie lächelte. »Wie du willst, Arien Adlerjunge.«

»Herrin, Herrin!« Die schottische Sklavin Morag näherte sich ihnen mit eiligem Schritt. Sie ließ sich vor Rúna auf die Knie fallen, nur um sich dann ächzend wieder aufzurappeln. »Die Männer zwingen den Engländer, zu kämpfen! Was für ein Schauspiel! Euer Vater schickt mich, Euch Bescheid zu sagen.«

Rúna seufzte. Natürlich, der obligatorische Schaukampf bei Festmählern; daran hatte sie gar nicht mehr gedacht. Ein männlicher Gefangener, sofern er kräftig und geschickt war, musste es über sich ergehen lassen. Der letzte, ein schottischer Edler, hatte sich dabei einen Arm gebrochen. Zwei Jahre war das her. »Ich werde mir das nicht ansehen.«

»Nein? Aber Ihr mögt doch die Schaukämpfe.«

Ja, warum wollte sie nicht zusehen? *Weil es kein schöner Anblick ist, den Engländer entwürdigt zu sehen*, gab sie sich selbst die Antwort. Wirklich gefährlich wäre dieser Kampf für ihn zwar nicht, denn für einen Toten gab es kein Lösegeld. Aber schonen würden ihn die Männer auch nicht. »Ich hoffe, Haakon bricht ihm nichts …«

»Aber Haakon liegt längst am Boden.« Die Augen der Sklavin waren groß vor Begeisterung. Sie fuchtelte mit den Armen herum. »Der Engländer hat ihm die Nase gebrochen!«

Zugleich mit Arien stieß Rúna einen überraschten Schrei aus.

Das war unmöglich! Niemand war dazu fähig, niemand. Nicht umsonst trug Haakon den Beinamen Steinriese.

»Hat er etwa getrunken?«, fragte Arien. Es wäre die einzige Erklärung: Da Haakon der einzige der Männer war, der so gut wie nie trank, weil er immer wachsam und kampfbereit sein wollte, fällte ihn ein harmloser Becher Met sofort.

Morag schüttelte das Haupt mit dem streng zurückgekämmten Haar. »Nicht einen Schluck. Deshalb solltet Ihr doch kommen, Herrin Rúna. Der Engländer kämpft wie . . . wie Thor, falls es diesen Gott wirklich gäbe.«

Rúna streckte einen Arm auf, um Arien aufzuhalten, der bei diesen Worten schon losrennen wollte. Sie nahm sich noch die Zeit, ihm den Umhang sorgsam umzulegen, bevor sie selbst losrannte, den Abhang hinunter, Arien dicht auf den Fersen. Mittlerweile hatte sich die Nacht über Yotur gelegt. Unter den Türflügeln des Langhauses sah man einen schmalen Streifen des flackernden Feuerscheins aus der Halle. Rúna schlug gegen das Eichenholz, und sofort wurde ihr geöffnet.

Der Lärm schien sich verdoppelt zu haben. Alle hatten sich von ihren Plätzen erhoben und schlugen mit Fäusten und Bechern auf die mit Bratensaft, Bier und Met besudelten Tische. Baldvins Jagdhunde kläfften, und die Sklavinnen und freien Frauen ächzten unter der Last der Bretter, auf denen sie weitere Platten mit Honigkuchen, Nusskuchen und Krüge mit Getränken herantrugen. Dicht an den Tischen drückten sie sich entlang und beäugten ängstlich einen einzigen Mann.

Leicht vorgeneigt, die Stiefel fest in den Lehmboden gestemmt und die Hände gespreizt, stand der Engländer vor den Tischen an der rechten Seite. Er trug noch immer die dunkelbraune Lederhose, nicht aber die zerrissene Tunika. Das Licht der vielen Fackeln und Kerzen spiegelte sich auf seinem schweißfeuchten Oberkörper. Auf der anderen Seite hockte Haakon Steinriese, den Hinterkopf an die Kante einer Tischplatte gelehnt. Bei ihm kniete Sverri und drückte ein Tuch auf dessen linke Gesichtshälfte. Es war blutig.

Rúna musste vor Schreck die Luft anhalten. Haakon war der größte und muskelbepackteste Mann, den sie je gesehen hatte. Sein Großvater sei tatsächlich ein Riese gewesen, erzählte man sich. Und man konnte es mühelos glauben. Dass er von einem anderen gefällt werden konnte – unfassbar.

»Wer will als Nächstes?«, rief Baldvin. Er stand vor seinem Thronstuhl, die Hände in den Seiten.

Der Blick des Engländers glitt abschätzend über die Männer. Hatte man ihm gesagt, dass dieser Schaukampf so lange währen würde, bis alle Anwesenden besiegt waren oder er selbst am Boden lag? Der Vater hatte Rúna erzählt, dass sich in seiner Jugendzeit ein solcher Kampf drei Tage hingestreckt habe, weil der Gefangene so zäh gewesen war. Ein Nachkomme der Pikten sei das gewesen, mehr ein Wolf als ein Mensch. In diesem Augenblick glaubte Rúna, dass sich diese Geschichte wahrhaftig wiederholen könne. In den hellen Bernsteinaugen des Engländers loderte tierische Wut.

»Yngvarr!«, rief jemand plötzlich.

Begeistert nahm die Menge den Ruf auf. »Yngvarr, Yngvarr!«, skandierten sie. Ihre Hände schlugen im Rhythmus dazu. Dann mischten sich noch andere Namen darunter, und bald war ein heißes Wortgefecht im Gange. Yngvarr schwieg dazu, lächelte nur in sich hinein. Doch Rúna entging nicht, dass er krampfhaft vermied, in Haakons Richtung zu schielen.

Sie beschloss, dem weiteren Verlauf nicht zuzusehen, und wollte kehrtmachen. Da hob Baldvin die Hand. Sofort wurde es still.

»Der Fremde ist stark und wendig«, nickte er anerkennend in Rouwens Richtung. »Stígr soll entscheiden, wer gegen ihn antreten soll.«

Ein Raunen ging durch die Leute. Der Dorfzauberer trat an

die Seite seines Häuptlings. Langsam löste Stígr den Beutel von seinem Gürtel, schnürte ihn auf und entnahm seine Runenstäbe. Dabei ruckte sein hässlicher Kopf, der an verschrumpeltes Leder denken ließ, hin und her. Er hatte große Augen, die er gen Himmel rollte. Aus seinem zahnlosen Mund kam ein langgezogenes Krächzen.

»Was das alte Huhn wieder für ein Gewese macht«, hörte Rúna Arien hinter sich flüstern. »Bis er die Runenstäbe wirft, feiern wir wieder Jul.«

»Sei nicht so respektlos«, zischte sie. »Du solltest ins Bett! Am besten, ich bringe dich selbst hinauf.«

Sie drehte sich um und schob den murrenden Jungen zurück in den Windfang. Am Fuß der Treppe machte er sich von ihr los.

»Unser Vater nimmt mich mit auf deine Wikingfahrt, und *du* willst mich ins Bett stecken, als wäre ich noch ein Kind!«

»Pah! War das denn eine Wikingfahrt? Nein. Also mach, dass du hinaufkommst.«

»Es hätte eine werden sollen, das weißt du ganz genau.«

»Und du solltest wissen, dass du mich besser nicht daran erinnerst. Außerdem dachte ich, du willst gar kein Krieger werden? Sondern ein Heilkundiger?«

»Deshalb wollte ich mir ja Haakons Verletzung ansehen.«

»Ach wirklich?«

»Ja, wirklich!«

Er stand auf der untersten Stufe und blickte ihr ins Gesicht. So ein dreister Lügner! Ganz bestimmt hatte er sich diese Begründung eben erst aus den Fingern gesogen. Er mühte sich, zornig dreinzuschauen, und fast hätte sie aufgelacht. *Arien!*, dachte sie, von Zuneigung überflutet. *Du wirst einmal ein hinreißender Mann sein. Aber jetzt …*

Ein markerschütternder Schrei ließ sie zusammenfahren.

»Stígr, du bist ja nicht ganz bei Trost!« Es war Baldvin, der brüllte, dass man glauben mochte, die Pfeiler des Hauses bebten. »Wirf die Stäbe noch einmal!«

»Die Götter haben gesprochen, Herr. Die Stäbe sagen, dass dieser Kampf das Leben deiner Tochter beeinflussen wird. Und zwar nicht zum Schlechten.«

»Nicht zu fassen ... Rúna, komm her!« Die Stimme ihres Vaters donnerte durch das ganze Haus.

Verwirrt kehrte sie in die Halle zurück. Die Menschen machten ihr Platz, bis sie in das frei gelassene Rund in der Mitte trat. In Stígrs Beutel verschwanden soeben die Stäbe, und er trat in den rauchgeschwängerten Hintergrund zurück. Sonst hatte sich nichts verändert: Noch immer kauerte Haakon am Boden, und Rouwen wartete. Inzwischen hatte er die kraftstrotzenden Arme vor der Brust verschränkt, als wolle er andeuten, dass ihn die ganze Sache zu langweilen begann.

Baldvin war ebenfalls in die Mitte der Halle getreten, die Fäuste wieder in die Seite gestemmt. »Rúna, der Zauberer sagt, du sollst als Nächstes gegen den Engländer antreten.« Plötzlich warf er den Kopf in den Nacken und lachte lauthals. »Eine Laune der Götter! Aber warum nicht? Vielleicht muss eine junge Frau kommen und tun, was Haakon Steinriese nicht geschafft hat. Willst du?«

Hatte sie richtig gehört? Sie – gegen den Fremden? Noch während sie zu verstehen versuchte, entschlüpfte ihr die Antwort. »Ja.«

Es waren Sverri und Hallvardr, ihre Leibwächter, deren Fäuste in die Höhe schossen und die begeistert johlten.

»Rúna Wirbelwind! Rúna Wirbelwind!«, kam es sogleich von allen Seiten.

Ihr Götter! Waren die alle schon betrunken? Und sie selbst – was hatte sie geritten, sich darauf einzulassen? Sie hielt sich für stark und geschickt genug, einen Mann zu besiegen, sofern er nicht zur ersten Riege der Kämpfer von Yotur gehörte.

Aber *diesen* Mann?

Plötzlich durchschoss sie eine Welle der Erregung. Ja, diesen Mann! Die Götter hatten ihr nicht vergönnt, sich auf der Fahrt als Kriegerin zu beweisen. Stattdessen wollten sie, dass sie in diesen Kampf ging. Vielleicht besaß der Engländer eine Schwachstelle, die ein wuchtiger Klotz wie Haakon gar nicht finden konnte. Sondern nur ein Wirbelwind.

Trotzdem fürchtete sie, dass ihr Lächeln nicht so selbstbewusst geriet, wie sie es gerne hätte. *Nicht länger darüber nachdenken*, ermahnte sie sich. *Tu es einfach.*

»Ich gehe mich rüsten, Vater.« So gelassen wie möglich wandte sie sich ab. Hinter ihr toste der Beifall. Und vor ihr stand Arien und schüttelte den Kopf.

Möglichst unauffällig bewegte Rouwen seine rechte Faust. Die Knöchel schmerzten noch immer vom Schlag gegen die Nase dieser fleischgewordenen Eiche. Der Kampf war kurz gewesen, kürzer als das Geplänkel davor, als der gewaltige Wikinger auf und ab stolziert war und dabei aufreizend langsam ein Arsenal von Waffen von seinem Gürtel und seinen Armen geschnallt hatte – jemand hatte gerufen, dass er nicht einmal in einer richtigen Schlacht seiner Waffen bedürfe.

Das allerdings sagten die Ordensbrüder auch über Rouwen.

Haakon hatte das nicht wissen können. Oder er war unaufmerksam gewesen, als seine Kumpane vom Kampf auf dem Felsen mitten im Nordmeer berichtet hatten. Wie auch immer – Rouwen hatte drei Schläge auf die Schultern eingesteckt, selber vier ausgeteilt, und der letzte war der passende gewesen.

Wie war das noch gleich mit dem Hinhalten der anderen Wange, Christ?, hatte der Häuptling erheitert gebrüllt.

Nun, dieser Teil der Bergpredigt galt nicht für Tempelritter.

Einer der Männer schlug ihm von hinten auf die Schulter. Rouwen fuhr herum. Der Nordmann schob ihm einen mit Bier gefüllten Becher über den Tisch zu. Er hatte Durst, ja, doch wer mochte wissen, was hier für ein Zeug getrunken wurde? Als Templer war er bestenfalls mit Wasser vermischten Wein gewohnt.

»Du wirst die Stärkung brauchen«, rief der Wikinger, »wenn du gegen Rúna Wirbelwind bestehen willst.«

Die Umstehenden grölten. Mittlerweile dröhnte Rouwens Kopf von dem Krach ringsum. Ein paar Jungen versuchten allen Ernstes immer noch Musik zu machen, und das Gejaule aus ihren Flöten machte den Lärm nur noch schlimmer. Beinahe wünschte er sich aufs Schlachtfeld von Hattin zurück.

Schlagartig verstummte der Lärm. Alle wandten sich dem Eingang zu. Dort erschien die junge Frau.

Rúna.

Gott steh mir bei. Wie soll ich gegen sie kämpfen?

Sie hatte ihre kostbaren nordischen Kleider gegen eine schlichte rotbraune Tunika getauscht, die ihr bis zu den Knien reichte. Darunter trug sie eine eng anliegende Hose aus weichem Rindsleder. Ein breiter Silbergürtel mit einem Schwertgehenk betonte ihre schmale Taille. An den Füßen trug sie – nichts. Doch, an beiden großen Zehen glänzten Silberringe. Runen waren darin eingeritzt. Wo hatte er schon einmal Zehenringe gesehen? Natürlich, in den Gassen der Hafenstadt Akkon, als er vor über drei Jahren das jetzt verlorene Königreich Jerusalem betreten hatte. Eine levantinische Schönheit war an ihm vorübergeschlendert; er hatte erst in ihre tiefschwarzen Augen und dann auf ihre nackten Füße mitsamt den Zehenringen gestarrt und sich allein deshalb wie der übelste Sünder gefühlt.

Er zwang sich, den Blick zu heben. Wie anders *diese* Frau doch war ... Ein Elfenwesen, der Haarzopf hell und glänzend, das Gesicht von sanfter Bräune. Ein paar Sommersprossen ließen sie unbeschwert wirken, doch um ihren vollen Mund lag ein entschlossener Zug. Die Farbe ihrer Augen erinnerte an das Meer, in dem sich ein heller Himmel spiegelte. Der düstere Blick und die zusammengezogenen Brauen ließen jedoch eher an die sturmgepeitschte See denken.

Bei einem Mann hätte er mühelos erkannt, ob dessen Ingrimm lediglich der Versuch war, Furcht zu überspielen. Gegen eine Frau hatte er jedoch noch nie gekämpft, und auch ein langer Blick in ihr Gesicht gab ihm keinen Aufschluss über ihre Gefühle.

Baldvin stieg auf seinen Stuhl und von dort auf die Tische, wo er, Becher und Krüge missachtend, zu ihm stapfte. Drohend funkelte der zwergenhafte Häuptling ihn von oben herab an. In der Faust hielt er ein Kurzschwert, das Rouwen zuvor nicht bemerkt hatte. Mit dem Griff voraus reichte er es ihm.

»Mit den Fäusten könnt ihr zwei ja schlecht kämpfen. Dieses Schwert ist stumpf. Du darfst es gebrauchen, Engländer, aber du wirst weder ihre Hände noch Füße noch Gelenke und schon gar nicht ihr Gesicht ...«

»Vater!«

»Ja, mein Wirbelwind?«

»Ich weiß mich zu wehren.« Mit diesen Worten zog sie ihr Schwert aus der Scheide. Es war schmaler und kaum länger als das, welches Rouwen entgegennahm. Sie ließ es vorschnellen und hob es in einer eleganten Bewegung; dann ließ sie es sinken.

Baldvin neigte sich vor. »Du hast verstanden, Engländer«, knurrte er in Rouwens Ohr. »Wenn nicht, wirst du es bereuen.« Dann richtete er sich wieder auf und verschränkte die Arme. Offenbar gedachte er nicht, dem Kampf von seinem Häuptlingsstuhl aus zuzusehen. Rouwen zweifelte nicht, dass der Zwerg ihn anspringen würde, sollte sein Töchterlein in Gefahr geraten.

Welch ein Irrsinn. Baldvin klatschte in die Hände, und sofort sprang Rúna nach vorne und schwang ihr Schwert.

Gott im Himmel, sie war schnell! Rouwen riss sein Schwert hoch, um den Hieb abzufangen. Trotz seiner geringen Größe fühlte es sich schwer und plump in der Hand an. Rúnas Waffe war hingegen leicht und messerscharf. Ein gutes Schwert, das er lieber selbst in der Hand gehalten hätte – um es gegen die Männer zu erheben, nicht gegen Rúna. Er wusste, dass er gegen sie nicht kämpfen konnte. Baldvins Warnung hätte es nicht bedurft.

»Mach schon, Engländer«, fauchte sie ihn an. »Ich bin keine empfindliche Dame.«

Dieses Engländer-Gerede hatte er so satt, dass er ebenso unfreundlich erwiderte: »Mein Name ist Rouwen.«

Spöttisch hob sie eine Braue. »Wie du willst, Rouwen.«

Er nahm ihren linken Oberschenkel in Augenschein. In einem richtigen Kampf hätte er es vermieden, seinem Gegner durch einen solchen Blick zu verraten, wohin sein Treffer gehen sollte. Aber er wollte ihr Vorteile verschaffen. Als er darauf zielte, kam ihre Abwehr zu spät – sie hatte eine Finte vermutet. Gerade noch rechtzeitig drehte er seine Klinge, sodass die flache Seite ihren Schenkel traf.

Damit hatte er ihren Stolz verletzt; er sah es an ihrem Blick, mit dem sie ihn förmlich aufspießte. Sie schlug nach dem Knie seines vorgestellten Beins. Im allerletzten Augenblick schaffte er es, der gefährlichen Klingenspitze auszuweichen. Immer noch hatte er sich nicht an diesen ungewöhnlichen Gegner gewöhnt. Angespornt von seinem Zögern – oder ihrem Ärger darüber – deckte sie ihn mit einer Folge rascher Hiebe ein. Als sie zu ihrem Bruder zurückblickte, der in der Nähe des Windfangs stand, wurden ihre Züge für einen kurzen Moment weich. Doch dann sprang sie wieder heran, wie eine Gazelle, und entblößte die weißen Zähne zu einem Fauchen. Und wieder musste er an das Hohelied denken.

Deine Brüste sind wie ein Zwillingspaar junger Gazellen, die unter den Lilien weiden ... Gottverdammt, Rouwen! Halte deine Gedanken im Zaum!

Hart sog er den Atem ein. Ihre Schwertspitze war über seinen Handrücken gefahren. Verblüfft sprang er so weit zurück, dass er mit dem Hintern an einen der Tische stieß, und presste die andere Hand auf den Schnitt.

Er wartete, dass die Männer ihn auslachten. Stattdessen schwiegen sie.

»Engländer.« In Baldvins Stimme schwang Ungeduld. »Ich sagte, du *darfst* dein Schwert gebrauchen. Was du da treibst, ist ja lächerlich.«

»Allerdings«, schnaubte Rúna. »Du sollst ...«

Na schön, wenn sie es unbedingt so wollten! Er stürzte, noch während sie sprach, auf sie zu, riss sein Schwert nach hinten und schlug ihres mit einem gewaltigen Rückhandschwung aus ihrer Hand. Rúna taumelte rückwärts. Sie konnte den Fall nicht aufhalten, doch mit bewundernswerter Geschmeidigkeit rollte sie über den Boden und sprang sofort wieder auf die Füße. Dies nahm Rouwen jedoch nur noch aus dem Augenwinkel wahr. Ehe auch nur ein Mann einen Finger rühren konnte, hatte er ihre Waffe aufgerafft und rannte ans Ende der Halle.

Seine Linke packte den Jungen an der Schulter und wirbelte ihn herum. Die Klinge lag an Ariens Kehle.

»Beweg dich nicht«, sagte er leise, und lauter rief er: »Ihr rührt euch alle nicht von der Stelle!«

Was ansonsten geschähe, musste er nicht sagen. Zumal er ohnehin lügen würde, was hier hoffentlich niemand ahnte. Er hatte nicht die Absicht, dem Jungen etwas anzutun. Bei seiner

Ehre als Ritter: Niemals würde er ein Kind töten, vor allem keines, dass ihn so sehr an Elric erinnerte. Rücklings ging er, Arien mit sich ziehend, von den erstarrten Kriegern fort. Im Windfang angekommen drehte er sich rasch – die Lanzenspitzen der Türwächter zeigten auf seine Brust.

»Öffnet die Tür«, knurrte er.

Sie zögerten. Er drückte die Klinge näher an Ariens Hals. Der Junge musste sich auf die Zehenspitzen stellen.

Die Männer überschütteten ihn mit heidnischen Flüchen, aber sie gehorchten. Er gelangte mit seiner Geisel in die kalte Nordnacht. Eine dünne Schicht frisch gefallenen Schnees lag über dem hügeligen Gelände. Rouwen zerrte Arien bis hinter die nächste Hütte. Dort ließ er ihn los und rannte, die über allem thronende Kirche fest im Blick.

4.

Es war ein hübsches, aus senkrechten Stäben errichtetes Kirchlein mit drei übereinander gestaffelten Satteldächern und einem kegelförmigen Türmchen, auf dem sich ein Kreuz erhob. Schon von Weitem sah Rouwen auch eine kleine Hütte hinter dem Chor.

Wo es eine Kirche gab, musste es auch einen Mann Gottes geben. Und dieser, so hoffte er, würde ihm sagen können, ob es hier irgendwo andere Siedlungen gab, bestenfalls christliche. Ein anderes Dorf, ein anderer Hafen, wo er ein Schiff fände. Vielleicht würde ihm der Priester auch etwas Geld geben, wenn er hörte, dass ein Armer Ritter Christi vor ihm stand. Wie auch immer – er musste schnell sein, um ein paar Augenblicke Vorsprung herauszuschinden, damit er all das erfuhr und weiterlaufen konnte, ohne dass die Wikinger sahen, in welche Richtung. Hoffentlich würden sie dem Priester dann nichts tun!

Da dieser jedoch frei hier oben leben und wirken durfte, schien er wenigstens ihren Respekt zu genießen, auch wenn es mit ihrer Bekehrung nicht so recht gelingen wollte ... Mühelos rannte Rouwen einen steinigen Weg hinauf. Alles war still ringsum; der Schnee milderte das Rauschen der Brandung, und die Rufe der aus dem Langhaus gestürzten Wikinger klangen wie aus weiter Ferne. Unter den Sohlen seiner Stiefel knirschte es, und sein Atem kam schwer. Nicht weil es anstrengend gewesen wäre, den steinigen Hang hinaufzulaufen. Ihn plagte die Kälte, die in seine nackten Schultern biss.

Heiliger Cuthbert, hoffentlich besaß der Priester irgendein Kleidungsstück, das ihm passte. Oder wenigstens einen Umhang! Nur noch wenige Schritte trennten ihn von der Hütte. Er hielt inne und blickte zurück.

Noch waren die Verfolger kaum mehr als kleine schwarze Striche vor dem hellen Schnee. Rouwen wartete einen Augenblick, um sicher zu sein, dass sie überhaupt in seine Richtung liefen. Natürlich taten sie es. Auf dem Platz vor der Halle verloren sich seine Spuren unter anderen Fußabdrücken, aber es waren nicht genug, um seinen Weg für länger zu verbergen.

Geschnatter hinter ihm ließ ihn herumfahren. Im ersten Augenblick dachte er an plappernde Frauen, aber es hörte sich eher nach Gänsen an. Wie konnte das sein? Er lief auf die Hütte zu, und noch während er den Riegel der Tür zurückzog, wusste er, was er gleich zu sehen bekommen würde.

Tatsächlich Gänse. Diese Hütte war ein Stall.

Die Schar reckte die Hälse und schnatterte noch aufgeregter. Rouwen schlug die Tür wieder zu und hastete um die Kirche auf ihren Eingang zu. Der strenge Geruch, der in seine Nase stach, ließ ihn erahnen, dass ihn hier Ähnliches erwartete. Er riss die Türflügel auf. In einem Bett aus Stroh standen drei Ziegen und glotzten ihn an. An einer Wand war Brennholz gestapelt, an einer anderen Heu ... Kein Kreuz, kein Altar.

Die Tiere meckerten leise. Es war, als lachten von Ferne jene Mörder, denen er in der Gluthitze der Hörner von Hattin entkommen war.

Er musste sich am Türpfosten abstützen und die von seinem Lauf noch schweißfeuchten Haare aus der Stirn wischen. Nur einen Augenblick nachdenken ...

Die Zeit verrann; bald würden die Wikinger heraufstürmen, und er besaß nur das Schwert eines Mädchens.

Das Portal der Kirchentür war mit einem Relief verziert; er erkannte Drachenköpfe in den verschlungenen Mustern. Er hieb die Klinge hinein, sodass sie griffbereit steckenblieb, und erklomm die Wand, zog sich das Satteldach hinauf und stellte sich auf den First. Über das darüberliegende Dach hinweg konnte er in alle Richtungen blicken. Es sah nicht danach aus, als befände sich auf dieser Felseninsel eine weitere Siedlung. Oder sie war jenseits der niedrigen Bergkette in westlicher Richtung. Im Norden, hinter dem Silberstreifen des Meeres, erstreckten sich weitere Inseln der Shetlands. Nur wenige Schritte hinter der Kirche, in Richtung der Inselmitte, auf einer von Bächen durchzogenen Ebene, sah er die bleichen Knochen eines Pferdes. Vielleicht war das arme Tier ein Opfer an die nordischen Götter gewesen.

Er war an einem verfluchten Ort. An einem gottverlassenen Ort.

Die Verfolger rannten den Hügel herauf. Rouwen machte, dass er wieder herunter und an das Schwert kam. Als er es aus dem Holz zog, erwog er flüchtig, im Kampf zu sterben. Vielleicht hatte Gott ihn hierher geführt, damit sein Tod diesem Ort seine Würde zurückgab. Er, ein Christ, ein Templer, würde für Christus sterben.

Die Finger seiner geschundenen Hand umklammerten den Schwertgriff so fest, dass sie schmerzten.

Nein. Ein schier unmenschlicher Lebenswille hatte ihn dem Massaker von Hattin entkommen lassen. Den konnte er nicht abwerfen, selbst wenn er es gewollt hätte.

Es war Yngvarr, der als Erster herangestürmt kam und abrupt stehen blieb, die Arme ausgebreitet, damit seine Schar ihm gehorchte und hinter ihm blieb. In einer Hand hielt er eine Kampfaxt, in der anderen ein Messer.

»Lösegeld hin oder her«, sagte er kühl lächelnd. »Ich habe kein Problem damit, dich hier und jetzt zu töten. Also mach keine weiteren Dummheiten und ergib dich.«

Er ließ die Schultern kreisen, bereit zum Kampf. Zehn, zwölf Männer standen im Halbkreis hinter ihm, alle bis an die Zähne bewaffnet und keineswegs müde von dem Lauf.

Rouwen warf ihm Rúnas Schwert vor die Füße.

Die Nachricht ging von Mund zu Mund: *Es ist nur eine Meile bis zum See Genezareth!* Eine Meile bis zum Wasser. Rouwen schmeckte Asche auf der ausgedörrten Zunge. Ringsum hatten die Truppen Saladins die Sträucher auf Hattins Feldern angezündet. Die Luft selbst schien zu brennen. Wie alle Brüder des Templerordens und auch die Angehörigen der Hospitaliter und der Johanniter hockte Rouwen in voller Rüstung auf der Erde. Unter dem Gambeson, dem Kettenhemd, dem Waffenrock und dem weißen Mantel des Ordens fühlte er sich lebendig begraben. Seine rechte Hand umschloss den Griff seines Anderthalbhänders. Den Schild, auf dem das rote Tatzenkreuz unter den Blutspuren der getöteten Heiden fast nicht mehr zu sehen war, hatte er an seine Seite gelehnt. Seine linke Hand griff nach dem Rosenkranz am Gürtel. Mit dem Plattenhandschuh war es kaum möglich, die Perlen zu ertasten.

Er war ein Geschenk seiner Mutter. *Einen Rosenkranz darf ein Armer Ritter Christi besitzen*, hatte sie ihm zum Abschied gesagt. Und er hatte sich dazu verstiegen, ihr eine wunderschöne Halskette aus dem Heiligen Land zu versprechen. Wie ein siegreicher Feldherr war er sich damals vorgekommen, nur weil er in den Übungseinheiten immer der Beste gewesen war. Elender Hochmut.

Rings um sich vernahm er Gebete. Die Stimmen der Anderen klangen rau vom Durst. Er selbst vermochte das Paternoster nur flüsternd zu rezitieren, denn ihm klebte die Zunge am Gaumen. Zwei Ave Maria; beim dritten entglitten ihm die Gedanken in Richtung des kommenden Morgens. In aller Frühe würden sie einen Ausfall in Richtung des Sees wagen. Es war ein sinnloses Unterfangen. Der Tod wartete auf sie alle. Sie waren entkräftet von diesem entsetzlichen Durst. Die Sarazenen würden sie alle einfach abschlachten …

Irgendwo klapperte etwas. Rouwens Kopf ruckte hoch. Er riss die Augen auf. Da war kein Kreuzfahrerheer. Kein brennendes Feld ringsum, kein rauchgeschwärzter Himmel. *Wach auf, Rouwen, wach auf. Du bist nicht mehr im verlorenen Heiligen Land …*

Nur die Stille des Wikingerdorfes umgab ihn. *Diese* Luft war kalt und klar. Tief sog er den Atem ein. Durst verspürte er tatsächlich. Schlimmer war jedoch die Kälte. Yngvarr hatte ihm eine Decke zugestanden, einen knielangen, fadenscheinigen Lumpen, den er in der Mitte aufgerissen hatte, damit Rouwen ihn sich wie eine Tunika überziehen konnte. Er saß an einer Ecke an der Außenseite des Langhauses, die Hände über dem Kopf gefesselt. Dort waren mehrere Eisenringe in die Balkenwand eingehauen, vermutlich für Reitpferde.

Rouwen bewegte die tauben Finger, um den Blutfluss anzuregen. Doch die Lederschnüre, mit denen er an einen der Ringe gebunden war, saßen straff. Vergebens hatte er daran gezerrt; sie hatten sich nur schmerzhaft in seine Handgelenke gegraben.

Erst festgebunden am Schiffsmast, jetzt hier, und jedes Mal leide ich Durst, als müsse ich dafür büßen, das Elend von Hattin überlebt zu haben.

Das Knurren seines Magens ging unter im Schnarchen der Männer, die sich drinnen nach dem Festgelage schlafen gelegt hatten. Einige waren auch herausgewankt und in ihren Hütten verschwunden. Allein ein Türwächter harrte einige Schritte entfernt aus und verlagerte gelegentlich sein Gewicht von einem Fuß auf den anderen.

Ein Windstoß trieb Rouwen Schnee ins Gesicht. Der Morgen war nicht mehr fern. Er begann sich zu fragen, was der neue Tag bringen würde. Er hatte den Sohn des Häuptlings bedroht – das wurde gewiss nicht nur mit einer unangenehmen Nacht im Freien bestraft. Wenn die Sarazenen Ohren oder gar Füße ihrer Geiseln abhackten und ins Abendland schickten, um der Forderung nach Lösegeld mehr Nachdruck zu verleihen, dann war dergleichen einer Wikingerhorde vermutlich auch zuzutrauen.

Das Knarren der Tür riss ihn aus seinen freudlosen Gedanken. Eine schmale Gestalt huschte heraus. Sie wandte sich kurz an den Torwächter, der ehrerbietig seinen Speer hob. Dann schlurfte sie, die Arme fest um sich geschlungen, zu Rouwen.

In drei Schritten Entfernung blieb sie stehen, als könne er seine Fesseln plötzlich zerreißen und auf sie zuspringen. Helle Strähnen schimmerten in der fahlen Düsternis. War das etwa der Wirbelwind?

Es war der Junge.

Lange stand er da, ohne sich zu rühren. Ob er wohl ein Messer hinter dem Rücken verbarg? Unauffällig verlagerte Rouwen das Gewicht, um den Jungen notfalls mit einem gezielten Tritt wegstoßen zu können. Andererseits glaubte er nicht, dass Arien Rachegedanken hegte. Eine solche Tat traute er dem aufgeweckten Jungen eigentlich nicht zu. Aber warum war er hier? Rouwen wartete, dass er endlich etwas sagte.

Arien hustete.

»Steck mich nicht an«, brummte Rouwen. »Ich hole mir hier eh schon den Tod.«

Das folgende Geräusch klang, als versuche der Junge, ein Prusten zu unterdrücken.

»Verschwinde, wenn du nichts anderes vorhast, als mich anzuglotzen. Das kannst du sowieso besser, wenn es hell ist.« Rouwen atmete tief ein. Es war alles andere als klug, so respektlos mit dem Sohn des Häuptlings zu reden. Und es war auch nicht seine Art. Aber die vergangenen Tage hätten wohl selbst einen Heiligen dazu gebracht, seine Sanftheit abzulegen. Er atmete noch einmal ein und aus, um seinen Groll herunterzuschlucken. Arien hatte an seinem Elend den allergeringsten Anteil.

»Ich wollte nur ...«, murmelte der Junge, brach dann aber mitten im Satz ab.

»Habe ich dir sehr weh getan?«, fragte Rouwen zögernd. Er sah ein Kopfschütteln. »Ich hätte dir nichts getan«, fügte er an.

Arien kam zwei vorsichtige Schritte näher und kauerte sich auf die Fersen. Ganz deutlich glänzten seine großen Augen in der Dunkelheit. »Ich hatte Angst.« Es war kaum mehr als ein Flüstern. »Ihr seid ein großer, starker Krieger.«

Rouwen neigte sich so weit vor, wie seine Fesseln es erlaubten. »Weißt du, was man mit mir vorhat?«, fragte er leise. Rasch sah er zu dem Torwächter hinüber, der sich straffte, jedoch nicht wagte, dazwischenzugehen. Der Respekt vor dem Häuptlingskind war groß. Dass Baldvin seine Kinder vergötterte, war Rouwen in der kurzen Zeit seiner Gefangenschaft nicht entgangen.

»Vater sagte, Ihr werdet einige Tage hier draußen zubringen«, erwiderte Arien dann auch arglos. »Und ins Warme kommt Ihr erst zurück, wenn Ihr gesagt habt, wer Eure Familie ist. Wegen dem Lösegeld.«

Rouwen lehnte den Kopf an die Hauswand und schloss die Augen. Familie? Seine Mutter hatte nie davon ablassen können, ihn zu lieben. Sein Vater jedoch ... Dieser Narr Baldvin hatte ja nicht die geringste Ahnung.

»Aber er sagte es in der ersten Wut«, fügte Arien an.

Rouwen fragte sich, wie er die nächsten Tage überstehen sollte. Die Nacht war schlimm gewesen. Bei jedem Windstoß fühlte er sich wie von hundert Teufelsgeistern gebissen. Sein Hintern schien sich in einen Stein aus Eis verwandelt zu haben. Zu allem Übel hatten sich die Schneeflocken im Laufe der Nacht in Regen verwandelt, der seine armselige Decke rasch durchnässte. Dass er zur Bewegungslosigkeit verdammt und später am Tage dem Gespött der Leute ausgesetzt wäre, war dabei seine geringste Sorge. Das würde er irgendwie mit Stolz ertragen.

»Kannst du mir etwas zu essen bringen? Nur eine Kleinigkeit.«

Angespannt hielt er den Atem an. Er hoffte, dass der Junge

ihm diesen Gefallen tun würde. Falls der Wächter es verhinderte, so war dies zumindest ein Hinweis, dass Baldvin vorhatte, seinen Gefangenen bis aufs Äußerste zu quälen.

Arien sprang wortlos auf und huschte durch den Türspalt, den der Torhüter ihm öffnete, ins Haus. Kurz darauf kehrte er mit nichts als einem kleinen Holzbecher zurück. »Ich hab nur ein bisschen Wasser mitgebracht.« Es klang fast wie eine Entschuldigung.

»Ich soll nicht nur hier draußen hocken und frieren, sondern auch darben, nicht wahr?«, fragte Rouwen geradeheraus.

Zögernd nickte der Junge. Er hielt ihm den Becher an die Lippen.

Bei Rúna hatte er es abgelehnt, auf diese Art zu trinken. Aber den Jungen abzuweisen, der ihn bang ansah, brachte er nicht über sich. Also löschte er schnell den Durst, bevor der Mann, der neugierig herüberstarrte, doch noch eingriff. Entwürdigend war es dennoch. Es gelang Rouwen nicht, sich ein Dankeswort abzuringen.

Eben noch hatte Arien nur eine Tunika angehabt, doch auf dem Weg ins Haus war er anscheinend auf den klugen Gedanken gekommen, sich einen Umhang mitzubringen, und so kauerte er sich nun wieder einige Schritte von Rouwen entfernt nieder, nur dass er sich diesmal einmummeln konnte – ein Anblick, der Rouwen noch schlimmer frieren ließ.

»Ich würde immer noch zu gerne wissen, was das Kreuz auf Eurem Arm bedeutet«, sinnierte der Junge. »Warum ist es blutrot?«

»Eigentlich tragen nur die Kreuzfahrer ein rotes Kreuz. Aber der Papst gewährte uns Tempelrittern, es immer zu tragen, weil wir uns im Grunde immer in einem Kreuzzug befinden. Vollständig nennen wir uns den Orden der armen Ritter Christ vom Tempel Salomons.« Noch während er sprach, ahnte er, dass der Junge nichts davon verstand.

Arien machte in der Tat große Augen. »Ich weiß, was ein Kreuzzug ist«, sagte er. »Und ein Tempel, das ist ein Gebäude aus der Römerzeit. Darin haben sie ihre Götter angebetet. In England soll es sogar heute noch welche geben. Und Brücken und Straßen ...«

»Auch der wahre Gott hatte einen Tempel. In Jerusalem. Den haben die Römer allerdings zerstört. Später erbauten die Sarazenen dort ihre Kultstätten.« Und seit der Niederlage bei Hattin herrschten sie wieder auf dem Tempelberg, aber Rouwen hatte nicht die Absicht, diese Dinge weiter auszuführen.

»Sarazenen sind Heiden wie die Römer, oder?«

»Heiden ja, aber ganz anders.«

»Und ...«

»Nein«, unterbrach Rouwen ihn. Ihm blieb nicht mehr viel Zeit, wenn er einige Dinge in Erfahrung bringen wollte. Aus zweien der Häuser waren bereits Frauen gekommen und hatten Eimer fortgetragen, wahrscheinlich mit der nächtlichen Notdurft. Bald würde sich das Dorf mit Leben füllen. Es war nur eine Frage der Zeit, bis Arien verschwand, um seinen eigenen Beschäftigungen nachzugehen. »Beantworte jetzt auch mir ein paar Fragen: Wer seid ihr, und warum lebt ihr hier?«

»Hier haben schon immer Menschen gelebt.«

»Nein – warum leben *Wikinger* hier? Norweger und Dänen sind vor weit mehr als hundert Jahren endgültig christlich und sesshaft geworden. Männer, die auf schnellen Booten aus dem Norden kommen und Dörfer und Klöster an englischen Küsten überfallen, die kannte man nur noch aus Geschichten. Im Norden Schottlands kam das vielleicht noch vor, aber, bei Gott, das waren doch nur irgendwelche Räuber.«

»Unsere Krieger sind nicht irgendwelche Räuber!«, empörte sich Arien. »Es sind Wikinger!«

»Dass es welche sind, habe ich ja nicht bestritten.« Rouwen

schnaufte vor Ungeduld und wegen dieser beißenden Kälte, die sich um seine Knochen gelegt hatte. »Aber *warum* ...«

Arien drehte sich um, als eine in einen pelzverbrämten Umhang gehüllte Frau aus dem Haus kam. Sie ging mit seltsam trippelnden Schritten.

Sie blieb stehen, schlug die Kapuze zurück und atmete tief ein, ohne Rouwen oder Arien zu bemerken. Ihre tiefbraunen Flechten, die ihr offen um die Schultern fielen, passten so gar nicht zu den helleren der Frauen hier, zumal diese ihre Haarpracht geflochten trugen. Er sah nur ihr Profil, aber es war vollkommen: eine kleine Nase, die leicht zum Himmel wies, volle Lippen und wohlgerundete Brauen. Im beginnenden Tageslicht konnte er sehen, dass ihre Wangen gerötet waren.

»Ich möchte mir die Beine vertreten«, sagte sie zu der gedrungenen älteren Frau, die an ihrer Seite herausgekommen war.

»Ist gut, ich sage Bescheid.«

Rouwen blieb vor Überraschung der Mund offen stehen. Sie hatten Gälisch gesprochen.

Die Alte stapfte ins Haus zurück und kehrte sogleich mit einem der Krieger zurück. Staunend sah Rouwen zu, wie er neben dieser Schönheit in die Knie ging und den Saum ihres Mantels und sogar den des Kleides darunter hob. Peinlich berührt starrte sie in die Ferne.

Er schloss eine gepolsterte Fußkette auf. Kaum hatte er sie abgestreift, marschierte sie ungelenk los. Die dicke Frau watschelte an ihrer Seite, und der Yoturer folgte in drei Schritten Abstand, wohl um aufzupassen, dass die beiden nicht wegliefen.

»Arien, wer ist sie? Eine Gefangene?«

»Das ist Lady Athelna. Sie ist von ...«

Arien sprang hoch, als eine weitere Frau aus der Halle trat. Es war Rúna. Anders als Athelna sah sie sich um und entdeckte ihren Bruder sofort.

»Plaudert ihr wieder schön?« Die spitze Frage galt allein Arien; Rouwen sah sich von ihr missachtet. »Hinein mit dir, Adlerjungchen.«

Unwillkürlich wanderte sein Blick an ihr abwärts. Sie hatte einen kurzen Umhang um sich geschlungen. Darunter trug sie lederne Beinkleider und – tatsächlich – nach wie vor nichts an den Füßen. Leider auch nicht die Zehenringe, die er so interessant und sündhaft fand.

»Ich hasse es, wenn du mich so nennst.« Arien setzte eine finstere Miene auf. Ein neuerlicher Hustenanfall machte seinen Versuch zunichte, selbstsicher wie ein Mann aufzutreten. Missmutig schlurfte er zu ihr, und als er an ihr vorbei war, gab sie ihm einen sanften Stoß in den Nacken. Rouwen lag die Frage auf der Zunge, ob diese Art der schwesterlichen Liebesbezeigung typisch für eine Wikingerfrau war. Die Vernunft zwang ihn jedoch, diese Respektlosigkeit herunterzuschlucken. Als sie wieder ins Haus ging, konnte er nicht anders, als ihr nachzusehen, den Anblick ihres geschmeidigen Rückens, der schlanken Beine und der bloßen Fersen aufzusaugen. Diese Frau verursachte etwas in ihm, das er nicht wollte. Etwas, das machtvoller und gefährlicher war als ein Kampf mit Haakon Steinriese.

Rúna liebte die kurze Zeit vor dem Schlafengehen, wenn sie, Arien und ihr Vater beieinander saßen. Das Abendmahl, das er mit seinen besten Kriegern einzunehmen pflegte, war von den Küchendienerinnen bereits abgeräumt worden. Bier schäumte aus seinem silberbeschlagenen Trinkhorn. Er hob es und schüttete die Hälfte in eine Schale.

»Für Allvater Odin«, sagte er feierlich.

»Für Freya«, Rúna goss einen Teil ihres Becherinhalts, mit Nelken und Honig gewürzten Wein, dazu, um die kriegerische Göttin der Jagd zu ehren.

»Für Hödur.« Arien leerte seinen Weinbecher über der Schale. Der blinde Hödur war sein Lieblingsgott, da er ins Innerste eines Menschen schaute, nicht jedoch darauf, ob er äußerlich etwas hermachte.

Der Vater trank sein Horn aus und wischte sich mit dem Handrücken über den bärtigen Mund. Er nahm den Faden des Gesprächs wieder auf: Bald sollte das Vieh auf die höher gelegenen saftigen Weiden geführt werden. Einige Winterschäden an den Häusern mussten noch ausgebessert werden. Der neue Adler, den er über den Winter geschnitzt hatte, musste auf den Giebel gesetzt werden.

»... und die *Windjägerin* muss neu kalfatert werden. Ich verspreche dir, du wirst diesen Sommer zu deiner Wikingfahrt kommen.«

Er schnippte mit den Fingern und deutete auf eine der Truhen an den Wänden rings um den großen Bohlentisch. Seine füllige, noch junge Zweitfrau Júta, die nach dem Tod von Rúnas Mutter zur Schlüsselträgerin aufgestiegen war, eilte sich, die Truhe zu öffnen. Sie brachte einen länglichen, in Leinen verschnürten Gegenstand und zog sich still zurück.

Was er aus dem Tuch schälte, war ein Dolch seltsamer Machart.

»Tochter, ich schwöre es dir bei diesem Dolch.«

Er schob ihn über den Tisch. Etwas so Fremdartiges hatte Rúna noch nie gesehen. Auch Arien reckte den Hals. Die Klinge dieses Dolches war gebogen und so blank poliert, dass sie jede Einzelheit ihres Gesichts erkennen konnte. Auf den vergoldeten Griff waren verschlungene Zeichen eingraviert, die an die Schnitzereien an den hiesigen Türstöcken erinnerten und doch ganz anders waren. Die Parierstange war geschwungen, als sei sie der Stiel einer Blüte, der sich im Wind gebogen hatte und nun erstarrt war. Überall blinkten eingelassene Juwelen.

»Den hatte der Engländer in seiner Truhe«, erklärte Baldvin und strich sich selbstzufrieden über den Bart. »Jetzt ist er dein.«

»Danke«, murmelte Rúna. »Er ist wirklich wunderschön.«

»Woher der wohl ist?«, überlegte Arien. »Man könnte meinen, er sei aus … aus einem Zauberland. Im Frankenreich machen sie so was nicht.«

»Tu nicht so klug.« Der Vater gab ihm einen Klaps auf den Hinterkopf. »Das ist ein Sarazenendolch. Genaueres wird uns der Engländer schon noch sagen.«

Behutsam, als könne sie das Zauberwerk beschädigen, glitten ihre Fingerkuppen über den Griff und ertasteten die kleinen roten Steine. Sie waren wie die erstarrten Augen kleiner Drachen. Man nannte sie Rubine, wenn sie sich nicht irrte. *Und die Augen des Engländers sind aus Bernstein* … Sie umschloss den Griff so fest, dass ihre Finger schmerzten.

»Er wird nie reden, Vater! Siehst du das nicht?«

»Ich sehe einen Mann, der danach schreit, dass man ihm den Stolz austreibt. Er ist ein Christ! Die sind nicht so stark, wie sie manchmal tun. Morgen wird er um etwas zu essen und um Wasser betteln.«

Für einen Moment verschlug es ihr die Sprache. »Aber … Vater! In ihren alten Geschichten sind es doch gerade die Christen, die sich eher totschlagen lassen, als eine Handbreit nachzugeben und die alten Götter anzubeten.«

»Geschichten! Pergament ist ein lügnerisches Kind, hat einmal ein kluger Mann gesagt. Erst recht das der Kreuzanbeter.«

Bekräftigend hob er sein Horn und trank. Rúna seufzte innerlich auf. Ihr Vater verschloss sich der Vernunft, wenn es um die Anhänger des angenagelten Gottes ging. Bei allen Asen und Wanen, dieser alte Hass würde nie ein Ende finden!

»Arien hat gesagt, Yngvarr hätte dem Engländer, als er am

Mast festgebunden war, ein Messer so dicht an ein Auge gehalten, dass nur eine Fingerbreite gefehlt hätte, es ihm auszustechen. Und der Mann hat nicht einmal gezuckt.«

»Stimmt«, warf Arien ein.

Baldvin brummte nur.

»Er wird nicht reden, Vater. Diese Augen haben schon mehr gesehen als nur eine Klingenspitze.«

Er knurrte in seinen Bart. »Du hast doch noch gar keine Ahnung vom rauen Leben, und von den Männern auch nicht. Woher willst du das also wissen?«

Sie hob die Schultern. »Ich weiß es eben.«

»Jaja, in jungen Jahren meint man, alles zu wissen. Wie auch immer, du willst, dass ich dem Mann zu essen gebe, stimmt's?«

Rúna zeigte ihr schönstes Vater-ich-liebe-dich-Lächeln. »So ist es.«

Zugleich fragte sie sich, was ihr eigentlich daran lag. Dieser Mann war ein Beutestück, nichts weiter. Zumal eines, das ihre Hilfe gar nicht verdiente, da er sie verachtete – das hatte sie heute früh, als er Athelna bewundernd hinterhergestarrt, sie jedoch abschätzig gemustert hatte, ganz deutlich erkannt.

»Nein«, Baldvin schlug das Horn auf die Tischplatte und erhob sich. »Morgen redet er. Und jetzt, meine lieben Kinder: Schlaft gut.«

»Lass ihn wenigstens im Pferdestall anbinden.« Sie begriff wirklich nicht, was sie dazu brachte, es noch einmal zu versuchen. »Da ist es nicht so kalt ...«

»Nein!« Er stapfte zu der seitlichen Tür, hinter der eine Treppe hinauf in sein Gemach führte, und riss den Vorhang beiseite.

Sie sah ihrem Vater nachdenklich hinterher, bis sie Ariens fragenden Blick auf sich spürte. Sie zuckte nur mit den Achseln. Am besten verschwendete sie keinen Gedanken mehr an den Engländer. An Rouwen.

5.

War es der zweite Tag? Der dritte? Oder hockte er schon einen Monat hier? Das wohl nicht, doch es fühlte sich so an. Sein Magen hatte irgendwann aufgehört zu knurren. Die Kälte nahm er mittlerweile nicht mehr wahr, ebenso wenig die Glieder seines Körpers. Der Rumpf existierte noch, ja, allerdings schien er sich in gefrorenen Stein verwandelt zu haben. Was er jedoch mit aller Macht spürte, war die Gier nach Wasser.

Seine Zunge schien zu doppelter Größe angeschwollen. Er schaffte es nicht mehr, sich die trockenen Lippen zu lecken. Sie schmerzten, als seien sie rissig. Hinter seiner Stirn pochte es, als stünde einer der Wikinger neben ihm und schlüge mit einer Streitaxt gegen den eisenbeschlagenen Rand seines Schildes.

Yngvarr kam gerade wieder heran. Der Krieger baute sich vor ihm auf und schlug ihm ins Gesicht. Rouwen schmeckte Blut. Er vermochte nicht zu sagen, ob es schon das dritte oder vierte Mal war, dass der Wikinger das tat.

»Rede endlich, du englischer Hund! Wo kommst du her? Wie heißt deine Familie? Sprich!«

Anfangs hatte Rouwen mit Kopfschütteln oder einem klaren und deutlichen »Nein« geantwortet. Aber das wurde zusehends mühseliger, also schwieg er.

Die Yoturer gingen unterdessen ihren alltäglichen Arbeiten nach. Sie störten sich nicht daran, dass am Haus des Häuptlings jemand angebunden war – dergleichen kam offenbar öfter vor, und am zweiten Tag wurde tatsächlich eine Frau an der anderen Ecke festgesetzt. *Sie hat ihrem Mann Hörner aufgesetzt,* hörte er jemanden sagen. Man band sie bereits nach wenigen Stunden wieder los. Den Mann, der sie abholte, wahrscheinlich ihr eigener, empfing sie mit einer saftigen Ohrfeige. Rouwen fragte sich, ob es umgekehrt nicht passender gewesen wäre.

Aber bei den Norwegern war eben so manches anders; davon hatte er bereits früher gehört. Die Existenz eines weiblichen Schwertkämpfers war das beste Beispiel.

Er überlegte, um Wasser zu bitten. Es gab Momente, da erwog er, darum zu flehen. Ihm war entsetzlich übel, die Kopfschmerzen wurden immer unerträglicher, und ihm wurde immer öfter schwarz vor Augen. Das hatte er schon einmal erlebt – Hattin. Damals hatte er sich geschworen, keinen Sarazenen anzuflehen, sollte man ihn gefangen nehmen. Ob Gott seine Entschlusskraft im Nachhinein prüfen wollte?

Wie aus dem Nichts tauchte eine Frau über ihm auf. Ihr Gesicht schien zu flackern. Ihre Sommersprossen tanzten. Die gelösten Locken ihres zurückgekämmten Haares waren wie kleine lebendige Schlangen. Er schüttelte verwirrt den Kopf. Hatte nicht eben noch Yngvarr über ihm gestanden? Er schrie auf, als sie seinen Schopf packte, um seinen schmerzenden Schädel nach hinten zu drücken.

Ein Augenpaar blickte auf ihn herab, das die Farbe eines sonnenbeschienenen Meeres hatte. Er versuchte sich auf den Namen der schönen Schwertkämpferin zu besinnen.

... *Wirbelwind*.

»Du wirst nie reden«, murmelte sie. Es klang bedauernd.

Der Wirbelwind drückte etwas an seine Lippen. Erneut wollte er schreien – sie anschreien, weil ihm jede Berührung wie ein grober Schlag vorkam. Sogar das Wasser, das plötzlich in seinen trockenen Mund rann, tat weh.

»Ich danke dir, Sverri«, sagte Rúna. Der großgewachsene Krieger richtete sich auf, nachdem er den Engländer wie einen Sack

Getreide auf Stígrs Pritsche geworfen hatte. Ihm hatte Rouwens Gewicht nicht das Geringste ausgemacht. Er zog eine Lederschnur aus seinem Hosenbund, die er vorsorglich mitgebracht hatte, und band dem Bewusstlosen die Hände im Rücken zusammen.

»Jetzt kann er dir nichts mehr tun, Herrin. Diese Lederschnur zerreißt nicht einmal ein Wolf.« Eine Hand zum Gruß erhoben, verließ er die Hütte.

Rúna sah ihm ärgerlich hinterher. Glaubte Sverri wirklich, der Engländer könne ihr in seinem Zustand gefährlich werden? Gut, er war ihr körperlich überlegen. Das ließ sich ja schwerlich leugnen. Aber er war geschwächt, und sie war kein Dummkopf, der sich einfach übertölpeln ließ.

Diese Wikingfahrt wäre so wichtig gewesen, um sich endlich als Kriegerin zu beweisen! Die Männer respektierten sie, ja; trotzdem gab es hier und da Zweifel, ob eine Frau den Clan führen könne, sollte Baldvin irgendwann zu alt sein.

Ihr Götter! Wie lang war ihr dieser Winter vorgekommen! Eigentlich hätte sie schon letztes Jahr fahren sollen, doch Baldvin hatte sich während einer Fahrt verletzt. Nicht einmal im Kampf – während eines Sturms war die Schot des Rahsegels gerissen und hatte ihn so unglücklich an der rechten Hand getroffen, dass er sie lange nicht hatte gebrauchen können. So hatte er ihre erste Wikingfahrt auf dieses Frühjahr verschoben, obwohl sie kurz nach seiner Rückkehr achtzehn Jahre alt geworden war – als sie noch ein Kind gewesen war, hatte er ihr versprochen, in diesem Alter fahren zu dürfen. Und wie spät war in diesem Frühjahr das gute Wetter gekommen ... Jetzt schneite es sogar wieder, dabei waren die Winter auf Yotur doch eher nass. Und dann der Engländer ... Solange er nicht ausgelöst war, würde Baldvin nicht erneut aufbrechen.

Und was tat sie? Sie verzögerte die Angelegenheit noch, indem sie den Engländer versorgte.

Du bist in deinem Herzen eben doch, was du bist, hatte der Vater gesagt, als er nachgegeben hatte. *Eine Frau*.

Sie hatte ihm widersprechen wollen, aber da sie nicht einmal genau wusste, warum es ihr so wichtig war, die Folter des Engländers zu beenden, hatte sie es nicht getan.

Rouwen lag seitlich auf der Pritsche und bewegte sich leicht. Im schummrigen Licht, das durch den Rauchabzug unterhalb der Hüttendecke drang, erkannte sie, dass seine mächtigen Glieder mit kleinen und auch größeren Narben übersät waren, als habe er unzählige Schlachten geschlagen. Die kräftigen Muskeln zeichneten sich selbst bei kleinen Bewegungen deutlich unter der Haut ab. Rúna trat einen Schritt zurück und umschloss den Griff des Sarazenendolches an ihrem Gürtel, unwillkürlich dankbar für Sverris Umsicht. Doch der Engländer lag im nächsten Moment wieder still. Er atmete tief und gleichmäßig. Über seine Stirn hingen Strähnen des rötlich schimmernden Kastanienhaares. Seine Nase war gerade, die Lippen voll und leicht geschwungen. Getrocknetes Blut klebte im Mundwinkel. Rúna fuhr mit den Augen die Linien seines vollkommenen Gesichts entlang.

Ihre Fingerspitzen kribbelten in dem Wunsch, sie auch zu erspüren. *Und warum nicht?* Sie ging an seiner Seite in die Knie. Die linke Hand am Dolchgriff, ließ sie die Finger der anderen vor seinem Gesicht schweben. *Gütige Freya, solche herrlichen Lippen hab ich bei einem Mann nie zuvor gesehen …*

Als sie sie mit dem Daumen sacht berührte, war es ihr, als würde ein wohlig warmer Strom durch ihren Körper fließen. Sie zuckte zurück; beinahe wäre sie auf ihr Gesäß gesackt. War das ein christlicher Zauber?

Das Knarren der Tür ließ sie auf den Fersen herumfahren.

»Arien!«, rief sie mit unterdrückter Stimme. »Was machst du hier?«

Ihr Bruder schlich sich näher und zog die Hüttentür hinter sich zu. »Nur gucken. Willst du ihn töten?«, flüsterte er.

Rúna hatte nicht bemerkt, dass sie den Dolch gezogen hatte. Verlegen schob sie ihn zurück in die Scheide und rückte ihn zurecht. »Natürlich nicht.«

Arien legte eine Hand an den Hals; offenbar plagte ihn wieder ein Hustenreiz, aber er wollte wohl den Engländer nicht wecken. Seine Stimme war krächzend, als er wieder sprach. »Vater sitzt am Tisch, trinkt und ärgert sich, dass er sich von dir hat überreden lassen. Und Yngvarr hat ihm versprochen, dass er den Engländer umbringt, wenn er dummes Zeug macht.«

»Du machst aber auch gerade Dummes, hm? Du darfst nicht in Rouwens Nähe, egal ob er gefesselt ist oder nicht. Nicht dass er dich noch einmal schnappt. Also, warum bist du hier, du Neugiernase?«

»Na, weil ich neugierig bin, sagst du doch selber.«

Sie seufzte. Arien konnte man einfach nicht böse sein, egal was er anstellte. Aus einem Krug goss sie etwas Wasser auf ein Stück Leinen und wusch behutsam das Blut aus Rouwens Gesicht. Leise stöhnte er; seine Lider flackerten, doch er erwachte immer noch nicht.

»Außerdem hat er mir gesagt, dass er mir nichts getan hätte«, fügte Arien hinzu. »Also brauche ich ihn nicht zu fürchten.«

»So, du glaubst ihm also.«

Er nickte ernsthaft. »Er hat von einem Tempel erzählt, wo er herkäme.« Er runzelte konzentriert die Stirn. »Orden der Armen Ritter Christi vom Tempel Salomons. Ja, so hieß das. Aus Jerusalem. Und er ist ein Ritter dieses Tempels, ein Tempelritter. Weißt du, was er meinte?«

»Ich habe nicht die geringste Ahnung. Salomon, was für ein seltsamer Name.« Rúna schüttelte den Kopf. »Aber hast du jetzt nicht Kampfstunde mit Thorleif? Oder war's Schiffsbaukunde bei Gorun?«

Er zog eine Grimasse, als würde jemand seinen Nacken mit Schnee einreiben. »Ich geh ja schon.« An der Tür sah er sich noch einmal um. Sein Blick schien zu sagen, sie solle auf sich aufpassen.

Rúna wedelte mit dem Lappen, und endlich lief er hinaus. Sie machte einige Schritte hin und her und überlegte, ob es nicht an der Zeit war, sich ebenfalls um ihre Angelegenheiten zu kümmern, statt den Engländer zu umsorgen. Eine Schwertkampfübung stand heute nicht an, aber sie könnte ... Da fielen ihr Stígrs Bücher ein. Vielleicht könnte sie ja darin eine Antwort auf die Frage finden, was ein Tempelritter war. Sie hob den Deckel der Truhe, in der der Zauberer einige Beutestücke aufbewahrte, und fischte den zuoberst liegenden Folianten heraus. Es war der größte und so schwer, dass Stígrs Arbeitstisch knarrte, als sie ihn darauflegte.

Sie öffnete die Metallschließen und schlug die pergamentenen Seiten um. Als Kind hatte sie von einer englischen Haussklavin lesen gelernt, aber richtig beherrschte sie diese Kunst nicht; Arien war darin besser. Dies jedenfalls war Latein und half ihr nicht weiter. Beim nächsten, einem kleineren Buch musste es sich um Heilkunde handeln, denn es zeigte schöne Pflanzenzeichnungen.

Das Wissen der Welt ist in Büchern. Das hatte die Sklavin damals gesagt. Nun, sie konnte nicht erwarten, dass sich ausgerechnet die Antwort auf die Frage, was für ein Ritter Rouwen war, in Stígrs Truhe fand. Lächerlich. Sie legte die Bücher zurück und ließ den Deckel fallen.

Ein Knall weckte ihn. Erstaunt stellte er fest, dass er zwar ein Kratzen im Hals spürte, sein Durst jedoch gelöscht war. Und er vermochte wieder klar zu sehen. Da war die Wikingerfrau – das schöne Heidenwesen, das ihm immer noch wie eine lebendig gewordene Gestalt aus einem seltsamen Traum erschien. Sie trug wieder eine Hose, dieses Mal aus hellgrauem Leder; darüber eine schlichte, ungefärbte Wolltunika. Um ihre schmalen Hüften lag ein blaues Seidentuch, darüber ein geflochtener Gürtel, an dem ... Heiliger Cuthbert, er musste träumen ... ein Sarazenendolch hing. Es war seiner, doch der Anblick der nackten Füße lenkte ihn davon ab. Sie trug wieder die Zehenringe.

Er lachte heiser auf, weil er es so unsinnig fand, sich darüber zu freuen, während er gleichzeitig bemerkte, dass seine Hände im Rücken gefesselt waren. Sie wirbelte herum, sodass ihr Zopf in der Luft einen weiten Bogen beschrieb, und riss in einer überaus flinken Bewegung den Dolch aus der Scheide. Einen Herzschlag später schwebte die Spitze des Dolches vor seinen Augen.

Er rührte sich nicht. Langsam zog sie die Klinge zurück und ließ sie wieder im Gürtel verschwinden.

»Keine Angst, ich bin keine Walküre, die dich nach Walhall entführt hat.«

»Was ... Walküre? Ich verstehe kein Wort.«

Sie stemmte eine Faust in die Seite. »Ich hätte mir denken können, dass dieser Scherz an dich verschwendet ist, Christenmensch.«

»Ich dachte, ich hatte dir schon gesagt, dass ich einen Namen habe. Hast du ihn vergessen?«

»Durchaus nicht. Du heißt Rouwen.«

Ihm gefiel, wie sie seinen Namen aussprach. Er wollte lächeln, doch mehr als eine Grimasse brachte er nicht zustande. Ihm war übel, und sein Kiefer schmerzte von den Hieben Yngvarrs. Mit der Zunge fuhr er sich über die Zähne, ob sie gelitten hatten, doch das war, Gott sei es gedankt, nicht der Fall. Er schloss die Augen, denn er fühlte sich zutiefst erschöpft. Und er war nicht für die Gegenwart einer solchen Frau geschaffen. Er war ein Tempelritter. Ein Mönch.

Trotzdem hob er die Lider wieder ein wenig, um zuzusehen, wie sie sich an einem grob gezimmerten Wandregal zu schaffen machte. Dort standen Krüge dicht an dicht, überall hingen Pflanzenbündel und Tierhäute von der Strohdecke und an den Wänden. Sogar getrocknete Blindschleichen. Durchdringend roch es nach Kräutern und anderem, das er nicht benennen konnte und wollte. Die Hütte des Zauberers?

Sie goss eine dunkle Flüssigkeit in einen Becher und kehrte zu ihm zurück. »Trink das, es stärkt dich. Es ist Met mit Krähenblut.«

Das Zeug stank bestialisch! Wollte sie ihn vergiften? Er konnte dem Geruch nicht anders entkommen, als sich aufzurichten. Hinter seiner Stirn begann es wieder warnend zu pochen. Fest musste er die Zähne zusammenbeißen, weil ihn heftiger Schwindel überkam. Verdammt! Beinahe wäre er wieder zur Seite gesackt, da es ihm Mühe bereitete, das Gleichgewicht zu behalten.

Unbeirrt folgte ihre Hand seinen Bewegungen. Sie erriet augenscheinlich seine Gedanken. »Das ist kein Gift, ich schwöre es bei Freya.«

»Was schert mich ein Schwur, den jemand bei einem Götzen tut?«

Ihre Augen sandten wütende Blitze in seine Richtung. Ob sie wieder zum Dolch greifen würde? Oder ihm das Gebräu ins Gesicht schüttete?

»Du bist ein Narr!«, schimpfte sie. »*Ich* habe dafür gesorgt, dass du dort draußen nicht stirbst! Ich wünschte zwar, dir nie begegnet zu sein, aber das ist für mich kein Grund, dich zu töten, verstanden?«

»Du tust es unbeabsichtigt doch noch, wenn du nicht deine

Stimme senkst!«, gab er zähneknirschend zurück. »Mir will der Schädel zerspringen.«

»Das hilft auch gegen Kopfweh.«

»Bist du eine Zaunreiterin?«

»Was soll das sein?«

»Eine zauberkundige Frau.«

»Die Hütte gehört Stígr. Er ist ein Seidmann, ein Zauberer. Und ein Heiler.«

Auffordernd stupste sie mit der Kante des Bechers gegen seine Unterlippe. Er ergab sich und trank. Die fast breiige Flüssigkeit schmeckte nicht so übel wie befürchtet. Tatsächlich fühlte er sich gleich etwas frischer. Vielleicht war Krähenblut ja nur ein Kraut mit einem seltsamen Namen? Er beschloss, nicht nachzufragen. Vorsichtig straffte er sich und bewegte die Schultern. »Wo ist der Zauberer?«, fragte er stattdessen.

»Er ist aufgebrochen, Pflanzen zu sammeln; da ist er immer ein paar Tage unterwegs«, erklärte sie. »Er wäre, glaube ich, nicht sehr erfreut, dich hier drinnen zu wissen. Aber hier bist du am besten aufgehoben.«

Und das ganz sicher nicht, damit man ihn mit Heiltränken versorgen konnte, vermutete Rouwen. Sondern weil die Tür dieser Zauberhütte ein schweres Eisenschloss besaß. Fenster gab es keine, nur an einer Wand eine schmale Öffnung, die dazu diente, Licht einzulassen, und auf der anderen, dicht unterhalb des Strohdaches, ein ebenso winziges Loch, um Rauch hinauszulassen. Nun, in englischen Burgen pflegte man Gefangene in Verliese zu werfen; hier gab es wohl nichts Vergleichbares. Was die unangenehme Frage aufwarf, wie diese Wikinger mit ihren Gefangenen ansonsten verfuhren. Dieser Gedanke brachte ihm die schöne Frau mit den gepolsterten Fesseln um die Fußgelenke in den Sinn ...

»Die Frau, die ich vor ein paar Tagen sah ...« War das vor ein paar Tagen gewesen? Er hatte keine Ahnung, wie viel Zeit vergangen war, aber an dem erbosten Feuer in Rúnas Augen erkannte er, dass sie sofort wusste, von wem er sprach. »Wer ist sie?«

»Das geht dich nichts an.« Rúna verschränkte die Arme vor der Brust. Im Ausschnitt ihrer Tunika erschien der Ansatz ihres Busens.

Rouwen heftete den Blick an die Wand, wo eine getrocknete Echse an einem Nagel hing. Was man daraus wohl herstellte? »Ich nehme an, sie ist eine Geisel wie ich. Wie lange ist sie schon hier?«

»Hörst du schlecht? Das geht dich nichts an.«

Er sah ihr in die Augen, sehr darauf bedacht, den Blick nicht tiefer sinken zu lassen. Ein überraschend schwieriges Unterfangen. Wobei der Teil seines eigenen Körpers, der ihm Sorgen machte, gerade ein ganz anderes Bedürfnis hatte. »Darf ich wenigstens erfahren, wie ich hier pinkeln soll?«

Sie schnappte nach Luft. Unangenehm berührt blickte sie zur Seite, ebenfalls auf den Echsenkadaver. Daneben sah er – bei allen Heiligen! – einen Schrein. Er war aus Glas, geformt wie ein kleines Haus, und darin, auf einem Bett aus Samt und mit Golddraht befestigt, glänzten gebleichte Knochen. Eine Reliquie. Eine *geraubte* Reliquie. Die Edelsteine, die am First und an den Kanten des Glashäuschens gewesen sein mussten, waren aus ihren Fassungen gebrochen. Und mit dem eigentlich Wertvollen durfte sich offenbar der Dorfzauberer beschäftigen.

»Das ist der Handknochen eines Mannes namens Blaan«, sagte Rúna. »Jedenfalls steht sein Name da am Rand.«

Der Heilige Blane. Ein Bischof aus Irland, der unter die Pikten geschickt worden war, vor Hunderten von Jahren. Rouwen kannte Geschichten aus seinem Leben, aber keine darüber, was mit seinen Knochen geschehen war. Kein Wunder; die Geschichte, wie Baldvin oder einer seiner Vorfahren ein Kloster überfallen und diesen Schatz geraubt hatten, würde wohl jeden Christen mit Wut und Scham erfüllen.

»Rúna, ich habe dich etwas gefragt.«

»Ja.« Nachdenklich rieb sie sich den Nasenrücken. »Augenblick.« Sie raffte einen Eimer auf, trug ihn in die hinterste Ecke der kleinen Hütte und holte aus einer anderen Truhe eine Decke, die sie so aufhängte, dass der Eimer dahinter verborgen war.

Rouwen erhob sich. Er musste die Füße fest in den eiskalten Lehmboden stemmen, um nicht zu schwanken. Gezwungenermaßen war er barfuß, und die Kälte drang ihm sofort durch die Haut. Wie konnte diese Frau *freiwillig* auf Schuhwerk verzichten? Es war ihm unbegreiflich.

Er hob die Ellbogen an. »Ich fürchte, du wirst mich für einen Augenblick losbinden müssen.«

»Wozu ... Oh, ach so. Nein«, sie schüttelte den Kopf.

»Willst du mir etwa helfen?«

Ihr Blick war schneidend wie eine Klinge, ein Ausdruck, den er inzwischen gut kannte. Allerdings begann es ihm langsam zu gefallen, wenn sie ihn so ansah. Das musste eine Nachwirkung der ausgestandenen Qualen sein; anders war dieser Gedanke nicht zu erklären.

»Hüte deine Zunge, Engländer!«

»Meine Zunge ist gerade meine geringste Sorge. Rúna, ich werde dich nicht angreifen und auch nicht flüchten, wenn du mich jetzt losbindest. Wo sollte ich denn in meinem Zustand auch hin?«

»Dahin, wohin du wolltest, als du aus der Halle geflüchtet bist?«

»Da hatte ich noch die Hoffnung, dass es hier einen Mann Gottes gibt. An einem Ort, wo Kirchen zu Ställen werden, sieht es mit dieser Hoffnung aber recht trübselig aus.«

»Einer wie du gibt niemals auf. Andernfalls hättest du längst Yngvarrs Fragen nach deiner Herkunft beantwortet.«

»Ach, weißt du, Rúna Wirbelwind ... Yngvarr war mir einfach zu unhöflich.«

Ob sie die Lider mit den langen hellen Wimpern senkte, weil er sie mit ihrem Spitznamen angesprochen hatte? Trotz des fahlen Zwielichtes meinte er ein Blitzen in ihren Augen zu sehen, diesmal aber ein ganz anderes. Und ein Lächeln, vielmehr die Andeutung eines Lächelns. Er hatte nicht geglaubt, dass diese Frau dazu imstande war. Vielleicht lag ja wirklich irgendein Zauber auf dieser Hütte.

Herr, vergib mir.

»Setz dich wieder hin«, befahl sie. Er gehorchte; seine Blase protestierte schmerzhaft. Nachdenklich blickte sie sich um und entfernte schließlich das Seidentuch von ihren Hüften. Sie drehte es zu einem Seil. »Und jetzt halt still.«

Sie beugte sich über ihn und berührte seinen Hals. Seine Nasenflügel blähten sich. Rúna duftete nach einer fruchtigen Essenz. Darunter nahm er Leder und einen feinen, angenehmen Schweißgeruch wahr, als habe sie sich bei einem Schwertkampf verausgabt. Er schwankte zwischen dem Wunsch, sie anzustarren, und dem, die Augen zu verschließen, um ihre Berührungen noch deutlicher wahrzunehmen. Aber da trat sie wieder zurück, und er begriff, was sie getan hatte.

Sie hatte ihn angeleint wie einen Hund. Das Seidentuch war irgendwo hinter ihm festgemacht.

Plötzlich hielt sie den Dolch in der Hand. Sie neigte sich auf eine Seite; er wollte zur anderen ausweichen, doch die Seide hielt ihn auf. Er konnte nicht verhindern, dass ihr Oberkörper ihn streifte. Ihre Nähe verwirrte ihn, doch da hatte sie mit einer raschen Bewegung hinter ihn gegriffen und die Lederschnur von seinen Handgelenken geschnitten. Sie trat einige Schritte zurück und verknotete sie.

»Jetzt nimm die Hände nach vorne. Und keine unbedachte Bewegung!«

Blitzschnell hatte sie die Klinge an seinen Hals gelegt. Sie glaubte sich überlegen. Er war sich sicher, ihr die Waffe ohne größere Mühe entwenden zu können. Aber vielleicht täuschte er sich, und sie konnte tatsächlich schneller aus der Reichweite seiner Hände springen, als er sie zu packen vermochte. Nun, er hatte ihr versprochen, friedlich zu sein, also kreuzte er die Hände vor dem Bauch.

Er war neugierig, wie sie das Problem lösen wollte, seine Handgelenke zu fesseln und ihn gleichzeitig mit dem Dolch zu bedrohen. Es entlockte ihm ein Lächeln, als sie die Klinge zwischen die Zähne nahm und ihn warnend anfunkelte wie eine Löwin.

Wenige Augenblicke später waren seine Hände wieder gefesselt, und die Klingenspitze drückte sanft gegen seine Wange.

»Hier gibt's nichts zu lachen, mein Freund«, sagte sie ebenso sanft wie kalt. Sie löste das Seidentuch und trat zurück. »Jetzt darfst du aufstehen.« Sie nickte in Richtung des Aborts.

Rouwen ging in die Ecke. Ihre Dolchspitze drückte gegen sein Rückgrat. Erst als er hinter den Vorhang schlüpfte, trat sie zurück. Seine Finger, die er sich beim Kampf mit dem Steinriesen lädiert hatte, machten es nicht leicht, die Verschnürung seiner Hose zu lösen. Dann war es geschafft. Dass Rúna eindeutige Geräusche zu hören bekam, störte ihn nicht. Eine Frau, die unter derben Kriegern lebte, vernahm gewiss noch ganz andere Dinge.

»Was ist ein Tempelritter?«, fragte sie unvermittelt. Da er überrascht schwieg, hakte sie nach: »Und wer ist Salomon? Ist er ein Gott? Aber ihr habt doch nur einen Gott? Musstest du die Schätze seines Tempels bewachen?«

Rouwen überlegte einen Moment, sah aber keinen Nachteil darin, ihr zu antworten. »Der Orden der Armen Ritter Christi vom Tempel Salomons wurde ursprünglich gegründet, um Pilger zu beschützen, die nach Outremer wollten, ins Heilige

Land. Der Weg ist gefährlich, man hat es mit Räubern und wildem Getier zu tun. Aber seitdem kämpfen Tempelritter immer dort, wo der Heilige Stuhl es will. Balduin der Zweite, damals König von Jerusalem, überließ dem Orden Teile seines Palastes, von dem man sagt, er sei dort errichtet worden, wo der Tempel Salomons stand. Salomon war der Sohn Davids und Bathsebas, der dritte König von Israel.«

Und jener, der vielleicht das Hohelied der Liebe schrieb, ging es ihm durch den Kopf, während er seine Hose wieder zuband. Er konnte förmlich hören, wie Rúna nachdachte.

»Was ist ein Orden?«, wollte sie wissen.

»Eine Gemeinschaft.«

»Und warum nennt ihr euch ›arm‹? Die Schätze in deiner Truhe ...«

»Nein, schöne Frau, du bekommst nicht aus mir heraus, für wen sie gedacht waren. Bevor ich euch verrate, wohin ihr Feuer und Schwert tragen könnt, lasse ich mir eher die Haut abziehen.«

»Genau das könnte passieren, wenn du weiterhin schweigst.«

»Man hat mich in meiner Ausbildung darauf vorbereitet, die Fragen der Sarazenen zu ertragen, sollte ich in Gefangenschaft geraten. Und zwar ganz gleich, welche Befragungsmethoden sie anwenden. Von nordischen Götzenanbetern, die es eigentlich gar nicht mehr geben dürfte, war zwar nicht die Rede, aber Heide ist Heide.«

»Ich sollte dir für deine Überheblichkeit den ... die ...«

»Was?« Mit beiden Händen warf er den Vorhang auf und trat vor sie. »Was willst du mir abschneiden? Meine Zunge?«

»Die auch!« Den Dolch vorgestreckt, wich sie zwei Schritte zurück. »Setz dich wieder hin! Du kannst sowieso kaum auf den Füßen stehen.«

Kaum hatte sie das gesagt, spürte er wieder den Schwindel und die Schwäche in den Knien, die ihn zu der Pritsche wanken und darauf niedersacken ließ. Die wenigen Schritte und das Reden hatten ihn angestrengt.

»Aber nun sag mir, Rúna Wirbelwind, warum es hier noch Wikinger gibt. In einem der Bücher daheim habe ich gelesen, dass sie nach der Schlacht von Hastings verschwunden seien, als Wilhelm von der Normandie England eroberte.«

»In *einem* der Bücher? Du besitzt mehrere?«

»Mein Vater besitzt welche.«

»Also doch! Deine Familie ist reich. Und du hast behauptet, du seist arm!«

»Weil mein Vater Bücher besitzt, denkst du, er wäre reich?«

Dieses Augenfunkeln ... Wie konnte es sein, dass er es sogar mochte, wenn sie zornig war? Es stimmte einiges nicht mit ihm, ganz und gar nicht, und er ahnte durchaus, was sein Problem war.

»Bücher sind kostbar!«, schleuderte sie ihm entgegen.

Vielsagend blickte er zu des Seidmanns Truhe. »Die Hütte des Heilers sieht nicht aus, als würde er in Reichtümern schwelgen.«

»Das ist etwas anderes. Baldvin hat ihm diese Bücher geschenkt. Weil Stígr ein Mann ist, auf den die Götter schauen. Er selbst besitzt aber gar keins, und dabei ist er wirklich reich. Vielleicht nicht nach den Maßstäben englischer Earls, aber hier ist er es, du ... *armer Ritter.*«

Sie spuckte ihm die letzten Worte entgegen. Heiliger Cuthbert, wie sollte er das erklären? Dass er ein Armutsgelübde abgelegt hatte, erwähnte er besser nicht. Gut, dass er nicht auch noch gesagt hatte, dass sein Vater eine ganze Bibliothek mit gewiss an die hundert Büchern besaß ... Er legte sich der Länge nach hin, weil all das im Augenblick einfach zu anstrengend für ihn war. Sollte sie doch hinauslaufen, zu Baldvin stürmen und ihm sagen, die Geisel habe sich als Sohn des Königs entpuppt. Es war ihm in diesem Moment gleich ...

»Du brauchst etwas zu essen«, hörte er sie sagen, während er die Augen schloss. »Und dann erzähle ich dir die Geschichte unseres Dorfes.«

II.

GEBUNDEN

6.

Rúna sah zu, wie der Engländer gierig alles verschlang, was sie hatte bringen lassen: das Roggenbrot, den geräucherten Hai, die gekochten Möweneier und das warme, dampfende Bier. Danach streckte er sich wieder erschöpft auf der Pritsche aus.

»Du wolltest mir doch eure Geschichte erzählen«, sagte er matt.

Rúna schrak auf. Sie war schon wieder in den Anblick seines Gesichts versunken gewesen.

Rouwen sah sie auffordernd an, doch er kämpfte offensichtlich mit der Schwere seiner Lider.

Ja, dachte sie, *mach die Augen zu, dann siehst du nicht, wie ich deine Lippen anstarre.*

Bei Odin!

Am liebsten hätte sie ihm den Rücken zugekehrt – wäre das nicht viel zu gefährlich. Verärgert über sich selbst verschränkte sie die Arme und schlug ein Bein über das andere. »Also gut. Die Ahnen der Yoturer lebten wie viele Norweger und Dänen an der Küste Englands im Königreich Jórvík. Sie zogen mit Harald Harderade, dem damaligen König von Norwegen, in den Kampf, um für ihn den Thron Englands zu erobern. Sie waren die letzte Sippe, die noch die alten Götter anbetete …«

Obwohl er eben noch schläfrig gewesen war, wirkten seine Augen nun wach und interessiert.

»Es gab eine Schlacht …«, fuhr sie fort.

»Die Schlacht von Stamford Bridge.« Er hob sich auf einen Ellbogen.

Rúna musste sich sammeln, um sich von seinem Bernsteinblick nicht verwirren zu lassen. »Ja, das … das ist jetzt etwa hundertundzwanzig Jahre her. Harald verlor sie, und von den Yoturern überlebten nur drei Brüder. Sie gerieten in Gefangenschaft, und die Engländer holten einen Priester, um sie dazu zu zwingen, den alten Göttern abzuschwören. Sie mussten sich … ins Wasser tauchen lassen? Wie nennt man das noch?«

»Taufe.«

Sie nickte. »Sie ließen sich aber nicht zwingen. Zwei tötete man, um wenigstens einen zur Umkehr zu bewegen, wie sie es nannten …«

»Es sind im Namen des Herrn viele schlimme Dinge geschehen«, murmelte Rouwen. »Auch im Heiligen Land. Ich bedaure das zutiefst.«

Rúna staunte. Sie hatte erwartet, dass er seine Glaubensbrüder glühend verteidigen würde. Unruhig rutschte sie auf dem Hocker, auf dem sie saß, hin und her. »Nun, Thor gab ihm Kraft ein, hieß es, und er wurde zum Berserkir, kämpfte und floh. Er schlug sich an der Küste nach Norden durch und gelangte auf die Hjaltland-Inseln. Die Shetlands, wie die Engländer sie nennen. Hierher. Sein Name war Yotur.«

»Also gründete er diese Siedlung.« Rouwens Stimme klang nachdenklich.

»Es gab hier schon eine, aber er schwang sich zu ihrem Herrn auf, nahm sich eine Frau und bekam einen Sohn …«

Rúna erzählte weiter. Von dem Schwur, den Yotur von dem Sohn forderte, sobald dieser erwachsen geworden war. Einen Schwur, sich niemals zum Glauben an den angenagelten Gott bekehren zu lassen. Rouwens Brauen zuckten bei dieser respektlosen Bezeichnung, doch er kommentierte sie nicht. Rúna erzählte davon, wie Yotur und dessen Söhne Raubzüge auf die Orkneys und an die schottische Küste unternahmen, wo sie vornehmlich Kirchen und Klöster überfielen – die Rache für den Tod der Brüder. Niemals wurden sie gefasst, und sobald ein Missionar einen Fuß auf die Insel setzte, war er verloren. Es war, als sei die Zeit auf der versteckten Insel stehen geblieben. Die Welt veränderte sich; die Yoturer hörten davon, sie lasen davon, sie sahen es, aber sie hielten an ihrer Rache und den alten Göttern fest. Allerdings verlegte man sich im Laufe der Zeit mehr aufs Handeln mit den anderen Inseln und fuhr seltener zu Wikingfahrten aus. Der Ruhm von Yotur und seinen Söhnen verblasste …

»Die Yoturer wären wohl endgültig Bauern und Händler geworden«, Rúnas Stimme wurde leiser, als sie sich dem Teil der Geschichte näherte, der ihr eigenes Leben für immer verändert hatte, »und die Erzählungen von den drei Brüdern und den letzten Wikingern wären zu Legenden geworden. Wenn nicht …« Hier brach sie ganz ab.

Rouwen richtete sich auf und zog die Augenbrauen hoch. »Sprich weiter, Frau.«

Es fiel ihr nicht leicht. Sie erhob sich, um mit verschränkten Armen auf- und abzulaufen. Ihre bloßen Füße verursachten keinen Laut, und Rouwen wartete ab.

»Baldvins Großvater war der erste seit langer Zeit, der einem Prediger zuhörte. Er gestattete ihm, die Kirche zu bauen, und es hätte nicht viel gefehlt und es wäre ein Christ aus ihm geworden. Baldvins Vater, mein Großvater, der ebenfalls Baldvin hieß, war wieder anders: Er träumte von Wikingfahrten und dem alten Ruhm. Dreimal fuhr er aus und brachte Beute mit. Mein Vater wiederum träumte von Handelsfahrten. Er wollte diese alte Fehde mit dem Christentum nicht länger tragen. Er wollte sogar die Insel wegen dieser alten Geschichte verlassen. Er wollte wie seine Vorfahren im Süden siedeln, wo es Wild und Wälder gibt. Also fuhr er mit unserer Mutter an der schottischen Küste entlang bis nach Berwickshire. Und da …«

Sie stockte. Odin! Freya! Alle Asen und Wanen! Wie kam sie dazu, dem Engländer, einem *Feind*, davon zu erzählen? Sie sprach nie davon. Mit niemandem. Obwohl man darüber redete.

In den Hütten. Am großen Feuer in der Halle. Beim Arbeiten auf den Feldern und am Hafen. Jedoch nie in Rúnas und Ariens Gegenwart.

Aus gutem Grund. Sie hatte die Vergangenheit verdrängt, und jetzt musste sie sich wegen dieses Mannes quälen. Nur weil sie sich hatte hinreißen lassen, ihm davon zu erzählen. Warum nur? War es ihr wirklich so wichtig, dass er begriff, warum die Yoturer so ein seltsames, hartes Völkchen waren? Warum *sie* war, wie sie war? Nun gut. Tief atmete sie ein.

»Einmal ließ er sie in einem Kloster zurück, um mit einem schottischen Earl über ein Stück Land zu verhandeln. Er wollte es pachten und sich dort ein Haus errichten, nahe Eastfield-upon-Eye-Water. So heißt die Stadt. Als er zurückkam ... als er ...«

Nein. Sie konnte es nicht. Sie blieb stehen, kehrte Rouwen den Rücken zu und presste eine Faust an den Mund.

»Was geschah dann?«, fragte er. Seine Stimme war sanft, als ahnte er bereits, wie es weiterging.

Mehrmals schluckte sie. Konnte sie weitersprechen, ohne dass sie zittrig und schwach klang? Sie räusperte sich. »Er fand sie ...« Sie hob auch die andere Hand, und mit allen Fingern fuhr sie sich über das Gesicht, um die Tränen zu verdrängen, die sich in ihren Augen sammelten. *Du wirst nicht weinen, Wirbelwind. Vor niemandem. Und schon gar nicht vor diesem Mann.*

»Wie fand er sie?«

»Entehrt und tot.«

Irgendetwas hauchte er, das wie *Allmächtiger Gott* klang.

Rúna dachte daran zurück, wie ihr Vater als ein bleicher, um Jahre gealterter Mann zurückgekehrt war, wie er sie und den kleinen Arien in die Arme genommen, gewiegt und plötzlich herzzerreißend geweint hatte. Sie war acht oder neun Jahre alt gewesen. Zu jung, um die volle Tragweite des Verlusts sogleich zu begreifen. Zu alt, um nicht zu verstehen, was geschehen war.

»Ein kräftiger Mönch hatte sich über sie hergemacht; sie hatte sich mit allen Kräften gewehrt und ... er hat sie schlimm zugerichtet. Als mein Vater sie fand, war sie kaum noch am Leben. Sie tat ihren letzten Atemzug in seinen Armen. Vater kehrte nach Yotur zurück und schwor Blutfehde bis an sein Lebensende. Er nahm sich eine zweite Frau, Júta, aber die gebar ihm nicht den erhofften Sohn. So hat er nur einen, der kränkelt, und eine Tochter, mich. Also erzog er mich als Mann, damit ich unsere Mutter irgendwann rächen kann, sollte es ihm nicht mehr gelingen.«

Sie hatte nicht geweint. Ihre Stimme hatte etwas tief geklungen, doch fest. Im Stillen dankte sie den Göttern, umschloss den Thorshammer auf ihrer Brust und wandte sich um.

Rouwen stand unmittelbar vor ihr.

Erschrocken zuckte sie zurück. Von seiner Schläfe rann ein Schweißtropfen und seine Brust hob und senkte sich, als habe es ihn angestrengt, sich wieder zu erheben. Aber sein Blick war auf sie konzentriert. Sein Mund, den sie widerwillig so berückend fand, öffnete sich langsam. Sie sah ebenmäßige, kräftige helle Zähne. Seine Lippen bewegten sich; er sagte irgendetwas, das sie über dem Rauschen in ihren Ohren nicht richtig hörte. Sie starrte auf seinen Mund wie das gestellte Wild auf den Jäger. Abrupt fuhr sie wieder herum.

Sein Atem strich über ihren Nacken. Und dann legte sich eine Hand sanft auf ihre Schulter. Ihr erster Impuls war, sie abzuschütteln – was fiel ihm ein, sie, die Tochter des Häuptlings, zu berühren? Doch es fühlte sich nicht aufdringlich, nicht respektlos an.

Vielmehr tröstlich.

Seine Finger bewegten sich leicht. Rúna konnte sich nicht dagegen wehren, es ... *angenehm* zu finden. Sie hielt still. Nur noch einen Herzschlag diese Berührung genießen, noch einen, noch einen ...

»Deshalb also ist Lady Athelna hier, nicht wahr?«, fragte er rau.

Athelna? *Athelna?* Sie offenbarte ihm, was sie noch keinem anderen erzählt hatte, und er hatte nichts Besseres zu tun, als nach Athelna zu fragen? *Die ist ja auch zart und schön und nicht ungehobelt wie ich*, dachte sie bissig, fuhr herum und, ehe sie sichs versah, hatte sie zu einem Schlag ausgeholt.

Mühelos fing er ihn ab. Seine gefesselten Hände umschlossen ihre Finger. Er wirkte verwirrt.

Mit der freien Hand zog sie blitzschnell den Sarazenendolch und drückte die Spitze gegen seinen straffen Bauch.

»Loslassen, sofort.«

Er tat es. »Verzeih, dass ich dich berührte.« Abwehrend hob er die Hände, machte zwei lange Schritte rückwärts und hockte sich auf die Pritsche.

»Athelna und der ganze Rest der Geschichte geht dich nicht das Geringste an«, sagte sie kühl und steckte den Dolch zurück in die Scheide. Schlimm genug, dass sie ihm überhaupt so viel erzählt hatte. Wie hatte sie sich nur dazu hinreißen lassen können? Als ob er irgendeinen Zauber über sie geworfen hatte! Aber das konnte nicht sein, Christen verachteten Zauberkundige. Und dieser Mann strahlte eine geradezu würdevolle Aufrichtigkeit aus. Sie griff nach ihrem Seidentuchseil, das sie auf dem Tisch abgelegt hatte. »So, und jetzt halt still, damit ich dich wieder fesseln kann.«

»Ich verspreche dir, dir nichts zu tun. Doch lass mir die Hände frei. Allein der Gedanke, sie wieder auf den Rücken legen zu müssen, lässt meine Schultern schmerzen. Und willst du diesen Tanz etwa jedes Mal machen, wenn ich mein Geschäft verrichten muss?«

Das war in der Tat ein Problem. Weder Baldvin, der angeordnet hatte, Rouwen hier einzusperren, noch Sverri hatten daran gedacht. Von seinen Raubzügen hatte Baldvin lediglich ein paar Sklaven und Athelna mitgebracht, und die durfte sich frei bewegen. Was also machte man mit einer männlichen Geisel? Hielt man sie zum Arbeiten an wie die englischen und dänischen Sklaven im Dorf? Rúna lachte säuerlich. Würde Rouwen sich zum Arbeiten prügeln lassen?

»Schwöre mir bei deinem Gott, dass du dich ruhig verhältst und niemanden angreifst«, sagte sie. »Nein, schwöre es bei ... bei Salomon. Und bei einem Heiligen.« Ihr kam ein Gedanke. Sie holte das Glashäuschen aus dem Regal und stellte es auf den Tisch.

»Was machst du ... Nein!«, schrie Rouwen.

Doch da schlug sie schon mit dem Dolchgriff gegen das Dach. Klirrend zersprang das Glas. Mit spitzen Fingern fischte sie die dürren Knochen heraus, und da sie sich ein wenig vor ihnen ekelte, umwickelte sie sie mit dem Samttuch, auf dem sie gelegen hatten. Das Bündel trug sie zu Rouwen.

»Schwöre bei diesen Knochen!«

Er wirkte über ihr Tun höchst entsetzt. »Sei vorsichtig damit, ja?«

»Schwöre!«

»Ma dame, ich schwöre bei Gott, bei Salomon und beim heiligen Blane, dass ich friedlich bleiben werde.« Seine Bernsteinaugen schauten grimmig, und er knirschte förmlich mit den Zähnen – ein Beweis, dass er es ernst meinte.

»Ich werde veranlassen, dass immer vier Schwertmänner rund um das Haus Wache stehen.« Bei Odin, Stígr würde zetern, sobald er von seiner Wanderung zurück war und bemerkte, dass sein Haus zu einem Gefängnis gemacht worden war! Aber das war jetzt ihre geringste Sorge. Wie würde ihr Vater aufnehmen, dass sie Rouwen diese Bewegungsfreiheit ließ, so gering sie auch sein mochte? »Und wenn du deinen Schwur brichst, nähe ich dir eigenhändig deine ... Lippen zu, damit du niemals wieder einen falschen Schwur tun kannst, verstanden, Christ?«

»Verstanden«, erwiderte er.

Hätte sie wirklich beinahe ›deine *schönen* Lippen‹ gesagt? Sie musste hier weg, sonst wurde sie noch wahnsinnig. Sie durchschnitt seine Fessel. Dann stapfte sie zur Tür, schlug dagegen, und kaum hatte man ihr geöffnet, rannte sie hinaus in die frische Luft und sog sie tief ein.

Rouwen nahm einen tiefen Atemzug. Ob Rúna wusste, welch betörende Wirkung sie auf ihn ausübte? Er glaubte es nicht, andererseits war es ein deutliches Zeichen, dass er sich zu diesem dummen Schwur hatte hinreißen lassen. Hätte diese ungewöhnliche Frau ihn nicht so verwirrt, hätte er das niemals getan. Vorsichtig legte er die Reliquien zurück in den beschädigten Schrein. Eigentlich sollte er Gott schwören, die Knochen des heiligen Blane nach England zu bringen. Aber er ließ es bleiben; er hatte sich eben schon einen Schwur aufgeladen, den einzuhalten ihm das Äußerste abverlangen würde.

Wenigstens hatte Rúna nicht daran gedacht, ihn auch schwören zu lassen, dass er keinen Fluchtversuch unternahm.

Er legte sich hin, um sich noch ein wenig zu erholen. Doch er konnte nicht schlafen; ständig schwebte dieses berückend schöne Gesicht vor seinen Augen. Also erhob er sich wieder und beschloss, sein kleines Gefängnis in Augenschein zu nehmen.

In der Truhe fand er vier Bücher: Eines beschäftigte sich mit Heilkunde, zwei andere waren Romane, die anscheinend von Rittern handelten, die auszogen, Jungfrauen vor Drachen zu schützen. Und das vierte, ein besonders großer Foliant, erwies sich, nachdem er die Schließen geöffnet hatte, als eine Bibel. Gut, dieser Zauberer mochte ein Heiler sein und benötigte ein Buch über Arzneien. Rittergeschichten waren auch nicht allzu verwunderlich. Aber was, zum Teufel, wollte Stígr mit einer Bibel? Wahrscheinlich gar nichts. Baldvin Baldvinsson wusste mit Büchern nichts anzufangen; er wusste nur, dass sie kostbar waren. Und darum hatte er seinen Dorfzauberer damit belohnt.

Nun ja, er, Rouwen, befand sich eben unter Barbaren. Es sollte ihn nicht wundern.

Die Bibel war sehr schön illuminiert. Er blätterte und gelangte, wie sollte es anders sein, zu Salomons Hohelied.

Dein Hals ist wie der Turm Davids, der in Terrassen gebaut ist: Tausend Schilde hängen daran, alle Schilde der Helden. Deine beiden Brüste sind …

Verdammt!

Er blätterte weiter, gelangte zum Neuen Testament. Er dachte an die Geschichte, die Rúna ihm erzählt hatte. Eine grausige Geschichte. Eine Geschichte, die verriet, warum sie ein Mann zu sein versuchte. Der Mönch, der ihre Mutter auf dem Gewissen hatte, sollte in der Hölle verrotten! *Jesus Christus, er hatte es nicht verdient, dir zu dienen! Hölle und Teufel!*

Er schlug die Bibel zu und legte sie zurück. Es gab noch ein paar kleinere Kisten, die aber nur Werkzeuge, Kräuter und Lumpen enthielten. Stígr hatte er ja bereits während des Festes kennengelernt, und diese Hütte passte zu seinem liederlichen Äußeren. Mehrere zerbeulte Kupferbecher und leere Krüge verrieten, dass er viel und gern trank. Einen Arzneikasten mitsamt Messerchen und Skalpellen fand Rouwen nicht. Entweder besaß der Heiler nichts dergleichen, oder man hatte es fortgeräumt. Nun, zum Kämpfen hätten diese Dinge ohnehin nicht getaugt. Erst recht nicht mit einem Schwur, der es verbot …

Er legte sich wieder auf die Pritsche, denn selbst die wenige Bewegung strengte ihn noch zu sehr an. Seine Gedanken glitten zurück zu Rúna. Ihm war nicht entgangen, dass sie gegen Tränen angekämpft hatte. Er hatte den Wunsch verspürt, sie irgendwie zu trösten. Nur wie, das hatte er selbst nicht gewusst. Sie in den Arm nehmen? Den hätte sie ihm wohl eher abzuschlagen versucht. Warum war sie zuletzt nur so zornig gewesen?

Frauen … Die verstand er ohnehin nicht. Wie auch, er war ja ein Mönch. Aber *diese* Frau wäre wohl für jeden Mann ein Rätsel.

Über diese unersprießlichen Gedanken schlief er ein.

Rúna legte ihre Dolche und Messer nebeneinander auf das Fell ihres Bettes. Sechs hatte sie schon. Wenn sie eines Tages zu alt zum Kämpfen sein würde, so wollte sie fünfzig ihr Eigen nennen. Der Sarazenendolch war gewiss die schönste und kostbarste Waffe ihrer Sammlung. Das lange Jagdmesser mit der silberverzierten Klinge, das ihr der Vater zum Julfest geschenkt hatte, war die schwerste. Aber die liebste war ihr der kleine spitze Dolch, den ihre Mutter neben dem Hausschlüssel am Gürtel getragen hatte. Obwohl er in einem wirklichen Kampf kaum zu gebrauchen war. Es war vielmehr das Schmuckstück einer Hausherrin. Rúna befingerte ihre kleine Sammlung, küsste zuletzt den Dolch ihrer Mutter und verstaute alle in ihrer Truhe. Lediglich die Sarazenenklinge steckte sie wieder in die Gürtelscheide.

»Ich habe erst zwei«, beschwerte sich Arien, der mit gekreuzten Beinen auf dem Bettende thronte und ein Stück Hefekuchen aß.

»In deinem Alter hatte ich auch nur zwei.«

»Ich wusste, dass du das sagen würdest, du alte Norne.«

»Warum beschwerst du dich dann, Trollkind?«

»Der Engländer hat drei Waffen am Gürtel getragen. Und da war noch nicht einmal ein Schwert dabei.«

»Ja, ich weiß, Vater hat sie unter den Kriegern verteilt.« Und

Yngvarr stand das lange Kampfmesser des Engländers gut, musste sie zugeben. Bäuchlings warf sie sich auf das große Eisbärenfell und langte nach einem Stück des weißen Kuchens auf Ariens Teller.

»Ich hab mich mit Rouwen unterhalten«, sagte er plötzlich, und Rúnas Kopf flog hoch.

»Wie das? Er ist doch eingesperrt?«

Ihr Bruder hob die schmalen Schultern. Sein Gesicht rötete sich, und er senkte den Kopf über den Teller. »Sverri und Hallvardr waren doch bei mir. Und draußen stehen vier Wächter, wie du es angeordnet hast.«

»Bei allen Göttern, dass die Männer uns gehorchen, ist ja eine feine Sache, schließlich sind wir Baldvins Kinder, aber ich finde, bei dir sollten sie gelegentlich eine Ausnahme machen!«

»Es war kein bisschen gefährlich«, beharrte Arien. »Sverri hat Rouwen ein Schwert an die Kehle gehalten. Vater ist übrigens wütend, dass jetzt ständig vier Männer bei der Arbeit fehlen. Er meinte ...«

»Lenk nicht ab! Worüber habt ihr gesprochen?«

Er kaute, hustete dann und räusperte sich umständlich. »Über die Heilkunst der Sarazenen. Sie haben Ärzte, die zum Beispiel sagen, dass schlechte Gefühle Krankheiten auslösen können. Oder dass Musik heilen kann.«

»Musik?« Sie dachte an den Katzenjammer, den man hier bei Festgelagen zu hören bekam, und konnte sich das beim besten Willen nicht vorstellen.

»Die Gelehrten dort sagen auch, dass Amulette und Beschwörungen gar nicht helfen.« Arien krempelte einen Ärmel hoch und streckte den Arm aus. »Er meinte, das hier könne ich ablegen, es würde meinen Husten nicht lindern. Tut es ja auch nicht.«

Rúna musterte das getrocknete Hasenohr, das er seit einiger

Zeit an einer Lederschnur um den Oberarm trug, auf Stígrs Rat hin. »Nicht vielleicht doch ein bisschen?«

Arien rollte die Augen. »Rouwen sagt, in Venedig machen Frauen etwas ähnliches, wenn sie kein Kind kriegen wollen. Nur ist es kein Ohr, sondern eine Pfote. Was die sarazenischen Ärzte ebenfalls für Unsinn halten. Ehrlich, es war mir peinlich, als er das Ohr sah und dabei grinste.«

»Es sollte dir eher unangenehm sein, dass du es ihm überhaupt gezeigt hast. Er ist ein Gefangener, ein Feind, und niemand, mit dem man nett plaudert.« Als sie diese Worte sprach, senkte sie den Kopf, weil sie zu erröten glaubte. Sie hatte sich ja selbst freundlich mit Rouwen unterhalten. Halbwegs freundlich. »Hat er denn auch gesagt, was du stattdessen tun sollst?«

Arien schüttelte den Kopf. »Das wusste er auch nicht. Außer abhärten, aber das versuche ich doch schon. Ich gehe in die Schwitzhütte und laufe oft barfuß, wie du. Er sagte, er hätte in seiner Truhe einen Arzneitrank aus Salerno. Das ist in Italien, und da gibt es eine berühmte Schule für Gelehrte, und die Kreuzfahrer bringen dort ihre Kranken hin. Ich habe Vater danach gefragt, aber er meinte, ich solle die Finger von dem Trank lassen.«

»Dann hör am besten auf ihn! Und jetzt ab ins Bett mit dir. Da ist es schön warm.«

Brummelnd schnappte sich Arien seinen Teller, rutschte von der hohen Bettstatt und trollte sich. Es war spät am Abend, und auch Rúna verspürte Müdigkeit. Heute war sie ausgeritten, hatte Bogenschießen und Messerwerfen geübt und den Frauen geholfen, das Segel der *Windjägerin* auszubessern. Ihre Bemühungen, nicht an Rouwen zu denken, waren leider nicht immer erfolgreich gewesen. Nein, viel zu selten.

Eigentlich hatte sie ständig an ihn gedacht.

Gütige Freya, lass mich nicht auch noch von ihm träumen.

Sie löschte die Kerze auf ihrer Kleidertruhe und schlüpfte

aus ihrem Unterkleid. Nackt, wie es üblich war, kroch sie unter die Felle. Morgen würde sie sich mit Yngvarr im Schwertkampf üben. Jede Ablenkung war ihr recht.

Aber bis morgen war es noch lange hin. Sie dachte an das Gefühl, als Rouwens Atem über ihren Nacken gestrichen war. Als seine Hand auf ihrer Schulter gelegen hatte. Und daran, wie sich in ihrem Leib alles zusammengezogen hatte, allein bei der Betrachtung seines schönen Mundes …

Gütige Freya …

Sie warf sich hin und her. Ihre Finger glitten zwischen ihre Beine. Wie erwartet war sie dort feucht. Nein, nass. So nass, wie sie bei Yngvarrs Anblick niemals gewesen war. Dabei mochte sie ihn doch. Er sollte schließlich einmal ihr Gefährte werden. Sie versuchte sich sein ansehnliches Gesicht vor das innere Auge zu rufen. *Er ist schließlich auch schön! Ein prächtiger Krieger, einer, dem alle Frauen der Yoturer hinterherstarren!* Sie mochte seine Grübchen in den Wangen, sein glänzendes langes Haar, seine eisblauen Augen. Aber sie konnte nicht verhindern, dass sein Bild von Bernsteinaugen und dunklem, kurzem Haar verdrängt wurde.

Und von Lippen, die viel zu schön für einen Mann waren …

Ihr Zeigefinger umkreiste den hart gewordenen Knoten; ihr Becken bewegte sich im Takt dazu. Leise stöhnte sie und schob sich mit der freien Hand die Felldecke zwischen die Zähne, damit niemand hörte, dass sie seufzte und stöhnte.

Freya, hilf mir doch!

Entschlossen riss sie sich von sich selbst los und ballte die Fäuste. Tief atmete sie ein, zweimal, dreimal. Langsam ebbte die Sehnsucht ab, sie wurde ruhiger. Ja, so war es besser. Es war falsch, an den Engländer zu denken, selbst wenn es sich so furchtbar *richtig* anfühlte. Erschöpft warf sie sich auf die Seite. Es dauerte lange, bis sie in den Schlaf fand.

7.

Im Haus eines Tuchhändlers hatte Rouwen einmal vor langer Zeit, als er noch ein halbwüchsiger Junge gewesen war, ein Mosaik gesehen. Der Händler hatte ihn in den Keller geführt und von dort aus in einen darunter liegenden Raum. Es hatte ihn geängstigt, denn dort hinabzusteigen, war wie durch das Angstloch eines Verlieses zu klettern. Nass und modrig war es in diesem Raum gewesen, alten Wein hatte der Händler dort gelagert. Doch die Furcht war vergessen beim Anblick des Mosaiks im Boden. Es sei aus der Römerzeit, hatte der Händler gesagt, und die beiden dargestellten Kämpfer nannte man Gladiatoren. Weshalb diese beiden allerdings eindeutig weibliche Formen hatten, konnte sich der Mann nicht erklären … Hatten die Römer tatsächlich Frauen gegeneinander antreten lassen?

Rúnas Anblick draußen auf dem Dorfplatz erinnerte Rouwen an diese Begebenheit. Er hatte den Tisch des Seidmanns an die Wand unterhalb des Rauchlochs geschoben und war darauf gestiegen. Ein wenig musste er sich ducken, da er mit dem Kopf gegen die Strohdecke stieß. Das herabhängende Stroh behinderte seine Sicht, sorgte aber auch dafür, dass niemand ihn bemerkte.

Rúna stand auf einer Seite des Dorfplatzes. Ein Kettenhemd schmiegte sich an ihre Brüste. Darunter trug sie eine ärmellose, gepolsterte Tunika. Das Götzenamulett – Thors Hammer – schmückte ihren Hals, Reife zierten ihre schlanken Arme. Muskeln und Sehnen spielten unter der hellen Haut. Der Haarzopf saß wie eine eingeringelte Schlange auf ihrem Kopf. Die Mittagssonne fing sich darin und ließ ihn wie Gold glänzen. Rouwen konnte sich nicht sattsehen an ihrem Gesicht mit den blitzenden Augen und den gerunzelten Brauen. Nicht an ihrer wohlgeformten Gestalt und den langen Beinen in der eng sitzenden Lederhose. Und schon gar nicht an ihren nackten Füßen mit den Zehenringen.

Von seiner Position aus konnte er einen Teil des Dorfplatzes überblicken. Das Langhaus des Häuptlings mit dem großen Adler auf dem First erhob sich auf der anderen Seite. Linkerhand schmiegten sich kleinere Häuser in den Hang, teils wirkten sie wie unterirdisch errichtet. Und rechts standen Schuppen und ein Pferdestall. Ein Teil des Platzes war mit Stöcken abgesteckt und mit Stolperfallen wie Steinen und knorrigen Ästen ausgelegt. Dort umkreisten sich Rúna und Yngvarr mit stumpfen Schwertern. Etliche Yoturer, Männer sowie Frauen und Kinder, ließen ihre Arbeit ruhen und sahen ihnen zu, Anfeuerungsrufe hallten über den Platz. Auch Baldvin war unter den Zuschauern. Der Zwerg hatte die Pranken in die Seiten gestemmt. Seine Miene wirkte hochzufrieden. Er schien vor Stolz auf sein Töchterlein geradezu platzen zu wollen.

»Rúna, los, ziele auf seine Knie!«, rief eine Frau.

»Nein, auf sein Gemächt!«, kam es von einer anderen, eine Bemerkung, die ihr von den Frauen Beifall und Gelächter und von den Männern Pfiffe einbrachte.

»Versohl ihr den Hintern, Yngvarr!«, forderte Haakon Steinriese nuschelnd, dessen gebrochene Nase immer noch angeschwollen war.

Rúna lachte.

»Zeig ihr, wie ein Mann kämpft!«, rief er dann.

Ihr Lachen erstarb. Mit beiden Händen schwang sie das Schwert und ließ es auf Yngvarrs Klinge niedersausen.

Auch der ungehobelte Wikinger war ein beeindruckender Anblick: Zwei schmale Zöpfe waren in sein langes blondes Haar eingeflochten, das wie die Mähne eines galoppierenden Pferdes auf und nieder flog. Seine muskulösen Arme waren ebenfalls mit silbernen und goldenen Reifen verziert. Statt eines Kettenhemdes trug er ein ledernes Wams, und an seiner Hüfte steckte eines von Rouwens Messern in einer Scheide. Seine Stiefel aus dunklem Hirschleder wirkten wie von einem Meister gemacht.

Man musste zugeben, dass die beiden gut zueinander passten.

Rúnas Füße tanzten über die Hindernisse so geschickt wie die eines Rehs, das über Stock und Stein setzte, um dem Wolf zu entkommen. Ab und zu holten die Zuschauer geschlossen Atem, wenn sie einem scharfkantigen Stein zu nahe kam oder sich ihre Füße in einem Zweig zu verfangen drohten. Doch sie strauchelte nie. Ebenso wenig wie Yngvarr. Er trat einfach nieder, was ihm in den Weg kam, oder stieß einen lästigen Stein beiseite.

»Höher halten, Rúna«, ermahnte er sie, oder: »Gib auf deine Deckung acht, ich hätte deinen Oberschenkel eben böse aufschlitzen können.« Dann presste sie die Zähne zusammen und verstärkte ihre Bemühungen, was ihr neuerlichen Beifall einbrachte.

Rouwen musste anerkennen, dass Yngvarr sein Handwerk verstand. Gegen diesen Mann zu kämpfen, wäre für niemanden ein Spaziergang. Rúna war schnell und geschickt – doch würde Yngvarr ernst machen, wäre sie sofort besiegt.

Ein leiser, doch drängender Ruf drang an Rouwens Ohren. Zunächst vermochte er ihn nicht einzuordnen. Verwirrt presste er das Gesicht noch näher an die Öffnung. Er erkannte, dass seine Wächter samt und sonders auf diese Seite des Hauses gegangen waren, angelockt von dem Kampf.

»Herr Ritter, Herr Ritter!«

Die Stimme war hell und leise. Arien? Er lauschte. Der Ruf kam von der Rückseite der Seidmannshütte. Rouwen sprang vom Tisch herunter, durchquerte sie mit vier langen Schritten und stieg auf die Truhe unterhalb des schmalen Fensters.

Es war nicht der Häuptlingssohn, auf den er herabblickte.

Sondern Lady Athelna.

Er wusste immer noch nicht, wer sie war. Arien hatte auf seine Nachfrage geschwiegen, und Rúna hatte er nicht mehr gefragt. Zum zweiten Mal erblickte er Athelna, und dieses Mal war sie allein. Wie zuvor trug sie die dunkelbraunen Haare offen, wie es bei unvermählten Frauen üblich war. Die Fußfessel sah er nicht, doch ihre unsichere Haltung verriet, dass sie wieder damit geplagt war.

»Herr Ritter, ich wollte mit Euch sprechen.« Ihr Blick huschte hin und her. »Ich bin Athelna, die Tochter Ian MacCallums von Eastfield. Seid Ihr meinetwegen hier?«

Er zögerte nur einen Augenblick, doch schon schluchzte sie auf und schlug eine Hand vor das Gesicht.

»Also nicht! Mein Name sagt Euch gar nichts.«

»Ich weiß, dass Ihr Athelna heißt, ma dame, aber … nein, mein Hiersein hat mit Eurem nichts zu tun. Weshalb *seid* Ihr hier?«

Sie rieb sich über die Wange, fasste sich und schüttelte den Kopf. »Nein. Wenn Ihr es nicht wisst, dann will ich Euch auch nicht damit belasten. Es tut mir leid.«

»Lady Athelna!«, zischte er, als sie sich abwenden wollte. »Bei meiner Ehre, so lasse ich Euch nicht gehen! Sagt mir, weshalb Ihr hier seid und wie ich Euch helfen kann.« *Wie willst du ihr denn helfen, du Dummkopf?*, schalt er sich sogleich. Was konnte er in seiner Lage schon tun? Dennoch, wenn sie sich ihm nicht anvertraute, war es völlig aussichtslos.

»Nun ja, mein Vater ist ein schottischer Earl, der in Eastfield-upon-Eye-Water lebt …« Sie zögerte, schien zu überlegen, ob wirklich die Zeit blieb, diese Geschichte zu beginnen. Zwei, drei Schritte trippelte sie zurück, um die Lage besser überblicken zu können. Dann kam sie wieder näher und legte den Kopf in den Nacken. Sie war wahrhaftig eine zarte Schönheit, die einen

Mann allein durch ihren Anblick um den Verstand bringen konnte. Sogar ihn. Wäre er kein Mönchsritter – und wäre da nicht schon eine andere Frau, die in seinem Kopf herumgeisterte …

»Voriges Jahr war ich auf dem Heimweg von Berwick-upon-Tweed. Dort hatte ich Stoffe gekauft, für mein Verlobungskleid. Ich bin einem Ritter in Edinburgh versprochen …« Sie schluchzte wieder auf und griff nach einer kleinen Silberhülse, die an ihrem Hals hing. Sie hob sie an die bebenden Lippen. Er konnte förmlich sehen, wie sie mit aller Macht die Tränen zurückzwang und sich fasste. »Baldvin Baldvinsson und seine Männer überfielen den Reisezug, töteten meine Eskorte und entführten mich. Ich wusste, wer er war, denn er war in früheren Jahren bereits zweimal nach Eastfield gekommen und hatte versucht, in die Benediktinerabtei einzudringen. Er war auf der Suche nach einem Mönch. Aber Vaters Truppen konnten ihn und seine Leute immer zurückschlagen. In meiner Angst sagte ich Baldvin, dass nach seinem zweitem Angriff tatsächlich ein Mönch bei meinem Vater erschienen war und gebeten hatte, ihn irgendwo zu verstecken, weil er sich vor den Wikingern fürchtete.«

Der Mönch, der Rúnas Mutter auf dem Gewissen hatte, schloss Rouwen sofort.

»Mein Vater wollte dem Gottesmann natürlich auf unserer Burg Asyl gewähren, aber der Mönch, Bruder Oxnac, sagte, er wolle ins Landesinnere, wo es einsam ist; er wolle in Kontemplation gehen. Also brachte mein Vater ihn in eine kleine, verborgene Burg. Ja, Gott verzeihe mir, all das verriet ich Baldvin. Den Standort der Burg jedoch nicht, denn den kenne ich, dem Herrn sei Dank, gar nicht. Baldvin schickte eine Nachricht zu meinem Vater, in der er verlangte, dass man den Mönch an einen bestimmten Ort hoch oben an der schottischen Küste bringt. Dorthin wollte er dann seine Krieger ausschicken. Er hat vorgehabt, Bruder Oxnac zu zwingen, dem Herrgott abzuschwören, indem er ihn häutet. Und dann wollte er ihm den Kopf abschlagen und mich mit diesem grausigen Andenken zurück nach Eastfield schicken. Ja, genau so hat er es mir gesagt!«

Sie schlang die Arme um sich und schüttelte sich.

»Mein Vater schickte aber bisher nur eine Nachricht über einen Mittelsmann. Ich hörte, wie Rúna sie Baldvin vorlas. Darin flehte mein Vater, Gnade walten zu lassen. Der Mönch habe sich ihm anvertraut, und er könne keinen Mann Gottes ausliefern.«

Etwas in Rouwens Brust krampfte sich zusammen. Wäre er ein Vater, wäre ihm der Mönch dann nicht egal? Aber wer mochte wissen, was für ein Mensch Ian MacCallum war ... Ein Zauderer vielleicht, ein ängstlicher schwacher Mann. Seine Tochter hingegen erschien Rouwen trotz ihrer Zartheit und ihrer Tränen sehr stark.

»Bitte, wer seid Ihr?«, fragte sie.

»Rouwen von Durham.«

»Ihr seid ein Tempelritter? Ich habe gehört, wie Arien über euch geredet hat. Wie seid *Ihr* hierher geraten?«

»Baldvins Mannen brachten die Handelskogge auf, die mich und meinen Knappen nach Hause bringen sollte. Wir kamen aus Outremer.«

»Jerusalem ist verloren, ich weiß«, murmelte sie. Fahrig befingerte sie wieder die Hülse. »Die Templer sind die besten Krieger der Welt, sagt man. Ihr werdet alles daransetzen, zu entkommen, nicht wahr?«

Sie wusste nichts von seinem Schwur, der ihm die Flucht erschwerte. Aber es versuchen, ja, das würde er. Er nickte. Athelna sah sich wieder um, ob nicht einer der Wächter käme, und auch Rouwen lauschte auf das, was sich auf der anderen Hausseite tat. Unvermindert hielten die Anfeuerungsrufe, das

Klatschen und Johlen und das Klirren der stumpfen Schwerter an.

»Ich will nicht von Euch erbitten, dass Ihr mich auf Eurer Flucht mitnehmt, Herr Rouwen. Damit würde ich sie nur zunichte machen. Doch wollt Ihr meinem Verlobten etwas ausrichten, falls es Euch möglich ist? Er heißt Wulfher und lebt in Edinburgh. Sagt ihm ... sagt ihm ...« Sie seufzte tief. »Dass ich ihn liebe.«

»Ma dame, wenn es in meiner Macht steht, so sorge ich dafür, dass Ihr es ihm selbst sagen könnt. Ich will Euch keine falsche Hoffnung machen. Ihr seht selbst, wie es um mich bestellt ist, aber ich schwöre, dass ich alles daransetzen werde, Euch beizustehen ...«

Aus dem Augenwinkel sah er jemanden heranstürmen. Athelna versuchte einen langen Schritt fort von Stígrs Haus zu tun. Prompt fiel sie wegen der Fußfessel rücklings auf den schmutzigen Boden. Einer der Wächter stürmte heran, packte sie am Oberarm und zerrte sie grob auf die Füße. Rouwen öffnete den Mund, um ihn anzuschreien, dass er sie weniger rüde behandeln solle; doch im gleichen Augenblick hörte er das Türschloss rappeln und einen Knall, als sie mit Macht aufgestoßen wurde.

Er wirbelte herum und sprang von der Truhe. Niemand anderer als Yngvarr kam herein, das stumpfe Übungsschwert erhoben. Nun erst fiel Rouwen auf, dass die Geräusche des Kampfes nicht eben erst verstummt waren.

»Engländer!« Brüllend stürmte der Wikingerkrieger auf ihn zu. »Du hast deine Nase gefälligst nicht in den Wind zu stecken, hast du verstanden?«

Rouwen ging in die Knie und wich dem ersten Hieb seitwärts aus. Mit dieser Waffe würde Yngvarr ihn nicht auf Anhieb töten können, doch mit genug Schwung könnte er ihm einige Knochen brechen. Und er versuchte es. Rouwen sprang an ihm vorbei, zog den Tisch von der Wand fort und suchte dahinter Deckung. Yngvarr machte einen gewaltigen Satz hinauf; Rouwen tauchte darunter hinweg und kam hinter ihm wieder hoch. Auf federnden Knien wirbelte er herum, bereit zum nächsten Ausweichmanöver. Seine Hände ballten sich zu Fäusten. Dieser gottverdammte Schwur, niemanden anzugreifen! Das Versprechen, das er Rúna gegeben hatte, beinhaltete zwar nicht, sich nicht wehren zu dürfen, doch Angriff war immer noch die beste Verteidigung. Und die blieb ihm verwehrt.

Andere erschienen an der Tür und schauten neugierig zu. Was war mit Athelna? Offenbar hatte man ihr nichts getan, denn er hörte sie auf jemanden einreden, dass er unschuldig sei. Ein kurzer Blick durch die Tür zeigte ihm, dass es Rúna war, die sich stirnrunzelnd Athelnas Verteidigung anhörte. Dann kam sie heran. Man machte ihr Platz, und sie trat auf die Schwelle.

»Rúna«, schnaufte Yngvarr vom Tisch herunter. »Geh, hier ist wenig Platz.«

»Du befiehlst mir?«, fragte sie schneidend. Sie würdigte ihn keines Blickes, ihre Augen lagen auf Rouwen.

»Verzeih, Wirbelwind!« Ein wenig Spott schwang in Yngvarrs Worten mit, und ihr Gesicht rötete sich vor Ärger. Ohne weiter zu zögern, sprang er vom Tisch herunter und stürzte sich erneut auf Rouwen. Der riesenhafte Kerl würde ihn noch entzweihacken, wenn das hier kein Ende nahm ... Rouwen wich dem Hieb wieder geschickt aus. Er packte den Tisch, hob ihn mit beiden Händen und drehte ihn in Yngvarrs Richtung. Dessen Klinge, obschon stumpf, drang in das Holz; Rouwen warf den Tisch zur Seite, und das Schwert entglitt zugleich dem Holz und Yngvarrs Pranke.

Der Krieger wollte vor Wut schier platzen. Er klaubte das Schwert vom Boden auf und drang erneut vor. Rouwen wusste, dass er es nicht mehr lange durchhalten konnte, den mächtigen

Wikinger in Schach zu halten. Er spürte noch die Schwäche in den Knochen. Wenn den Mann niemand aufhielt, dann …

»Hat ihm jemand verboten, nach draußen zu blicken?«, schimpfte Rúna, während sie Arien im Nacken packte, der leichtsinnigerweise an ihr vorbeiwollte. »War es Athelna verboten, mit ihm zu reden?«

»Sie sind Geiseln!«, gab Yngvarr schnaufend zurück. »Du bist einfach zu nachsichtig. Ginge es nach mir, würde der Christ in Ketten liegen. Und zwar draußen!«

Rúna fluchte, doch Rouwen hörte nicht mehr hin. Er war zu sehr damit beschäftigt, weiterhin den Hieben auszuweichen. Allmählich wurde ihm flau im Magen, während Yngvarr noch wütender zuschlug. Ein Schlag, dem Rouwen gerade noch ausweichen konnte, ging auf den Reliquienschrein nieder. Das Glashäuschen ging endgültig zu Bruch, und die Knochen des Heiligen barsten.

»Wenn Stígr sieht, was du mit seinen Sachen machst!«, lachte jemand.

»Pah, das alte Vogelgerippe!«

Rouwen bemerkte Baldvin. Der zwergenhafte Häuptling stand hinter Rúna und sah an ihr vorbei zu. Nachdenklich kraulte er sich den Bartzopf. Wie lange stand er schon da? Plötzlich tanzten schwarze Flecken vor Rouwens Augen, und ein scharfer Schmerz stieß wie ein langer Dolch durch seinen Kopf. Die Klingenspitze hatte ihn an der Stirn getroffen.

»Hör endlich auf!«, schrie Rúna.

Er ging in die Knie. Dass nun auch der Häuptling brüllte, Yngvarr solle die Waffe niederlegen, drang wie durch einen Nebel an seine Ohren. Taumelnd und nur mit größter Willensanstrengung kam er wieder auf die Füße. Seine Knie stießen gegen die Pritsche. Er konnte sich nur noch drehen und darauf niedersacken.

Laute Stimmen füllten den Raum, und dann sah er Rúna, wie

sie über ihm stand und etwas hob. Er zuckte zurück, wollte einen Arm heben, um einen Angriff abzuwehren. Mühelos drückte sie seinen Arm zur Seite und hob ein Stück Tuch. Sanft berührte sie damit seine Stirn. Ein feuriger Schmerz flammte auf. Als sie die Hand wieder wegnahm, war das Tuch blutig.

Der Blick, den sie Yngvarr zuwarf, sprühte vor Zorn. Und als sie wieder herschaute, war er weich. Yngvarr rauschte hinaus.

Allein wegen dieses Blickes hat es sich gelohnt, mich von ihm verprügeln zu lassen, dachte Rouwen. Heiser lachte er auf.

Fragend hob Rúna die Brauen. Dann lächelte sie.

Es war das letzte, was er sah, bevor er ohnmächtig wurde.

Rúna zog das Ende des gefiederten Pfeils an ihr Ohr. Die Spitze folgte einer fliegenden Raubmöwe. Weit oben im hellgrauen Himmel glitt ein Seeadler dahin. Weder um die Gefahr aus der Höhe noch um Rúnas Pfeil schien sich die Möwe zu kümmern. Diese frechen Vögel pflegten sich sogar auf Menschen zu stürzen. Rúna beschloss, sie zu verschonen; stattdessen zielte sie auf einen Zweig, der im böigen Wind auf und ab tanzte. Sie folgte seinen Bewegungen mit den Augen und ließ die Sehne fahren. Der Pfeil streifte ein Blatt, zerteilte jedoch nicht den Zweig.

»Ein guter Schuss«, lobte Baldvin. »Wenn man die Bedingungen berücksichtigt.«

Sie lächelte ihren Vater an. Yngvarr hätte sie verhöhnt und den Zweig anschaulich mit einem Wurf seiner Kriegsaxt zerteilt.

»Schau, dort drüben, der Birkhahn«, Baldvin deutete in eine von dichtem grünem Gras überwachsene Senke, in der ein Bach plätscherte. Ein schwarzer Hahn mit ein paar weißen Federn und roten Flecken über den Augen umflatterte ein bräunliches Huhn. »Der taugt fürs Abendessen. Hm?«

Sie riss den Bogen hoch, spannte ihn und schoss. Leblos fiel das Tier zu Boden. Den Bogen an der Seite, rannte sie dorthin. Ein Sklave hätte das tun können, doch Rúna zog es vor, ihren Körper zu stählen. Deshalb trug sie heute auch das schwere Kettenhemd. Außerdem liebte sie es, mit den nackten Füßen über das saftige Gras zu laufen. Dabei tief die Luft einzuatmen, die nach dem Salz des Meeres und den würzigen Gerüchen der Tiere und Pflanzen duftete. Überall flatterten und schnatterten Vögel: Seemöwen, Kiebitze, Schnepfen und Schwalben; und hoch in den Lüften kreisten Bussarde und Turmfalken. Eine Schar Enten erhob sich schimpfend aus dem Bach, als Rúna dort ankam und den Kadaver im Laufen aufhob.

Zurück bei Baldvin band sie ihn am Sattel ihres Ponys fest.

»Also, noch einmal wegen des Engländers«, nahm er den Faden ihres Gesprächs wieder auf. »Du hast für ziemliches Durcheinander gesorgt, indem du ihm die Fesseln genommen hast.«

»Ich habe für Durcheinander gesorgt? Aber Vater. *Du* hast ihn überhaupt erst gefangen genommen.«

In der ihm eigenen Art strich er sich über den Bartzopf. Über seine rechte Hand zog sich eine breite Narbe, die aussah, als habe er sich dort verbrannt. Es war die Spur der gerissenen Rahsegelschot, die ihm während seiner letzten Wikingfahrt die Hand verletzt hatte. Er lächelte verschmitzt, und seine wasserblauen Augen leuchteten, als er zu ihr aufsah. »Ja, das stimmt. Du meinst wirklich, er hat sich nicht gewehrt, weil er es dir geschworen hat?«

»Ja, Vater, das glaube ich.«

»Trotzdem ist deine Idee, ihn wie Athelna frei herumlaufen zu lassen, ziemlich gewagt. Um es vorsichtig auszudrücken.«

»Was soll er tun? Du wirst ihn weiterhin von ein paar Männern bewachen lassen. Ob sie hinter ihm hertrotten oder sich rund um Stígrs Haus langweilen, ist doch gleich. Und weit käme er ohnehin nicht. Nicht mit einer Fußkette.«

»Warum liegt dir eigentlich so viel daran?«

Das wusste sie selbst nicht so genau. Weil er ein so schönes, starkes, gefährliches Raubtier war, das es nicht verdiente, in Stígrs schäbiger Hütte zu darben? Das konnte sie ihrem Vater schlecht sagen. »Ich denke ja nur an Stígr«, antwortete sie also. »Er soll wieder über seine Hütte verfügen können, wenn er zurück ist.«

Baldvin warf die rotblonde Mähne in den Nacken und entblößte die gelben Zähne zu lautstarkem Gelächter. »Natürlich. Stígr, natürlich! Weshalb auch sonst?«

Anderntags ritt Rúna auf ihrem Highlandpony über die Insel. Dieses Mal hatte sie auf ihren Bogen verzichtet. Auch auf ihr Kettenhemd. Lediglich ihr Messergürtel, der tief auf ihren Hüften saß, erinnerte daran, dass sie eine Kriegerin war. Aber heute wollte sie sich ausnahmsweise ganz als Frau fühlen. Es musste an der herrlichen Frühjahrssonne liegen, die den Schnee und den Regen der letzten Wochen vergessen ließ. Überall zeigten die Wiesen bunte Flecken, und überall summte und brummte es. An einem alten Broch saß sie ab, ließ Frigg frei grasen und kletterte auf die runde, halb zerfallene Mauer des alten Turms. Hier oben hatte man einen wunderbaren Ausblick auf das wie flüssiges Silber ausgegossene Meer, aus dem sich hier und da die dunklen Felsen anderer Inseln erhoben. An manchen Tagen konnte man hier Wale beobachten. Es roch streng nach den Ausscheidungen einer Basstölpelkolonie ganz in der Nähe. Trotzdem liebte Rúna diesen Ort.

Eine Brise zerrte an ihren Haaren, die sie heute offen trug, und an ihrem schlichten Hauskleid über den ledernen Beinkleidern. Sogar geschmückt hatte sie sich: mit dem eingefassten Kristall. Obschon sie noch nicht wusste, für wen er gedacht gewesen war, hatte sie nicht mehr das Gefühl, sie dürfe ihn nicht besitzen. Rouwen hatte sie vorhin gesehen, und seine Bernsteinaugen hatten aufgeblitzt. Nicht ärgerlich. Eher wohlwollend.

Als sie ein Geräusch hinter sich hörte, drehte sie sich um und sah Yngvarr auf einem normannischen Ritterpferd herangaloppieren. Es gehörte zur Beute einer seiner Wikingfahrten. Ein solches Pferd hatte sie sich auch erobern wollen – aber das musste nun warten. Es stand noch nicht, da war Yngvarr schon aus dem Sattel gesprungen. Behände kletterte er auf die Mauer, setzte sich dicht neben Rúna nieder und ließ die Beine baumeln. Vorm Heraufsteigen hatte er sich noch einen langen Grashalm ausgezupft, auf dem er nun genüsslich herumkaute. Verschmitzt schaute er Rúna an. Wie anders als Rouwen er doch aussah, mit seinem sauber geschnittenen Bart, den hellen, offenen Flechten und den hellgrauen Augen. Die Grübchen in seinen Wangen vertieften sich, als er lächelte.

Sie wusste noch genau, wie ihr Herz geklopft hatte, wenn sie mit ihm allein gewesen war. Früher.

In einem anderen Leben war das wohl.

Jetzt war es ihr unangenehm. Hatte er sich verändert? Hatte sie sich verändert? Oder was war der Grund?

Tu nicht so, als ob du das nicht weißt.

Yngvarr plauderte über den Frühling, was sie kaum wahrnahm. Erst als er plötzlich auf etwas anderes zu sprechen kam, horchte sie auf.

»Dein Vater plant irgendetwas, was den Engländer betrifft.«

»Was denn?«

»Ich glaube, es geht darum, dem Mann endlich zu entreißen, woher er kommt.«

Kein schönes Thema für einen so schönen Tag, fand sie. Andererseits waren sie schließlich Wikinger und als solche immer im Kampf und auf Beute aus.

Nachdenklich nagte Yngvarr auf seinem Halm herum, während er nach oben blickte, um einem Seeadler zuzusehen, der über der Kolonie der Basstölpel kreiste. »Was sollen wir auch mit einer zweiten Geisel, die hier herumläuft und die Leute vom Arbeiten abhält, weil die Männer auf sie aufpassen müssen und die Frauen glotzen?«

Sie hatte das Gefühl, er verpasse ihr damit einen Seitenhieb, und rückte ein Stück von ihm ab.

»Ich habe dem Häuptling geraten, die Zunge des Mannes mit einem Brandeisen zu lockern. Erst unter den Achseln, und wenn das noch nicht hilft, unter den Sohlen ...«

Gütige Freya!

»Was hast du? Du zitterst ja, als hätten wir noch Winter.« Er strich über die weiche Haut ihres unbedeckten Unterarms. Sofort verschränkte Rúna die Arme vor der Brust, doch er ließ sich nicht beirren und schob die Finger unter den aufgekrempelten Ärmel ihres Kleides, um sie zu streicheln. Er rückte näher, und da sie sich nicht bewegte, faltete er behutsam ihre Arme wieder auseinander. Sie zwang sich, ihm das Gesicht zuzuwenden.

Er hatte sie schließlich früher schon so berührt. Und sie hatte es gemocht.

Im Küssen war sie nicht sonderlich erfahren. Yngvarr hatte ihr hin und wieder einen Kuss gegeben, und sie hatte es, nun ja, erträglich und manches Mal sogar schön gefunden. Der Kuss, den er ihr jetzt aufdrückte, war weder das eine noch das andere. Wo blieb das Prickeln, wo das feurige Gefühl im Magen? Es war seit längerem abgeebbt, das hatte sie ja gewusst, aber dass so gar nichts mehr vorhanden war? Seine Hand schlüpfte in den Ausschnitt des Kleides und suchte ihre Brust. Auch das hatte er früher schon getan. Sie hatte es ... interessant gefunden. Jetzt jedoch wollte sie, dass er die Finger bei sich ließ. Sie neigte sich zur Seite, um ihnen zu entkommen. Plötzlich lag sie rücklings auf der Mauer, und er war über ihr.

»Lass das«, sagte sie ruhig. »Die Mauersteine pieken im Rücken.«

»Wirbelwind, die merkst du gleich nicht mehr.«

»Aber ich mag jetzt nicht, geh von mir herunter!«

Er hörte nicht. Mit dem ganzen Gewicht lag er auf ihr. Fahrig liebkoste er ihren Hals, während er weiter an ihrem Ausschnitt herumnestelte.

Unfassbar! Früher hätte er ihren Widerstand respektiert und wäre zurückgewichen! Sie versuchte ihn fortzudrücken, aber er war zu stark. Rúna überlegte, mit dem Knie sein eindeutig geschwollenes Gemächt zu rammen, aber da sie befürchtete, dass sie beide dann von der mannshohen Mauer fielen, blieb ihre Gegenwehr halbherzig. Wirkliche Angst hatte sie nicht; auch wenn ihr immer unwohler wurde, als ihre Bemühungen, ihn wegzudrücken, erfolglos blieben.

Doch dann richtete sich Yngvarr etwas auf, genug, dass sie sich zur Seite rollen und an der Außenseite des Brochs hinunterfallen lassen konnte. Sie landete geschickt auf allen vieren. Noch bevor sie sich ganz aufgerichtet hatte, trottete Frigg heran. Sie schwang sich auf den Rücken ihres Pferdes und trieb es sofort an.

»Rúna, Rúna!«, schrie Yngvarr. »Was ist mit dir?«

Sie antwortete nicht, konzentrierte sich nur weiterhin darauf, möglichst schnell wegzukommen.

»Es ist wegen des Engländers!«, brüllte er hinter ihr her.

Vielleicht. Aber nicht nur ich habe mich seit Rouwens Ankunft verändert.

Yngvarr war seitdem anders geworden, noch härter und unbarmherziger!

Sie galoppierte über die Ebene dahin. Der Wind streifte Yngvarrs Berührungen ab, und sie konnte wieder aufatmen. Der Tag war zu schön, um sich die Laune verderben zu lassen. Sie sprengte eine Gänseschar, winkte den älteren Männern und

Frauen zu, die auf den kleinen Ackerparzellen arbeiteten, und galoppierte ins Dorf.

Sie mochte Yotur, an solchen Frühjahrstagen liebte sie es sogar. Doch immer wieder packte sie die Sehnsucht nach einer anderen Welt, eine Welt, wo mächtige Heere gegeneinander kämpften, wo Frauen und Männer große Städte bevölkerten, wo hohe Burgen wuchsen und in den Häfen Dutzende große Schiffe lagen, wo Wissen und Nachrichten ausgetauscht wurden. Yotur bedeutete Sicherheit, Yotur bedeutete Freiheit, die alten Götter zu verehren. Ja, das alles wusste sie. Trotzdem … Seit der Engländer hier war, dachte sie immer öfter an das Abenteuer, Schottland und England und vielleicht sogar andere Länder zu sehen. Erst recht, da Arien nun ständig von der Heilkunde des Südens sprach.

Ihre Augen suchten und entdeckten Rouwen. Er stand vor der hochgelegenen Kirche, umringt von vier Wächtern – und Athelna und der Sklavin Morag, die sich oft in ihrer Nähe aufhielt.

Offenbar unterhielt er sich angeregt mit der schottischen Lady. Rúna versetzte es einen Stich.

Sie stieß die Fersen in die Flanken des Ponys und ritt die Anhöhe hinauf. Die Wächter, unter ihnen Haakon Steinriese, dessen Gesicht immer noch zerschunden aussah, wichen vor ihr zurück. Rouwen und die Frauen wandten sich ihr zu. Rúna fand, dass er prächtig aussah, trotz des kurzen Bartes, den seine untere Gesichtshälfte inzwischen bedeckte, und der Platzwunde an der Stirn. Seine Tunika verbarg gewiss noch einige schlimme Male.

Er neigte leicht den Kopf vor ihr. Ebenso Athelna und die Sklavin, die eingeschüchtert wirkten. Recht so! »Geht!«, wies sie die Frauen an. Athelna warf die Haare zurück, als sie sich aufrichtete, und für einen Moment glaubte Rúna ein störrisches Funkeln in ihren Augen zu sehen. Dann wandte sich die Schottin ab und ging mit winzigen Schritten und von Morag begleitet den Abhang hinunter.

»Geht auch ihr«, befahl Rúna den Männern. Haakon trat vor; seine Kiefer mahlten, als er nach Worten suchte. »Er wird mir nichts tun«, nahm sie seinen Einwand vorweg. *Eher*, dachte sie, *hätte ich euch vorhin am Broch gebraucht*.

»Wir bleiben in der Nähe, Herrin Rúna.« Er bedeutete den anderen, ihm zu folgen, und trollte sich.

»Komm mit, Engländer.« Sie lenkte das Tier hinter die Kirche, langsam, damit er mit seinen gefesselten Füßen nicht zurückfiel.

Hier, allen Blicken entzogen, fragte sie ihn sofort: »Was hast du mit Athelna beredet?«

Rouwen runzelte die geschwungenen Brauen. Die Art, wie er die Arme vor der mächtigen Brust verschränkte, erschien ihr aufsässig. Aber vielleicht bildete sie sich das auch nur ein. »Wir haben uns über diese Kirche unterhalten und dass ihr jetziger Zustand eine Schande vor dem Herrn ist. Es gibt Christen hier in Yotur: Sie und mich und noch ein paar Sklaven. Die Kirche sollte …«

»Das könnte dir so passen«, unterbrach sie ihn. »Das hier wird kein Christennest.«

Er reckte das Kinn, und sie hatte den Eindruck, als müsse sie zu ihm aufschauen, obwohl sie es war, die auf einem Pferderücken saß. »Warum bist du gekommen? Nur um zu streiten?«

Er wirkte störrisch, wie er so dastand, und doch konnte sie nicht anders, als in seiner Gegenwart zu schwelgen. Ihn anzustarren, jede Einzelheit – dieser Mund! – in sich aufzusaugen. Die Wunde an der Stirn, die Yngvarr ihm verpasst hatte, war zum Glück nur ein kleiner Kratzer. Sie entsann sich des Gefühls, das ihren Körper durchströmt hatte, als ihr Finger zwischen ihren Beinen auf Wanderschaft gegangen war. Mit untrüglicher Gewissheit wurde ihr klar, dass ein Kuss – ein Kuss von *ihm* – ähnlich erregend sein würde.

Nicht wie von Yngvarr.

Alles in ihr sehnte sich danach, seinen wunderschönen Mund mit den eigenen Lippen zu berühren. Sie lauschte in sich hinein, ob da vielleicht eine mahnende Stimme irgendwo in ihrem Kopf nistete und sie daran erinnerte, dass er ein Gefangener war. Ein Feind. Ein Christ! Wenn Yngvarr von ihren Wünschen wüsste, würde er Rouwen ... Er würde ... Nein! Mit einer ärgerlichen Handbewegung verscheuchte sie diese Gedanken, schwang sich von Frigg und machte entschlossen zwei Schritte auf Rouwen zu.

So nah stand sie bei ihm, dass sein warmer Atem über ihre Stirn strich. Freya und alle Götter! Sie begehrte diesen Mann.

»Ich ... bin gekommen ... um ...« Auch das noch, sie stammelte herum wie Arien, wenn er mit den Fingern im Honigtopf erwischt wurde. »Ich will von dir Schwertkampfunterricht.«

Seine Augen weiteten sich überrascht. »Wieso von mir?«

»Weil ich dich habe kämpfen sehen und du gut bist.«

»Yngvarr schien mir kein schlechter Lehrer zu sein«, wandte er ein.

»Du bist besser.«

Sie konnte schlecht sagen, dass sie lernen musste, sich ihres Lehrers – Yngvarrs – zu erwehren. Vorhin hatte sie sich schwach gefühlt. Nein, sie war schwach gewesen. Wäre Yngvarr noch entschlossener vorgegangen, so hätte sie sich ihm ergeben müssen. Sie wollte sich nicht noch einmal so fühlen. Und sie musste sich als würdige Nachfolgerin ihres Vaters beweisen. In alten Geschichten über berühmte Wikingerclans war oft zu hören, dass starke Krieger einen schwachen Anführer zu Fall brachten und den Häuptlingsstuhl an sich rissen ...

»Ich will dich nicht unterrichten«, riss Rouwen sie aus diesen sorgenvollen Gedanken.

»Du hast nichts zu wollen. Du wirst gehorchen.«

»Nein. Du bist meine Feindin. Du hast mir einen Schwur aufgezwungen, der mich hindert, dich und deine Leute zu bekämpfen. Dagegen kann ich nichts mehr tun. Aber wenn ich mit meiner Weigerung verhindern kann, dass du noch stärker wirst, dann werde ich wenigstens *das* tun.«

Sie stapfte auf ihn zu, riss die Hand hoch zu einem Schlag auf seine Wange. Wie er es schon einmal getan hatte, fing er sie mühelos ab. So starrten sie sich eine lange Zeit an. Bis die Spannung zwischen ihnen beinahe unerträglich wurde …

Rouwen lockerte seinen Griff. Rúnas Finger glitten durch die Rundung seiner Hand. Sie wollte, musste ihn jetzt küssen – sollte sie feststellen, dass es enttäuschend wäre, so hätte sie wenigstens eine Erkenntnis gewonnen. Sie umfasste sein Gesicht, reckte sich auf die Zehenspitzen und presste ihren Mund auf seinen.

Ein Keuchen entrang sich ihm – er war überrumpelt.

Auch Rúna war überwältigt davon, endlich diese Lippen zu schmecken. Es übertraf ihre kühnsten Erwartungen. Dieser Kuss hatte nichts mit Yngvarrs unbeholfenen Versuchen zu tun. Dieser Kuss schien eine andere Wirklichkeit zu offenbaren. Rouwens Lippen waren fest und doch von angenehmer Weichheit. Er strich sanft über ihre, was wohlige Schauer durch ihren Körper jagte. Als er eine Hand um ihren Hinterkopf legte, war sie sich nicht sicher, noch fest auf dem Boden zu stehen. Sie schloss die Augen, um dieses Gefühl ganz und gar zu genießen. Um noch mehr davon zu bekommen, mehr … mehr …

Er stieß sie von sich.

Rúna wankte drei Schritte zurück. Das Pony hielt sie auf; sie legte eine Hand an das Halfter, um nicht zu fallen.

»Was …«, keuchte sie. »Warum … warum stößt du mich weg?«

Und warum fragte sie das? Es klang ja fast, als wollte sie sich seine Zuneigung erbetteln? Ihre Hand umschloss den Dolchgriff an ihrem Gürtel. Ja, die vertraute Berührung half ihr, die Fassung wiederzugewinnen. »Du bist vermählt, richtig?«, sprach sie die naheliegendste aller Befürchtungen aus. Freya sei Dank – ihre Stimme klang fest.

Seine noch nicht. »Nein«, keuchte er.

»Aber du liebst eine andere. Etwa Athelna?«

»Allmächtiger, nein!«

»Was ist es dann? Du hast einen Schwur geleistet. Einen Schwur, mich nicht anzufassen.«

»Das«, er wischte sich mit dem Handrücken über die Lippen, »das kommt der Sache schon näher.«

»Wer hat das von dir gefordert? Etwa Yngvarr?«

Er trat vor sie. In seinen Augen blitzte es. Manchmal hatte sie den Eindruck, dass sich die Bernsteinfarbe veränderte. Als sei er ein Alb. Seine Finger bohrten sich so fest in ihre Schulter, dass es weh tat. Sein Blick und seine Berührung genügten, um ihre Bemühung, selbstsicher und stolz aufzutreten, zum Scheitern zu verurteilen. Sie schaffte es nicht, die herrische Kriegerin herauszukehren.

»Ich entbinde dich von diesem Schwur, Rouwen«, flüsterte sie.

»Das kann nichts und niemand, Rúna Wirbelwind, und wenn ich dich noch so sehr begehre. Du weißt, dass ich keinen Schwur breche. Der im Übrigen mit Yngvarr nichts zu tun hat.«

Sie wollte nicht länger zuhören; was immer er jetzt sagte, es wäre ohnehin nur eine Ablehnung. Sie riss sich von ihm los, schwang sich auf das Pony und galoppierte wütend davon.

Wütend vor allem auf sich selbst, dass sie sich so erniedrigt hatte.

8.

Acht Tage. Acht Tage in Gefangenschaft. Rouwen blätterte in der Bibel, dankbar, dass es sie gab. Seine linke Hand spielte mit einer Schnur, in die er Knoten gemacht hatte, eine Art Rosenkranz. *Pater noster* ... Das Gebet entglitt ihm immer wieder, und was er im schummrigen Tageslicht las, vergaß er fast im selben Moment. Seine Gedanken glitten ständig zu dem schönen blonden Wirbelwind, der ihn geküsst hatte. Vorgestern war das geschehen; seitdem hatte er Rúna nicht mehr zu Gesicht bekommen ... *der du bist im Himmel* ... Irgendetwas planten die Yoturer. Heute früh war niemand gekommen, um ihn aus der Heilerhütte zu lassen, damit er sich die Beine vertreten konnte. Auf dem Tisch stehend hatte er beobachtet, wie die Krieger ins Langhaus liefen, hatte gehört, dass sie erregt miteinander tuschelten.

... *geheiligt sei* ... Hatte es damit zu tun, dass er sich Rúnas Forderung, sie im Kampf zu unterrichten, widersetzt hatte? Nein, das glaubte er nicht.

Wahrscheinlich haben sie sich etwas ausgedacht, das mir die Zunge lockern soll. Bald würde er schreien, hatte Yngvarr ihm gestern zugerufen. *Gott im Himmel, du willst meine Standhaftigkeit prüfen. Lass es mich ertragen, ich flehe dich an.*

Es gab im Dorf Schandpfähle und einen Felsen, in den ein verrosteter Eisenring eingelassen war. Braune Flecken auf dem mit Flechten und Moos übersäten Stein ließen erahnen, dass hier irgendwann Blut geflossen war. Bei seinen Rundgängen – wegen der Fesseln dauerten sie ewig – hatte er auch einen Pfahl unten am Meeressaum entdeckt. Anhand der Salzkruste an den Klippen war zu erkennen gewesen, dass der Pfahl zur Flutzeit vollständig im Wasser verschwand.

Er ging auf die Knie und faltete die Hände, dazwischen die Schnur. Selbst wenn er verriet, wo sein reicher Vater lebte, so würde es ihm kaum helfen. Der Earl von Durham liebte seinen Sohn nicht, und Rouwen bezweifelte, dass sein Vater ihn auslösen würde. Seine Mutter würde jedoch darunter leiden, und um ihretwillen würde er schweigen. Keinesfalls würde er zulassen, dass diese Wikingerhorde in seinem Elternhaus einfiel.

Ich bin ein Templer. Ich kann alles ertragen.

Man vergaß es hier nur so leicht. Auf dem Schlachtfeld von Hattin war das anders gewesen – mitten unter seinen Ordensbrüdern, gekleidet und gerüstet wie ein Tempelritter. Aber hier war er ein Mann in einem zerschlissenen Kittel, dem man noch nicht einmal Schuhe zugestand.

Und der seinem Orden Schande bereitete, weil er drauf und dran war, sich in eine Frau zu verlieben.

Er hatte immer ein Ritter werden wollen, ja, aber kein Mönchsritter. Doch er hatte geglaubt, schon lange über diese Zweifel hinweg zu sein. Die Komturei war sein Zuhause geworden. Er hatte sein Mönchsleben, bevor er nach Outremer aufgebrochen war, gemocht. Die Frühmessen, die sonntäglichen Kapitelversammlungen, die Stundengebete und Vespergesänge ... es war ein ruhiges, geordnetes Leben gewesen, das er in Outremer schmerzlich vermisst hatte. Was würde er darum geben, jetzt einer Predigt des Komturs zu lauschen oder sogar den Ermahnungen des Kaplans, mit den Handwerkern und ihren Frauen auf dem Gelände der Abtei zu scherzen, ja, selbst von einem seiner Brüder aus dem Schlaf gerissen zu werden, weil bei zwanzig Männern im Dormitorium immer irgendeiner zu laut schnarchte. Elric lachen zu hören ...

»Pater noster ...«

Schritte. Das Schloss rappelte. Die Tür flog auf und niemand anderer als Yngvarr stapfte in die Hütte. Haakon, Sverri und noch zwei weitere Kerle folgten ihm.

»Aufstehen und umdrehen«, befahl er.

Rouwen nahm sich die Zeit, die Schnur einzurollen und beiseite zu legen. Langsam erhob er sich und wandte ihnen den Rücken zu. Er wartete nicht, dass man seine Hände nach hinten zog, sondern kreuzte sie über dem Gesäß. Stolz. Stolz war alles, was ihm geblieben war.

Eine Lederschnur wurde um seine Gelenke geschlungen, so fest, dass sie sich in seine Haut grub. Als er einen auffordernden Griff an der Schulter spürte, drehte er sich um. Hinter Yngvarr und vor den anderen ging er aus der Hütte. Yngvarr stieß ein unwilliges Schnauben aus, als er bemerkte, dass Rouwen hinter ihm zurück blieb. Die Fußfessel erlaubte nur kleine Schritte. Aber er ging daraufhin langsamer.

Sie führten ihn in die Halle. Draußen war gerade erst die Dämmerung angebrochen, doch das Langhaus war bereits hell mit Talglichtern erleuchtet. Baldvin Baldvinsson saß auf seinem erhöhten Thronstuhl. An der Seite flackerte das Herdfeuer, doch kein Essensduft durchzog die Halle. Mehrere Krieger hatten sich um ihren Häuptling versammelt, aber nun unterbrachen sie ihre leisen Gespräche und wandten sich Rouwen zu.

Unter ihnen entdeckte er Rúna.

Sie ließ es sich also nicht nehmen, der peinlichen Befragung zuzuschauen. Er sollte Abscheu oder zumindest Ärger bei diesem Gedanken empfinden, doch ihr Anblick war einfach zu liebreizend. Sie trug wieder ihr Kettenhemd, das sich so verführerisch an ihre Rundungen schmiegte, und er fragte sich, ob sie sich dessen in aller Tragweite bewusst war. Ihre Arme zierten Schmuckreife, und der lange Zopf hing über eine Schulter nach vorne. Grimmige helle Augen musterten ihn von oben bis unten, als er näher kam.

Da war auch Stígr. Am gestrigen Abend war der Dorfzauberer zurückgekehrt; Rouwen hatte ihn gesehen, die Arme voller

Kräuter, Blumen und kleiner erlegter Tiere, wie Wasserratten, Fledermäuse, Enten und sogar einen Basstölpel. Angesichts der Wachen um sein Haus war er zeternd im Langhaus verschwunden, vermutlich um sich bei Baldvin über den ungebetenen Gast zu beschweren.

Rouwen musste in angemessener Entfernung vor dem Thronstuhl stehen bleiben. Es kostete unendliche Kraft, Rúna nicht länger anzusehen als all die anderen Anwesenden. Heiliger Cuthbert – wie schön sie war! Schön und gefährlich wie ein Cherub, der den Weg in den Garten Eden bewachte. Brauchte dieser kriegerische Engel wirklich Unterricht?

»Kettet ihn los«, befahl Baldvin.

Yngvarr runzelte die Stirn. Doch bevor er Einwand erheben konnte, hatte Sverri sich schon gebückt und schloss die Fußfessel auf. Zugleich schnitt jemand hinter Rouwen die Lederschnur durch. Rouwen rieb sich die Handgelenke.

Baldvin schlug die Hände auf die Lehnen seines derb gefertigten und mit Fellen ausgelegten Stuhls und stemmte sich hoch. Der Stuhl stand auf einem Podest; so überragte der Zwerg seine Männer. Ein Schwert hing an seinem Gürtel. Er umfasste den Griff.

»Du bist stark, Christ, standhaft, und du achtest Schwüre«, sagte er.

»Ja«, erwiderte Rouwen vorsichtig. *Hoffentlich standhaft genug für das, was jetzt kommt.*

Der Gedanke war noch in seinem Kopf, als Baldvin mit einer überraschenden Geschwindigkeit, die er diesem Zwerg niemals zugetraut hätte, das Schwert aus der Scheide riss, die zwei Stufen des Podest hinunter und auf ihn zu stürmte. Rouwen zuckte im selben Moment zurück, als der Häuptling die Klinge schwang; ihre Spitze fuhr dicht an seinem Gesicht vorbei.

Baldvin drehte sich, als zöge ihn das Gewicht der Waffe herum. Doch schon im nächsten Moment stand er wieder dicht vor Rouwen. Seine Faust umschloss die Klinge an der Fehlschärfe dicht oberhalb der Parierstange. Der Griff war frei und ragte wie eine Einladung vor Rouwen auf.

Rouwen stand ruhig da. Er bewegte keinen Muskel, er ballte nicht einmal die Fäuste. Die Männer hielten den Atem an. Rúnas Augen waren groß. Sie war so überrascht wie er.

Schließlich trat Baldvin einen Schritt zurück. Ein deutliches Aufatmen ging durch den Raum. Er musterte Rouwen von oben bis unten, dann nickte er anerkennend.

»Du bist standhaft. Beherrscht. Und du hältst dich an das, was du Rúna geschworen hast: dass du dich nicht wehrst. Andernfalls hättest du die Gelegenheit genutzt und das Schwert aus meiner Hand gerissen.«

»Das war leichtsinnig, Herr«, murmelte Yngvarr.

Baldvin grinste. »Ach, ich war mir eigentlich sicher. Einer wie er will zwar lieber im Kampf sterben als den braven Gefangenen zu spielen. Aber der Schwur ist ihm wichtiger.«

Er machte kehrt, schien noch einmal innezuhalten – wie um Rouwen eine letzte Gelegenheit zu geben, ihn doch noch anzufallen. Dann ging er zum seitlich stehenden Esstisch, umrundete ihn und ließ sich nieder. Rouwen entnahm seiner einladenden Geste, dass er sich dazugesellen durfte. Vielmehr sollte. Was zum Teufel ging hier vor?

Ein Dutzend Augenpaare starrten ihn an, als er sich Baldvin gegenüber auf die Bank setzte. Die Männer blieben stehen, wo sie waren. Nur Rúna trat an die Seite ihres Vaters. Flüchtig strich er über ihren Unterarm und lächelte.

»Met!«, rief er. Sofort kam eine Frau angelaufen; es musste Júta, seine zweite Frau sein, denn sie trug den Hausschlüssel am Silbergürtel. Sie überblickte sofort die Lage und brachte zwei bis zum Rand gefüllte Trinkhörner.

Baldvin schob eines in seiner bronzenen Halterung über den Tisch.

Was, zum Teufel …?

»So«, begann er, nachdem er selbst einen Schluck genommen und sich wohlig aufseufzend über den Bart gestrichen hatte. »Du wunderst dich, was?«

»Allerdings.«

»Nun, ich kam zu dem Schluss, dass es sinnlos ist, dir deines Vaters Namen und den deines Heimatortes zu entreißen. Denn dann säßen wir ja noch hier bis zum Tag der Götterdämmerung. Es sei denn natürlich, wir hätten dich vorher umgebracht. Aber das wäre ein Verlust. Ich habe stattdessen etwas anderes mit dir vor.«

Rouwen ergriff sein Trinkhorn. Der Met war süß und stieg einem schnell zu Kopf. *Wie Rúnas Kuss*, ging es ihm durch den Kopf, während er flüchtig zu ihr aufsah. Ihr Blick war grimmig. Anscheinend zürnte sie ihm noch immer wegen seiner Zurückweisung.

»Zuerst lass mich dir eine Geschichte erzählen.« Baldvin legte einen Ellbogen auf den Tisch und neigte sich vor. Mit der anderen Hand befingerte er einen goldenen Ring an seinem Ohr. »Ich hatte ein Weib, Ingvildr. Sie war die Mutter meiner Kinder …«

»Vater, er weiß das alles. Einiges von mir, und den Rest von Athelna«, mischte sich Rúna ein.

»Dann kann ich mir die Mühe ja sparen; ich bin sowieso kein guter Geschichtenerzähler. Also, Engländer, sperr die Ohren auf: Ich will, dass du mir bei meiner Rache hilfst.«

Rouwen hörte in seinem Rücken, wie die Männer nach Luft schnappten. Er selbst stieß hart den Atem aus. »Warum das?«

»Aus mehreren Gründen. Zum Einen: Ich bin nicht mehr der jüngste. Zum Zweiten: Du kennst Land und Leute besser als wir. Drittens: Du bist ungewöhnlich stark. Viertens: Du wirst belohnt werden, mit deiner Freiheit und deinem Eigentum.«

Die Männer begannen leise miteinander zu tuscheln. Es war Yngvarr, der sich aus ihren Reihen löste und an die Seite des Tisches trat. »Herr! Überlass ihn mir, und du hast morgen alles, was es über ihn zu wissen gibt. Alles!«

Mit einer ärgerlichen Handbewegung wies der Häuptling ihn an, wieder zurückzutreten. »Einen Toten hätte ich! Und jetzt Maul halten, bei Odin!« Seine Faust donnerte auf die Tischplatte, sodass sein Trinkhorn zu kippen drohte. »Und zum Letzten«, brüllte er in Rouwens Richtung. »Du wirst es tun, weil Athelna ansonsten stirbt!«

Schlagartige Stille.

Auch Rouwen blieb der Mund offen stehen. Das konnte er nicht ernst meinen.

Es war Rúna, die sich als erste wieder fing. »Vater, was ...«

»Die Standhaftigkeit dieses Mannes, meine Tochter, ist unser Vorteil«, unterbrach Baldvin ihre Frage. »Er wird bei seinem Gott schwören, dass er uns hilft, uns gehorcht und sich nicht gegen uns stellt. Auf das heilige Buch der Christen wird er schwören; Stígr hat doch so eines da. Und schwören wird er, weil andernfalls Athelna unten am Kliff an den Pfahl gebunden wird. Er hat ihr geschworen, dass er ihr beistehen wird. So war's doch, Sverri, oder? Du hast die beiden gehört?«

»Ja, Herr«, ertönte es aus den Reihen der Männer.

Rouwen schüttelte unwillig den Kopf. *Verdammt! Verdammt! Verdammt! Diese verdammten Schwüre ...*

Sichtlich zufrieden lehnte sich Baldvin zurück. »So wie ich das sehe, Engländer, hast du keine andere Wahl. Nun, was sagst du dazu?«

Rouwen schwieg. Er musste diese neue Wendung erst verdauen. Und vor allem brauchte er Zeit, um sich zu überlegen, wie er verhindern konnte, noch so einen verdammten Schwur zu leisten.

»Stígr, hol das Buch«, befahl Baldvin.

Der Alte gehorchte und kehrte bald darauf mit der Bibel zurück, die er auf den Tisch legte. Baldvin legte die Pranken darauf.

»Diese Sache ist nicht einseitig.« Er klang freundlich. »Ich werde auch schwören. Auf meine Weise.«

Auf seine Geste hin löste der Seidmann den Beutel an seinem Gürtel und holte einige Stäbe heraus. Fremdartige Zeichen waren darin eingeritzt. Sein fast kahler Kopf mit der vorspringenden Nase erinnerte an die Geier, die über dem Schlachtfeld von Hattin gekreist hatten. Der Zauberer ließ die Augen rollen, brummelte Unverständliches in sich hinein und rollte die Stäbe. Schließlich warf er sie auf den Tisch, wo sie übereinander liegenblieben.

»Die Götter heißen deine Entscheidung gut«, krächzte er.

Als Christ und Mönch empfand Rouwen vor diesem Mummenschanz geradezu Ekel. Das wurde nicht besser, als Baldvin ein kleines Messer zog und seine Handfläche ritzte. Er ballte über den Stäben die Faust. Blut tropfte einen Moment später heraus.

»Ich schwöre bei Allvater Odin und bei Thor dem Donnerer, dass ich dich mit deiner Freiheit und mit Beute belohnen werde, wenn du deinen Teil der Abmachung erfüllst. Ich schwöre, dass Athelna freigelassen wird, wenn wir wieder zurück sind – mit dem Kopf dieses verdammten Mönchs im Gepäck.«

Mit der anderen Hand schob er auffordernd die Bibel über den Tisch.

Heiliger Cuthbert, dachte Rouwen, immer noch fassungslos. *Ich brauche Zeit zum Nachdenken ...*

Andererseits gab es nichts zu überlegen. Um Athelnas willen musste er es tun. Und um seinetwillen. Würde er ablehnen, so würde Yngvarr sich die Hände reiben. Und morgen wäre er um seine Haut ärmer.

Er legte die Rechte auf die Bibel und spreizte die Finger. »Ich schwöre bei Gott und seinem Wort, dass ich dir bei deiner Rache helfen und mich nicht gegen euch wenden werde.«

Er würde also einen Mönch ans Messer liefern. Einen Bruder im Herrn. Vermutlich würde er dafür in die Hölle kommen. Oder schon vorher, sollte Baldvin erfahren, dass er selbst auch ein Mönch war …

»Du hustest seit gestern weniger«, bemerkte Rúna. Sie hockte auf ihrem fellbedeckten Bett in ihrer Kammer und bürstete sich die langen Haare. Das half ihr, sich zu entspannen. Arien saß bei ihr und versuchte sich am Schnitzen des Eichhörnchens Ratatöskr, das der Sage nach auf dem Weltenbaum Yggdrasil herumkletterte, um Botschaften zwischen dem Adler, der in der Krone saß, und dem Drachen an den Wurzeln zu überbringen. In solchen Dingen war er schon beinahe so geschickt wie ihr Vater. Es gelang ihm sogar, dem Tierchen ein Lächeln in die Schnauze zu ritzen.

»Rouwen hat mir seine Medizin aus Salerno geschenkt, und ich habe sie genommen«, erklärte Arien.

Rúna wusste, dass man Rouwen seine Truhe wieder ausgehändigt hatte. »Und du hattest gar keine Bedenken, sie zu schlucken?«

»Wieso? Denkst du, er wollte mich vergiften?«

Sie zuckte mit den Achseln. *Natürlich nicht. Trotzdem …*

Arien hob das Eichhörnchen hoch und rieb prüfend mit den Fingern darüber. Dann bettete er es wieder zwischen den gekreuzten Beinen und arbeitete weiter. »Er hat mir Geschichten erzählt. Über Jerusalem. Die Sarazenen behaupten, unter der Stadt würden alle Flüsse der Welt entspringen. Und über die Kirche, die auf dem Grab von Jesus Christus steht …«

»Oh, bitte, Arien, du lässt dich doch hoffentlich von ihm

nicht zum Christen machen? Vater würde sich ins Meer stürzen!«

Arien prustete. »Aber nein. Rouwen hat erzählt, dass die Pilgerinnen dort die Männer in Ecken zerren und ihre Röcke heben. Damit sie an diesem Ort ein Kind ... wie nennt man das? ... empfangen. Und während die Leute an den Altären beten, stöhnt es aus allen Ecken und Enden.«

»Arien!«

»Er hat auch erzählt ...«

»Lass es gut sein, mich interessieren solche Sachen nicht.« Sie flocht ihren Zopf, rollte ihn auf dem Kopf zu einem Krönchen und steckte es fest. Es war ohnehin an der Zeit, sich für die Übungsstunde fertigzumachen. Sie glitt vom Bett und rüstete sich: Zunächst das gepolsterte ärmellose Wams, dann darüber das Kettenhemd. Das Gewicht fühlte sich angenehm und zugleich wie ein Versprechen an, sich bald bis aufs Äußerste anzustrengen und zu schwitzen. Sie streifte sich eine Auswahl silberner Reife über die Arme, denn zu einer Kriegsherrin gehörte solche Pracht. Zuletzt der Silbergürtel mit Falkenkralle, ihrem Schwert.

»Ich sehe zu«, verkündete Arien.

»Von mir aus.«

Sie schritt die Treppe hinunter, durchquerte den Windfang des Langhauses und trat in die Helligkeit eines weiteren strahlenden Frühlingstages. Wenn die Sonne am höchsten stand, so hatte sie Rouwen angewiesen, solle er sich bereithalten.

Nach seinem Schwur hatte sie ihn erneut aufgefordert, sie im Schwertkampf zu unterrichten. Und, wie sie es erhofft hatte, hatte er sich nicht mehr geweigert. Schließlich war er jetzt Baldvins Schwertmann.

Sein finsterer Blick, mit dem er sie auf dem Dorfplatz empfing, sagte allerdings deutlich, was er davon hielt.

Man hatte ihm seine Stiefel zurückgegeben. Dazu eine neu

gewebte hellbraune Tunika, die seine südländische Bräune unterstrich. Baldvin hatte ihn sogar ausgezeichnet, indem er ihm einen Silberarmreif geschenkt hatte. Den trug er jedoch nicht. Stattdessen wieder das Silberkreuz, das man ihm auf dem Schiff genommen hatte.

Trotz der schlichten Kleidung strahlte er eine erstaunliche Präsenz aus. Rúnas Blick schien von seinen leuchtenden Augen gefangen genommen zu werden. Mit aller Gewalt riss sie sich davon los und befingerte umständlich ihren Gürtel, bis sie endlich Falkenkralle gezogen hatte. Er trug keine Waffe – dieses Zugeständnis hatte Baldvin ihm noch nicht machen wollen. So war es Sverri, der auf Rúnas Wink hin herantrat und ihm sein Schwert mit dem Griff voran reichte.

Rouwen nahm es; er nickte Sverri zu, der die Geste erwiderte. Einige Männer hatten sich hergesellt, und auch zwei Frauen stellten ihre Körbe mit Schmutzwäsche ab, setzten sich darauf und begannen erregt miteinander zu tuscheln. Sogar eine Sklavin wagte es, stehenzubleiben, um dem, was kam, zuzusehen.

Rúna vermied es, nach Yngvarr Ausschau zu halten.

»Odin! Thor!«, schrie sie und stürmte auf Rouwen zu. Wie erwartet fing er ihren Hieb mühelos ab. Die scharfe Klinge seines Schwertes prallte gegen ihre, und sie spürte die Erschütterung im ganzen Körper.

»Ich werde dich nicht schonen, Rúna. Ich werde dir alles abverlangen.«

»Das solltest du auch.«

Mit einer geschickten Drehung sprang sie zurück, wirbelte um die Achse und drang, Falkenkralle mit beiden Händen haltend, erneut auf ihn ein. Mühelos fing er mit Sverris Klinge den Hieb auf.

»Du solltest vielleicht weiter schreien. Deine Schläge allein sind wenig beeindruckend.«

»Odins Raben sollen vom Himmel stoßen und deine freche Zunge schnappen!« Sie ließ Falkenkralle vorschnellen, zielte auf seinen linken Oberschenkel, doch auch diesen Stoß fing er ab; ihre Klinge glitt mit unangenehmem Kreischen an seiner entlang, als er sie ablenkte. Bevor sie irgendetwas tun konnte, schlug er mit der Klingenspitze nach ihrem Arm. Rúna hörte, wie die Männer nach Luft schnappten und eine der Zuschauerinnen erschrocken aufschrie.

Doch er hatte auf einen ihrer Schmuckreife gezielt. Den zierte jetzt ein Kratzer, aber sie selbst war unverletzt.

Sie trat zwei Schritte zurück und hob kampfbereit das Schwert. Ihr Blick flog über seinen Körper, suchte einen neuen Angriffspunkt. Sie war davon überzeugt, ihm gefährlich werden zu können. Beim Kampf in der Halle hatte sie ihn doch beeindrucken können? Sie hatte ihm sogar einen Schnitt auf dem Handrücken zugefügt. Eine lächerlich kleine Wunde zwar, ein Kratzer nur – doch selbst dies schien heute undenkbar.

Wie mochte er kämpfen, wenn er alle Zurückhaltung fahren ließ?

»Du musst den Blick deines Gegners im Auge behalten«, erklärte er, während er mit halb gesenktem Schwert zusah, wie sie ihn umkreiste. Dann hob er die Schwerthand, und die Klinge fuhr in die Höhe. »Auch seine Hände. Die Entfernung zu ihm.«

»Ich weiß das!«

Sie holte aus und schlug Falkenkralle gegen sein Schwert, und fast sah es so aus, als glitte ihm die Waffe aus der Hand. Oder spielte er ihr nur etwas vor? Dass er sie offenbar für eine Anfängerin hielt, machte sie wütend. Sie hatte so viel von ihrem Vater, von Sverri, Hallvardr und auch Yngvarr gelernt, aber wo war das alles jetzt? Sie holte zu einem neuerlichen Schlag aus; auch diesen parierte er, und mit einem Mal stand er hinter ihr und hatte eine Hand auf ihren Schwertarm gelegt.

Seine plötzliche Nähe jagte ihr einen Schauer über den Rücken. Sie müsste den Kopf nur ein kleines Stück drehen, und es wäre ganz einfach, ihre Lippen auf seine zu pressen. Wie sie es schon einmal getan hatte …

Ihr Götter, wie sollte sie gut kämpfen, wenn ihr jetzt der Kuss in den Sinn kam?

»Von oben mit Kraft, von unten mit Geschmeidigkeit«, raunte er in ihr Ohr. »Wenn du es mit Kraft versuchst, hole nicht zu weit aus, sonst verlierst du zu leicht die Kontrolle über das Schwert. Ziel nicht auf den Brustkorb, er ist zu stark. Ziel auf die Gelenke und das Schlüsselbein. Du musst hoch parieren, wenn du deinen Kopf, niedrig, wenn du deinen Körper schützen willst. Du solltest …«

Sie hörte seine Worte kaum noch. Zu berauschend war das Gefühl seines Atems auf ihrer Haut. Seine Nähe ließ sie schwindeln. Hitze staute sich unter ihrem gepolsterten Wams. So schnell war ihr noch bei keinem Kampf warm geworden. Und so schwach hatte sie sich noch nach keiner Niederlage gefühlt.

Dieser Gedanke war wie ein Guss kaltes Wasser. Ihre Gefühle machten sie schwach. Sie durfte sich keine Schwäche erlauben. »Du kämpfst anders als wir«, brachte sie rau hervor. »So beherrscht …« *So beeindruckend*, dachte sie. *So schön* …

Sie machte sich von ihm los, während sie sich fragte, ob ihr Einfall, von ihm zu lernen, nicht völlig aussichtslos war. Wenn sie sich nicht zusammenriss, dann bestimmt. Also hob sie das Schwert – und griff schreiend an …

Noch am Abend fühlte sie sich erschöpft. Im Vergleich zu Rouwen sahen die meisten anderen Schwertkämpfer erbärmlich aus. So auch sie. Aber im Laufe des Kampfs hatte sie sich gebessert. Und trotz ihrer Vorsätze hatte sie jeden Augenblick in seiner Nähe genossen, vor allem die Augenblicke, in denen sie seine Haut gespürt hatte, seinen warmen Atem. Seinen glühenden Blick auf ihrem …

Sie beschloss, sich im Schwitzhaus zu erholen. Arien dürfte schon im Bett stecken, und da ihr Vater und Júta gestern geschwitzt hatten, hätte sie die Hütte, die der Häuptlingsfamilie vorbehalten war, für sich allein. Sie befahl einer Sklavin, die Hütte aufzuheizen, für Tücher und etwas zu trinken zu sorgen und dann zu verschwinden.

Es war düster, als sie durchs Dorf ging. Hier und da schien nur das schwache Licht von Talglampen unter den Ritzen der Türen. Eng schlang Rúna den Umhang um sich, denn die Nächte waren noch kalt. Barfuß war sie trotzdem – das störte sie nicht im Geringsten. Sie stieg die Anhöhe zum Teich hinauf. Auch aus dem Kamin einer der anderen Schwitzhütten quoll Dampf. Doch wer immer dort war, würde es nicht wagen, sie zu stören.

Sie öffnete die Tür gerade so weit, dass sie hineinschlüpfen konnte. Im gemauerten Herd in der Ecke lagen Steine auf einem glühenden Kohlenbett. Es duftete nach erfrischenden Ölen und Kräutern. Ein Ginsterzweig lag bereit. Rúna entledigte sich ihrer Kleider und streckte sich auf dem hölzernen Podest aus. *Freya sei Dank für diesen Genuss!*, dachte sie wohlig seufzend, als ihr wärmer und wärmer wurde und der Schweiß Perlen auf ihrer Haut bildete.

Sie massierte sich die schmerzenden Glieder. Wahrend sie sich entspannte und langsam schläfrig wurde, dachte sie noch einmal an den Kampf zurück. Rouwens dunkle, warme Stimme hatte sich in ihrem Ohr verfangen. Der Blick seiner leuchtenden Bernsteinaugen … Dieser Mund, ihr Götter, dieser Mund … Ihre Hand glitt zwischen ihre Beine, verweilte dort für einen Moment und fuhr dann wieder an ihrem Körper hinauf.

Ihre Bewegungen waren träge und noch nicht gierig. Noch war sie fähig, über die neuerliche Situation nachzudenken. War es, wie es sich entwickelt hatte, nicht absonderlich? Leise kicherte sie. Gewiss saßen die Götter oben in ihrem Palast in Asgard und amüsierten sich köstlich über all diese Verwicklungen. Eine Geisel, die zum Schwertmann des Häuptlings wurde! Konnte das gut gehen?

Ihr Götter, dachte Rúna, *eigentlich müsstet ihr uns Yoturern ja beistehen. Weil wir die einzigen sind, die euch treu geblieben sind.*

Morgen würde sie Freya ein Zicklein opfern.

Was sie erbitten wollte, wusste sie selbst nicht so recht. Dass die Unternehmung des Vaters ein gutes Ende nahm und er die Mutter endlich rächen würde? Dass diese Fahrt *ihre* Wikingfahrt werden würde, auf der sie sich beweisen konnte? Dass Rouwen …

… dass er … ja, was?

Sie wusste es nicht.

Seufzend setzte sie sich auf, griff nach der Holzkelle und goss etwas Wasser auf die heißen Steine. Zischend quoll der Dampf in die Höhe. Rúna atmete schwer. Die Hitze fühlte sich an, als zöge ihr jemand die Haut ab. Aber es tat gut.

Plötzlich wünschte sie sich jemanden zum Reden herbei. Aber wer sollte das sein? Yngvarr bestimmt nicht. Arien war auch nicht der Richtige. Eine Freundin besaß sie nicht, denn die anderen Yoturerinnen waren ihr gegenüber unterwürfig oder ängstlich. Bisher hatte sie das nicht als Nachteil empfunden, sie war nun einmal ein Krieger im Körper einer Frau. Warum also vermisste sie es jetzt? Sie dachte an Arien und die Geschichten, die Rouwen ihm erzählt hatte. Die beiden redeten anscheinend wie Freunde miteinander. Und sie?

»Sollen sie doch«, murmelte sie. »Ich gönne es Arien ja. Ich vermisse nichts. Gar nichts.«

Sie angelte nach dem Korb, den die Sklavin bereitgestellt hatte, fischte einen Ziegenbalg heraus und entstöpselte ihn. Der honigsüße Met ließ sich auch warm trinken. In einem Tuch war außerdem ein großes Stück Honigkuchen eingewickelt. Ihr Magen begann zu knurren. Hastig schlug sie das Leinen auseinander und biss in die Leckerei.

Die Tür schwang auf.

Eine hochgewachsene Gestalt trat herein und blieb im nächsten Moment, wie vom Donner gerührt, stehen.

Rouwen.

Mit einem leisen Schrei ließ Rúna den Kuchen fallen und schlug die Arme vor die Brüste und den Schoß.

»Was fällt dir ein?«, fauchte sie. »Weißt du nicht, dass du nicht in diese Hütte darfst?«

Er wich einen Schritt zurück an die Tür. »Nein, ich …«

»Hier schwitzen nur Baldvin, Júta, Arien und ich! Wenn du nicht augenblicklich verschwindest, dann … lasse ich dich auspeitschen!« Sie nickte zur offenen Tür hin. »Außerdem lässt du die Kälte herein.«

Irrte sie sich, oder war die Art, wie er die Brauen hob, spöttisch? Er neigte leicht den Kopf. »Verzeih«, sagte er kühl, trat rückwärts hinaus und zog die Tür hinter sich zu.

Langsam ließ sie die Arme sinken. Ob sie ihn wirklich bestrafen lassen sollte? Er war gewiss nicht absichtlich hereingeplatzt. Vermutlich hatte ihm niemand gesagt, dass diese Hütte, die nun einmal die schönste war und sich auf einem Felsen über dem Teich erhob, der Häuptlingsfamilie vorbehalten war. Dass er sie nackt gesehen hatte, rechtfertigte ihre Ruppigkeit. Bei allen Göttern, was, wäre er nur ein wenig früher hereingeplatzt? Und hätte sie mit der Hand zwischen den Beinen erwischt? Die Schamröte schoss ihr ins Gesicht. Aber weshalb hatte sie ihn bedroht? *Weil er alles durcheinanderbringt*, schalt sie ihn. Und sich ebenfalls: *Weil ich so dumm bin*.

Sie griff nach dem Ginsterzweig und schlug sich damit, um Rouwen aus ihren Gedanken zu vertreiben.

Ob er jetzt eine der anderen Hütten betrat? Wahrscheinlich. Wenn der Herd kalt war, würde er Zeit brauchen, ihn zu befeuern. Ärgerlich, dass sie überhaupt darüber nachdachte, klaubte sie den Kuchen wieder auf und verschlang ihn. Anschließend legte sie sich wieder auf die Pritsche und lenkte ihre Gedanken zu der bevorstehenden Fahrt. Die *Windjägerin* war überholt worden, das Segel ausgebessert. Die Frauen hatten die roten Bahnen nachgefärbt. Rúna hatte gesehen, wie sie das Tuch zum Trocknen ausgebreitet hatten; das Rot leuchtete wie Blut. Es würde wundervoll werden, mit diesem Schiff wieder auf Fahrt zu gehen.

Endlich, endlich ihre erste Wikingfahrt, und dann eine so bedeutende; mit Rouwens Hilfe würden sie sicher endlich Rache für ihre tote Mutter finden. Die nächsten Tage würde sie noch ausgiebig mit ihm üben, damit sie sich als eine Kriegerin beweisen konnte, die es wert war, nach Baldvin über Yotur zu herrschen.

Über diese Gedanken vergaß sie die Zeit. Irgendwann wurde ihr die Hitze unangenehm. Eigentlich hätte sie längst draußen ins Wasser springen sollen. Aber wenn Rouwen sie sah?

Na und? Ich bin Rúna Wirbelwind, die Tochter des Häuptlings, und er ist … er ist nur ein Gefangener! Ich werde mich doch nicht seinetwegen hier verkriechen!

Entschlossen zog sie die kleine Tür auf, die zum Teich hinausführte, nur um sie sofort wieder zuzuschlagen. Schon im nächsten Moment öffnete sie sie wieder einen kleinen Spalt. Dort draußen war Rouwen. Er kniete ein wenig oberhalb der Stelle, wo der Teich von einem Bach gespeist wurde, und wusch sich den Schweiß von den Armen. Ganz deutlich konnte sie in der hellen Mondnacht seine Haut sehen. Sogar einige seiner

Narben. Seine Muskeln, wie sie sich bewegten … Und sein wahrhaft beeindruckendes Gemächt.

Gütige Freya.

Dieser Mann war in jeder Hinsicht vollkommen.

Dass sie sich berührte, nahm sie erst wahr, als sich machtvoll die Lust in ihrem Unterleib ballte. Dieses Mal führte sie es zu Ende, während sie sich in seine Arme wünschte und sich vorstellte, dass er es war, der sie berührte. Ihre Schenkel bebten wie nach einem langen Lauf, und sie musste sich in die Hand beißen, um nicht aufzuschreien. Als sie wieder klaren Sinnes war, sah sie, dass er innegehalten und den Kopf gehoben hatte. Hatte sie etwa doch einen Laut von sich gegeben? Sie glaubte, dass sein Blick ihren traf. Doch das konnte nicht sein; die Tür war nur ein kleines Stück geöffnet und das Mondlicht warf hier Schatten.

Seine Lippen, seine wunderbaren Lippen bewegten sich. Sprach er ihren Namen aus? Hochaufgerichtet stand er am Bachrand, groß und prächtig wie der Donnergott.

Ich muss ihn haben. Jetzt.

Sie öffnete die Tür und sprang in den Teich. Das dunkle, eiskalte Wasser schlug über ihr zusammen. Es war schrecklich und herrlich zugleich. Tat sie das wirklich, um schnellstmöglich zu Rouwen zu kommen? Oder damit das kalte Wasser sie doch noch zur Besinnung brachte? Ihr Kopf durchstieß die Oberfläche. An der tiefsten Stelle reichte ihr das Wasser bis zur Brust. Sie musste nur wenige Schwimmzüge machen, bis ihre Finger bereits den Boden streifen. Stolz richtete sie sich auf; das Wasser reichte ihr hier nur noch bis zum Oberschenkel. Er konnte ihre Scham sehen.

Ihr Anblick schien ihn mit einem Bann zu belegen. Er stieg ins Wasser. Zitternd, ja zitternd. Seine Schenkel schoben es vor sich her, als er mit langen Schritten auf sie zukam. Dicht vor ihr blieb er stehen, betrachtete lange ihren nackten Leib, und sie sah Ehrfurcht in seinem Blick. Ihr selbst erging es ähnlich, sah sie doch seine beeindruckende Männlichkeit vor seinem straffen Bauch aufragen.

»Rúna …«

Sie reckte sich, breitete die Arme aus. Er riss sie an sich, umfing sie – dies geschah wirklich, und sie wollte bersten vor Glück.

Er küsste sie sanft, dann fordernder, und sie tat es ihm gleich. Seine Lippen schmeckten nach dem Honig des Mets. Solche Küsse hatte Yngvarr ihr nie schenken können. Rouwens Zunge glitt in sie und tanzte mit ihrer, und ihr Unterleib glühte auf. Fordernd presste sich seine Härte an ihren Bauch. Rúna liebkoste seine Wangen, die er sich frisch rasiert hatte. Er duftete nach dem belebenden Öl von Kiefern- und Fichtennadeln.

»Ich – ich habe es mir überlegt«, keuchte sie, als er ihr einen Augenblick des Atemholens gestattete. »Du darfst doch in die Hütte. Komm mit mir!«

Er löste sich von ihr. Sie tastete nach seiner Hand, um ihn mit sich zu ziehen. Da riss er sich von ihr los und machte einen Schritt zurück. Er bewegte sich unsicher, stapfte wankend zum Rand des Teichs und suchte Halt an einem mit Flechten bewachsenen Stein.

»Nein, ma dame. Nein.« Schwer hob und senkte sich seine Brust. »Das ist … falsch. Ich will das nicht …«

»Du willst nicht?«

»Mein Schwur hindert mich.«

Die Worte waren wie ein neuerlicher kalter Guss. Welcher Schwur? Den, dass er niemanden angreifen würde? Nein, es konnte nur Athelna gemeint sein, denn auch ihr gegenüber hatte er einen Schwur getan. Womöglich doch einen Liebesschwur? Rúnas Wangen brannten vor Scham. Sie fuhr herum und stieg aus dem Teich, rannte zurück ins Schwitzhaus und warf die Tür zu.

»Ich kann nicht, Rúna!«, hörte sie ihn noch verzweifelt aufschreien.

Er konnte. Aber er *wollte* sie nicht! Sie packte den Ginsterzweig, wollte damit um sich schlagen und fiel dann doch nur ermattet auf die Pritsche.

III.

GEZWUNGEN

9.

Das Rudern half, die Gedanken treiben zu lassen. Vor und zurück, vor und zurück … Rouwen saß wie die anderen Männer an den Riemen. Auch auf dem Schiff des franzischen Händlers hatte er beim Rudern geholfen, wenn der Wind schwach war oder aus der falschen Richtung kam. Die pfeilschnelle *Windjägerin* war mit der schwer beladenen Handelskogge jedoch nicht zu vergleichen. So leicht würde sie nicht auf einen Felsen auflaufen. Vor und zurück, vor und zurück … Er dachte zurück an jenen Tag. Dachte an Elrics Ende und daran, wie er Rúna zum ersten Mal gesehen hatte.

Er dachte daran, wie sie … *Halt! Muss mich denn jeder Gedanke zu ihr führen? Gott im Himmel, bewahre mich vor dem, was mich da gepackt hält.*

Ein Schatten war auf ihn gefallen, und ihm wurde bewusst, dass Sverri schon eine ganze Zeit neben ihm stand und ihm irgendetwas unter die Nase hielt. Es war, bei näherer Betrachtung, ein schwarzer Dörrfleischstreifen.

»Schottischer Biberschwanz«, erklärte der Wikinger freundlich lächelnd. »Es hilft deinem schwachen Gemächt hoch. Im wahrsten Sinne des Wortes.«

Was war das nun wieder für eine heidnische Teufelei? Rouwen schüttelte den Kopf.

»Du sagtest, du könntest keiner Frau beiliegen«, beharrte Sverri.

»*Was* habe ich?«

»Ja, neulich. Bei den Schwitzhütten. Nimm's mir nicht krumm, aber ich war zufällig da. Ich wollte es mir mit einer Sklavin in einer der Hütten gemütlich machen. Nun iss schon!«

Rouwen nahm eine Hand vom Ruder, nahm den Streifen und

schnupperte daran. Wie erwartet war der Geruch salzig und widerwärtig.

»Davon abgesehen«, mit dem Unterarm stupste Sverri gegen seine Schulter. »Du solltest bedenken, dass der Wirbelwind einem anderen gehört. Ist besser für dich und deine Haut, wenn du das nicht vergisst.«

»Danke für die Warnung«, murmelte Rouwen, aber Sverri war schon weitergestiefelt.

Das war ja alles nicht zu fassen. Wie kam Sverri nur darauf, dass er ...? Allmächtiger, natürlich, jetzt fiel es ihm ein. »Aber so war das doch nicht gemeint gewesen«, knurrte er in sich hinein. Natürlich könnte er. Als ob er noch nie ... *hart* gewesen wäre. Hölle und Teufel! Er schleuderte den Streifen über Bord.

Die Warnung vor Yngvarrs Besitzansprüchen gegenüber Rúna war ebenso unnötig. Denn Rouwen würde sich hüten, noch einmal so weit zu gehen. Und das nicht etwa wegen Yngvarr! Natürlich war es nur vernünftig, dass er, der nach wie vor eine Geisel war, die Finger von der Häuptlingstochter ließ. Doch vor allem fürchtete er den Verlust seines Seelenheils. Er hatte einen Eid der Armut, des Gehorsams und eben auch der Keuschheit geleistet. Etwas Derartiges durfte nicht wieder geschehen.

Er hatte in den Tagen vor ihrem Aufbruch zu Gott gefleht, dass Rúna nicht mitfahren möge. Aber der heidnische Wirbelwind hatte einen eigenen Kopf, und natürlich war sie mit an Bord gestiegen. Rouwen bemühte sich nach Kräften, ihr aus dem Weg zu gehen und überhaupt so wenig wie möglich von ihr zu hören und zu sehen.

Auf einem Boot ein gänzlich zum Scheitern verurteiltes Unterfangen.

Er sah sie ständig. Er hörte sie ständig.

Schlimmer, er gierte nach einem Blick, nach einem Wort.

Denn jedes Mal, wenn sie ihm nah war, klang tief in ihm etwas an, das aus purem Glück gemacht schien.

Irgendwo hinter ihm ertönte ihre klare Stimme. Er wagte einen raschen Blick über die Schulter. Sie stand bei ihrem Vater auf der Heckplattform. Der Zwerg handhabte die schwere Ruderpinne, als bereitete es ihm nicht die geringste Mühe. Wie stark wäre dieser Mann wohl, besäße er eine normale Größe? Baldvin trat einen Schritt zur Seite und überließ seiner Tochter die schwere Pinne. Mit Feuereifer legte sie sich ins Zeug. Ihre Armmuskeln und Sehnen spielten ein interessantes Spiel. Die Zartheit einer Dame, die ihre Zeit in einer Kemenate zubrachte, fehlte ihr völlig. Aber anders, so musste es sich Rouwen eingestehen, hätte er sie auch nicht gewollt. Sie war vollkommen.

»Du gerätst aus dem Takt, Mann«, knurrte es dicht hinter ihm.

Er lenkte den Blick wieder geradeaus. Gestern früh waren sie aufgebrochen und waren schnell an den Orkneys vorbei an die einsame schottische Küste gelangt. Rouwen hatte getan, was alle taten: rudern, bis zum Gotterbarmen Wasser schöpfen – was bei diesen tief liegenden Wikingerschiffen unabdingbar war – und am Ufer die Zelte aufbauen. Nur zum nächtlichen Wachdienst war er nicht eingeteilt worden. Yngvarr hatte die Männer angewiesen, ihn im Auge zu behalten.

»Du bist schlecht gelaunt, mein Wirbelwind«, hörte er Baldvin sagen. Eigenartig, um Rouwen rauschten der Wind und die Wellen, die Ruder und das Takelwerk knarrten, und überall wurde geredet und gelacht. Trotzdem entging ihm kein Wort, das dort hinten gesprochen wurde. »Warum, Tochter? Das Wetter ist prächtig, und du hast endlich deine ersehnte Fahrt. Die Männer sehen noch mehr zu dir auf, seit du Sverri im Kampf eine Oberschenkelwunde beigebracht hast. Von der ich im Übrigen hoffe, dass sie gut verheilt, denn wir brauchen ihn ja.«

»Es ist wegen des Engländers.«

Sie sprach leise, und dennoch hörte er alles.

»Ja, mir ist auch nicht ganz wohl, wenn ich daran denke, dass ich ihn zu einem Verbündeten gemacht habe. Aber die Runen haben gesprochen, die Entscheidung war richtig. Und er hat noch keinen Handgriff getan, den man ihm als wortbrüchig auslegen könnte. Sogar die Männer scheinen ihn zu akzeptieren, jedenfalls saß er gestern am Lagerfeuer nicht abseits. Hallvardr wollte ihm sogar einen Thorshammer schenken.« Baldvin lachte rau. »Der Engländer hat ihn angesehen, als hätte er ihm vorgeschlagen, mit ihm das Lager zu teilen.«

»Schön, dass alle so heiter sind!« Sie ächzte, und die Pinne knarrte. Rouwen glaubte beinahe hören zu können, wie sie mit den Zähnen knirschte. Sie vermochte seine Zurückweisung nicht zu verwinden.

»Yngvarr allerdings traut seinem Schwur nicht«, brummte Baldvin.

»Dabei könnte er es bedenkenlos«, fauchte sie. »Rouwen hält jeden Schwur. Jeden.«

Der Hohn in ihrer Stimme tat Rouwen weh. Er konnte ihr nicht sagen, was das alles für Schwüre waren, die seine Seele belasteten. Und wenn sie es wüsste – es würde sie kaum trösten.

»Lass mich das Ruder wieder übernehmen, Tochter. Und dann gehst du … was war das?«

»Was?«

»Hast du es nicht auch gehört?«

»Was denn?«

»Es klang ganz nach … Bei Odins Raben, wenn er hier ist, dann … dann …« Baldvin stieß einen Schrei aus. Rouwen sah über die Schulter. Der Häuptling sprang von der Plattform, tauchte in den halbhohen Lagerraum darunter und hatte einen Herzschlag später niemand anderen als seinen Jungen herausgezerrt.

»Arien!«, brüllte er. »Deine verdammte Husterei könnte man unter hundert erkälteten Leuten heraushören! Was machst du hier?«

»Ich hab mich ...«, krächzte der Junge – weiter kam er nicht, denn sein Vater verpasste ihm zwei Backpfeifen, dass sogar Rouwen die Ohren klingelten.

»An Bord geschlichen hast du dich! Und jetzt sind wir zu weit, um deinetwegen kehrt zu machen.« Baldvin schüttelte den armen Bengel am Halsausschnitt seiner Tunika. »Warum? Nein, sag's mir nicht, ich will es gar nicht wissen. Ins Wasser sollte ich dich werfen, dass es dich geradewegs ins Eisreich Niflheim hinabzieht! Was fange ich jetzt mit dir an?«

Alle hatten ihre Tätigkeiten unterbrochen und sahen hinüber. Lediglich die Ruderer arbeiteten weiter, wenn auch die meisten wie Rouwen die Köpfe gedreht hatten. Zornig funkelte Baldvin seine Mannschaft an. »Was glotzt ihr? Und du, Engländer! Du gerätst aus dem Takt!«

Rouwen fing Rúnas Blick, bevor er sich wieder nach vorne drehte. Er sandte ihr ein Lächeln, hoffte, sie möge es erwidern.

Er war sich nicht sicher, was er in ihrem Gesicht sah, aber ein Lächeln war es nicht.

Arien barg den Kopf an ihrer Schulter. Rúna wusste, dass er es ebenso sehr tat, um Trost zu suchen, wie um die wütenden Tränen zu verbergen, die er nicht ganz zurückhalten konnte. Sie klopfte ihm auf den Rücken. »Du bist aber auch ein Dummkopf. Ein ziemlich abenteuerlustiger Dummkopf. Aber eigentlich finde ich es ganz schön, dass du da bist.«

In der Dunkelheit des Lagerraums, der ihnen wieder als Rückzugsort diente, verdrehte sie die Augen. Gleich würde sie noch zugeben, dass sie ihn ganz fürchterlich vermisst hatte!

Dabei war er doch manchmal ein recht lästiges Gewächs. Sie räusperte sich, um ihrer Stimme Autorität zu verleihen. »Das hier ist nicht irgendeine Wikingfahrt. Auf *dieser* Fahrt ist ein ... Junge nun einmal fehl am Platz.«

Er hatte die Pause in ihrem Satz bemerkt. »Was für ein Junge?«

»Ein kränkelnder«, gab sie zu. »Du hustest wieder wie zuvor. Rouwens italienische Arznei scheint wohl doch kein Wundermittel zu sein.«

Trotzig zog er die Nase hoch. »In Yotur huste ich auch. Wo ist da der Unterschied, ob ich hier bin oder dort?«

»Jetzt sei nicht so altklug! Du weißt genau, wo der Unterschied liegt. Diese Reise wird gefährlicher als die üblichen. Und wende nicht ein, dass wir bei *meiner* Wikingfahrt ja auch Einheimische überfallen hätten.«

»Genau das hätte ich jetzt gesagt.«

Seine Stimme war noch heiser von den unterdrückten Tränen; trotzdem konnte sie hören, dass er mit einem Auflachen kämpfte. Gleichzeitig stießen sie sich an und kicherten.

Manchmal vergaß er, dass er in einem Alter war, in dem sich ein Junge stets so erwachsen wie möglich gab. So auch jetzt – er kuschelte sich an sie.

»Rouwen meinte einmal, es wäre gut für mich, die Hjaltland-Inseln zu verlassen. Eine Zeit lang dort zu sein, wo es wärmer ist. Damit mein Husten mal ausheilt. Am besten weit im Süden, wo man so braune Haut kriegt wie er. Wenn ich in den Kreis der Männer aufgenommen werde, segele ich da vielleicht hin. *Du* wirst ja eines Tages über Yotur herrschen und nicht etwa ich. Da macht es dann ja nichts, wenn ich ein Jahr oder länger weg bin.«

»Ärgert es dich, dass Vater mir eher zutraut, über Yotur zu herrschen?«

»Nein. Ich hab gar keine Lust, Häuptling zu sein. Rouwen

meinte, in Italien und Frankreich gäbe es Schulen, die Medizin lehren. Man nennt sie Universitäten. Da würde ich lieber hin.«

»Was Rouwen so alles meint!«, stichelte sie. »Hat er dir auch gesagt, dass man dazu Christ sein muss?«

Sie spürte, dass sein Kopf hochruckte. »Nein! Hat er dir das gesagt?«

»Pah, mit mir redet er nicht über solche Dinge. Ich vermute es einfach.«

Sie dachte an das, was sie zu ihrem Vater gesagt hatte: *Diese Augen haben schon mehr gesehen als nur eine Klingenspitze.* Und jetzt fügte sie für sich hinzu: *Und er kennt die Welt. Man könnte ihn darum beneiden.*

»Wenn es wirklich so ist, wird mir schon etwas einfallen«, murmelte Arien. »Dann erobere ich so eine Universität ...«

Sanft drückte sie seinen Kopf wieder an ihre Schulter. »Ja, unternimm du nur deine eigenen lehrreichen Fahrten, Arien Adlerjunges. Ich werde dich vermissen.«

Angenehmes Schweigen setzte ein. Dicht über ihren Köpfen knarrten die Planken von Baldvins Schritten. Zwei Tage würde es noch dauern, bis sie ihr Ziel erreichten, hatte ihr Vater gesagt. War es jener Ort, wo sich das Benediktinerkloster befand, zu dem der verfluchte Mönch gehörte? *Übermorgen schon*, dachte sie. *Freya, steh uns bei.*

Sie landeten in der Abenddämmerung an einem verborgenen Küstenabschnitt, dem Algen und Schlamm ein trostloses Aussehen verliehen. Eastfield-upon-Eye-Water lag nur eine Wegstunde weiter südlich. Aber da niemand freiwillig an einem so unwirtlichen Ort anlanden würde, wenn sich eine Stadt mit einem gut befestigten Hafen in der Nähe befand, und es auch keine Gehöfte oder befestigten Wege in der unmittelbaren

Umgebung gab, waren sie vor Entdeckung sicher. Baldvin kannte die Gegend, und Rúna vertraute ihm. Dennoch unterließen sie es, Feuer zu machen. Die Männer errichteten Zelte. Andere kümmerten sich um das Schiff, das in hüfthohem Wasser vor Anker lag und notfalls innerhalb weniger Augenblicke flottgemacht werden konnte. Wieder andere behielten das Land im Auge.

Viel gab es nicht zu sehen: Schilf, Gestrüpp, Morast und in einiger Entfernung die schwarze Wand eines Waldes. Aber immerhin, Wald! Auf Yotur gab es kaum etwas, das den Namen Baum verdiente, geschweige denn einen Wald. Rúnas Herz schlug vor Aufregung, als sie sich umblickte. Dann fiel ihr Blick auf Rouwen. Er war bei den sechs Männern, die den Mast aus dem Kielschwein hoben und niederlegten. Mit leiser, doch entschiedener Stimme gab Yngvarr die Befehle.

Täuschte sie sich, oder maßen sich die beiden Männer mit abschätzigen Blicken? Nein, eher war es Yngvarr, der Rouwen immer wieder herausfordernd anstarrte. Rouwen gab sich gelassen.

Und er sah nicht ein einziges Mal zu ihr her.

Sie stapfte zu dem Zelt, das für sie und Arien errichtet worden war, ignorierte Sverris und Hallvardrs ehrerbietiges Nicken, die sich postiert hatten, um Wache zu stehen, und verschwand im düsteren Innern.

Männer! Vor allem dieser!

»Ist was, Rúna?«, fragte Arien schläfrig.

»Nichts«, antwortete sie kurz.

»Glaubst du, Rouwen hält sich an seinen Schwur?«

An alle!, dachte sie erbost. Dann atmete sie einmal tief durch. Arien hatte es nicht verdient, dass sie ihn anfuhr. »Ja. Mach dir keine Sorgen. Und jetzt schlaf.«

Arien nickte und rollte sich auf die Seite. Sie hörte allerdings noch lange, wie er sich unruhig hin und her drehte. Es fiel ihm offensichtlich schwer einzuschlafen – in der ersten Nacht an einer feindlichen Küste.

Ihr erging es nicht anders.

10.

Eastfield-upon-Eye-Water war eine verwinkelte, schmutzige und nasse Stadt. Rúnas Hirschlederstiefel schmatzten bei jedem Schritt über die lehmige Straße. Hier würde nicht einmal sie barfuß laufen. Eine große Stadt war es nicht – die Stadtmauer war niedrig und brüchig, und an ihrer Außenseite klebten Hütten wie Pilze an einem Baumstumpf. Beim ersten Versuch, den Mönch Oxnac an sich zu bringen, waren Baldvins Mannen damals einfach des Nachts auf die Dächer und von dort über die Mauer gesprungen. Beim zweiten Mal kurz darauf hatten sie ihre Waffen unter der Kleidung verborgen und waren durch das am Tage offene Stadttor spaziert. Auch Rúna fiel im Gewühl von Bauern und Händlern, die mit ihren Karren und Kiepen alles verstopften, nicht weiter auf.

Sie trug über den Hosen ein Kleid, dessen Saum durch den Dreck schleifte. Wie kamen andere Frauen nur damit zurecht, sich mit so viel Stoff abzuplagen? Über dem Kleid verbarg ein schlichter dunkelbrauner Umhang ihre Gestalt; vor allem versteckte sie darunter aber den Gürtel mit dem Sarazenendolch und eine Geldkatze mit den unterschiedlichsten Münzen, die ihr Vater ihr gegeben hatte.

Baldvin hatte Yngvarr und Rúna ausgewählt, sich in der Stadt umzuschauen, ob man einen Angriff der Wikinger fürchtete und sich gewappnet hatte. Viel lieber hätte Rúna Sverri oder Hallvardr als Begleiter mitgenommen – oder Rouwen. Doch es hätte ihr nicht gut zu Gesicht gestanden, vor allen Männern die Entscheidung des Häuptlings anzufechten. Also lief Yngvarr in einiger Entfernung hinter ihr. Auch er sah aus wie irgendein Bauer, wenn auch ein sehr kräftiger und wehrhafter, dem jeder auswich.

Arien hätte es gefallen, sich diesen Ort anzusehen. Doch ihr Bruder hatte sich, erschöpft von drei weiteren Standpauken des Vaters, weil er sich aufs Schiff geschlichen hatte, ins Zelt zurückgezogen und ihr nicht einmal hinterhergewinkt. Hoffentlich fand sich hier irgendetwas Interessantes, das sie ihm mitbringen konnte. Vielleicht ein beschriebenes Stück Pergament? Ja, das würde ihm gefallen.

Zu Zeiten des Danelags, des dänisch besiedelten Gebietes in England, hatte es viele Wikinger auf der Suche nach Land hierher verschlagen. So war hellblondes Haar überall zu sehen, und niemand achtete auf Rúna, als sie sich durch die Menge schob. In ihr Gesicht hatte sie ein wenig Erde geschmiert, um es unansehnlich zu machen. Aber es war ohnehin ein grauer Tag mit ständigem Nieselregen, sodass jeder den Blick senkte.

Rúna spazierte hierhin und dorthin, kam durch Gassen und Straßen und gelangte auf einen Markt, der sich schier endlos hinzog. Sie hatte schon zuvor über die vielen Menschen gestaunt, aber das war kein Vergleich zu dem Gewimmel hier. Auf aufgebockten Brettern boten die Händler verschrumpeltes Wintergemüse und Fische an, die zum Himmel stanken. Frauen keiften mit den Marktleuten, Hunde balgten um Abfälle. Vier Männer trugen einen Herrn in einem Stuhl umher. Ob er nicht laufen konnte? Doch der Mann, gehüllt in eng anliegende glänzende Gewänder und die Hände mit Ringen bestückt, stieg kurz darauf von seinem Stuhl herab, um sich an einem Stand glasierte Tonfläschchen anzusehen. Nacheinander hob er sicherlich zwanzig dieser zerbrechlich aussehenden Gefäße an die Nase und schnupperte. Als eine Gruppe schmutziger Kinder dicht an ihm vorbeistob, quiekte er entsetzt auf. Einer der Stuhlträger schlug nach dem Anführer der Bande, einem dürren Jungen mit einem vermutlich geklauten Schweinskopf unter dem Arm. Eines der Mädchen zerrte an Rúnas Umhang und hob eine Hand zum Betteln, entschied dann aber, dass es besser war, den anderen auf den Fersen zu bleiben. Im nächsten Moment waren die Kinder schon wieder in der Menschenmenge verschwunden. Dafür näherten sich nun einige gewappnete Männer, die einen Mann mit sich zogen, der sich heftig wehrte. Ein paar Schritte neben Rúna langte eine Frau einem feisten Herrn in die Gürteltasche, während eine andere tat, als wolle sie ihr Mieder aufschnüren, um hier und jetzt zu zeigen, was sie in der Bluse hatte.

Wo bin ich nur hingeraten?, fragte sich Rúna. All das war auf eine Art abstoßend und auf die andere faszinierend. Sie beschloss, nach einem Stand mit Büchern und Pergamenten Ausschau zu halten. Bestimmt gab es hier so etwas.

Yngvarr berührte ihren Arm. »Sieh mal, die Frau«, er nickte in die Richtung, in die sie gingen. Ein Stück vor ihnen saß eine Dame hochaufgerichtet in einem Tragstuhl. Offen flossen ihre rotbraunen Haare bis zu den Ellbogen. Aus ihrem Putz hätte man Kleider für mehrere Frauen machen können. Dunkelroter Samt, dunkelrote Seide, und an der Seite hing ein perlenbesticktes Beutelchen. »So muss auch Athelna früher durch die Straßen getragen worden sein.« Yngvarr schnaubte verächtlich. »Der Beutel schreit danach, dass man ihn abschneidet.«

»Und dann rennst du wie die Kinder eben. Lass es lieber«, mahnte Rúna. Sie drehte sich, als ob sie nach den kleinen Dieben Ausschau hielte, und entzog sich so seiner Berührung. Zu einem Zwischenfall wie dem am Broch war es nicht wieder gekommen. Aber seitdem hasste sie es, wenn er sie anfasste.

Fremdartige Klänge ließen sie aufhorchen. Für Rúna, die kaum mehr als die schrillen, nervtötenden Töne der Knochenflöten und das Gegröle der Männer kannte, wenn sie beim Bier und Met saßen, war diese Musik erstaunlich. Sie sah einen fetten Mann in einem eng anliegenden Kostüm, das aus bunten Flicken genäht war. Nein, er war nicht fett, erkannte sie im nächsten Moment. Sein Bauch schien mit Stroh oder Lumpen ausgepolstert zu sein. Seine Schultern zierten Glöckchen, die bei jedem Schritt klingelten. Die junge Frau an seiner Seite war ganz ähnlich gekleidet. Beide hielten hölzerne Kästen in den Händen, die bauchig geformt und mit dünnen Schnüren versehen waren. Während das Mädchen diese Schnüre mit einer Art gespanntem Bogen zum Klingen brachte, drehte der Mann an einer Kurbel.

Viele Leute wandten sich nach ihnen um. Je feiner jedoch das Gewand der Zuschauer war, desto abschätziger waren ihre Mienen. Offenbar waren solche Spielleute nicht hoch angesehen. Rúna sah die beiden in einem Haus verschwinden, über dessen Eingang ein Schild mit einem aufgemalten Hirsch schaukelte. Bratenduft wehte heraus.

Ja. Etwas zu essen und dabei der Musik lauschen, das war es, was Rúna jetzt wollte. Das Mitbringsel für Arien hatte Zeit.

»Ich gehe in diese Richtung.« Sie deutete in Richtung der Schenke. »Nimm du die andere.«

Das konnte man als Befehl deuten. Yngvarr runzelte die Stirn, dachte endlos lange darüber nach und nickte schließlich gnädig. »Aber pass auf dich auf, Rúna.«

Ich bin deine Herrin! Und kein Kind!

Er rieb ihre Schulter, wie um sie zu beruhigen, dass er sie nun für eine Weile allein ließ.

»Yngvarr!«, rief sie ihm nach, als er sich bereits ein paar Schritte entfernt hatte. Er wandte sich um. »Pass auch du auf dich auf.« Bei diesen Worten lächelte sie kühl. Sie missachtete seinen ärgerlichen Blick, und tauchte in die Menge ein, ließ sich von ihr verschlucken. Endlich allein, wie aufregend! So ähnlich musste sich Arien gefühlt haben, als er sich im Lagerraum verkrochen hatte. Neugierig drängelte sie sich kurze Zeit später in das Wirtshaus. Hier drinnen war es ebenso voll wie auf dem Markt. Bänke reihten sich an den Wänden, dazwischen standen fleckige Tische, auf denen sich Teller, Schalen und Krüge türmten. Dicht an dicht saßen die Leute, und in der Mitte des Raumes standen sie einfach. Frauen schleppten Holzbretter mit Bratentellern; an ihren Schläfen floss der Schweiß in Bächen hinunter. Viele Gäste hatten ihre eigenen Becher und Messer mitgebracht, die sie aus den Tiefen ihrer Kleidung hervorzogen. Der Lärm war wie ein dicht gewebter Teppich aus Geschwätz und Gelächter, hier und da wurde sogar lautstark gestritten. Wo waren die Musikanten? Rúna drängte sich durch die Menschen, bis sie sie entdeckte. Der Dicke hatte sich an einem Tisch niedergelassen und das Mädchen auf den Schoß gezogen. Sie verschlangen Brotscheiben, die sie in eine Schale voller soßentriefender Bratenstücke tunkten, und spülten die Kehlen mit Bier. An einem Ende des Raums prasselte ein riesiges Feuer, und auf einem glühenden Herd drehten zwei Jungen mehrere Spansäue. Zischend troff das Fett in die Glut. Allein der Anblick ließ Rúna in Schweiß ausbrechen, und sie wagte es, den Umhang vorne zu lockern.

»Spielt, spielt!«, schrie jemand.

Der Musikant hob eine Hand. Man musste sich erst stärken.

Rúna fand schließlich einen freien Platz in einer Ecke. Sie schob sich zwischen zwei Tischen hindurch und kam neben einem gut gekleideten Herrn zu sitzen. Sofort nahm er sie in Augenschein. Das gefiel ihr nicht, aber falls er sie belästigen wollte, würde sie ihm das schon austreiben. Er winkte eine der Mägde herbei und sagte, dass er vom Spanferkel haben wolle, dazu guten Wein. Als das Gewünschte gebracht und vor ihn hingestellt wurde, erkannte Rúna, dass die Teller gar keine waren; es waren flache, in Soße getränkte Brotlaibe. Sie passte genau auf, welche Münze er der Frau gab, und bestellte daraufhin das Gleiche. Als sie – nach einer Ewigkeit – ebenfalls einen Brotteller bekam, wusste sie nun, welche Münze sie zum Bezahlen benutzen musste. Hungrig fiel sie über das Bratenstück her. Es war zart und saftig, und auch das Brot schmeckte großartig.

Irgendwann fiel ihr auf, dass der Mann sie seltsam anstarrte. Störte er sich daran, dass sie wie ein Mann aß, nicht wie eine Dame? Finster erwiderte sie den Blick. »Kümmer dich um dein eigenes Brot«, zischte sie.

Er hatte die Frechheit, daraufhin zu lachen. »Das ist es ja.« Mit dem Messerchen, mit dem er seinen Braten in mundgerechte Häppchen zerteilt hatte, deutete er auf ihren Brotteller. »Niemand isst dieses Brot, nur das in den Schalen, siehst du das nicht?« Wieder machte er eine Geste mit dem Messer, die diesmal den ganzen Raum umfasste.

Rúna erschrak. »Was ist damit denn nicht in Ordnung? Es schmeckt doch sehr gut.«

»Es ist üblich, die Brotunterlage den Armen zu überlassen. Jeden Abend kommt einer vom Kloster und holt es ab, um es zu verteilen. Wo kommst du her, dass du das nicht weißt? Deinem Akzent nach jedenfalls von weiter weg.«

Gütige Freya! Wer konnte denn so etwas ahnen? »Dafür lasse ich ja die Hälfte des Bratens übrig«, sagte sie hochmütig und schob den Teller von sich. Wehmütig warf sie noch einen Blick auf das Fleisch, doch dann sah sie, wie sich der dicke Musikant erhob und kurz schüttelte, damit seine Glöckchen klingelten. Der Lärm erstarb, und er begann, an dem Instrument kurbelnd, durch den Raum zu spazieren. Alle machten ihm Platz. Mit tiefer Stimme sang er ein Trinklied. Dabei zog er Grimassen, die mit lautem Lachen beantwortet wurden.

Die Musikantin hüpfte auf bloßen Füßen hinterdrein. Wenn sie den Männern näher kam, gingen deren Finger so manches Mal auf Wanderschaft. Tanzend entzog sie sich den Zugriffen, und mit einem Holzreif, an dem größere Glöckchen klingelten, schlug sie auf allzu freche Hände.

Der Dicke sorgte dafür, dass die Menschen in der Mitte des Raums Platz für sie machten. Als er sein Lied beendete, holte die Frau ihr Instrument und legte es sich an die Schulter. Sie hob den bespannten Bogen und spielte eine feine, ruhige Melodie. Dann begann sie zu singen. Rúna ging es durch Mark und Bein. Wie auch allen anderen, denn schlagartig war es still. Die junge Frau sang von Rittern einer Tafelrunde, die nach Jerusalem aufbrachen, um den heiligen Gral zu suchen.

Rúna hatte keine Ahnung, worum es sich dabei handelte, doch die Beschreibung der Männer – schön, stark, tapfer, ehrenvoll – ließ sie unwillkürlich an Rouwen denken. Ihre Gedanken schweiften zu ihm, und die Musik drang bald wie aus weiter Ferne zu ihr. Als die Leute begeistert zu klatschen begannen, schreckte sie auf.

»Wunderbar.« Ihr Sitznachbar klopfte mit den Fingerknöcheln auf den Tisch, während er mit der anderen Hand trank. »Findest du nicht auch?«

»Ja.« Rúna sah einen Jungen, der herumging und den Leuten seine Mütze unter die Nase hielt. Jeder warf eine Münze hinein. Auch der Mann neben ihr ließ sich nicht lumpen. Sie fasste unter ihren Umhang – und erstarrte. Die Geldkatze war fort.

Aber an ihrer anderen Seite hing noch der Dolch. Blitzschnell hatte sie ihn gezogen und drückte die Klingenspitze gegen die Hüfte des Mannes. »Gib mir mein Geld zurück«, sagte sie ruhig. »Oder du wirst diesen Tag nie vergessen.«

»Bei allen Heiligen, steck den Dolch weg«, murmelte er. Seinem überraschten Gesicht war abzulesen, dass er sich schuldig fühlte.

»Den hast du wohl übersehen. Los, mach schon, sonst …«

»Einen Penny für den Gesang der schönen Anne!«, schrie der Junge und rasselte vor Rúnas Gesicht mit seiner gut gefüllten Mütze. Er beugte sich weit über den Tisch. Seine Augen weiteten sich. »Die Frau hat einen Dolch!«

Er schrillte so laut, dass es in Rúnas Ohren klingelte. Was dann geschah, vermochte sie kaum zu begreifen: Der Dieb brüllte, sie wolle die Zeche prellen; zwei Männer zerrten den Tisch beiseite, wohl um sich vom Vorhandensein des Dolches zu überzeugen. Rúna bereute, ausgerechnet den Sarazenendolch mitgenommen zu haben, denn sein Wert stach ihnen sofort ins Auge. Ein von oben bis unten mit Fettspritzern und Blutflecken übersäter Mann, wohl der Wirt, kam brüllend angelaufen. Der Junge musste sich gegen jemanden wehren, der die Mütze an sich reißen wollte, und plötzlich herrschte in diesem überfüllten Wirtshaus ein heilloses Durcheinander. Rúna verabschiedete sich im Stillen fluchend von ihrem Geld, sprang auf einen Tisch und von dort in Richtung des Ausgangs. Hände schnappten nach ihr, aber sie wich ihnen geschickt aus. Nah an der Tür sprang sie herunter. Ein Mann wollte sich auf sie stürzen und ließ sich auch nicht von ihrem drohend gezückten Dolch abschrecken. Einen Herzschlag später zierte seine Wange eine blutige Linie.

»Zur Hölle mit dir, du Teufelsweib!«, brüllte er.

Rúna rannte hinaus. Bald hatte das Gewimmel des Marktes sie verschluckt.

Mochten sie alle in Niflheim erfrieren! Wütend schlug sie gegen eine Hauswand.

Wenigstens hatte Yngvarr nichts von dieser unrühmlichen Geschichte mitbekommen.

Sie fand ihn nicht. Nicht am Stadttor, das sie als Treffpunkt ausgemacht hatten. Nicht im Markt. Nicht in den umliegenden Straßen.

Nun gut. Rúna schlenderte vorsichtig umher und beobachtete die vorüberkommenden Leute, ob vielleicht ein Wirtshausbesucher unter ihnen war, der sie wiedererkennen und deshalb lautes Geschrei machen würde. Sie entdeckte das Musikantenpärchen – auf dem Marktplatz, doch weder der Dicke noch die Frau sahen sie und schrien daher auch nicht nach den Gerüsteten, die hier überall paarweise herumliefen und hier und da eingriffen, wenn Streit ausbrach. Längst knurrte ihr wieder der Magen. Nun, die Sonne stand tief; bald würde sie zum Lager zurückkehren. Dort wartete zwar nichts frisch Gebratenes, aber wenigstens Dörrfisch, Schafskäse und Brot.

Ihr Streifzug führte sie auch in Richtung der Burg von Ian MacCallum, Athelnas Vater. Hoch auf einem Hügel thronte sie über der Stadt. Ein schmaler, von Mauern gesäumter Weg führte hinauf, und an seinem Anfang war ein gut bewachtes Tor. Dann gab es noch einen Kirchturm, der die anderen Gebäude überragte, aber trotzdem eher unscheinbar wirkte.

Rúna gelangte durch ein paar verwinkelte Gassen wieder auf den Marktplatz und fand sich plötzlich fast unmittelbar vor dem Wirtshaus wieder. Sie zögerte, unsicher, ob sie besser kehrt machen oder einfach vorbei gehen sollte. Ein alter Mann, der zuvor bereits in der Nähe an einer Hauswand gehockt und gebettelt hatte, betrachtete sie stirnrunzelnd. Falls er sie erkannte, beschloss er, zu schweigen. Sie nickte ihm dankbar zu und bedauerte, ihm keine Münze geben zu können.

Ein feister Mönch trottete an ihr vorbei. Er zog einen Karren, den er vor die Tür des Wirtshauses schob. Statt einzutreten, wie es jeder tat, klopfte er. Der Wirt öffnete, anscheinend hatte er den Mönch schon erwartet. Rúna senkte den Kopf, doch niemand achtete auf sie. Sie zog sich in den Schatten einer Hauswand zurück und beobachtete das Treiben. Der Wirt kehrte bald mit einem Stapel soßendurchtränkter Brotfladen zurück zur Tür. Dreimal musste er laufen, bis der Karren mit der Armenspeise gefüllt war. Dann drehte der Mönch das wacklige Gefährt und machte sich schnaufend auf den Rückweg.

Das Kloster hatte sich Rúna bereits von außen angesehen; es war ihr erstes Ziel gewesen, als sie die Stadt betreten hatte. Aber wie ging es vor sich, wenn dieses Brot an Bedürftige verteilt wurde? Lud man sie ins Innere ein? Sie beschloss, es herauszufinden. Vielleicht wusste man ja im Kloster, wo der Earl von Eastfield den Mörder versteckt hielt, sodass es sich lohnen würde, sich dort näher umzusehen. Während sie dem Mönch unbemerkt folgte, erging sie sich in Fantasien, in denen sie Bruder Oxnac, der sich durch eine glückliche Fügung gerade im Kloster aufhielt, entführte und ins Lager brachte.

Dieser Tagtraum endete schnell, nämlich als sie an der Klosterpforte ankam und feststellte, dass das Brot in der Gasse davor verteilt wurde. Eine Mauer, so hoch wie zwei Männer, sorgte dafür, dass niemand ungebeten auf das Gelände kam. Dicht an dicht drängten sich die Leute an dreien solcher Karren und schleppten das Brot auf ihren Armen davon. Ehe sich Rúna versah, bekam sie ein Stück Brot in die Hand gedrückt. Wenigstens half es gegen den Hunger.

Da der Mönch sie von oben bis unten musterte, machte sie, dass sie weiterkam. Am Eck der Umfassungsmauer gelangte sie auf einen Platz. Hier erhob sich die Kirche, und hier …

Sie machte einen Satz in den Schatten der Mauer zurück. Vor Schreck hätte sie sich beinahe am Brot verschluckt und würgte den Klumpen schnell hinunter. Sie legte eine Hand auf ihr schnell klopfendes Herz, während ihre Augen über den Platz huschten.

Freya, Odin und alle Asen! Habt ihr mich getäuscht?

Nein.

Rouwen war wirklich hier.

Nachdenklich schob sie sich die letzten Bissen in den Mund. Hatte er sämtliche Schwüre in den Wind geschlagen und war geflohen? Das glaubte sie nicht. Also war er mit Erlaubnis ihres Vaters und mit Begleitung hier? Nein, keiner der Yoturer war zu sehen. Und er bewegte sich nicht wie jemand, der frei war. Er hielt den Kopf gesenkt und blickte aus den Augenwinkeln umher, ganz wie sie es tat, seit dem Zwischenfall in dem Wirtshaus.

Er musste sich davongestohlen haben.

Warum?

Er hielt auf die Kirche zu. Sie besaß drei spitzbogenförmige Eingänge, und vor allen hockten Bettler. Tische waren auf dem Vorplatz aufgebaut, an denen Handwerker Bildnisse in Sandstein schlugen. Helle Wolken aus Steinstaub umgaben sie. Niemand achtete auf den Mann, der eines der Seitenportale wählte, um in die Kirche zu schlüpfen.

Mit schnellen Schritten überquerte Rúna den Platz und erreichte das Seitenportal nur kurz nach Rouwen. Über und über war die Tür mit Bildwerken verziert. Einige der Szenen konnte sie sogar zuordnen: Eva und Adam und die Schlange des christlichen Paradieses. Das Schiff, das bei einer großen Flut die Tiere aufgenommen hatte. Und natürlich der Gekreuzigte. Sie wartete einige lange Atemzüge. Dann wagte sie es, den Türgriff hinunterzudrücken.

Rasch huschte sie ins Innere und schloss die Tür wieder. Kälte und Dunkelheit umfingen sie. Fast erwartete sie, dass eine Hand sich auf ihren Mund presste und Rouwen an ihr Ohr raunte, dass er sie erwischt hatte. Doch nichts geschah, und als sich ihre Augen an die Düsternis gewöhnt hatten, sah sie ihn zwischen den Pfeilern hindurchgehen. Langsam, gemessen. Er machte das Zeichen seines Glaubens und kniete sich hin.

Ein Mönch kam auf Rúna zu. Sie heftete den Blick auf ihre Stiefelspitzen und hielt den Atem an. Er würde merken, dass sie nicht hierhergehörte, er würde ... Nein, er achtete gar nicht auf sie. Er umrundete sie einfach und ging hinaus. Der Lärm schwappte herein und verklang wieder, als sich die Tür erneut schloss.

Sie atmete auf und ermahnte sich, sich so unauffällig wie möglich zu verhalten. Anstatt also durch die Schatten zu kriechen, ging sie leise und andächtig an der Wand entlang. Überall thronten Holzfiguren auf kleinen Vorsprüngen, und bunte Bilder waren auf den Verputz gemalt. Wäre Rouwen nicht hier, hätte sie sich das alles gerne näher angesehen. Vielleicht hätte sie sogar ein Stück Pergament gefunden. Oder sogar ein Buch … Aber Rouwen *war* hier, so unwirklich es ihr vorkam. Er hatte die Hände vor dem Gesicht gefaltet. Unter seinem Umhang zeichnete sich sein breiter, jetzt gebeugter Rücken ab. In diesem fahlen Zwielicht wirkte die gebräunte Haut seines Nackens wie ein heller Fleck.

Was würde geschehen, würde sie diesen Nacken jetzt mit ihrer Dolchspitze kitzeln? Kurz schloss sie die Augen, als sie sich vorstellte, ihn stattdessen zu liebkosen. Ein warmes Gefühl breitete sich in ihrem Körper aus und beendete das Frösteln, das einem in diesem kalten Gemäuer unwillkürlich überkam. Sie dachte zurück an den Abend bei den Schwitzhütten. Als sie im eiseskalten Wasser gestanden hatte. Als seine kräftigen Schenkel es zerteilt hatten, um auf sie zuzukommen. *Rouwen, ich würde so gerne …*

Ein Räuspern ließ sie aufschrecken. Sie zuckte zusammen, wollte hinter einen der Pfeiler springen, doch sie schärfte sich gerade noch rechtzeitig ein, nichts Auffälliges zu tun. Und auch nichts Dummes mehr. Wie leichtsinnig von ihr, sich hier in närrischen Träumereien zu ergehen!

Ein weiterer Schwarzgekleideter näherte sich, er hielt auf Rouwen zu. Wenn Rouwen sich umwenden würde, um ihm entgegen zu sehen, musste er sie entdecken! Hastig ging sie in die Knie, machte ungelenk das Kreuzzeichen und sich selbst so klein wie möglich.

»Bruder …« Freundlich sprach der Mönch – wie nannte man sie, Benediktiner? – Rouwen an. Mit einer Geste lud der Mönch ihn ein, ihm an die Seite zu folgen. Dort stand ein Stuhl. Der Mönch ließ sich darauf nieder, Rouwen kniete wiederum. Rúna erhob sich mit klopfendem Herzen und ging langsam in Richtung der beiden. Hinter einem Pfeiler blieb sie stehen, kniete sich wieder hin und dankte den Göttern still, dass noch immer niemand von ihr Notiz nahm. Sie äugte vorsichtig um den Stein herum: Der Schwarze hatte eine Hand auf Rouwens Kopf gelegt, während Rouwen leise sprach. Seine Worte klangen scharf und waren dennoch kaum zu verstehen.

»... Tag und Nacht ... denke ich an sie ...«

An wen? Athelna?

»... fürchte um mein Seelenheil, Pater, ... mein Gelübde ...«

Sprach er von dem Schwur, den er Athelna gegeben hatte? Angestrengt lauschte Rúna. Die nächsten Worte gingen im Husten eines alten Weibes unter, das in der Nähe auf dem Steinboden kauerte. Als es wieder ruhig war, sprach nur noch der Mönch, und zwar irgendetwas Lateinisches.

»Ego te absolvo ...«

Der Mann schlug über Rouwens Haupt ein Kreuzzeichen. Rouwen küsste ihm den Handrücken, erhob sich und verneigte sich tief. Geschmeidig machte er auf dem Stiefelabsatz kehrt, ordnete seinen Umhang und marschierte geradewegs in Richtung des Ausgangs. Rúna hielt den Atem an. Nur eine Armlänge entfernt schritt er an ihr vorüber. Dann war er fort.

Tief atmete sie ein und aus. Sie spürte eine entsetzliche Leere. Enttäuschung. Er hatte dem Mönch anvertraut, dass er Athelna beistehen wollte. Was könnte er sonst gemeint haben? Und dieser Mönch würde diese Neuigkeiten gewiss sofort zu Ian MacCallum tragen. Selbst wenn Rouwen nicht preisgegeben hatte, das Baldvin hier war, um den Mönch Oxnac zu fangen, so könnte MacCallum es sich sicher denken. So oder so: Rouwen hatte sie verraten.

Der Mönch stand auf. Er strich seine Kutte glatt und ging mit gesenktem Kopf dicht an der Wand entlang, in Richtung einer seitlichen Tür. Entschlossen eilte Rúna ihm hinterher.

»Bruder?«, sprach sie ihn leise an.

»Ja?«

Er war noch jung, stellte sie überrascht fest. Ein wenig blass und dünn – wahrscheinlich aß er zu wenig und betete zu viel. Die kahle Stelle auf seinem Kopf war nicht groß; Rúna hatte während ihres Rundgangs durch die Stadt schon festgestellt, dass sie wuchs, je älter ein Mönch war. Er besaß große, wässrigblaue Augen, die freundlich dreinschauten. Aber auch ein wenig misstrauisch, als sei sie ihm nicht geheuer. Als sie dicht an ihn herantrat, runzelte er die Stirn und wich zurück. Doch die Steinwand in seinem Rücken beendete seinen Rückzug nach dem ersten Schritt.

»Womit kann ich dir ... Heilige Maria!«

»Mein Name ist Rúna Baldvinsdottir, und ich mache mit dir jetzt einen Ausflug, und du wirst freundlich lächelnd neben mir herlaufen und nicht schreien, sonst bist du des Todes. Hast du verstanden?«

Er schluckte und starrte auf die Klinge, deren Spitze sich in seine Seite drückte. »Gott im Himmel, ja«, hauchte er.

11.

Natürlich war nicht unbemerkt geblieben, dass er sich entfernt hatte. Auf Baldvins Frage, wo er sich herumgetrieben habe, hatte Rouwen unumwunden zugegeben, in der Stadt gewesen zu sein – alles andere hätte ohnehin unglaubwürdig geklungen.

Wenn du uns verraten hast, wirst du es bitter bereuen, hatte Baldvin ruhig gesagt. Dabei hatte er sich nicht einmal besorgt angehört.

Ich habe euch nicht verraten.

Damit war das Thema überraschenderweise erledigt. Baldvin vertraute ihm.

Mit Recht. Schließlich hatte Rouwen nichts getan, was den Wikingern schaden könnte. Trotzdem fühlte er sich unwohl, als er sich in den Kreis der Männer setzte, die ein kleines Lagerfeuer entzündet hatten und frisch erlegtes Wild brieten. Sverri reichte ihm ein Stück Fleisch. Es stammte von einem Hasen und war trocken und zäh. Es wurde wenig geredet, jeder brütete anscheinend über seinen eigenen Gedanken. Ein Ziegenbalg mit Bier ging herum; Rouwen empfing ihn aus Haakon Steinrieses Hand, der ihn wie üblich auf finstere Art musterte. Er trank und gab den Balg Sverri, der seine Aufnahme in ihre Gruppe von allen Wikingern am bereitwilligsten hingenommen hatte. Unter Sverris zotteligem Bart war ein Lächeln erkennbar. Er nahm einen Schluck, wischte sich den Schaum vom Mund und reichte Hallvardr den Lederbeutel.

Hinter ihnen erschien plötzlich Yngvarr, beugte sich herunter und ergriff ihn. Er trank geräuschvoll.

Alle sahen zu ihm auf, vermutlich genau die Reaktion, die er gewollt hatte.

Als er sich satt getrunken hatte, verschloss er den Balg und warf ihm einen der Männer zu. Dann musterte er mit seinen grauen Augen jeden im Kreis. Besonders lange Rouwen.

»Ich war in der Stadt«, begann er, als er sich der Aufmerksamkeit jedes einzelnen sicher war.

Und du hast mich gesehen, ergänzte Rouwen in Gedanken. Da Baldvin davon wusste, sollte er sich keine Sorgen machen. Dennoch spürte er ein unangenehmes Prickeln zwischen den Schulterblättern, als Yngvarr langsam hinter ihm vorbeiging.

Yngvarr umrundete die auf ihren Decken, im Gras und auf einem Baumstamm hockenden Männer. Mit dem Handrücken rieb er sich über den sauber gestutzten Bart. Die Meeresbrise ließ seine hellblonden Locken aufwirbeln. Er war in der Tat ein gut aussehender Nordmann, das konnte selbst Rouwen erkennen. Rouwen hielt sich beileibe nicht für unansehnlich, doch musste eine Frau wie Rúna sich nicht zu einem Mann wie Yngvarr, der ihr so glich, hingezogen fühlen? *Es wäre besser, wenn es so wäre*, überlegte er grimmig. *Für sie, für die Yoturer und auch für mich*.

Aber so war es nicht.

Yngvarr lächelte selbstzufrieden in sich hinein. Warum sah der Wikinger nur so befriedigt aus? Rouwen wusste, dass Rúna mit ihm nach Eastfield aufgebrochen war. Hatte er ihr unterwegs klargemacht, dass er ihr Gefährte sein würde? Sich ihr aufgedrängt? Rouwen unterdrückte den Wunsch, die Fäuste zu ballen. Wo steckte sie eigentlich? Ihm schoss ein Bild in den Kopf, ein Bild von Rúna, wie sie sich versteckte und weinte, weil Yngvarr ihr zu nahe gekommen war. Sollte es so sein, dann wäre sein Leben verwirkt.

Rouwen mahnte sich zur Ruhe. Yngvarr würde sich hoffentlich niemals so sehr vergessen, und Rúna war wehrhaft. Vielleicht schlenderte sie nur irgendwo am Strandsaum herum und genoss das Alleinsein.

»Ich war bei MacCallum«, kam Yngvarr nach seiner langen, bedeutungsschwangeren Pause endlich zur Sache.

Ungläubiges Staunen. »Bei dem Earl?«, fragte Haakon Steinriese mit vollem Mund.

Yngvarr versetzte ihm im Vorbeigehen einen Hieb gegen den Hinterkopf. »Wie viele MacCallums gibt's, he? Natürlich bei dem Earl. Bei Athelnas Vater. Er bewirtete mich mit Bier und fränkischem Wein, und wir haben wie Männer miteinander geredet.«

Haakon spuckte aus, was er im Mund hatte, und stieß einen nordischen Fluch aus. Gorun der Schiffszimmermann, ein langer Kerl mit dunklen Zotteln, die ihm fast bis zu den Ellbogen reichten, schlug sich kichernd auf die Schenkel. Hallvardr schien die Sache weniger lustig zu finden, denn er rieb sich mit beiden Händen durch das vernarbte Gesicht.

»Was habt ihr beredet?«, fragte Sverri ruhig.

»Na, was wohl? Ich habe eine Antwort darauf verlangt, wo sich der mörderische Mönch aufhält. Bruder Oxnac, der Benediktiner.«

»Und das hat er dir *gesagt?* Obwohl er Baldvin gegenüber behauptete, keinen Mönch ausliefern zu wollen?«

»Allerdings. Er ist ein alternder Mann, der so viel wiegt wie ein halber, und mir kaum bis zur Brust reicht. Ein zusammengesunkenes Häuflein Elend, das sich am Feuer wärmen muss und nach der Tochter sehnt. *Ich* hätte derjenige sein sollen, der voriges Jahr Baldvins Forderung überbrachte, den Mönch im Tausch gegen Athelna auszuliefern. Dann wäre ich nicht nur mit seinem Kopf heimgekommen, sondern mit einem ordentlichen Sümmchen Sühnegeld obendrein. Es hätte nicht viel gefehlt und MacCallum wäre vor mir auf seine knochigen Knie gefallen.« Mit den Fäusten in den Seiten, den Kopf im Nacken, schritt Yngvarr auf und ab. »Er hat mir zugesagt, morgen jemanden zur Verfügung zu stellen, der uns zu Oxnacs Versteck führt.«

»Mir scheint, es könnte auch eine Falle sein«, warf Rouwen behutsam ein.

Aber natürlich wollte sich Yngvarr seinen prahlerischen Auftritt nicht verderben lassen. »Was *du* glaubst, Engländer, ist völlig uninteressant!« Mit zwei langen Schritten war er hinter Rouwen, dessen Nackenhärchen sich augenblicklich aufrichteten. Er zwang sich, ruhig sitzen zu bleiben und sich nicht umzuwenden. Scheinbar gemächlich biss er in sein Fleisch und kaute. War es ihm zuvor schon wie Leder vorgekommen, schien es jetzt aus Stein zu sein. »Du bist zum Kämpfen hier«, hörte er den Wikinger gefährlich leise und gefährlich nah an seinem Ohr. »Ein Söldner gewissermaßen, der nicht zu denken und nicht zu reden hat. Verstanden?«

Rouwen ließ das Fleisch sinken und streckte den Rücken. Der Krieger in ihm sehnte sich danach, dem Mann eine Lektion zu erteilen. Der Mönch in ihm mahnte zur Besonnenheit. Yngvarr war es nicht wert, dass er sein Leben aufs Spiel setzte. Keiner dieser Nordleute. Außer Rúna natürlich, aber sie war nicht da. Und für Arien hätte er es vielleicht ebenfalls gewagt. Der neugierige Junge kauerte am Eingang seines Zeltes und starrte zu ihnen herüber.

Langsam erhob sich Sverri. »Rouwens Einwand ist allerdings berechtigt. Warum soll MacCallum den Mörder erst verstecken und dann das Versteck preisgeben?«

»Weil *ich* es von ihm verlangte«, knurrte Yngvarr. Er funkelte Sverri an wie einen Feind. »Habe ich das nicht eben erklärt?«

Achselzuckend setzte sich Sverri wieder. Die Blicke der Männer waren auf die Glut des Feuers gerichtet. Einer zückte ein Messer und begann es zu schärfen. Ein anderer begann seine Schläfenzöpfe neu zu flechten. Rouwen entging nicht, dass sie in Richtung von Baldvins Zelt schielten, als fragten sie sich, wo ihr Häuptling blieb. Aber Baldvin war fort, die Gegend erkunden und jagen, wie er gesagt hatte.

»Gleich wird es dunkel«, unterbrach Hallvardr die unangenehme Stille. »Wir sollten die Wachen für die Nacht einteilen.«

Rouwen hätte wetten können, dass alle das Gleiche dachten: Yngvarr kratzte an Baldvins Autorität. Keiner schien sich damit wohl zu fühlen, aber ihm offen zu widersprechen wagte niemand.

»Kümmere dich darum, Sverri.« Yngvarr schien sich um einen versöhnlichen Ton zu bemühen. »Die letzte Wache übernehme ich. Und morgen werden wir einen Mann MacCallums an Bord nehmen; er wird uns führen ...«

Er verstummte, starrte in Richtung des Waldes. Seine Hand fuhr an den Griff seines Schwerts. Sofort sprangen alle Männer auf und griffen ebenfalls nach ihren Waffen. Nur Rouwen beschied sich damit, sich auf dem Baumstamm, auf dem er saß, zu drehen. Er besaß ohnehin keine Waffe.

Ein Mann ganz in Schwarz wankte über den schmalen Pfad, den Baldvins Männer in den von Schilf und Gräsern überwucherten Ufersaum getrampelt hatten. Seine Hände waren vorne an seinen Gürtelstrick gefesselt. Ein Stoffstreifen bedeckte seine Augen. An seiner Seite ging Rúna. Sie hatte eine Hand in seinen Ärmel gekrallt und führte ihn; dennoch stolperte der Arme immer wieder, und sein Gesicht war bleich vor Furcht.

»Rúna!«, rief Arien mit seiner unverkennbar heiseren Stimme und wollte auf sie zustürzen. Augenblicklich war Hallvardr bei ihm und hielt ihn zurück.

Zur Hölle, wo blieb Baldvin? Als hätten seine Gedanken ihn hergerufen, kam er aus Richtung des Waldes herangestapft, eine blutige Axt in der einen und eine prächtige Wildgans in der anderen Pranke.

»Was ist hier los?«, donnerte er schon von Weitem. »Tochter, wer ist das, bei Thors Hammer?«

Fast meinte Rouwen zu hören, wie Yngvarr mit den Zähnen

knirschte. Sicherlich hatte sich der Wikinger seinen Auftritt vor Baldvin in den schönsten Farben ausgemalt – und nun tauchte Rúna plötzlich auf und zog alle Aufmerksamkeit auf sich. Sie schob den Mönch ans Feuer und drückte ihn nieder, sodass ihm keine Wahl blieb, als sich ins Gras zu setzen. Weinerlich schrie er auf, als sich ein fliegender Funke auf seinem zarten Gesicht niederließ.

»Ein Mönch?« Haakon Steinriese packte ihn an der Schulter, um ihn zu rütteln, als müsse er sich vergewissern, dass er sich nicht in Luft auflöste. Der arme Mann heulte und schlotterte.

»Rúna, erkläre dich.« Baldvin schlug das Axtblatt ein gutes Stück neben Rouwen ins Holz des Stamms, warf den Kadaver zu Boden und verschränkte die muskulösen Arme in einer Geste väterlicher Strenge.

Rouwen fühlte einen kalten Schauer seinen Rücken hinabrinnen. Der Gefangene war nicht einfach irgendein Mönch, es war Pater Alewold. Gott im Himmel und alle Heiligen! Rúna musste ihn bei Alewold in der Kirche gesehen haben! Verdammt! Was sollte er jetzt tun?

»Rouwen war in Eastfield«, kam sie sogleich zur Sache. Das sonst so helle Blau ihrer Augen wirkte düster wie ein Gewitterhimmel, als sie den Blick zu Rouwen lenkte. »Ich glaube, er hat uns verraten.«

Alle Köpfe drehten sich zu ihm. Er stand auf, machte einen Schritt über den Baumstamm hinweg und sorgte möglichst unauffällig dafür, dass sie ihn nicht umringten.

»Ich wusste es.« Yngvarr klang beinahe hämisch.

»Noch weiß ich es nicht sicher.« Rúna zog die Augenbinde von Kopf Pater Alewolds, die offenbar hatte verhindern sollen, dass er die Lage des Wikingerlagers erfuhr. »Der Mönch hier mag nämlich nicht reden.«

»Ich sagte doch, ma dame, dass ich das nicht kann!« Alewold war ein noch junger Priester mit einer Tonsur so groß wie eine

Hostie. Den Rosenkranz am Gürtel hielt er so fest umklammert, dass seine Finger weiß waren.

»Wieso denn nicht?«, fragte Sverri neugierig.

»Wegen des Beichtgeheimnisses!« Pater Alewold ging in die Knie. »Bitte, bitte, tötet mich nicht, ihr Herren, bitte ...«

Yngvarr stürzte auf ihn zu und packte sein Haar im Nacken, sodass er zu ihm aufsehen musste. Alewold heulte vor Angst und Schmerzen. »Du wirst reden, sonst ziehe ich dir das Fell über die Ohren und hänge dich an den Füßen am nächsten Baum auf!«

»Yngvarr! *Ich* habe ihn entführt, also lass die Finger von ihm!« Rúna stieß Yngvarr vor die Brust, und tatsächlich ließ er von dem jungen Mann ab und trat zurück. Sie stapfte zu Rouwen. Selbst jetzt konnte er nicht anders als ihre gewittergleiche Schönheit zu bewundern. So ähnlich mussten sich die alten Römer Bellona, die Göttin des Krieges, vorgestellt haben. Vielleicht nicht blond und auch nicht mit einem Sarazenendolch in der Hand, dennoch ... Er schüttelte den Kopf, um diese närrischen Gedanken zu vertreiben.

Dicht vor ihm blieb sie stehen. Er sah die Klinge vor seinem Gesicht aufblitzen und hielt still. Sanft, beinahe zärtlich – *das bilde ich mir ein* – berührte sie mit der Spitze seine Wange.

Sie lächelte.

»Der Mönch redet nicht, ich hab's vergeblich versucht. Deshalb habe ich ihn hergeschleppt: damit du an seiner Statt sprichst. Sonst überlasse ich ihn doch noch Yngvarr. Und das willst du nicht, oder? Ehrlich gesagt, tut er mir leid. Ich war froh, dass er ein so schmales Bürschchen ist, denn andernfalls wäre es mühseliger geworden, ihn herzubringen. In Yngvarrs Hände zu fallen, hat der arme Kerl nicht verdient.«

Ohne ihn zu ritzen, berührte die Spitze seine Unterlippe. Es fehlte nicht viel, und er hätte den Dolch beiseite gestoßen, um ihr Gesicht mit beiden Händen zu packen und sie zu küssen. Er sah, wie sich ihre wunderbar geschwungenen Lippen bewegten, sah, dass sie Worte formte, hörte sie auch, doch sie drangen wie aus weiter Ferne zu ihm hindurch.

... hast du ihm gesagt?

Mit aller Willensanstrengung machte er einen halben Schritt von ihr fort.

»Es ist nicht so, wie du denkst, Rúna.«

»Wie ist es denn dann?«

Sie lächelte noch immer. Doch ihre Augen blickten kühl. Nein, traurig. Enttäuscht. Gott, wie sollte er das erklären? Wenn er es tat, war sein Leben nichts mehr wert.

»Es hat nichts mit eurer Mission zu tun.«

»Womit dann?«

»Es ist ganz ohne Belang für euch. Du hast mein Wort, dass ...«

»Dein Wort!«, fauchte sie. »Damit bist du ja sehr freigebig, nicht wahr? Du erwartest allen Ernstes, dass ich dich in der Stadt erwische, im Gespräch mit einem *Mönch*, und dir dann auf die Schulter klopfe und sage, ist schon in Ordnung, du bist ja ein Ehrenmann, Rouwen, ja? Glaubst du das?«

Er sah, dass Yngvarr Baldvins Axt ergriff und mit einem kräftigen Ruck aus dem Holz zog. Dann packte er Alewold am Schopf und zwang seinen Kopf in den Nacken.

»Wollen doch mal sehen, ob wir die Sache nicht beschleunigen können«, sagte er und hob die Axt.

Dem Pater wich endgültig alle Farbe aus dem Gesicht. Er sah aus, als würde er jeden Augenblick in eine erlösende Ohnmacht fallen.

»Musst du so übertreiben, Yngvarr?«, murmelte Rúna, ohne den Blick von Rouwen zu lösen. Offenbar war sie sich sicher, dass er den Pater nur erschrecken wollte. Nur wusste dieser es nicht, und Rouwen selbst hätte dafür auch keine Hand ins Feuer gelegt.

Er sah noch einen Moment in Rúnas Augen, las die Entschlossenheit darin, dann traf er seine Wahl. Sofern man es so nennen konnte. Im Grunde hatte er keine Wahl. Wie so oft in letzter Zeit. »Lass ihn in Ruhe«, rief Rouwen Yngvarr zu. »Ich rede.«

Der Wikinger gab dem armen Mann einen Stoß, sodass er nach vorn fiel und zu einem Häuflein Elend zusammengekauert liegenblieb.

Rouwen atmete einmal tief durch, dann begann er zu sprechen. »Ich habe ihm gebeichtet, dass ich dich begehre, Rúna, dass ich dich in den Armen hielt und küsste.« Seine Stimme klang rau, als sei es nicht seine; als stünde er neben einem Fremden, der an seiner Statt antwortete. »Und ich habe ihn gebeten, für mich zu flehen, dass Gott mir die Stärke gibt, dieser Versuchung zu widerstehen.«

Ihr Mund öffnete sich zu einem Ausdruck des Staunens. »Warum, Rouwen? Warum ... willst du das nicht?«, flüsterte sie.

Schwang da ein Hauch von Sehnsucht in ihrer Stimme mit? Ihre Augen glänzten. Jede Einzelheit sah er, jede geschwungene Wimper, jede noch so blasse Sommersprosse. Er hob eine Hand, legte sie an ihre Wange und strich mit dem Daumen über ihre Haut. Einen Herzschlag nur, noch einen ... Eine Ewigkeit verging so, und sie war viel zu kurz. Dann bemerkte er eine Bewegung und ließ die Hand sinken. Vermutlich Yngvarr, um sie ihm abzuschlagen.

Doch es war Baldvin. »Habe ich das richtig verstanden?«, donnerte er, das faltige, bärtige Zwergengesicht eine einzige Verblüffung. »Du ... du liebst meine Tochter?«

Liebe? War nicht von Begehren die Rede gewesen? Rouwen war für einen Moment verwirrt, da Baldvins Worte so nachhaltig klangen.

Sein Blick suchte wieder Rúnas Augen, so sanft, klar und wehmütig. Liebte er sie? War es so?

Gott steh meiner Seele bei, ich … ich weiß es nicht.

»Ich vermute es«, murmelte er.

Gefährlicher Zorn blitzte bei diesen Worten in ihren Himmelsaugen. »Ah, das vermutest du. Und dann stößt du mich zurück?« Sie zischte es so leise, dass nur er es hören konnte.

»Ich habe einen Eid abgelegt, keine Frau je zu lieben, Rúna.«

Sie wirbelte zu Alewold herum. »Stimmt das?«

Der Pater wischte mit dem Ärmel über sein tränenfeuchtes Gesicht. »Ich … ich kann gerade nicht mehr folgen, Weib«, schluchzte er. »Bitte, töte mich nicht!«

Rouwen griff nach ihrem Arm, sodass sie sich ihm wieder zuwandte. »Drei Gelübde habe ich abgelegt: arm zu leben, Gehorsam zu leisten und keusch zu leben. Das sind die Gelübde eines … eines Mönchs.« Er wusste, dass diese Worte sein Todesurteil bedeuten mochten. Trotzdem widerholte er sie. Die Zeit für Geheimnisse war vorbei.

»Ich bin ein Mönch.«

12.

Rúna war es, als habe ihr der Donnergott Thor höchstselbst einen Schlag zwischen die Schulterblätter versetzt. Ihre Hand suchte nach einem Halt, doch da es nichts gab, woran sie sich hätte festhalten können, nestelte sie die Lederschnur mit dem Thorshammer aus dem Ausschnitt ihres Kleides und umfasste ihn. Sie ermahnte sich, tief durchzuatmen. Einmal, zweimal, weiter, weiter ... Stille hatte das Lager erfasst, und das Knistern des Feuers klang unnatürlich laut.

»Also hast du recht gehabt, Sverri«, sagte Yngvarr.

»Was meinst du?« Der Angesprochene kratzte sich die Stirn.

»Na, er *kann* nicht. Kein Mönch kann es.«

Sverri glotzte nur verwirrt. Yngvarr warf die Mähne in den Nacken und lachte schallend.

»Er ist ein Mönch!«, rief er. »Ein Kastrierter, sozusagen! Ein Weib im Körper eines Mannes! Und Rúna ...«

Sie hörte seine Worte kaum. Bevor sie auch nur einen klaren Gedanken fassen konnte, war ihr Vater bei Rouwen, der ruhig dastand, und versetzte ihm einen Fausthieb ans Kinn.

»Ich kann dir nichts vorwerfen, Engländer, denn du hast dich vorbildlich verhalten.« Er spuckte ihm vor die Füße. »Der Hieb ist für die Tatsache an sich, dass du ein Mönch bist. Die ich allesamt aus gutem Grund hasse, wie du weißt.« Noch einmal schlug er ihn. Rouwen zuckte kaum. »Und der ist für Rúna, der du den Kopf verdreht hast.«

Rouwen hob eine Hand, doch nur, um sich über das schmerzende Kinn zu reiben. Baldvin rieb sich in einer ähnlichen Geste die Faust.

Hatte sie sich wirklich den Kopf verdrehen lassen? Wahrscheinlich ja. Allein als Rouwen eben gesagt hatte, dass er sie wohl liebte, hatte sie für einen winzigen trügerischen Moment nicht gewusst, wohin mit so viel Glück. Sie wollte hinausschreien, dass sie ihn ebenso liebte. Denn etwas anderes als Liebe konnten diese verwirrenden Gefühle, die sie in sich trug, doch wahrlich nicht sein. Aber dann wurde ihr wieder bewusst, dass er sie aus irgendeinem Grund nicht wollte. Nicht in ihrem schlimmsten Traum hätte sie gedacht, dass er ein Keuschheitsgelübde abgelegt hatte. Dass er ein Mönch war!

Eigentlich sollte ich froh sein, dass er uns nicht verraten hat. Aber ... Gütige Freya, ich bin es nicht.

Yngvarr spottete noch immer; aber sie achtete nicht auf ihn. Sie konnte nicht anders, als Rouwen anzustarren, seinen Stolz, seine Würde zu bewundern. Sie wusste nicht, ob sie sich ersehnte, dass er Yngvarr angriff – dass er irgendetwas tat, was sie aus ihrer Erstarrung riss. Schließlich hielt sie seinen stillen Blick nicht mehr aus, machte kehrt und hastete am Ufer entlang.

»Lasst mein Mädchen jetzt in Ruhe«, hörte sie ihren Vater noch sagen, dann blieben die Geräusche des Lagers hinter ihr zurück.

Weit lief sie nicht, denn die hereinbrechende Nacht gab ihr schon bald das Gefühl, allein zu sein. Eine dunkle Gestalt war ihr gefolgt, den Umrissen nach war es ihr Leibwächter Hallvardr. Sie hockte sich auf einen Findling am Wasser, zog die Hirschlederstiefel und Fußlappen aus und bohrte die nackten Zehen in den Sand.

Vieles kam ihr in den Sinn: Rouwens Kristallkette, die ganz offensichtlich nicht für seine Liebste daheim gedacht gewesen war. Stígrs Runenstäbe, denen zufolge der Schaukampf mit Rouwen ihr Leben beeinflussen sollte. Was hatte denn da begonnen? Dass Rouwen sie liebte? Dass sie ihn liebte? Die Nornen, die Schicksalsgöttinnen, hatten über diesen Kampf gelacht, ganz sicher. Und lachten wohl immer noch.

»Rúna?«

Arien kam herangeschlendert, in einen dicken Umhang gehüllt. Bereitwillig machte sie ihm auf dem Stein Platz. Er ließ die Beine baumeln.

»Ist dir an den Füßen nicht kalt?«, fragte er.

»Die Kälte tut mir gut.« Sie zögerte nur kurz. »Was macht Rouwen?«

»Ist in seinem Zelt. Und was machst du?«

»Nachdenken.« Sie legte den Arm um ihn und zog ihn heran. Plötzlich lachte sie bitter auf. »Weißt du, ich fand es ja immer schade, dass es unter den Yoturern keinen gibt, der sich aufs Singen und Dichten versteht. Einen Skalden, der unsere Taten besingt. Jetzt möchte ich beinahe froh darum sein. Stell dir vor, was für ein Possenspiel er am Feuer besingen würde! ›Die Kriegerin und der Mönch‹ würde er es vielleicht nennen. Oder ›Der Krieger und die Närrin‹.« Das Lachen blieb ihr im Halse stecken, und ihr war danach, loszuheulen.

»Glaubst du wirklich, dass es stimmt?«, fragte Arien. »Dass er ein Mönch ist?«

»Er hat es doch gesagt!«

»Ja, aber …« Er hustete in seine Faust. »Ich dachte immer, Mönche sind entweder schmächtig oder dick. Auf jeden Fall schwach. So wie der, den du hergeschleppt hast.«

»Wie geht's dem eigentlich?«

»Yngvarr hat ihn irgendwo zwischen den Zelten angebunden. Ich fürchte, er wird heute Nacht ziemlich frieren.«

»Und du auch, also ab in unser Zelt, Adlerjungchen, ja?«

Sie erhob sich und zog ihn hoch. Gemeinsam liefen sie zum Lager zurück. Rúna lieferte ihn an ihrem Zelt ab und machte sich dann auf die Suche nach dem Gottesmann. Er hockte nah am Feuer, mit angezogenen Knien, und schlotterte. Seinem Gesicht verliehen die Flammen einen rosigen Schein, doch seine Kehrseite musste ausgekühlt sein. Sie holte eine Decke und legte sie ihm um die Schultern. Er zuckte erst zurück, doch dann lächelte er dankbar.

Rúna hockte sich an seine Seite. Außer Haakon, der an den Baumstamm gelehnt schnarchte, war niemand zu sehen. Die Männer waren in den Zelten, auf dem Schiff oder auf Wache.

Der Mönch starrte auf ihre nackten Füße. »Wieso ...«, murmelte er.

Rúna bewegte ihre Zehen. »Ich bin's gewohnt. Sag, wie heißt du eigentlich? Und was bedeutet ›Pater‹? Rouwen hat dich so genannt.«

»Ich ... ich ...« Mit aller Kraft presste er die Lippen zusammen, damit seine Zähne nicht länger aufeinanderschlugen – inzwischen wohl eher vor Furcht als vor Kälte. Er riss sich sichtlich zusammen und sagte dann etwas gefasster: »Ich heiße Alewold. Und ›Pater‹ ist Latein und heißt ›Vater‹.«

»Vater? Du zählst doch höchstens zwanzig Sommer.« Verblüfft musterte sie ihn von oben bis unten. »Ihr Christen seid schon merkwürdig. Hat man dir eigentlich etwas zu essen gegeben?«

Er schüttelte das geschorene Haupt. Rúna stand auf und holte aus ihrem Zelt einen Beutel mit Brot, Käse und einem Rest des Hasenbratens. Dazu einen Weinschlauch und eine zweite Decke, die sie dem jungen Mann gab. Sie schnitt seine Fesseln durch, damit er essen konnte. Während er das Brotstück in den Händen wog, murmelte er ein hastiges Gebet; dann biss er gierig hinein.

Der arme Mann kam ihr wie ein verlorenes Kind vor. »Es tut mir leid, dass ich dich so ruppig behandelt habe«, sagte sie. »Aber ich war so wütend.«

»Worauf denn? Ich habe das alles nicht so recht begriffen.«

Sie neigte sich ihm zu und legte eine Hand auf seine Schulter. Wieder zuckte er vor ihr zurück, bevor er sich beruhigte. »Ich liebe Rouwen«, wisperte sie. »Aber er ist ein Mönch wie du.«

»Ich bin ein Priestermönch. Er ist ein Mönchsritter. Ein kleiner Unterschied, der für einen Heiden aber nicht so wichtig sein dürfte. Sag, ihr seid wirklich alle Heiden? Ihr seht aus wie … wie Wikinger.«

»Die letzten Wikinger, ja. Du hast nie von Baldvin Baldvinsson gehört, der Eastfield zweimal heimsuchte?«

»Ja, doch, jetzt da du's sagst. Da gab es doch früher Überfälle auf das Kloster. Aber ich achte nicht auf Marktklatsch.«

Marktklatsch. Mehr war es nicht. Und nicht einmal das, jedenfalls hatte Rúna während ihres Ausflugs niemanden darüber reden gehört. Selbst das Musikantenpärchen hatte lieber von Rittern gesungen, die irgendeinem merkwürdigen Gral nachjagten.

Sie half dem Priestermönch, den Weinschlauch zu öffnen. Nach dem ersten Schluck verzog er das Gesicht. »Eigentlich darf ich so starken Wein nicht trinken«, entschuldigte er sich. »Aber in der Not …« Hastig nahm er noch einen tiefen Schluck und seufzte wohlig auf.

»Erzähl mir etwas über eure Enthaltsamkeit. Wie war das noch … arm sein, gehorsam sein, keusch bleiben? Ihr dürft nicht einmal Wein trinken?«

»Doch, aber verdünnten.«

»Und das alles gilt auch für … Tempelritter?«

»Für die erst recht. Außer dass sie kräftig essen dürfen. Sie müssen nicht nur Gott gefallen, sondern auch wachsam und stark sein.« Er lächelte schief, anscheinend hatte er seine Angst vor ihr für den Moment vergessen. »Mag sein, dass er das Gelübde der Keuschheit bricht. Wenn er bußfertig ist, wird ihm vergeben. Es mag ein zweites Mal geschehen, ein drittes Mal … Doch irgendwann würde er mit seinem Seelenheil spielen. Aber ich schätze ihn nicht so ein, dass er das tun wird. Und deshalb, ma dame, würde ich sagen, du hast dich in den Falschen verliebt.«

»Und da gibt es gar kein Schlupfloch?«

»Das einzige führt letztlich in die Hölle.« Er nieste kräftig und rieb sich die Schultern. Rúna erbarmte sich und holte noch eine dritte Decke.

»Wie kann Rouwen der Falsche sein, wenn ich doch ganz deutlich spüre, dass er zu mir gehört? Dieser Glaube ist doch töricht!«

Er lachte leise. »Die Schrift sagt, dass dem Heiden die Weisheit Gottes eine Torheit ist.«

»Was du so daherredest!« Sie hatte genug davon. »Schlaf gut, Alewold.« Das ›Pater‹ kam ihr nicht über die Lippen, denn auch das wäre ihr dumm vorgekommen.

»Oh, das versuche ich«, erwiderte er säuerlich, während er zusah, wie sie ihn wieder fesselte. »Was geschieht mit mir?«

»Du hast mein Wort, dass du unbeschadet nach Eastfield zurückkehren darfst.« Falls Yngvarr das nicht passte, würde sie ihn schon in die Schranken weisen. Sie hatte den Priestermönch schließlich hergebracht. »Aber vorher, fürchte ich, wirst du mit uns mitmarschieren müssen.«

»Gott steh mir bei«, murmelte er.

Und Freya bitte mir, dachte sie.

13.

Es herrschte finsterste Nacht. Kalt war Rúna nicht – nicht nach ihrem Empfinden. Barfuß schlenderte sie am Wassersaum entlang. Vom Wald her erklangen Rascheln und der Ruf eines Käuzchens. Irgendwo Schritte: einer der Männer auf Wache. Am heruntergebrannten Feuer lag Alewold in sich zusammengerollt. In den Zelten schnarchten die anderen. Es schien, als sei sie als Einzige wach.

Bis auf ihren Vater vermutlich. Als sie zuletzt in sein Zelt geschaut hatte, hatte er auf seinem Klapphocker gesessen, sein Schwert geschliffen und ins Leere gestiert. Als ersehne er, sich mit einem Rundumschlag von all der Last, die ihm auf der Seele lag, zu befreien. Dieses Schleifgeräusch hing ihr jetzt noch im Ohr und jagte einen Schauer über ihren Rücken. Armer Vater. Arme Mutter! Mit dem Handrücken rieb sie sich über die feuchten Augen. Wann hatte sie zuletzt um ihre Mutter Ingvildr geweint? Sie wusste es nicht mehr. Ihr Inneres fühlte sich so leer an, und sie sehnte sich nach jemandem, der sie im Arm hielt, ihr ein Trostwort ins Ohr flüsterte, dessen Herz im Gleichklang mit ihrem schlug. Einen solchen Menschen gab es, ja. Doch er stieß sie zurück.

Sie beschloss, Freya etwas zu opfern. Etwas Schönes, etwas Blühendes. Das war mitten in der Nacht nicht leicht zu finden, aber nach einer Weile entdeckte sie an einem Bachlauf einige helle Blüten. Sie entkleidete sich und wusch sich im Bach. Nackt und im Wasser kniend brachte sie der Göttin die Blumen dar. Freya war die Göttin der Liebe, des Frühlings; sie war Zauberin und Kriegerin. Rúna fühlte sich ihr ganz nah und fror auch nicht, während sie betete.

Hilf mir, zu erkennen, was das Richtige ist. Und es zu tun.

Noch während sie dies in Gedanken aussprach, ahnte sie, wozu sie sich entscheiden würde. Ihr war, als habe sie sich nicht nur entblößt, um der Göttin rein gegenüberzutreten. Sondern auch, um Rouwen ihr Herz, ihre Seele, ihren Körper darzubieten. Um seine Augen zu öffnen. Um ihn mit jeder Faser spüren zu können. Wenn er sie erst im Arm hielt, würde er hoffentlich begreifen, dass dieses Keuschheitsgelübde Unfug war. Er war ein Mann voller Leidenschaft, wie geschaffen für sie – sein Gott hatte ihn so gemacht, das *musste* er begreifen ...

Sie raffte ihre Sachen und den Dolch auf, warf sich den Umhang über und wanderte zum Lager zurück. Allmählich fror sie doch. Der kühle Seewind ließ ihr offenes Haar wirbeln und fuhr unter den Umhang. Flink lief sie zu dem kleinen Zelt, das sich Rouwen mit Sverri teilte und legte ihre Sachen am Eingang ab. Leise rief sie Sverris Namen, und augenblicklich kam er heraus.

»Rú ...«

»Psst.« Sie legte einen Finger auf den Mund. »Bitte geh.«

Freya sei Dank, er begriff sofort. Im Fortgehen gab er ihr einen freundschaftlichen Klaps aufs Gesäß.

Liebend gerne wäre sie ebenfalls unbeschwert gewesen. Doch was sie verspürte, als sie die Zeltklappe vorsichtig anhob, war eine eigenartige Furcht.

Die Luft im Innern war warm. Und es war stockdunkel. Sie kauerte sich am Zelteingang nieder und versuchte irgendetwas zu erkennen, aber sie sah nicht einmal die Hand vor Augen. Umso angestrengter lauschte sie. Sverris Fortgang hatte Rouwen doch sicher aufgeweckt? Gewiss war er hellwach und hatte bemerkt, dass jemand hereingeschlichen war. Versuchte er ebenso angestrengt wie sie, etwas zu hören und zu sehen? Dass er eine Waffe ergriffen hatte, war nicht zu befürchten; er besaß ja keine. Aber es war ihm zuzutrauen, dass er sie mit bloßen Händen anfiel ... Ihr Körper prickelte in Erwartung. Der

Gedanke, von ihm angefallen zu werden, war ihr keineswegs unangenehm.

Er gab sich keine Blöße. Die Totenstille wollte nicht weichen. Ihr lag sein Name auf der Zunge. Aber er wollte nicht heraus.

Langsam neigte sie sich nach vorne, betastete den mit Decken ausgelegten Boden. Sie ließ sich auf die Knie nieder und schob eines nach dem anderen vorwärts, während ihre Finger über Wollstoff strichen, in dem altes Stroh hing. Ein Pelz verriet, dass sie Rouwen näherkam.

Ihre Fingerspitzen berührten warme Haut. Seine Hand. Sie hätte gedacht, dass er erschrecken würde. Doch so war es nicht. Ganz selbstverständlich glitten ihre Finger in seine, und er umschloss sie.

»Es tut mir leid, Rúna.«

Sein Daumen rieb über ihren Handrücken. Sie hielt still, als sei er ein scheues Tier, das jede Bewegung verscheuchen könnte. Oder war es umgekehrt?

»Du solltest wieder gehen.«

Ich tue, was ich will. Und ich will hier bei dir sein. Ich will, dass du begreifst.

»Rúna …«, flüsterte er. Ahnte er nicht, dass jedes Wort, jede Berührung sie hinderte, seiner Bitte nachzukommen? Ahnte er nicht, welche Wirkung er auf sie ausübte? Aber wie sollte er? Wenn er wirklich ein Mönch war, dürfte er kaum Erfahrung mit Frauen haben.

Ein letztes Mal rief sie sich in Erinnerung, was er war. Ein Mönch wie der, der ihre Mutter auf dem Gewissen hatte. Es wäre für sie beide so viel einfacher, wenn es ihr gelänge, sich gegen ihn aufzubringen. Doch dieser Versuch war gänzlich zum Scheitern verurteilt. Dazu glich Rouwen viel zu wenig ihrer Vorstellung bleichhäutiger ungestalter Männer, die sich betend in den Schatten herumdrückten und nicht wussten, wohin mit ihren körperlichen Lüsten.

Es gab noch einen anderen Grund, weshalb sie schleunigst hier heraus sollte: Sie hier zu wissen, würde ihren Vater zutiefst schmerzen. Toben würde er, wüsste er, was sie gerade tat.

Vater, Mutter, verzeiht mir.

Sie entzog Rouwen die Hand, um über seinen Unterarm zu streichen. Jetzt in der Dunkelheit erspürte sie überall winzige Narben, die tags kaum zu sehen waren, und größere, die sie bereits heimlich bewundert hatte. Sie rückte näher, berührte auch seinen Oberarm und die kräftigen Muskeln. Sie schob die Decke, die er locker über sich geworfen hatte, ein Stück zurück.

Seine Tunika war ungegürtet, und so war sie ihm bis zur Mitte hochgerutscht. Rúnas Hand glitt unter den Stoff und legte sich auf seine straffen Bauchmuskeln. Sie wartete, dass er sie wegstieß oder wenigstens wiederholte, dass sie gehen solle. Er war angespannt. Sein Atem kam schwer und unregelmäßig. Aber er sagte nichts. Ihr Mut wuchs; sie glitt höher. Als ihre Finger seine Brustwarze streiften, hörte sie ihn leise aufseufzen.

Noch näher kroch sie heran und beugte sich über ihn.

»Küss mich, Rouwen«, wisperte sie.

Freya! Hatte sie das wirklich gesagt?

»Küss mich.«

Schlimmer – sie bettelte ihn an.

»Rúna, bitte ...«

»Rouwen, es ist nicht falsch, begreife es doch!«

Es kam noch schlimmer: Ganz unvermittelt begann sie zu weinen. Was war das? Die Trauer um die Mutter? Mitgefühl mit dem Vater? Oder Zorn auf sich selbst? Verzweifelt versuchte sie aufzuhören, presste eine Hand auf den Mund und schluckte, doch es wollte nicht gelingen. Ihr ganzer Körper fühlte sich an wie von der Hand des Donnergottes geschlagen und durchgeschüttelt. Sie glaubte zwar nicht, dass sie als Kriegerin nicht weinen durfte, doch es jetzt zu tun, in Gegenwart des Mannes, den sie als Feind sehen sollte – *das* stand einer Kriegerin wahrhaftig nicht gut zu Gesicht. Hoffentlich hörte es niemand!

Stoff raschelte; Rouwen bewegte sich. Dass er sich aufgesetzt hatte, begriff sie erst, als er sie umfing. Sie fand ihr Gesicht an seiner Schulter wieder. Alle Götter, roch er gut ... Nach Mann, nach einem mächtigen Krieger. Seine Hände auf ihrem Rücken ließen sie zittern. Sie reckte ihm das Gesicht entgegen, wollte endlich seine herrlichen Lippen auf ihren spüren. Noch einmal so wie am Teich ...

Er küsste sie sanft auf die Stirn.

Nicht so! Küss mich richtig!

»Rúna!«, keuchte er. »Du ... du hast ja gar nichts unter deinem Umhang!«

Plötzlich zerrten seine Hände am Stoff ihres Umhangs, versuchten ihn über ihrer Brust zu schließen. Sie spürte, wie er zitterte.

»Du darfst mich nicht verführen, Rúna.« Er rückte von ihr ab. Sofort meinte sie, der Winter kehre zurück, so kalt wurde ihr. Sie schlang die Arme um sich.

»Warum wäre das so schlimm?«

Ihre Stimme klang trotzig und verheult. So konnte das nicht enden, so durfte es nicht enden. Mit der Faust rieb sie sich die Augen. Wäre sie doch nur draußen geblieben ...

»Du weißt doch, wegen des Keuschheitsgelübdes. Es tut mir leid, aber ich kann ... *darf* nicht. Bitte geh.«

Ihre Finger krampften sich um den Stoff, hielten ihn vor der Brust zusammen. Flüchtig überlegte sie, sich zurückzuziehen. Aber wollte sie wirklich mit gesenktem Kopf gehen, als sei sie eine Geschlagene? Die Sehnsucht machte ihr das Atmen schwer. Nein, so schnell würde sie nicht aufgeben. Wenn dies eine Art Kampf war, ein Kampf um seine Liebe, dann würde sie kämpfen! Sie warf sich nach vorne, umfing Rouwen und reckte den Kopf. Ihr Mund traf seinen. Gierig saugte sie an den Lippen, von denen sie jede Nacht träumte. Ein Kuss nur, bevor er sie von sich stieß! Doch er packte sie und zog sie an sich. Sie wollte vor Glück schreien, als er die Arme unter ihren Umhang schob und sie fest umfing. Sein Kuss war so wild und schön wie am Teich. Seine Zunge glitt in sie, traf ihre, und beide kosteten die Lust des anderen.

Es war ein Genuss, ihn wollüstig keuchen zu hören; jetzt würde er sie nicht mehr fortschicken. Sie schob ein nacktes Bein über seinen Schoß. Seine Erregung war dort bereits deutlich zu spüren. Er machte keine Anstalten, seine Hose aufzuschnüren, aber er hinderte Rúna auch nicht, als sie es tat. Während seine Hände über ihre Haut fuhren, ihre Brüste liebkosten, ihr Rückgrat streichelten, befreite sie sein Glied, das sich fordernd an ihren Leib drückte. Sie erschrak, weil das, was nun kommen würde, so unbekannt war. Doch seine Zärtlichkeiten ließen die Furcht rasch vergessen.

Er flüsterte ihren Namen, immer wieder – sie hörte eine gewisse Unbeholfenheit heraus, und auch seine Hände fuhren fieberhaft über ihre Haut, als wüsste er nicht, wo er sie zuerst berühren sollte. Doch seine Leidenschaft machte jede Unerfahrenheit wett, und Rúna meinte unter seinen streichelnden Händen zu verglühen. Und als er sie packte und auf sein Lager drückte, zitterte sie am ganzen Leib vor lustvoller Erwartung. Mit all seinem Gewicht legte er sich auf sie, stützte sich nur ein wenig an den Seiten ab, um ihren Hals zu liebkosen und an ihren harten Brustspitzen zu saugen.

Er war wie entfesselt, wie ein Raubtier, das nach langen Jahren des Eingesperrtseins den Augenblick der Freiheit witterte. Er glitt an ihr hinab, um den Erkundungsgang seiner Hände und seines Mundes ihren zitternden Bauch hinab fortsetzen zu können. Sie stöhnte, als seine Zunge in ihren Nabel glitt, und biss in ihren Finger, als seine Lippen an den Haaren ihrer

Scham zupften. Sie hob die Knie und spreizte die Schenkel, um es ihm einfacher zu machen. In einem Winkel ihres Kopfes regte sich eine leise Stimme der Vernunft ... Doch die verstummte, als sie an der zartesten Stelle ihres Körpers seine sanft tastenden Fingerspitzen spürte. Jetzt war er langsam, behutsam, wie einer, der völlig neues und überaus empfindliches Gebiet erkundet. Rúna griff nach seinen Fingern, zeigte ihm, wie sie es gerne hatte. Freya und alle Götter, so nass war sie noch nie gewesen! Sein Zeigefinger glitt in sie, bis zu jener Stelle, die erst durchbrochen werden musste. Er zog ihn wieder zurück, ließ aber seine Zunge folgen. Rúna warf den Kopf in den Nacken, bog ihr Becken, wollte ihn ganz spüren, wollte, dass er alle Lust aus ihr aussaugte, bis sie ermattet in einen tagelangen Schlaf fiele ...

»Rouwen«, wisperte sie. »Rouwen, Rouwen ...«

»Rúna, ja ... ich ... ich ...«

Sie merkte, dass er sich aufrichtete.

»Rúna, ich kann nicht.«

»O doch!« Sie ruckte hoch, packte seine Tunika an den Schultern, und tatsächlich, er ließ sich überrumpeln und auf sie ziehen. Niemals würde sie ihn loslassen, niemals ... Ihre Schenkel wollten ihn umschlingen. Er keuchte schwer, wollte sich hochstemmen, und ihr wäre es nie geglückt, diesen gewaltigen Kerl aufzuhalten, würde er nicht mit sich selbst ringen. Nur noch ein winziges Stück, dann wäre sein schamhaftes Selbst besiegt, dann wäre er in ihr ... Die leise Stimme meldete sich noch einmal: *Willst du, dass er dir danach zürnt?* Doch die Lust schwemmte alle klaren Gedanken fort. Sein Glied glitt in ihre nasse Spalte, drohte zu sprengen, was sie noch verschloss.

Ja, ja, dachte sie beglückt. *Ich bin bereit ...*

Er hielt inne. Ihre Hände glitten über seine Schenkel und ertasteten seine festen Gesäßbacken, wollten ihn ermutigen, weiterzumachen.

Bitte. Tu es.

»Rúna …«

»Du kannst, Rouwen«, wimmerte sie. Sie musste sich zwingen, es nicht hinauszuschreien. »Du kannst! Und ob du kannst!«

Eine Faust donnerte neben ihrem Kopf auf die Felle. Jäh entriss er sich ihr und wuchtete sich wieder hoch. Dann beugte er sich wieder vor, zerrte sie so heftig an ihrem Umhang hoch, dass die Verschnürung ihr die Luft raubte. Sie taumelte auf die Füße. Ihre wackligen Knie wollten einknicken.

»Verschwinde!«, knurrte er und versetzte ihr einen kräftigen Stoß, der sie aus dem Zelt stolpern ließ.

Sie konnte sich gerade noch abfangen, bevor sie zu Boden fiel. Mit fahrigen Fingern richtete sie den Umhang, sodass er ihre Blöße bedeckte. Was war nur in ihn gefahren? Tränen ließen ihre Sicht verschwimmen, während sie versuchte, sich darauf zu besinnen, wo sie ihre Sachen abgelegt hatte. Ihre Beine zitterten, drohten ihr den Dienst zu verweigern. Wankend lief sie ohne ihre Sachen los, die Hand vor den Mund gepresst, um ein verzweifeltes Aufschluchzen zu unterdrücken.

Und ob du kannst, Rouwen! Die Hand seines Vaters donnerte auf seinen Kopf und auf seine Schultern. Rouwen machte sich krumm und wartete. Darauf, dass die Schläge aufhörten. Oder er starb. Endlich, nach einer Ewigkeit, wie ihm schien, ließ sein Vater von ihm ab. Doch schon im nächsten Moment wurde er am Nacken auf die Füße gezerrt und noch einmal kräftig durchgeschüttelt. *Hast du es jetzt begriffen, mein Sohn? Nein? Gut, dann gebe ich dir noch eine weitere Nacht zum Nachdenken. Und morgen wirst du mir sagen, dass du sehr wohl zu den Templern gehen kannst. Es ist eine Auszeichnung! Begreif es doch!*

Behände war der Vater die Strickleiter hinaufgeklettert und hatte das Angstloch, durch den er seinen ungehorsamen Sohn am vorigen Abend ins Verlies seiner Burg herabgelassen hatte, verschlossen. Schwer legte sich die Dunkelheit wie eine nasse, stinkende Decke um Rouwens hagere Gestalt, die nur von einem Kittel und seinen Beinkleidern geschützt war. Seiner Mutter verdankte er, dass der Vater wenigstens noch ein Paar Strümpfe heruntergeworfen hatte. Rouwen hörte wie von Ferne ihre flehende Stimme, ihn doch hochzuholen.

Gestern hatte sie vergebens gefleht, und heute offensichtlich auch.

Er hockte sich ins faulige Stroh und lauschte dem Geraschel der Ratten und seinem eigenen grässlichen Schluchzen.

Und ob du kannst! Rouwen hörte die Stimme seines Vaters klar und deutlich im Kopf, sogar jetzt noch, da diese unselige Episode seines Lebens viele Jahre zurücklag. Er warf sich zurück auf das Fell, das von Rúnas erhitztem Leib noch warm war, drehte sich auf den Rücken und zerrte die Decke bis zum Kinn hoch. Wo war die Schnur mit den Knoten, der erbärmliche Ersatz eines Rosenkranzes? Seine Finger tasteten herum, fanden seinen Gürtel und daneben die Schnur. Er hob sie an die Lippen und begann zu beten.

Pater noster … Danke, Herr, dass du mich vor dem Äußersten bewahrt hast. Danke, Herr, dass …

Mit einem ärgerlichen Brummen warf er die Schnur beiseite. Hölle und Teufel und seine verfluchte Seele! Warum, Gott im Himmel, warum musste der Herr ihn so prüfen? War sein Leben nicht schon schwer genug? Waren die Schlacht in Hattin und die Jahre davor nicht Prüfung genug gewesen? Warum kam zu allem noch die Bürde, in ein Weib verliebt zu sein, in ein sündhaft schönes, ein stolzes und störrisches, eines, das niemals das seine werden würde, und das nicht nur, weil er ein Mönch war, sondern es in einer gänzlich anderen Welt lebte?

Rúna rührte an seiner Vergangenheit. Seit Jahren hatte er nicht mehr an damals gedacht, hatte den Grund verdrängt, warum er zu den Templern geschickt worden war. Hatte nicht mehr an seinen Bruder gedacht. Rúna zwang ihn, sich wieder zu erinnern. Hatte Gott ihm diese Frau deshalb geschickt?

Aber weshalb eine Eva, die ihn zur Sünde verführte? Um seine Standhaftigkeit zu prüfen? Aufstöhnend rieb er sich über das Gesicht. Darauf würde sich vielleicht nie eine Antwort finden. Es war so, und damit musste er jetzt zurechtkommen.

Es reute ihn, so grob gewesen zu sein. Sie hatte es verdient, ja! Dennoch, es schmerzte ihn, wenn er nur daran dachte. So konnte er sie nicht gehen lassen. Seine Vernunft sagte ihm, dass es besser war, wenn sie ihm deshalb zürnte – dann würde sie es zukünftig hoffentlich unterlassen, sich ihm noch einmal auf so gefährliche Art zu nähern. Aber das interessierte sein dummes Herz bedauerlicherweise überhaupt nicht.

Er würde zu ihr gehen, sie um Verzeihung bitten. Und darum, ihn sich aus dem Kopf zu schlagen.

Alles Ausreden, dachte er, während er sich erhob und seine Hose wieder in Ordnung brachte und schnürte. *Du willst bei ihr sein*.

Er spielte mit dem Feuer. Vielleicht fühlte sich deshalb alles an ihm so hitzig und benommen an. Doch als er die Zeltklappe zurückschlug, die kalte Nachtluft sein Gesicht traf und er die ersten tiefen Atemzüge nahm, klärte sich sein Kopf. Ja, er glaubte, zu ihr gehen und bei ihr sitzen zu können, ohne noch einmal über sie herfallen zu müssen. Hoffentlich erging es ihr ähnlich.

Aber wo war sie?

Er sah einen Schatten, der sich beim Näherkommen als

Sverri entpuppte. Wenigstens der gutmütige Sverri, von dem er hoffen konnte, dass er sich Spott verkniff.

Sverri deutete in eine Richtung entlang des Wassersaums. »Da ist sie lang«, brummte er, schlug ihm auf den Rücken und stapfte weiter, um seine Runde zu drehen.

»Danke«, murmelte Rouwen.

Die Nacht war sternenklar. Eine sanfte Brise ließ Rúnas Haare wirbeln, und die Dünung des Hochwassers schwappte sacht bis fast an ihre Füße. Sie saß auf dem Findling am Wasser, der ihr schon vorhin als Zuflucht gedient hatte. Sie sagte sich, dass es besser wäre, sich schlafen zu legen, doch sie war hellwach. Wie sollte es auch anders sein? Sie hatte soeben die schlimmste Niederlage ihres Lebens eingesteckt. Der Mann, den sie liebte, hatte sie zurückgewiesen. Und ihr Inneres fühlte sich aufgerissen, ausgehöhlt, geschwächt und erniedrigt an.

Sie versuchte die Lage auf ganz vernünftige Art zu erfassen: Wie laut war sie eigentlich gewesen, und was mochten die anderen mitbekommen haben? Wegen Sverri oder Hallvardr machte sie sich keine Sorgen. Was aber, wenn es ihrem Vater zu Ohren kam? Er würde sie durchschütteln und sich gewiss fragen, ob eine so törichte Frau tatsächlich dereinst die Yoturer anführen konnte.

Und dann besäße sie gar nichts. Nicht Rouwens Liebe, nicht den Respekt ihres Vaters.

In Gedanken sah sie sich schon fortwandern, irgendwohin, wo niemand sie kannte. Schließlich hatte sie ja die Welt sehen wollen ... Aber was sollte in der Ferne aus ihr werden? Dass es nicht leicht werden würde, hatte ihr der Ausflug nach Eastfield gezeigt. Für Frauen, die mit dem Schwert umgehen konnten, hatte die christliche Welt keine Verwendung. Als Frau musste sie niedere Arbeiten tun oder einen Mann finden. Aber wie sollte sie den finden, da ihr Herz vergeben war? Also würde sie auf den Hjaltlandinseln bleiben, Yngvarr zum Mann nehmen, dem Vater eine gute Tochter sein und dem Stamm eine gute Führerin.

Und sie würde Rouwen vergessen.

Sie starrte auf die See hinaus, auf die unendliche schwarze Fläche und den nicht gar so schwarzen Himmel mit seinen unzähligen Sternen. Sie lauschte auf das rhythmische Rauschen und das Rascheln der Gräser und des Schilfs im Wind.

Ich könnte ihn nie vergessen.

Ich will ihn. Ich brauche ihn!

Könnte sie doch nur diese unsinnige Angst um sein Seelenheil aus seinem Herzen verbannen! Aber wie, wenn es ihr schon nicht gelungen war, ihn zu verführen? Bliebe ihr etwa nur, ihn mit dem Messer an der Kehle zu seinem Glück zu zwingen? Ja, sobald er sich ihr unterworfen und ihr gegeben hatte, was sie so sehnlichst verlangte, würde er sich in sein Schicksal fügen. Dann vielleicht sogar begreifen, dass es besser war, und seine lästige Mönchsvergangenheit abwerfen …

Aber konnte ein Mann überhaupt zum Liebesakt gezwungen werden?

Unsinn, alles Unsinn.

Sie meinte Schritte zu hören. Oder war es nur ein Tier, das hinter ihr im Schilf raschelte? Nein, der hochgewachsene Schemen eines Mannes kam auf sie zu. Im ersten Augenblick glaubte sie, es sei Yngvarr. Er hatte ihr und Rouwen gelauscht und wollte sie jetzt zur Rede stellen. Oder ihr auf andere, unmissverständliche Art zeigen, zu wem sie gehörte.

Sie fasste an ihre Seite und stöhnte leise. Natürlich, sie war immer noch unbewaffnet. Sie machte sich zum Aufspringen und Fortlaufen bereit. Da erkannte sie ihn – es war Rouwen. Rouwen! Er suchte sie. Er kam zu ihr. Sie unterdrückte das Verlangen, ihm entgegenzulaufen, und richtete sich kerzengerade auf.

»Rúna?«

»Ich bin hier.«

Sein Schatten wuchs über ihr auf. Ihre Nasenflügel blähten sich – sie nahm den schwachen Hauch von männlicher Begierde wahr, die noch an ihm haftete. Falls sie sich das nicht einbildete. Sie rückte ein Stück beiseite, damit er sich zu ihr auf den Stein setzen konnte. Als seine Hüfte gegen ihre drückte, musste sie sich beherrschen, sich nicht an ihn zu lehnen.

»Ist dir unter deinem Umhang nicht kalt?«, fragte er.

»Nein.«

»Das erstaunt mich immer wieder. Du hast auch nichts an den Füßen, oder?«

»Nein.«

Er rieb sich über die Unterarme. »Es tut mir leid, dass ich so grob zu dir war.«

Sie hielt den Atem an. Doch er schwieg.

»Rouwen«, murmelte sie. Wäre es hell, so könnte er gewiss sehen, dass ihr Gesicht rot angelaufen war. »Ich weiß nicht, was da über mich gekommen ist.« *Eigentlich weiß ich das ganz genau*. »Es hätte … nicht …«

»Schon gut, Rúna. Schon gut. Du kannst das alles nicht wissen.«

»Was ein Mönch ist, weiß ich durchaus.«

»Nein, ich meine …« Er legte die Unterarme auf die Knie, ließ den Kopf hängen, sodass sie am liebsten in sein Haar gefasst und ihn sanft gestreichelt hätte. »Du hast etwas gesagt, das mich an meinen Vater erinnerte. Es waren ganz genau die gleichen Worte.«

Sie überlegte, was sie gesagt hatte. »Dass du … kannst? Etwas kannst?«

»Ja.«

»Was denn, bei Thor?«

»Na, ein Mönch werden!« Er warf die Hände hoch und ließ

sie auf die Schenkel klatschen. »Ich war zehn Jahre, in einem Alter, in dem man längst hätte Knappe sein sollen. Mein Vater wollte mich zu einem befreundeten Adligen schicken, um bei ihm das Ritterhandwerk zu erlernen. So ist es ja üblich. Mit ihm wäre ich auf Turniere und in Schlachten gezogen. Ich hatte noch zwei ältere Brüder, die in jenem Jahr gestorben waren. John bei einem Turnier, und Cyneward erlag einem Fieber. Ihr Tod hatte meinen Vater zu einem harten Mann und meine Mutter zu einer ängstlichen, stillen Frau gemacht. Gott sollte versöhnt werden, und zwar mit dem Jüngsten, Aelfred. Er sollte ins Kloster gehen. Er war dafür auch wie geschaffen; er war mit schwachen Beinen gestraft, aber mit einem hellen Kopf gesegnet. Den lieben langen Tag hielt er sich in Vaters Bibliothek auf.«

Sie fragte sich, ob Rouwen zuvor jemals so viel gesprochen und seine Stimme je so wehmütig und weich geklungen hatte. Er musste seinen kleinen Bruder sehr geliebt haben.

Täuschte sie sich, oder rann eine Träne seine Wange hinunter? Sie wartete, dass er sie wegwischte, doch das tat er nicht. Sein Blick schien am Horizont zu haften.

Als er weitersprach, klang seine Stimme gepresst. »Es war ein Unfall. Aelfred und ich tobten in der Bibliothek. Ich weiß noch, dass ich mich freute, weil er selten herumtollte. Wir rauften, wir stießen einen Stuhl um, dann einen Kerzenständer. Er war aus Eisen, fast mannshoch ... Er fiel auf Aelfred. Ich hatte Mühe, das Ding von ihm herunterzuheben. Er lag ganz starr. Seine Stirn war blutig. Es geschah so schnell, dass ich es bis heute nicht recht begreife. Manchmal frage ich mich, ob ich es mir nicht einbilde, je einen kleinen Bruder gehabt zu haben.«

Er räusperte sich. Seine Stimme war rau; Rúna konnte förmlich spüren, welche Kraft es ihn kostete, gefasst zu klingen. Schließlich wagte sie es und legte eine Hand auf seine Schulter. Er zuckte kurz, hielt aber still.

»Danach geschah lange Zeit nichts«, fuhr er fort. »Ich ging nicht fort. Kälte legte sich auf unsere Burg. Es war, als wäre der Winter eingezogen. Nach einigen Monaten eröffnete mir mein Vater, was er sich für mich ausgedacht hatte. Zur Buße. Weil Gott es so wolle. Und um mein Leben zu schützen, von dem er dachte, dass es irgendwann auch ausgelöscht würde. Ich sollte in die Komturei von ...« Er stockte, besann sich offenbar im letzten Augenblick darauf, seinen Heimatort nicht preiszugeben. Sein Misstrauen versetzte ihr einen Stich, auch wenn sie sich sagte, dass es nur vernünftig von ihm war.

»Was ist eine Komturei?«

»Eine Niederlassung des Templerordens. Ein Kloster. Ich war entsetzt; ich hatte mir so etwas niemals für mich vorstellen können. Dass ich dort die Kampfkunst besser als anderswo erlernen konnte, tröstete mich nicht über die Tatsache hinweg, ein so streng geregeltes Leben führen zu müssen. Ständig beten, in Gemeinschaftsräumen schlafen, nichts besitzen dürfen, für alles und jedes Rechenschaft ablegen müssen! Der Kirche und dem Papst unterstehen! Das alles fand ich furchtbar, und dabei dachte ich in diesem Alter noch nicht einmal an das Einschneidendste: niemals eine Frau haben zu dürfen.«

Er rieb sich über das Gesicht. Dann legte er flüchtig eine Hand auf ihre und zog sie wieder zurück. Seltsam, wie anders ihr Beisammensein jetzt war ... So, stellte sie sich vor, müsse es zwischen einer Frau und einem Mann sein, die bereits lange Jahre zusammen waren.

Ich will das auch, dachte sie inbrünstig. *Mit ihm und keinem anderen*.

Sie schüttelte den Kopf. Es war nicht möglich.

»Was hast du dann getan?«, fragte sie.

»Mich geweigert. Aber was nützt das einem Zehnjährigen? Vater schlug mich und ließ mich kurzerhand ins Verlies hinab. Zwei Tage und zwei Nächte musste ich dort zubringen. Danach war mein Wille gebrochen. Ich ging zunächst wie vereinbart in die Lehre. Nach der Schwertleite schenkte mir mein Vater die Ausrüstung und drei Pferde. Als Ritter trat ich in den Templerorden ein. Als ich nach der Probezeit das Gelübde ablegen sollte, habe ich kurz erwogen, einfach fortzureiten. Ich hätte als Edelknecht mein Auskommen finden können. Aber die Schuld meinem Bruder und meiner Familie gegenüber wog schwer. Das ist nun etwa fünf Jahre her. Ich gewöhnte mich ans Ordensleben und das anstrengende Leben eines Mönchsritters. Ich glaubte mich damit versöhnt. Bis ich dich traf, Rúna.«

Sie dachte an seine unerträgliche Sturheit. Als Junge hatte er sich standhaft geweigert, die seinem Bruder zugedachte Rolle zu übernehmen. Bis sein Vater ihn gebrochen hatte. Nun weigerte er sich ebenso standhaft, seine Schwüre als Mönch zu brechen. Nun, das Weigern eines Kindes war eines – die Entschlossenheit eines gestandenen Mannes etwas ganz anderes.

»Irgendwie erging es mir ganz ähnlich«, murmelte sie schließlich.

»Tatsächlich? Wie meinst du das?«

»Naja«, sie knabberte nachdenklich an ihrer Lippe. »Arien ist auch nicht der erhoffte stattliche Sohn geworden. Ich muss an seiner statt die Last eines Kriegers und Häuptlingsnachfolgers tragen, was ich für meine Bestimmung hielt. Bis ich dich traf.«

Sie schwiegen einvernehmlich.

»Was machen wir denn jetzt?«, fragte sie.

Er schüttelte stumm den Kopf und legte den Arm um sie. Sie bettete den Kopf an seiner Schulter. Ja, das tat gut. Jetzt durfte sie nur nicht den Fehler machen, über die Zukunft nachzugrübeln. Das konnte sie morgen noch tun.

14.

Rúna hatte bei Rouwen gesessen, bis sich der Himmel zu röten begann. Schweigend. Und schweigend hatte sie sich von ihm verabschiedet. Wenigstens eine Stunde wollte sie noch in ihrem Zelt schlafen.

Als sie sich dem Lager näherte, kam eine Gestalt, schnell wie ein Pfeil, aus der Düsternis auf sie zu und griff nach ihr. Yngvarr. Hatte er ebenfalls die ganze Nacht kein Auge zugetan?

»Rúna«, zischte er. Sein Atem roch nach Bier, als habe er seinen Ärger ertränken müssen. »Was tust du hier?«

»Zu meinem Zelt gehen, das siehst du doch.«

Er schüttelte ihren Arm. Schmerzhaft bohrten sich seine Finger in ihr Fleisch, doch sie wagte es nicht, ihn abzuschütteln, aus Furcht, er sähe, dass sie unter dem Umhang nackt war. »Du weißt ganz genau, was ich meine! Du warst bei ihm im Zelt! Und dann hast du ewig irgendwo da draußen mit ihm gesessen. Ich hätte mit dem Schwert dazwischengehen sollen! Damit du begreifst, zu wem du gehörst. Zu mir!«

»Das traue ich dir zu.«

»Eben. Weil ich ein Krieger bin, ein Mann, wie er sein soll.«

Das ist Rouwen dreimal mehr – das eine wie das andere, dachte sie.

»Ich bin ein Mann unseres Volkes«, redete Yngvarr weiter auf sie ein. »Ein Nordmann, ein Wikinger. Und was ist er? Ein Feind. Und du vertraust ihm! Du musst wahnsinnig sein.«

»Er ist ein Ehrenmann, Yngvarr. Es mag ja sein, dass du ihn nicht magst, und das verstehe ich. Aber er wird uns nicht in den Rücken fallen.«

»Vielleicht nicht, vielleicht doch! Ich rechne mit allem. Du aber bist eine Frau, die nicht mehr klar sehen kann …«

Sie riss sich los und ging ohne ein Wort davon.

»Rúna!«, brüllte er hinter ihr her.

Dieser Schreihals! Musste er das ganze Lager aufwecken? Noch lagen die Männer im Schlaf, bis auf jene, die Wache hielten. Wenigstens verfolgte er sie nicht. Sie erreichte ihr Zelt, nickte Hallvardr zu, der Sverri abgelöst hatte, und hob die Zeltklappe. Da sah sie, wie sich die ihres Vaters öffnete. Baldvin trat aus seinem Zelt und marschierte auf sie zu, als habe er nur darauf gelauert, dass sie endlich zurückkäme. Noch ein Tadel; sie ahnte es. Über Yngvarrs Einmischung war sie zornig, doch vor dem Vater konnte sie nur den Blick zu Boden heften. Da er kleiner als sie war, musste sie den Kopf dazu tief senken. Sie kam sich vor wie ein dummes Gör.

»Rúna, Tochter, mein Wirbelwind.« Er legte eine Hand auf ihre Schulter und dann an ihre Wange. Sofort schossen ihr ungewohnte Tränen in die Augen, obwohl sie nicht so recht wusste, weshalb. »Ich halte große Stücke auf dich, das weißt du. Auch dann noch, wenn du etwas, nun, Unbedachtes tust. Trotzdem mache ich mir Sorgen.«

Sie wollte einwenden, dass er das nicht musste. Aber wäre das nicht gelogen? An seiner statt würde sie sich ebenso sorgen.

»Ich vertraue dem Engländer, doch nur, weil ich ihn zur Treue gezwungen habe. Du aber tätest es wohl auch so, fürchte ich. Und das ist dumm. Das ist dir hoffentlich klar, oder?«

Sie schluckte und nickte. Inzwischen schmerzten ihre Finger von der Mühe, den Umhang vorne zusammenzuhalten.

Ihr Götter, wie viel hatte er von dieser Nacht mitbekommen? Hatte Yngvarr ihm irgendetwas gesagt? Sie wagte nicht zu fragen. Ein Wunder, dass sie ungestört bei Rouwen hatte sitzen können! Zweifellos waren Yngvarr und Baldvin stundenlang Kreise gelaufen, hatten überlegt, ob sie dazwischenplatzen sollten, und sich dabei wie Jagdhunde an unsichtbaren Ketten gefühlt.

Noch einmal klopfte er ihr auf die Schulter, dann wandte er sich mit einem entsagungsvollen Vaterblick ab. »Schlaf noch ein wenig. Nachher bringen wir Odin ein großes Opfer dar.«

Er kehrte in sein Zelt zurück und verschloss die Klappe. Rúna musste tief Atem holen; sie hatte ihn, so schien es ihr, die ganze Zeit angehalten. Die Müdigkeit war verflogen. Wenn sie jetzt in ihr Zelt ging, würde Arien womöglich mit seiner altklugen Art ins gleiche Horn stoßen. Das fehlte ihr noch!

Sie beschloss, ganz auf Schlaf zu verzichten und stattdessen einen der Männer von seinem Wachposten abzulösen. Rasch schob sie sich ins Zelt, erleichtert, dass Arien noch schlief, raffte mit einem Griff ihr Kleiderbündel, die Stiefel und Falkenkralle und kleidete sich im Schatten des Zeltes an.

Pater Alewold schlotterte noch immer unter seinen Decken. Der arme Kerl ließ sie an einen Welpen denken, der unsinnigerweise im Freien angekettet war. Sie holte eine Tonflasche Met und rüttelte ihn an der Schulter. Leise aufkeuchend ruckte er hoch.

»Sind alle Mönche so kälteempfindlich? Ich hörte, ihr haust in eiskalten Zellen. Hier«, sie hielt ihm die Flasche vor die Nase. »Davon wird dir warm.«

Er setzte sich auf. Kurzerhand hielt sie ihm die Öffnung an den Mund, da er es mit seinen gebundenen Händen nicht selbst tun konnte. Er versuchte den Kopf zu schütteln, aber sie ließ nicht locker. Endlich trank er.

»Frau«, schnaufte er erschöpft, als sie die Flasche absetzte. »Das ist ein Sündengetränk!«

»Rede kein dummes Zeug. Du bist so durchgefroren, dass du niemals mehr warm wirst, es sei denn, du nimmst noch ein paar ordentliche Schlucke.«

Sie versorgte ihn noch einmal. Der Met lief sein Kinn hinab. Erst als er hustete, setzte sie die Flasche ab.

»Danke, aber das reicht jetzt wirklich.« Er stieß auf. »Es schmeckt sündhaft gut.«

»Ihr Mönche seid alle besessen von der Sünde, oder?« Wenn er wüsste, was sie mit Rouwen – seinem Bruder gewissermaßen – getan hatte, würde er sich wohl vor Entsetzen in Luft auflösen. Konnte er etwas mitbekommen haben? Vermutlich nicht, Rouwens Zelt stand zu weit entfernt.

Sie setzte sich zu ihm. »Was passiert mit einem Tempelritter, wenn er sich zu einer Frau legt?«

Im beginnenden Tageslicht konnte sie sehen, wie er errötete. »Frau, warum ...«

»Keine Ausflüchte, ja?« Sie rüttelte ihn an der Schulter. »Sag schon.«

»Er muss Buße tun.« Seine Stimme war so leise, dass sie nah an ihn heranrücken musste, was ihn vor Schreck noch leiser werden ließ. »Das legt der Beichtvater fest, ein Kaplan; das ist, so viel ich weiß, ein Älterer, ein ehemaliger Ritter.«

»Und dann?«

Er zuckte die Achseln. Oder fror er etwa immer noch? Sie gab ihm noch einmal zu trinken, und dieses Mal wehrte er sich nicht mehr.

»Also?«

»Ja, ich weiß es nicht, ma dame. Ist er reuig? Dann fällt die Strafe milde aus. Doch kann er von der Frau nicht lassen? Dann droht die Exkommunikation.«

»Was ist das?«

»Er wird von der Gemeinschaft ausgeschlossen. Das heißt, nicht allein von der Gemeinschaft der Mönche, sondern von allen Christen. Er kann dadurch sein Seelenheil verlieren.«

Ah, der Met machte ihn redseliger. Gut. »Wir glauben, dass alle Toten an denselben Ort kommen, ins Reich Hel. Dort soll es nicht schön oder schlimm sein, es ist einfach so. Ein Krieger gelangt nach Walhall, und ein besonders bösartiger Mensch nach Niflheim. Ein solcher muss Angst um sein … Seelenheil haben.« Das ungewohnte Wort kam ihr etwas zögernd über die Lippen. »Und du glaubst, dass das mit Rouwen geschehen könnte? Weil er eine Frau liebt?«

Er verzog das Gesicht. »Nur Heiden können solche Fragen stellen.«

»Verzeih«, sagte sie säuerlich. »Aber in meiner Heimat konnten die Christenpriester nicht richtig Fuß fassen. Daher habe ich nie mehr als einen Fetzen hier und einen Fetzen da gehört. Außerdem muss es mich ja nicht kümmern, ich bin keine Christin. Ich glaube …«

»Alle Menschen können ihr Seelenheil verlieren!«, unterbrach er sie inbrünstig. »Und alle, die sich vom Licht Gottes nicht anlocken lassen, werden in ewiger Finsternis enden. Was du glaubst, ist dabei völlig unerheblich!«

»Ich glaube, dass ich in Walhall einziehen werde. Berühmte Krieger werden mich empfangen und in ihre Mitte geleiten. Und dann werden wir feiern bis zur Götterdämmerung.«

»Ja, ich weiß, die gefallenen Helden feiern mit Met und Frauen. Dieser Met ist wirklich ein Teufelszeug. Was willst du denn dort in … in Walhall anfangen als Frau? Mit den anderen Frauen tanzen? Bis in alle Ewigkeit?«

Sie runzelte die Stirn. »Es sind genügend Krieger dort, das sagte ich doch.«

»Aber ich dachte, du liebst Rouwen. Er wird jedenfalls nicht dort sein. So wie er flucht, sollte er aber auch aufpassen, dass er das Himmelstor nicht verfehlt. Er hat sogar bei der Beichte geflucht!« Er lachte. Wahrhaftig, er lachte; der Met hatte eine Wirkung auf ihn, die sie überraschte. Am liebsten hätte sie ihm eine Ohrfeige verpasst, die ihn wieder zur Besinnung brachte.

»Na, wenigstens frierst du nicht mehr«, fauchte sie.

»Ich glaube, dieser Mann wird niemals sein Seelenheil verspielen. Jeder andere, aber nicht dieser!«, rief er glucksend. »Niemals, niemals, ma dame!«

»Ich hab's begriffen! Ich bin eine böse Heidin, und er ist ein guter Christ.«

»Genau!«

Wütend warf sie eine der Decken über ihn, sprang hoch und stapfte zurück in ihr Zelt. Diese Christen waren ja alle verrückt! Besessen von ihrer Angst vor der Sünde und dem damit verbundenen Verlust des ›Seelenheils‹. Und sie – sie musste sich davor fürchten, dass der Mann, der einst in Walhall an ihre Seite treten würde, um mit ihr zu tanzen und zu feiern, nicht Rouwen, sondern Yngvarr war. O Freya, welch eine verzwickte Lage!

»Also, einen Schwur zu brechen, das ist eine Sünde, ja?« Rúna rüttelte den Mönch an der Schulter, damit er sich aufrichtete. Er tat es stöhnend. Sein Gesicht war grau.

Sie waren vor ein paar Stunden aufgebrochen, um auf dem Fluss Eye Water ins Landesinnere vorzustoßen. Ihr Vater hatte beschlossen, Ian MacCallums Angebot zu trauen. Schließlich diente ihnen Athelnas Leben als Unterpfand. Nun befanden sie sich auf dem Weg zum Treffpunkt mit MacCallums Führer. Dem Mönch bekam die Fahrt auf dem Schiff offensichtlich nicht allzu gut.

Er blinzelte sie träge an, bevor er antwortete. »Natürlich, ma dame.«

Rúna überlegte. In den letzten Stunden hatten ihre Gedanken immer dieselben Bahnen gedreht, wie die Himmelskörper. Sie hoffte, dass ein weiteres Gespräch mit dem Mönch ihr weiterhalf. »Sind alle Sünden gleich?«

»Nein. Es gibt lässliche und schwere Sünden.«

»Was ist denn eine schwere Sünde?«

»Jemanden töten natürlich.«

»Und eine ganz besonders schwere?«

Ermattet schloss er die geröteten Augen. »Ehebruch zum Beispiel. Die Heilige Schrift sagt ja sogar, dass allein der Gedanke daran so schlimm ist, als hätte man es schon getan.«

»Das ist schlimmer, als jemanden umzubringen?«, fragte sie fassungslos.

»Habe ich das gesagt?« Alewold griff sich an den Kopf. »Mir platzt der Schädel; bitte dränge mir nicht schon wieder einen theologischen Disput auf, ma dame!« Er warf sich wieder nach vorne und beugte sich über die Bordwand.

Ein starker Wind ließ das Schiff auf dem Wasser tanzen. Auch wenn es Rúna drängte, Antworten auf ihre Fragen zu finden, damit sich die Verwirrung in ihrem Kopf löste, beschloss sie, dem Mönch Ruhe zu gönnen. Sie wanderte auf dem Deck hin und her, wo sich die Männer mit ihren starken Armen ins Zeug legten, die *Windjägerin* den Fluss hinaufzubringen. Alle wirkten angespannt; jeder schien darüber nachzugrübeln, ob eine Falle auf sie wartete. Wie gewohnt stand Rúnas Vater auf der Ruderplattform, und Arien, dick in einen Umhang gehüllt, betrachtete das vorbeiziehende Land. Die Ufer waren von sumpfigen Waldstreifen gesäumt, hinter denen das saftige Frühlingsgras der Äcker und Weiden leuchtete. Dahinter erstreckten sich Hügelketten, auf deren Kämmen Nebel lag. Es war schwer zu sagen, wie hoch sie sein mochten oder wie weit entfernt. Rúna wusste nur, dass Schottland insgesamt sehr bergig sein sollte, obwohl das an der Küste bisher nicht zu sehen gewesen war. Baldvin hatte ihr erzählt, dass Wilhelm der Raue, der König Schottlands, nach einer Schlacht in englische Gefangenschaft geraten war. Er hatte den König von England als seinen Herrn anerkennen und für die Kosten der englischen Besatzer aufkommen müssen. Ein Engländer wäre bei der Bevölkerung demnach nicht wohlgelitten, aber ob das der Grund für Rouwens trübselige Miene war?

Wohl eher nicht.

Er saß wie die anderen am Riemen und schaute so verkniffen, als müsse er das Ruderblatt durch dicken Schlick bewegen. Die Schilde hatte man von der Reling und den Drachenkopf vom Bugsteven genommen, damit das Schiff keinen feindlichen Eindruck machte. Das gestreifte Rahsegel lag zusammengerollt an Deck, der Mast war umgelegt. Trotzdem wirkte die *Windjägerin* allein durch ihre schnittige Bauweise fremdartig, und hier und da konnte man einen Fischer in seinem Boot oder Frauen sehen, die am Ufer Wäsche wuschen; sie hielten in ihren Tätigkeiten inne und glotzten erstaunt.

In früheren Zeiten wären sie schreiend davongelaufen, dachte Rúna. *Ich bin zu spät geboren, in einer Zeit, in der sich alles längst vermischt hat. Früher hätte ich mir keinen Kopf um einen Mann machen müssen, dem die Sündenstrafe im Nacken sitzt.*

»Wie sieht denn das ewige Leben für einen im Kampf gefallenen englischen Ritter aus?«, stellte sie nun doch die nächste Frage. Ihr zielloses Umherstreifen hatte sie wieder an die Seite des Mönchs geführt.

»Wer in den Himmel kommt, wird ein weißes Gewand tragen und auf ewig Gott preisen«, erwiderte er. Ein seliges Lächeln milderte die Qual in seinem Gesicht.

»Das klingt aber nicht sehr erstrebenswert.«

Sofort verdüsterte sich seine Miene. »Paulus sagt, dass das irdische Dasein eine Zeit des Leidens ist, im Vergleich zur Herrlichkeit später.«

Paulus, ah ja. Das war auch so ein Missionar gewesen, wenn sie sich recht erinnerte. »Ich ziehe es vor, auch in der Ewigkeit mein Schwert am Gürtel zu tragen. Ein weißes Gewand mag dir ja stehen, mir aber nicht, und Rouwen auch nicht.«

Sie dachte daran, wie sie am Morgen vom Opferplatz zurückgekehrt war. Sie hatte Falkenkralles Klinge in das Blut des in der

Umgegend geraubten und von Baldvin getöteten Pferdes getaucht, wie auch die anderen Schwertmänner. Zurück im Lager hatte Rouwen sie auf eine seltsame Art angesehen. Ein bitterer Ausdruck lag in seinen Augen, und sein schöner Mund war verkniffen. Er hatte begriffen, was sie getan hatte – und sich abgewendet.

Heftig sehnte sie sich danach, wieder an seiner Seite zu sitzen. So sehr, dass sie die Hände zu Fäusten ballen und die Nägel tief in ihre Handflächen graben musste, um nicht zu ihm zu gehen.

Allvater Odin, Mutter Freya, hatte sie während des Opfers in Gedanken gefleht. *Helft mir, dieser Verstrickung zu entkommen. Lasst mich mit Rouwen zusammenkommen – oder reißt diese Liebe aus mir heraus!*

Ein Dorf kam in Sichtweite. Der Treffpunkt. An einem wacklig wirkenden, von Vogelkot übersäten Steg lagen mehrere Boote unterschiedlicher Größe. Enten hockten auf den Bohlen und hüpften schimpfend nacheinander ins Wasser, als der Reiter, der am Rande einer Kuhwiese gewartet hatte, sein Pferd gemächlich heranschreiten ließ. Er hob die behandschuhte Hand zum Gruß. Dies war offensichtlich der Führer, der sie zu der Burg bringen sollte, in der sich Bruder Oxnac versteckt hielt. Stolz, diese Abmachung mit dem Earl getroffen zu haben, stand Yngvarr an der Reling. Als einziger der Männer hatte er, von Baldvin abgesehen, nicht gerudert, sondern sein Kettenhemd poliert, damit es glänzte. Unter dem Arm trug er einen Brillenhelm; an seinem Gürtel hingen sein Schwert und das lange Kampfmesser, das einmal Rouwen gehört hatte.

»Gott zum Gruß!«, rief der Schotte.

»Odin sei mit dir!«, erwiderte Yngvarr.

Auch Baldvin hatte sich gerüstet. Im Gegensatz zu Yngvarr sah er jedoch keine Notwendigkeit, sich zu brüsten, und er bewegte so geschickt wie gelassen die Ruderpinne, um den Ruderern zu helfen, das Schiff an den Steg zu bringen. Ein paar Männer sprangen auf, um ein Seil um die Pfosten zu werfen und die Laufplanke über die Reling zu schieben. Rúna hielt den Atem an, als Yngvarr Anstalten machte, als Erstes darüber hinwegzulaufen. Doch er besann sich und trat zurück, um seinem Häuptling den Vortritt zu lassen.

Ihr Herz quoll über vor Stolz, als ihr Vater in seinem prächtigen Schuppenpanzer vor den hoch zu Ross wartenden Schotten trat und höflich eine Hand hob. Der Mann sprang von seinem Rappen, und die Männer umfassten ihre Unterarme. Baldvin war anderthalb Köpfe kleiner als der kräftige Schotte, dafür sah er jünger aus. Das Gesicht des anderen war von Falten und Pockennarben übersät; seine Stirn zog sich bis zum Hinterkopf und endete in langen grauen Strähnen. Als er lächelte, entblößte er drei verbliebene Zähne. Doch auch er war gerüstet und bewaffnet, und er sah aus wie einer, der schon viele Schlachten überstanden hatte. Über dem Kettenhemd trug er einen weißen Umhang mit einer kostbaren Rundfibel.

»Mein Name ist Angus, ich diene Lord Ian MacCallum als Edelknecht«, sagte er freundlich und mit einer eigentümlichen Aussprache. »Als er mir erklärte, mit welcher Aufgabe er mich betraut, wollte ich es nicht so recht glauben. Ihr seid tatsächlich Wikinger?« Bevor Baldvin antworten konnte, fiel Angus' Blick auf Rúna. »Heilige Notburga! Und bei euch stehen die Weiber nicht am Herdfeuer, wie es scheint.«

Rúna hatte auf ihr Kettenhemd verzichtet, um nicht noch mehr aufzufallen, als sie es ohnehin tat. Sie trug eine ihrer Hosen aus weichem Hirschleder, pelzverbrämte Stiefel und eine blaue, knielange Tunika. An ihrem Gürtel hingen Falkenkralle und der Sarazenendolch, an ihrem Rücken lag der Köcher mit den Pfeilen, und ihren Bogen hielt sie in der Hand. Ihre Arme waren ganz nach Kriegerart mit silbernen Reifen geschmückt. Das einzige Zugeständnis an ihre Weiblichkeit war die Kette mit dem Kristall, der zwischen ihren Brüsten hing. Sie wusste selbst nicht, warum sie dieses Schmuckstück gewählt hatte. Weshalb sie es überhaupt mitgenommen hatte. Vielleicht, um Rouwen ein Zeichen zu geben, dass sie gerne die Seine wäre ...

Der schottische Edelknecht schüttelte noch einmal den Kopf, dann riss er sich von Rúnas Anblick los. »Ich bin hier, um Euch zu Bruder Oxnac zu führen, Herr Baldvin«, versicherte er ihrem Vater. »Mein Herr erklärte mir, dass er die Fehde beenden will, weil er sich nach seiner Tochter sehnt und eingesehen hat, wie schlimm die Tat des Mönchs war. Ich soll Euch sagen, dass er all das zutiefst bedauert. Wie geht es Lady Athelna?«

Baldvin nickte. »Gut, mein Wort darauf. Wie weit ist es bis zu Oxnacs Versteck?«

»Da ihr keine Pferde habt ...«, der Edelknecht ließ den Blick über die Besatzung schweifen. »Nun, morgen Abend dürften wir Burg Daenston erreicht haben. Ein Stück können wir weiter den Eye Water hinauffahren, danach müsst ihr laufen. Ich nehme mein Pferd mit, wenn's recht ist.«

Baldvin kehrte aufs Schiff zurück und nahm Rouwen beiseite. »Kann man ihm trauen?«, hörte Rúna ihn leise fragen.

Yngvarr, der nur drei Schritte entfernt stand, zischte: »Du fragst *ihn*?«

»Ich würde ihm nicht trauen«, sagte Rouwen. Es klang ein wenig, als meinte er Yngvarr.

Baldvin zwirbelte den sauber geflochtenen und mit goldenen Ringen geschmückten Bartzopf. »Wir nehmen ihn an Bord«, entschied er. »Und werden doppelt wachsam sein.«

Rouwen half dem Schotten, das Pferd – das ihr riesenhaft vorkam – über die Laufplanke zu führen. Frigg, die kleine Ponystute, war im Vergleich zu diesem schwarzen Berg aus Muskeln ein niedliches Schoßtier. Selbst Yngvarrs Schlachtross sah dagegen harmlos aus, und es war mit Abstand das größte Tier auf Yotur. Bewundernd sah Rúna zu, wie Rouwen das fremde Pferd handhabte. Ganz ohne Furcht. Er tätschelte den mächtigen Hals und scheute sich auch nicht, die Hand auf das Maul mit den kräftigen Zähnen zu legen und die zart wirkenden Nüstern zu streicheln. Er führte das Tier in die Mitte des Schiffes und band es am Kielschwein fest. Angus, der breitbeinig auf den Planken stand, sah ihm wohlwollend zu.

»Du verstehst dich auf Pferde.« Er schien zu überlegen, ob er fragen solle, wer der Fremde war, der sich durch seine gebräunte Haut und das Silberkreuz an seinem Hals so deutlich von den Wikingern unterschied. Doch dann entschied er sich offensichtlich, besser nicht zu erkunden, wie dieser Mann hierher geraten war.

Der Schotte fühlte sich unter den Kriegern scheinbar wohl; er schäkerte mit Arien, der sich in die schmale Brust warf und leidenschaftlich erklärte, diese Reise mitzumachen, um zu lernen. Angus' Lachen klang ähnlich wie das des Vaters, tief, rau und herzlich.

Die Mienen der Männer entspannten sich. Rúna dachte, dass sie sich, hätte sie an des Earls statt entscheiden müssen, wer die Wikinger in die Falle locken sollte, ebenfalls für einen solchen Mann entschieden hätte.

Lediglich Yngvarr blickte weiterhin so finster drein wie sonst auch.

»Rúna! Rúna! Sieh doch mal!« Es war Arien, der sie an der Schulter rüttelte.

Rúna setzte sich mit einem Ruck auf. Dann rieb sie sich den Schlaf aus den Augen. »Was ist denn?« Ihr tat der Rücken weh, als sei sie eine alte Frau. Sie streckte sich und betrachtete missmutig die Bordwand. Erschöpft von der schlaflosen Nacht hatte sie sich an den Rand der Ruderplattform gesetzt, die Beine baumeln lassen und die Schulter an die Bordwand gelehnt. Trotz der Müdigkeit hatte sie es wieder einmal bedauert, eine Frau zu sein, da sie nicht kräftig genug war, ihren Beitrag an den Riemen zu leisten. Rouwen schien den Schlaf nicht zu vermissen, denn er hatte so kraftvoll wie alle anderen gerudert. Irgendjemand – Sverri – hatte ein Lied angestimmt, und dann hatten sie der Rhythmus der Ruderblätter und die sanfte Schaukelei einschlafen lassen.

»Jetzt schau doch«, drängte Arien. »Da!« Er deutete ans Ufer. Eine schwarzgekleidete Gestalt lief über eine Wiese.

Rúna brauchte eine Weile, bis sie begriff: Die *Windjägerin* hatte am seichten Ufer festgemacht; Seile lagen um eine Ulme, die schräg über dem Wasser wuchs. Das Ende der Laufplanke lag auf einer sandigen Stelle, und dort hatten die Sandalen des Priestermönchs tiefe Spuren hinterlassen. Er hatte sich eine mit schmutzigem Gebüsch bewachsene Böschung hinaufgekämpft und flüchtete nun, das Gewand bis über die Knie gerafft.

»Wer hat ihn denn laufen lassen?«, begann sie noch ganz verwirrt. Da hörte sie Yngvarr brüllen.

»Warum hast du das getan, Engländer?« Er stieß Rouwen an der Schulter an. »Hast du deinen Schwur vergessen?«

»Den, dass ich mich nicht gegen euch stelle?«, schnaubte Rouwen. »Keineswegs.«

Rúna rappelte sich hoch, sprang von der Plattform und eilte auf die beiden Männer zu. Ihr entging nicht, dass Angus interessiert zusah. Sie drängte sich zwischen Yngvarr und Rouwen. »Ich habe Alewold gefangen, also ist es an mir, zornig zu sein«, fuhr sie Yngvarr an.

Alle starrten sie an, als warteten sie darauf, dass sie es nun würde. Sie drehte sich zu Rouwen um.

»Pater Alewold kann uns weder gefährlich werden, noch

kann er uns helfen«, erklärte er. »Daher habe ich ihn laufen lassen, sowie das Schiff angelegt hat.«

Insgeheim hatte ihr der arme Alewold längst leid getan, daher war sie ganz froh, dass er fort war. Außerdem war sie sein Gerede über verlorene Seelen leid. Also nickte sie brüsk. »Er war unnütz. Aber das nächste Mal frag vorher!«

»Gut«, schnaubte Baldvin, der sich die Sache mit ungeduldig verschränkten Armen angehört hatte. »Dann packt eure Sachen. Vier Männer bleiben beim Schiff, der Rest macht sich marschbereit. Arien, du bleibst hier.«

»Vater!« Arien drängelte sich zu ihm vor und sah anklagend zu ihm auf. »Was soll ich denn hier machen? Die Vogelnester im Schilf zählen?«

Er gab ihm eine sanfte Backpfeife. »Wir *laufen*, und zwar bis morgen Abend; ist das noch nicht zu dir durchgedrungen? Das ist zu viel für dich. Außerdem wissen wir nicht, was uns am Ziel erwartet. Es könnte gefährlich werden.«

»Aber hier in der Wildnis zurückzubleiben, ist doch auch gefährlich.«

»Sverri wird bei dir bleiben.«

Arien blähte die Backen. »Bitte!«

»Es ist nicht gefährlich«, warf Angus ein. »Außerdem kann er vor mir im Sattel sitzen.«

Baldvin ließ Arien los und warf dem Schotten einen durchdringenden Blick zu. »Schwöre bei deinem Gott und allem, was dir heilig ist, dass uns keine Hinterlist erwartet.«

Angus hob eine wuchtige, narbenübersäte Pranke. Fest sah er Baldvin in die wasserblauen Augen. »Ich schwöre es bei Gott und allen schottischen Heiligen.«

Sein Blick zuckte zu Rouwen, als dieser näher trat.

»Mir liegt schon seit gestern die Frage auf der Zunge, weshalb man Bruder Oxnac nicht einfach holt und Baldvin übergibt. Wozu die Mühe dieses Marsches?« Rouwen klang ganz entspannt, als wäre die Antwort auf diese Frage nicht weiter von Bedeutung. Aber Rúna sah die Anspannung hinter der gelassenen Miene.

Angus lächelte, doch seine Augen erreichte das Lächeln nicht. »Es wurde nicht nach ihm geschickt, um ihn nicht zu warnen. Wir müssen uns Burg Daenston vorsichtig nähern, damit er keine Gefahr wittert und flüchtet. So wie der da.« Er nickte in die Richtung, die Pater Alewold genommen hatte.

»Wem gehört diese Burg?«

»Sie ist des Lords Eigentum. Sie ist abgelegen und klein; früher, als er noch im Saft stand, hat er sie als Ausgangsbasis für Jagden in die umliegenden Wälder genutzt. Der englische König interessierte sich nie dafür, wie er auch MacCallum selbst in Ruhe gelassen hat, weil dieser ein Mann der Ehre und gottesfürchtig ist. Du bist Engländer, nicht wahr?«

»Allerdings.«

Angus' Lächeln wurde noch ein Stück breiter und kühler. »Dann verstehe ich dein Misstrauen. Aber wir sollten jetzt aufbrechen.«

Rúna nickte. Ja, sie sollten aufbrechen. Die Frage war nur, was sie am Ziel erwartete. Die lang erwartetet Rache? Oder der Tod?

15.

Wenigstens Arien hatte Grund zum Strahlen. Stolz saß er vor der wuchtigen Gestalt des Schotten auf dessen Schlachtross und blickte in alle Richtungen. Rúna freute sich, dass er keine Angst zeigte. Ihr fiel auf, dass er in letzter Zeit weniger gehustet hatte. Woran das wohl lag? Das Hasenohr trug er längst nicht mehr unter dem Ärmel. Vielleicht tat es ihm gut, dass sie den nassen Winter hinter sich hatten? Oder einfach, dass es, seit sie hier angekommen waren, noch nicht geregnet hatte? Die Wolken türmten sich zwar übereinander und zeigten alle Schattierungen von Grau, doch nur ab und zu spürte Rúna einen kleinen Tropfen im Gesicht. Sie war froh darum, denn das Laufen über saftige Wiesen oder schmale Wege, die hin und wieder von alten Wagenspuren durchzogen waren, war anstrengend genug. Liebend gern säße sie an Ariens Stelle dort oben auf dem großen Rappen.

Allerdings nicht mit diesem Schotten hinter sich. Wenn, dann mit Rouwen.

Recht häufig sahen sie Bauern auf den Feldern. Die Männer hatten sich ihre Tuniken zwischen den Beinen hindurchgezogen und in ihren Strickgürteln festgeklemmt, damit sie nicht störten. Die Frauen ebenso ihre Kleider. Sie richteten sich auf, wischten sich über die schweißfeuchten Gesichter und starrten auf den seltsamen Zug. Wirkten sie ängstlich? Das war auf die Entfernung nicht zu sagen.

»In früheren Zeiten hätten sie nicht so geglotzt«, hörte sie hinter sich Sverri in den Bart murmeln. »Da wären sie schreiend vor uns davongelaufen.«

»Ich fürchte, unsere Vorfahren lachen gerade in Walhall über uns«, brummte Gorun der Schiffsbauer.

»Keine Sorge, Männer.« Yngvarr, der vor Rúna lief, blickte über die Schulter. »Wenn das hier vorbei ist, suchen wir uns ein üppig bestücktes Kloster an der Küste und rauben es aus. Und du, Wirbelwind, kommst dann endlich zu einer richtigen Wikingfahrt.«

Baldvin sagte etwas wie »darüber reden wir, wenn es soweit ist«, und sie stellte fest, dass diese Aussicht sie nicht mehr so sehr freute wie früher. Vielleicht, weil sie bereits zwei Fahrten gemacht hatte und beide mehr als seltsam verlaufen waren. Die erste hatte mitten auf dem Meer ihr Ende gefunden, als sie Rouwen aufgelesen hatten, und diese hier ... Nun, die Götter mochten geben, dass sich diese Reise doch noch als eine entpuppte, von der man den Kindern am heimischen Herdfeuer gern und stolz erzählte.

Ihr kam Stígrs Prophezeiung in den Sinn – dass der Schaukampf mit Rouwen ihr Leben zum Guten beeinflussen würde. Wo war denn das Gute? Sie sah es weit und breit nicht. Nur Verwirrung.

Am Nachmittag gelangten sie an einen kleinen Fluss. Angus winkte einer Fähre am anderen Ufer, die sich sogleich in Bewegung setzte. Der Fährmann, ein kleiner geduckter Mann, dem das Haar aus Nase und Ohren spross, verbeugte sich tief vor dem wuchtigen Krieger und seinem ebenso eindrucksvollen Pferd. Die Wikingertruppe bedachte er mit ängstlichen und misstrauischen Blicken. Trotzdem setzte er sie ohne zu Murren über.

Auf der anderen Seite des Flüsschens erstreckten sich lichte Laubwälder. Hutewälder nannte man sie, erklärte Rouwen. Die Bauern jagten die Schweine zum Fressen hinein; dadurch verschwand das Unterholz, und man konnte ungehindert über Schichten alten Laubes hinweglaufen. Rúna gefiel diese Art von Wald. Auch wenn die Nebelschwaden, die hier und da hindurchwaberten, etwas Unheimliches an sich hatten. Als sie an einem alten Gemäuer vorüberkamen, das die Wurzeln der Eichen und Ulmen schon vor langer Zeit zum Einsturz gebracht hatten, jauchzte Arien auf.

»Das haben die Römer gebaut! Ganz bestimmt!«

»Stimmt«, bestätigte Angus und packte ihn am Gürtel, damit er nicht herunterrutschte. »Von dem Haus dort sagt man sich, es sei ein Bordell gewesen.«

»Was ist denn das?«

»Ein Freudenhaus.«

»Und was ist *das*?«

Die Männer lachten.

»Keine Sorge, du kommst bald in das Alter, in dem man herausfindet, was den Frauen Freude macht«, rief Sverri.

Angus erging sich in der Beschreibung eines Mosaiks, das sich angeblich dort unter den eingefallenen Mauern befände. Nachdem er ausführlich erzählt hatte, wie viel, genauer gesagt, wie wenig die Frauen darauf anhatten, ging auch Arien langsam auf, was ein Freudenhaus sein mochte. Er errötete, und Rúna bemerkte, dass auch Rouwen stur geradeaus starrte. Sie wusste selbst nicht, ob sie lachen oder sich ärgern sollte.

»Auf Burg Daenston gibt es auch ein Mosaik«, erklärte Angus. »Allerdings zeigt es bloß Jagdszenen. Lord MacCallum hat es einem Bischof abgekauft, und der wiederum hatte es von irgendjemandem geschenkt bekommen, der es auf seinem Grund und Boden ausgegraben hatte. Im Gegenzug, so hörte ich, bekam dieser seine ganzen Sünden vergeben. Drei Dörfer bezahlte MacCallum dafür und ließ es in die Wand eines der Turmzimmer einlassen.«

Wenigstens verging die Zeit über solches Geplänkel.

»Hier können wir übernachten«, sagte Angus Stunden später, als sie einen Bauernhof erreichten. Inzwischen war die Dämmerung hereingebrochen.

Rúna war froh. Ihr taten die Füße weh, und Arien war zusehends still geworden. Als Angus ihn in Rouwens Arme hinabgleiten ließ, keuchte er unterdrückt auf. Der Schotte saß ab und schritt mit Baldvin zu dem Bauer, der sich in seiner Tür aufgebaut hatte und die Neuankömmlinge feindselig musterte.

Behutsam stellte Rouwen Arien auf die Füße. Breitbeinig wankte der Junge auf das niedrige Haus zu.

»Da hilft eine Salbe aus Fett und Ringelblumen. Und Honig.« Rouwen schüttelte den Kopf, während er langsam neben Arien herging. »Hast du denn da oben gar nicht gemerkt, dass du dich wund reitest?«

»Doch, ein bisschen, aber bis eben dachte ich, es ist nicht so schlimm.« Arien biss sich auf die Lippen. Er bemühte sich sichtlich, keine Schmerzenslaute von sich zu geben. Rúna sah Tränen in seinen Augenwinkeln schimmern, die er tapfer herunterschluckte. Aufmunternd schlugen ihm Sverri und Hallvardr auf die Schultern, und er stieß hervor, dass es ja eigentlich überhaupt nicht schlimm sei.

»Mein Haus ist klein; ich habe ja kaum für mich und meine Familie Platz!«, drang die Stimme des Bauern an ihr Ohr. Er stand nach wie vor in der Tür und versuchte sich aufzuplustern, obwohl er so schmächtig wie der Fährmann war.

»Eine zähe Fledermaus«, brummte Yngvarr hinter ihr, und die anderen lachten. Ein Huhn lief gackernd zwischen den Beinen des Bauern heraus; es folgte ein dürrer, zotteliger Hund, den er rasch am Halsstrick festhielt.

»Und der da«, er deutete mit der freien Hand auf Rouwen, »der redet wie ein Engländer. Den nehme ich schon gar nicht auf.«

Angus holte tief Luft. »Lord MacCallum ...«

»Der Earl ist weit weg!«

»Du kleiner Wicht, sieh nach oben, es schüttet gleich wie aus Kübeln! Mach Platz und lass uns hinein!«, fauchte Angus.

»Ich denke nicht daran!«

Der schottische Edelknecht schien sich vor Zorn, dass sich ein so niedriger Mann seinen Wünschen nicht unterwarf, zu vergessen. Seine Pranke fuhr an das Schwert an seiner Seite. »Dann eben so, Freundchen.«

»Warte!«

Rouwen eilte auf die beiden zu. Der Bauer reckte sich – kaum standhafter als ein Schilfrohr im Wind, doch offenbar entschlossen, eher auf der Türschwelle zu sterben als sie hinein zu lassen. Hinter ihm, halb verborgen in der Düsternis des Hauses, sah Rúna das blasse, ängstliche Gesicht einer Frau.

»In mein Haus kommt kein Engländer«, verkündete der Bauer.

»Ich bin vor allem ein Armer Ritter Christi vom Tempel Salomons«, sagte Rouwen so ernst wie feierlich. »Im Namen Gottes bitte ich dich um deine Gastfreundschaft.«

»Du willst ein Tempelritter sein? Denen ein Obdach zu gewähren, ist die Pflicht eines jeden Christen. Aber du bist doch niemals …«

Rouwen schob den Ärmel seiner Tunika hoch, so weit, dass sein ungewöhnliches rotes Kreuz auf der Rundung der Schulter sichtbar wurde.

Dem Bauern entglitten die Gesichtszüge. Schließlich schaffte er es, seinen Mund wieder zuzumachen. Zu Rúnas Erstaunen verneigte er sich tief.

»Verzeiht mir, edler Herr. Damit hätte ich niemals gerechnet! Verzeiht mir! Betet für mich!«

»Das tue ich«, Rouwen legte eine Hand auf die dürre Schulter, und der Mann richtete sich wieder auf, gab dem Hund einen Klaps, sodass er fortstob, und trat zur Seite.

»Nicht zu fassen«, murmelte Yngvarr, als er an Rúna vorüber- und auf Rouwen zuschritt. »Ich habe schon auf den Tag gewartet, an dem du deinen Nutzen erweist, und hätte darauf geschworen, dass er nicht mehr kommt.«

Nacheinander traten die Männer ein. Der Bauer höchstselbst ging hinaus, um sich um das Pferd zu kümmern. Im Haus drängelten sich schüchtern die Frau und drei Kinder aneinander und starrten die zwölf Männer an. Rouwen versicherte ihnen, dass sie nichts zu befürchten hätten. Man würde sich in der Nacht im Stall zum Schlafen legen. Regen begann in diesem Moment auf die hölzernen Dachschindeln niederzuprasseln. Rúna war froh, dass sie sich in der Nähe eines fröhlich knisterten Herdfeuers auf eine Bank setzen konnte. Die Bauersfrau entdeckte sie erst jetzt und atmete sichtbar auf. Wie es schien, vertrieb Rúnas Anwesenheit die Furcht der Schottin – da sich eine Frau inmitten dieser Wikingerhorde befand, konnte es ja nicht so schlimm sein. Die Kinder schafften bald Käselaibe heran, und die Bäuerin füllte Humpen mit Ale und Bier und Schalen mit Gerstenbrei, den sie aus einem Kessel schöpfte. Die Männer verteilten sich auf den wenigen Bänken und auf dem strohbedeckten Boden und schmatzten geräuschvoll. Arien zog es vor, im Stehen zu essen.

Nach dem Mahl wies Rouwen die Frau an, eine Salbe zu mischen. Ringelblumen besaß sie nicht, aber andere getrocknete Kräuter, die er mit kundigem Blick sichtete. Neugierig sah Arien zu und ließ sich ihre Wirksamkeit erklären. Fast schien es, als habe er den Grund, weshalb er sich damit beschäftigte, vergessen. Rúna wurde es so warm wie bang ums Herz, als sie seine Augen leuchten sah. Er hing an Rouwens Lippen.

Diesen wunderschönen, dachte sie seufzend.

Es dauerte nicht lange, bis sich die Gesellschaft auflöste. Nach dem anstrengenden Tag waren alle müde. Rúna und Arien bekamen unter dem Dach die Schlafplätze der Bauersfamilie zugewiesen, die sich in eine Seitenkammer zurückzog. Die anderen schliefen im Stall. Oder machten sich auf ihren Wachrundgang. Sverri und Hallvardr wollten vor der Tür schlafen, denn im Haus war es ihnen zu warm. Dafür nahmen sie sogar in Kauf, vom Regen durchnässt zu werden. Und Rouwen? Rúna wusste es nicht. Vermutlich legte auch er sich im Heu nieder.

Sie schob für sich und Arien zwei der Strohsäcke zurecht und suchte die bereitgelegten Decken nach Ungeziefer ab. Freya sei Dank – sie fand keines. Die Bäuerin hatte ihnen sogar eine Messinglampe mit einem Talglicht gegeben, damit sie sich zurechtfanden. Zweifellos war dies die größte Kostbarkeit, die die Familie besaß, und Rúna überlegte, ihren Kristallanhänger zurückzulassen. Aber damit würden die Bauersleute nichts anfangen können; man würde sie höchstens beschuldigen, ihn gestohlen zu haben. Auch der Sarazenendolch war zu kostbar, und an ihm hing sie längst. Sie würde morgen Sverri um eines seiner schlichteren Messer bitten. Das würden ihre Gastgeber sicher zu schätzen wissen.

Irgendwo raschelte eine Maus. Es roch nach frischem Stroh und altem Staub und der süßlichen Salbe, die Arien auf seiner Kehrseite verteilt hatte. Er war, erschöpft von dem langen ungewohnten Ritt, eingeschlafen, sowie er sich ausgestreckt hatte.

Rúna brauchte hingegen lange, bis auch sie Schlaf fand. Sie träumte sich im Übungskampf mit Rouwen. Er war wie Nebel und entglitt ihren Zugriffen. Dabei lächelte er auf eine Art, die ihr die Sehnsucht in die Brust trieb. *Stell dich mir! Bleib hier! Umarme mich!* All das wollte sie ihm zurufen, aber ihr Mund war wie zugenagelt. Dann war es plötzlich Yngvarr, der vor ihr stand und mit seinem Schwert auf sie eindrosch. Zornig schlug sie zurück. Oh, diese Wut, woher kam die nur? Sein Lächeln war höhnisch. Kalt. Bedrohlich. Er packte sie und zog sie an sich. *Bleib hier, umarme mich, Wirbelwind* … Sie schlug nach ihm, doch auch er war nur Nebel …

Irgendwann in der Nacht erwachte sie, froh, diesem und noch anderen wirren Träumen entkommen zu sein.

Jemand redete. »Arien?«, flüsterte sie benommen. Der aber schlief noch, und die Stimmen klangen dunkler. Sie kamen von unten, aus der Wohnkammer, erkannte sie. Rouwen und ... ihr Vater.

Was mochten die beiden bereden? Sie schob die Decke weg und glitt vom Strohsack. Lautlos kroch sie dorthin, wo ein Lichtschimmer durch eine breite Bodenritze drang. Nein, lauschen wollte sie nicht, nur einmal kurz hinunterschauen, und dann hinaus, um sich zu erleichtern ... Doch was sie sah, ließ ihr den Atem stocken. Tatsächlich unterhielten sich Baldvin und Rouwen miteinander und tranken dabei. Sie hockten nah am Herdfeuer auf einer Bank. Einvernehmlich wie Freunde. Erstaunlich!

»Nein, du hast ja recht«, sagte Baldvin gerade. »Das ist alles wirklich nicht so, wie ich es mir vorgestellt habe ...«

»Diese Burg wird dir wohl geöffnet, aber sicher, dass es keine Falle ist, kannst du nicht sein.«

»Ja, das bereitet mir Kopfzerbrechen. Dass ich meinen Jungen dabei habe, auch. Und dann Yngvarr ... Er sieht mich mehr und mehr schief an. Und zu all dem kommt ... verdammt.« Er stieß auf und nahm dann einen tiefen Schluck aus seinem Holzbecher.

»Dass Rúna mich liebt. Mich, einen Engländer, einen Christen.«

Ihr Vater nickte schwer. »Einen Mönch.« Er sah Rouwen von der Seite an, schüttelte den Kopf und hielt ihm plötzlich seinen Humpen vor die Nase. Rouwen hob seinen und stieß mit ihm an.

»Verdammt soll ich sein«, murmelte Baldvin.

»Ich ebenso.«

Gemeinsam tranken sie. Rúna wartete, dass Rouwen sagte, er liebe sie ebenfalls.

Er tat es nicht. Er schwieg.

Ich vermute, dass ich sie liebe – so hatte er es gesagt, als herausgekommen war, dass er ein Mönch war. Aber zugleich hatte er zugegeben, nichts von der Liebe zu wissen.

Sie wollte ihn in Gedanken zwingen, es zu sagen.

Nichts.

Verdammt, bei Thor!

»Ich habe das Gefühl, dass mir alles entgleitet«, seufzte Baldvin. Um die Neige zu trinken, musste er den Kopf weit zurücklegen. Rúna zuckte zurück, befürchtete, er könne sie sehen. Aber das war unmöglich, das einzige Licht kam von unten, und außerdem hielt er die Augen geschlossen.

»Ah«, stöhnte er genüsslich und wischte sich mit einem haarigen Handrücken über den Bart. Das Ale war gut; Rúna hatte es am Abend selbst probiert.

»Mir geht es ähnlich«, sagte Rouwen. »Alles ist ziemlich verwirrend.«

Da sind wir zu dritt, dachte sie.

Rouwen war anscheinend warm; er hatte sich seiner Tunika entledigt. Das rote Kreuz, das ihnen diesen Aufenthalt verschafft hatte, leuchtete im Feuerschein. Tatzenkreuz, so nannte man diese Art, hatte er ihr einmal erklärt. Die gespaltenen Enden ließen Rúna an die Schlange am Fuß des Weltenbaumes Yggdrasil denken. Ein Gedanke, den Rouwen entsetzt zurückweisen würde. Von dem sie ihn schnell ablenken müsste ... Sie könnte die vollendete Rundung seiner Schulter liebkosen. Mit den Händen die kräftigen Muskeln und Sehnen erspüren. Ihre Finger an seinem Leib hinabwandern lassen ...

Rúna ermahnte sich. Solche Gedanken sollte sie sich schnellstens aus dem Kopf schlagen. Überhaupt sollte sie besser verschwinden. Es gehörte sich nicht, die beiden Männer zu belauschen. Außerdem wurde das Bedürfnis, die Blase zu leeren, übermächtig. Auf den Knien schob sie sich aus der niedrigen Kammer und kletterte die Leiter hinunter. Die endete auf der anderen Seite des Wohnraums, und kaum hatte Rúna einen Fuß auf das raschelnde Stroh des Bodens gesetzt, drehten sich Baldvin und Rouwen auf der Bank.

»Ich muss mich nur erleichtern«, sagte sie und hastete die Tür hinaus. Sie grüßte Sverri, der müde antwortete, und lief um das Haus herum, bis zum Rand des nahegelegenen Wäldchens. Rasch hob sie die Tunika und kauerte sich nieder.

Ganz in der Nähe knisterte das Laub unter Schritten.

»Wer da?«, hörte sie Sverri rufen.

»Ich bin's.« Es war Yngvarr, der sichtlich schlecht gelaunt aus der Düsternis des Wäldchens trat. Rúna duckte sich in die Schatten. Er hielt eine Fackel in der Hand. Fast sah es so aus, als wolle er das Haus niederbrennen. »Ich war im Wald und habe Odin geopfert.«

Wahrhaftig, auf seinen Armen und sogar in seinem Gesicht glänzten Blutspritzer. In der Linken hielt er Rouwens blutiges Langmesser.

»Wir haben Odin bereits ein Pferd geopfert«, sagte Sverri verwirrt.

»Ja, aber das war nicht genug! Wir haben einen Christen unter uns. Wir müssen damit rechnen, dass die Götter uns deswegen zürnen.«

»Das glaube ich nicht.«

Yngvarr machte eine unwirsche Handbewegung. »Dieser Mann ist doch wie ein faules Ei im Korb.«

»Er wird seinen Schwur halten.«

»Welchen denn? So viele, wie er sich aufgeladen hat, wird er einen gewiss brechen! Und dann«, er ballte vor Sverri die blutige Faust, »werde ich da sein und ihn töten.«

Am nächsten Tag lag strahlender Sonnenschein über dem wilden Land. Rúna bewunderte die Farbenpracht der Wildblumen auf den Wiesen, die in Blüte stehenden Apfelbäume und die mächtigen Eichen, hellen Birken und knorrigen Kiefern. Vögel gab es auch hier reichlich, doch Schafe von so großer Zahl hatte sie noch nie gesehen. In der Mitte eines tiefblauen Sees, an dessen Ufer sie entlangwanderten, stand eine alte Kirche, die sich in dem ruhigen Wasser spiegelte. Offenbar konnte man sie nur mit einem Boot erreichen, doch keines war zu sehen.

Rouwen machte ein Kreuzzeichen. Er wirkte aufgeräumt, erwähnte die Nacht mit keinem Wort, erzählte dafür von den Römern und einem Wall, den sie quer durch das Land gebaut hatten, dann von alten Völkern, den Pikten und Skoten. Die glorreiche Zeit der Wikinger übersprang er; darüber kannte Rúna selbst genügend Geschichten. Er erzählte von Wilhelm dem Rauen, dem König, und seinem Streit mit dem englischen König, dann von diesem und seinen Söhnen, die ihn bekämpften. Ihr lag die Bemerkung auf der Zunge, dass er über das Land der Schotten bisher mehr erzählt hatte als über seine englische Heimat. Sie wusste ja nicht einmal, aus welcher Gegend er kam. Würde er ihr irgendwann genug Vertrauen schenken, um es ihr zu verraten?

Nur selten begegneten sie anderen Menschen. Einem Mann, der Kräuter sammelte. Einem Schäfer. Einer Familie, die eine Wiese mähte. Das Land wirkte so rau wie friedlich. An Gefahren oder eine Falle mochte man kaum denken. Auch der so schwer einschätzbare Angus plauderte heiter mit Baldvin, während er sein Ross heute zumeist am Zügel führte. Eilig schien er es nicht zu haben – würden sie Burg Daenston heute überhaupt erreichen? Arien verzichtete notgedrungen ebenfalls aufs Reiten und verlangsamte den Zug zusätzlich. Je länger sie liefen, desto unwirklicher kam Rúna das alles vor.

Am Nachmittag machten sie Rast. Rúna schlug sich in einen lichten Hutewald und schoss ein Kitz. Mit des Earls Erlaubnis, wie Angus betonte; andernfalls hätte es sich um Wilderei gehandelt. Mit ein paar Kräutern war bald eine wohlschmeckende Mahlzeit zubereitet. Als alle satt und die Reste verstaut waren, ging es weiter. Träge vom Mittagsmahl, kam kaum eine Unterhaltung auf. Auch Rúna war in ihre eigenen Gedanken versunken. Je näher sie ihrem Ziel rückten, desto mehr Sorgen machte sie sich.

Was, wenn Baldvin in eine Falle tappte und sein Ansehen, gar sein Leben verlor? Wenn Yngvarr sein Scheitern nutzte, sich über ihn zu stellen? Wenn Yngvarr recht hatte, dass Rouwen einen seiner Schwüre brach? Jenen, den er seinem Orden gegenüber geleistet hatte, durfte er gerne vergessen, wenn es nach ihr ginge. Doch was, wenn er sich gegen Baldvin und die Yoturer stellte?

Was, wenn sie alle bei einem Kampf starben?

Dazu durfte sie es auf keinen Fall kommen lassen. Vielleicht sollte sie sich der Sache einfach selbst annehmen und den Mönch zu ihrem Vater bringen. Ihr könnte nun als Vorteil gereichen, was sie bisher im Kampf immer als Nachteil erachtet hatte. Sie war eine Frau. Burgen waren bevölkert; sie könnte einfach hineinspazieren. Eine Ausrede würde sich schon finden.

Und dann würde sie einfach tun, was ihr in Eastfield-upon-Eye-Water schon einmal so vortrefflich gelungen war. Sie würde sich Oxnac schnappen und entführen. Oder, falls das nicht gelang, ihn töten.

Damit wäre die Fehde beendet. Die Mutter wäre gerächt, der Vater könnte in Frieden nach Yotur zurückkehren. Rouwen wäre frei. Sie selbst hätte Achtung und Ruhm gewonnen – diese Reise wäre unverhofft zu *ihrer* Wikingfahrt geworden, und sie könnte der Bürde, einmal Baldvins Thronstuhl zu beerben, gelassener entgegensehen. Und vorher vielleicht sogar mit Rouwen gehen und dessen Zuhause besuchen, das zu verheimlichen er keinen Grund mehr hätte. Oder Rouwen bliebe auf den Hjaltland-Inseln …?

Nein, das war zu weit vorausgedacht. Das Problem seines Keuschheitsschwurs bestand fort. Wie auch immer, wenn es ihr gelang, Oxnac zu schnappen, wären alle anderen Schwierigkeiten mit einem Schlag beseitigt. Wie ein Hieb mit einem Schwert auf einen riesigen Deichselknoten. Ein Held aus dem Orient hatte es einmal so gemacht; Arien hatte über ihn in einem Buch gelesen. Im Laufen befingerte Rúna Falkenkralles Griff.

Sie hatte sich entschlossen. Sie würde diesen Knoten zerhauen.

Für eine gute Stunde folgten sie einem Weg, der sich zwischen grünen Böschungen, aus denen schroffe Felsen stachen, entlangwand. Die Sonne stand schon tief. Immer öfter sahen sie jetzt Schotten, die denselben Weg nahmen; offenbar wollten auch sie zur Burg. Eine Familie zog einen Karren mit Stroh. Andere trugen Strohgarben auf den Schultern. Zwei Frauen hatten lebende Hühner an die Gürtel gebunden, die im Takt ihrer Schritte flatterten und gackerten. Sie alle stockten in ihrem Schritt, als die Wikinger an ihnen vorbei marschierten, wichen zu den Grashängen zurück und tuschelten.

»Die Zeiten sind wirklich übel geworden«, knurrte Yngvarr in seinen Bart. »Niemand hat mehr eine Ahnung, wer oder was wir sind.«

»Sie werden denken, ihr seid Nachkommen norwegischer Siedler«, sagte Angus. »Und dass ihr bewaffnet seid, weil ihr in den Diensten des Earls steht.«

Yngvarr drehte den Kopf zur Seite und spuckte auf diese Worte.

»Bald kommt ein Wirtshaus, dort können wir essen. Bis zur Burg ist es nicht mehr weit. Wenn …«, begann Angus, doch Baldvin schüttelte den Kopf.

»Wir werden uns ausruhen und noch eine Nacht abwarten,

aber im Wald. Und du wirst mit uns kommen. Haben wir uns verstanden?«

Der Schotte grinste. »Sicher. Ihr traut mir nicht, und meine Führung braucht ihr jetzt nicht mehr. Damit habe ich gerechnet.« Als wolle er sich ergeben, hob er die Hände. »Ich habe nichts gegen ein Lager im Freien.«

Der Trupp schlug sich in den Wald und fand bald eine geschützte Lichtung. Rúna half Sverri, das Zelt für Arien und sich aufzubauen, dann verkündete sie beiläufig, noch einmal auf die Jagd gehen zu wollen.

»Wann bist du zurück?«, fragte Rouwen.

Sie erschrak. Konnte er ahnen, was sie vorhatte?

»Ich werde mir Zeit lassen, denn ich habe langsam genug von der Gegenwart so vieler Kerle«, sagte sie spitz.

»Sei vorsichtig. Dies ist ein fremdes Land …«

»Ich kann auf mich aufpassen!«, zischte sie.

Es tat ihr leid, ihn so anzufahren, aber er durfte nicht auf den Gedanken kommen, sich um sie zu sorgen – und ihr womöglich zu folgen. Sie bedachte ihn mit einem abweisenden Blick, dann ließ sie ihn stehen und drang tiefer in den Wald. Dort schlug sie einen Bogen um das Lager und kehrte auf den Weg zurück.

So weit, so gut. Jetzt musste sie nur zur Burg, den Mönch finden und entführen oder töten.

Ganz einfach, oder?

16.

»Was willst du?« Verständnislos starrte die Frau Rúna an. »Habe ich dich richtig verstanden? Deine Aussprache ist ungewöhnlich. Wo kommst du denn her?«

Rúna wiederholte ihr Anliegen, ohne auf die letzte Frage einzugehen. Dabei hob sie den Arm, über den sie ihre Lederhose gelegt hatte, und zeigte auf der Handfläche ein kleines, gutes Messer. Den Sarazenendolch und ihre anderen Waffen hatte sie in der Nähe in einem Eibengebüsch versteckt. Auch die Stiefel und ihre Armreife; schließlich sollte niemand auf den Gedanken kommen, sie auszurauben. Viel zu auffällig verhielt sie sich ohnehin. Sie trug nur die Tunika, um nicht ganz nackt dazustehen, hatte am Wegesrand halb verborgen herumgelungert und dann diese junge Bauersfrau oder Magd herangewinkt.

»Du willst meine Kleider?« Die Frau stemmte die Fäuste in die Seiten, lachte und warf ihren beiden Begleiterinnen einen Blick zu. »An denen hänge ich durchaus nicht«, sagte sie dann zu Rúna. »Aber was soll ich mit Beinkleidern?«

»Du hast doch sicher Brüder. Oder einen Vater. Das Leder ist gut verarbeitet und nirgends aufgescheuert.«

Die Frau befingerte die Hose. »Ja, es fühlt sich gut an. Und das Messer wäre ein schönes Geschenk für meinen Verlobten.«

»Lass die Finger davon«, riet ihr die kleine, füllige Frau, deren winzige Augen Rúna misstrauisch musterten. »Bestimmt hat sie die Sachen geklaut.«

Am liebsten wäre Rúna ihr ins feiste Gesicht gesprungen. »Das habe ich nicht«, widersprach sie ruhig. »Sie gehören mir.«

»Was noch merkwürdiger ist«, warf die Dritte ein. Sie war größer, aber ebenfalls etwas stämmig; deren Kleidung würde

Rúna nicht passen. »Wo kommst du denn her, dass du als Frau so etwas trägst? Das ist schändlich. Unwürdig. Allein der Gedanke, der Pfarrer könnte mich so sehen!« Sie japste und schlug die Hand vor den Mund.

Auf diese Frage hatte sich Rúna notdürftig vorbereitet. »Ich komme aus einer abgelegenen Gegend weit im Norden. Da tragen Frauen gelegentlich Beinkleider, und niemand findet es schlimm.«

»Es ist anstößig«, beharrte die Frau.

»Naja, in den Highlands leben ja auch seltsame Leute«, befand die Jüngere. In ihrem Gesicht ließ sich der Wunsch, diese Dinge zu besitzen, deutlich erkennen. »Der Vetter eines Onkels von mir war mit der Nichte eines Clanhäuptlings verbandelt ... Die soll auch in Männerkleidern herumgelaufen sein. Soll ein unerträglicher Wirbelwind gewesen sein. Und diese Dialekte da oben, grässlich! Nicht, dass deiner so schlimm wäre ...« Sie lächelte Rúna entschuldigend an.

Rúna erwiderte das Lächeln. *Ein Wirbelwind, genau*, dachte sie. Dass man sie in den Norden Schottlands verorten könne, war nicht ihre Absicht gewesen, aber sie hatte nichts dagegen.

»Lass es«, sagte die Dicke, und die andere nickte bekräftigend.

Ziegen! Rúna wünschte sie in die Eistiefen Niflheims.

»Du kannst auch meine Tunika haben«, sagte sie schnell, als sie merkte, dass die junge Frau zögerte. »Ich wollte sie nur nicht anbieten, weil ich dann nackt dastünde.«

Kurzentschlossen nickte sie. »Einverstanden. Lass uns hinter die Büsche gehen und tauschen.«

Die beiden anderen schimpften, doch vergebens. Rúna führte die Schottin hinter einen der Felsen, die hier überall aus dem Gehölz und dem Grasland ragten, und machte sich sogleich daran, sich auszukleiden. Auch die Frau zog das Kopftuch ab, löste die Verschnürung ihres dunkelgrünen Kleides und schlüpfte hinaus. Darunter trug sie ein Unterkleid, das einmal weiß gewesen sein musste, jetzt aber verwaschen und mit alten Flecken versehen war. Sie zog es ebenfalls aus. Rúna gab ihr die Tunika, die sie rasch überwarf, die Hose und das Messer.

»Jetzt muss ich aber erst einmal ungesehen nach Hause!«, lachte die Frau. Leicht geduckt, die Hose an sich gedrückt, lief sie wieder auf den Weg, wo ihre Begleiterinnen sie zeternd in Empfang nahmen.

Rúna stieg in das Unterkleid. Es saß gut, war nur um weniges zu kurz. Zwar besaß sie die passende Figur, doch war sie um eine Handbreite größer. Das dunkelgrüne Oberkleid war aus dichtgewebtem Wollstoff und überall geflickt, aber sauber. Es ließ sich an den Seiten eng schnüren, besaß kurze Ärmel, sodass die hellen des Unterkleides herausschauten, und war über der Brust sehr knapp geschnitten. Zweifelnd sah Rúna an sich hinunter. Auch das Unterkleid verbarg nicht den Ansatz ihrer Brüste. Die Kette mit dem Kristall ließ sich so nicht verbergen, also brachte sie sie in ihr Versteck. Ebenso die Lederschnur mit dem Thorsanhänger, den sie beinahe vergaß, weil er ihr so vertraut war.

Sie überlegte kurz, die Stiefel wieder anzuziehen, aber so etwas trugen die Bauersfrauen nicht. Wenigstens der Sarazenendolch ließ sich in einer angenähten Seitentasche verbergen. Einigermaßen zufrieden trat Rúna zurück auf den Hohlweg und schlenderte weiter. Bald erreichte sie eine Biegung, dahinter kam Burg Daenston in Sichtweite.

Wahrhaftig war sie gut verborgen. Rúna wusste, dass Burgen oft auf Hügeln und lichten Ebenen standen, wo man weithin blicken konnte. Diese hingegen war von den Wänden einer kleinen Schlucht umringt. Jedoch überragten die Zinnen die Felswände, die ohnehin zu weit entfernt waren, als dass ein Heer von den Klippen aus hätte angreifen können. Blühender Ginster wuchs auf den Felswänden, der Stein war überzogen von Vogelkot und bunten Flechten. Auch der wuchtige viereckige Wohnturm, der die zinnenbewehrten Mauern überschattete, war derart gezeichnet. Ein Wasserfall speiste einen Bach, der sich rund um die Burg zu einem Teich verbreiterte und von einer Zugbrücke überspannt wurde.

Rúna legte den Kopf in den Nacken, um die majestätische Burg zu bestaunen. Bunte Wimpel zeigten ein golden gesticktes Bild von einer Burg und einem Drachen – vermutlich das Wappen des Earls. Diesseits der Brücke wurde in ein paar Häusern und Hütten gehämmert und geschmiedet, und aus einem mannshohen Ofen drang der Duft frischen Brotes.

Wie anders es hier doch war als auf Yotur, wo die niedrigen Häuser weit verstreut in die Hänge gebaut waren, als gehörten sie zur Natur. Yotur war schön und friedlich, manchmal fast zu friedlich. Dies jedoch war prächtig und aufregend. Und dabei war es, laut Angus, nur eine kleine unbedeutende Burg, kaum mehr als ein Jagdhäuschen.

Wie Rouwens Zuhause wohl aussah? Nicht die Komturei, das Ordenshaus der Templer, sondern sein Vatershaus? Vielleicht ganz ähnlich. Sie wünschte sich sehnlichst, es zu wissen.

Am Ende der Zugbrücke, vor den weit geöffneten Torflügeln, standen zwei bis an die Zähne Gewappnete. Sie griffen gerade unter die Plane eines hoch mit Stroh beladenen Karrens, den ein Maultier zog. Geduckt wartete der Bauer, bis sie mit ihrer Untersuchung fertig waren und sich die Strohhalme von den Handschuhen wischten. Dann winkten sie ihn hindurch. Eine Frau musste ihre Körbe abstellen und die Tücher anheben, mit denen sie sie abgedeckt hatte. Die Männer langten hinein und förderten rotbäckige Winteräpfel zutage, die sie sich gierig in die grinsenden Münder stopften. Während sich die Frau wieder die Arme belud und durchs Tor wankte, empfing sie einen deftigen Abschiedsgruß auf den Hintern.

»Was sage ich denen nur, weshalb ich hinein will?«, murmelte Rúna.

»Sag ihnen, du bringst Stroh.«

»Was?« Sie wirbelte herum. Niemand anderer als Arien stand unschuldig grinsend vor ihr. Tatsächlich hatte er wie viele andere Bauersleute ein Strohbündel in den Armen.

»Arien!« Sie packte ihn an der Schulter. Nur um nicht die Aufmerksamkeit der Wachen zu wecken, verzichtete sie darauf, ihn kräftig durchzuschütteln. »Am liebsten würde ich dich über den nächsten Ast werfen und dir den Hintern versohlen«, zischte sie. »Wieso bist du hier?«

»Na, weil ich dir nachgeschlichen bin.«

»Odin und alle Götter! Warum? Ich habe gesagt, ich wolle jagen, und zwar ganz für mich allein!«

»Ich hab dir angesehen, dass du etwas anderes vorhast. Ich glaube, ich weiß sogar, was. Du willst den Mönch entführen, so wie du den anderen entführt hast. Stimmt's?«

Er grinste über beide Backen. Ihr schoss durch den Kopf, dass er einmal ein hübscher Mann werden würde, nach dem sich jede Frau die Finger leckte. »Es stimmt«, gab sie zu. Dass Arien so leicht darauf gekommen war, machte ihr Sorgen. »Denkst du, Rouwen hat mich auch durchschaut?«

»Glaub ich nicht. Du hast sie alle gut getäuscht. Aber du bist halt meine Schwester; mir kannst du nichts vormachen.« Arien wirkte höchst zufrieden mit sich.

»Und du bist mir wirklich nicht nachgelaufen, um mich zurückzuhalten?«

Er hielt ihr das Stroh hin. »Nein. Du bist doch eine große Kriegerin.«

Das sagte er mit völligem Ernst, was sie freute. Sie legte sich das Bündel auf den linken Arm. Arien hatte frische, gerötete Wangen, stellte sie fest. Überhaupt wirkte er gesünder als sonst. Ihr nachzulaufen, war gewiss anstrengend gewesen. »Du hast zugesehen, wie ich mich umgezogen habe?«, fragte sie lauernd.

Er zuckte mit den Achseln. »Ja. Aber es interessiert mich nicht, wie du nackt ausschaust. Du bist ja meine Schwester. Die andere hatte übrigens lauter Leberflecke auf dem Hintern. Und ihre Schamhaare hingen ihr fast bis zu den Knien.«

Rúna lachte. »Mit deinen Beobachtungen kannst du ja später, wenn alles vorüber ist, vor den anderen Männern am Lagerfeuer prahlen. Aber jetzt geh wieder. Und wehe, du verrätst Vater oder irgendeinem anderen, was ich hier tue!«

»Ich schwöre bei Odin, dass ich den Mund erst aufmache, wenn du es erlaubst. Aber es wäre doch besser, wenn ich mit dir käme ...«

»Deine Abenteuerlust ist manchmal beängstigend.«

»Wirklich! Ist dir denn nicht aufgefallen, dass die wenigsten Frauen allein herumlaufen, und wenn sie es tun, belästigt werden? Wie die da am Tor eben? Du fällst viel weniger auf, wenn du deinen Bruder bei dir hast.« Zur Bekräftigung straffte er sich. Er hätte wohl gern ›deinen *großen* Bruder‹ gesagt, aber noch war er einen Kopf kleiner als Rúna.

Zugegeben, sie hatte keine Lust, begafft und befingert zu werden. Trotzdem! »Vater würde mich einen Kopf kürzer machen, wüsste er, was ich vorhabe. Und um zwei, wenn er sähe, dass du auch hier bist! Nein, du bleibst hier draußen.«

Besser noch, er liefe zurück, aber das würde er sowieso nicht tun, also verlangte sie es nicht noch einmal. Sie bedachte ihn mit einem letzten strengen Blick und wandte sich der Burg zu. Die Zugbrücke war schnell erreicht. Sie war breit und kurz und so dick, dass sie sich fragte, wie viele Männer zum Heben nötig waren. Und ob die Brücke überhaupt je gehoben wurde, denn dem in den Ritzen sprießenden Unkraut nach zu urteilen, war das nicht der Fall. Die Torflügel wirkten ebenfalls wuchtig.

Und die beiden Wächter nicht minder. Zwar trugen sie nur dick gefütterte Wämser, doch an der Wand hinter ihnen hingen Topfhelme mit einigen Kerben und Beulen darin, und an ihren Waffengürteln Kampfmesser und sogar Morgensterne.

Den Kerlen wollten die Augen aus dem Kopf fallen, als sie näher trat. Lag es an dem viel zu tiefen Ausschnitt? An den offenen Haaren, da sie das Kopftuch vergessen hatte? Sie zwang sich, nicht an die Tasche zu fassen, um zu prüfen, ob der Dolch sie verräterisch ausbeulte. Den Blick gesenkt, verlangsamte sie ihren Schritt, ohne stehenzubleiben, wie sie es bei den anderen Leuten gesehen hatte. Entweder es ging gut, oder …

»Augenblick.«

Könnte Thor jetzt nicht kräftig donnern, um den Mann abzulenken? Er berührte halbwegs sanft ihre Schulter, damit sie nicht weiterging.

»Wer bist denn du?« Er klang behutsam, doch sein Blick sprach eine andere Sprache; er schien zu überlegen, wie sie wohl unter dem Kleid aussah. Sein Kumpan zog sie nicht weniger gierig mit den Augen aus.

»Ich heiße Morag«, erwiderte sie, unschlüssig, ob sie bestimmt auftreten oder schüchtern tun sollte. Sie hob den Arm, um ihm klarzumachen, dass sie wegen des Strohs kam.

»Wegen dieser armseligen Garbe hast du dich auf den Weg gemacht?«

»Ich hatte mehr, aber ich habe es verloren.«

Er lachte. »Die Bauern klauen sich gegenseitig das Stroh.« Er neigte sich zu einer Seite, dann zur anderen, als könne er ihr so unter den Rock schauen. »Dein Kleid sieht ebenso armselig wie die Garbe aus. Ich gebe dir einen Silberpenny, wenn du mit in die Wachkammer kommst. Beim nächsten Glockenschlag habe ich nämlich frei. Na, was sagst du dazu?«

Ihr lag die Frage auf der Zunge, wofür sie die Münze erhalten solle. Rechtzeitig dämmerte es ihr. Sie musste an sich halten, ihm nicht um die Ohren zu hauen, dass sie ihn für einen Heckskerl hielt. »Ich will nicht«, antwortete sie, und ihre Stimme zitterte vor unterdrückter Wut.

»Das Mädel hat Angst vor dir.«

Was? *Was?* Er dachte, sie hätte Angst? Deutete er ihr Zittern so falsch? Wahrscheinlich konnten sich diese Männer nicht vorstellen, dass eine junge Frau anders als ängstlich oder freudig auf ihre Angebote reagieren konnte.

»Guck nur, wie sie die hellblauen Augen aufreißt. Sind diese vollen Lippen nicht herrlich? Und dazu die Sommersprossen … Ich mag ja Sommersprossen, habe ich dir das schon erzählt, Leofric? Ich will sie auch, wenn du fertig bist. Aber geh sanft mit ihr um. Nicht dass ich eine heulende Trauerweide im Arm halte!«

Der Mann, der sie angesprochen hatte, winkte unwirsch ab. »Jetzt erschrickst du sie, du Dummkopf. Nun, Mädchen, was sagst du? Ein Silberpenny ist doch eine Menge Geld für dich.«

Du bist anscheinend taub, du dämlicher Hornochse. Ich habe bereits abgelehnt.

Sie öffnete den Mund, um es ihm zu sagen, mit genau diesen Worten. Da drängte sich plötzlich Arien an sie. Bei Freya, war das freche Adlerjungchen ihr nachgeschlichen und hatte sich diese Schändlichkeiten angehört? Wenn das alles vorbei war, würde sie ein ernstes Wort mit ihm reden müssen.

»Da bist du ja, Schwester«, plapperte er fröhlich drauflos. »Ich dachte schon, ich hätte dich verloren.«

Er schmiegte sich an sie wie ein kleines Kind und strahlte sie an. Sie legte den Arm um ihn.

»Schön, dass du wieder da bist. Ich habe mir schon Sorgen gemacht. Jetzt bleibst du aber bei mir, ja?«

Der Mann namens Leofric runzelte unwillig die Stirn, und der andere sagte: »Deinen Bruder wirst du doch wohl eine Weile allein lassen können …«

»Aber er ist krank«, sagte sie. Zur Bekräftigung begann Arien in die Richtung der Männer zu husten und zu röcheln. Sie wichen einen langen Schritt zurück. Und da die Götter in diesem Augenblick eine lärmende Familie schickten, die in die Burg wollte, winkte Leofric angewidert ab.

»Hinein mit euch. Verschwindet schon«, knurrte er.

Rúna beeilte sich, Arien durchs Tor zu ziehen. »Danke«, zischte sie in sein Ohr. »Das hast du gut gemacht. Auch wenn ich dich trotzdem lieber draußen wüsste!«

Sie gelangten auf einen Vorplatz, der ein wenig an den Markt in Eastfield erinnerte, nur nicht so groß und auch nicht gar so belebt. Weiter voraus gab es eine weitere Mauer mit einem zweiten Tor. Mägde und Knechte liefen umher, übernahmen Lieferungen und zerrten auch Rúna das Stroh ungefragt aus den Händen, ohne sie weiter zu beachten. In einer offenen Hütte wurde ein Pferd beschlagen, und vor einer anderen hatten sich einige Menschen versammelt. Ein Mann hielt eine Zange erhoben und stolzierte um einen anderen, der auf einem Hocker saß, herum.

»Ich werde ihm seinen faulen Backenzahn ohne Schmerzen ziehen!«, verkündete er. »Wer will mit mir wetten, dass er keinen Laut von sich geben wird?«

»Kein Bader ist so gut, dass er das könnte«, widersprach eine Frau und verschränkte bekräftigend die Arme vor der üppigen Brust.

»Die Wette verlierst du, Weib!«

Zwischen den streitenden Leuten hockte der Kranke wie ein armer Tropf. »Ich bleibe hier und sehe mir das an«, schlug Arien vor.

»Nein! Du wartest noch einen Augenblick und siehst dann zu, dass du wieder hinauskommst, hast du verstanden?«

»Jaaa.« Er rollte die Augen.

Rúna ging weiter, auch wenn sie ein schlechtes Gefühl dabei

hatte, Arien zurückzulassen. Sie umrundete mehrere Gewappnete, die einen jungen Burschen schalten, weil aus dem Pfeilbündel, das er trug, unbemerkt zwei Pfeile gerutscht waren. Ein anderer, wichtig aussehender Mann hielt auf der erhobenen Hand, die ein gepolsterter Handschuh schützte, einen Habicht. Der Vogel spreizte die Schwingen und flatterte, doch eine Lederschnur, die der Mann zwischen den Fingern hielt, hinderte ihn daran fortzufliegen. Ein gefleckter Welpe, der wohl einmal ein Jagdhund werden sollte, tollte hinter einem Jungen her, der an einer Tragstange zwei Wasserkübel schleppte. Zwei andere Knaben übten sich im Kampf mit Holzschwertern. Rúna blieb stehen, um ihnen zuzusehen. In dem Trubel fiel sie zum Glück nicht weiter auf. Ob Rouwen auch mit seinem Bruder gefochten hatte, dem jungen wissbegierigen Aelfred, der vielleicht ganz ähnlich wie Arien gewesen war – weniger aufs Kämpfen denn aufs Wissen aus und trotzdem fürchterlich leichtsinnig?

Ob auch diese Burg eine Bibliothek besaß? Eine wie jene, in der das schreckliche Unglück geschehen war? Unwillkürlich stellte sich Rúna diese beiden Jungen dort vor, wie sie zwischen Truhen voller Bücher tollten und dann ein großer Kandelaber auf den kleineren, schmächtigen fiel ...

Sie schüttelte den Kopf, um dieses schreckliche Bild zu vertreiben. Wieder ersehnte sie, die Arme um Rouwen zu legen. Ihm Trost zu spenden.

Denk jetzt nicht an ihn, ermahnte sie sich. *Denk an deine Aufgabe!*

Wie sollte sie hier den Mönch finden? Sie ging zu einer alten Frau, die mit einem Reisigbesen dem Dreck im Hof Herr zu werden versuchte.

»Verzeih, gute Frau«, begann sie vorsichtig. Die Alte hob den Kopf. Ihre runden Augen erinnerten an eine aus dem Schlaf geweckte Eule. »Gibt es hier eine Kirche?«

»Was willst du denn da?«, gab die Frau muffig zurück.

Wie hatte Rouwen das Gespräch mit Pater Alewold genannt? Verzweifelt suchte Rúna in ihrem Gedächtnis. »Beichten!«, rief sie. »Ich möchte beichten.«

Die Eule zeigte ein fast zahnloses Lächeln. »Das möchte ich glauben, dass eine, die so sündhaft hübsch ist wie du, viel zu beichten hat. Mit deinen zweifellos aufregenden Erlebnissen wirst du allerdings den Pfaffen in deiner Dorfkirche behelligen müssen. Aber warum machst du es nicht wie alle und beichtest erst zu Ostern? Das ist doch bald. Oder hältst du dich für besonders fromm?«

Ostern? War das nicht dieses Fest, das die Christen begingen, weil an diesem Tag der Christengott von dem Kreuz gestiegen war, an das ihn die Römer genagelt hatten? »Was macht denn der Burgherr, wenn er beichten will? Da geht er doch sicher nicht ins nächste Dorf?«

»Für den gibt es hier eine Kapelle. Der hat ja sogar seinen eigenen Kaplan. Aber da hast du doch nichts zu suchen, Mädchen.«

»Ich möchte wenigstens kurz beten …«

Die Eule rollte die Augen. »Wenn es dir so wichtig ist – na schön. Will ja nicht dran Schuld sein, wenn du dich aus Verzweiflung in einen reißenden Bach stürzt.« Den Besen hinter sich herschleifend, ging sie zum inneren Tor, nickte den Wachen zu, die Rúna ebenso geifernd anstarrten wie die ersten beiden, und schubste sie in Richtung eines kleinen Gebäudes neben dem Turm. Die Kapelle sah aus wie eine winzige Kirche.

»Wenn du erwischt wirst … *ich* hab dich nicht geschickt, ja?«

»Keinesfalls«, murmelte Rúna, aber die Eule achtete schon nicht mehr auf sie und schlurfte zurück.

Auch auf diesem Platz übte man sich im Kampf. doch diesmal mit echten Schwertern. Die beiden Männer waren gestandene Krieger, angetan mit klirrenden Kettenhemden, sporenbewehrten Stiefeln, Topfhelmen und Schwertern, so schwer, dass sie die Griffe mit beiden Händen umfassen mussten, um sie schwingen zu können. Bei jedem Hieb stießen sie Laute aus, die ihre Anstrengung verrieten. Erneut musste Rúna an Rouwen denken, doch diesmal an jenen, der im sogenannten Heiligen Land sein Leben für eine Sache gewagt hatte, die sie nicht recht verstand.

Zwei Knappen standen bereit und hielten buntbemalte Holzschilde in der einen und die Zügel kräftiger Schlachtrösser in der anderen Hand. Plötzlich rannte einer der Ritter an die Seite seines Pferdes, stellte einen Fuß in den Steigbügel und wuchtete sich hoch. Dann ritt er eine Runde durch den Hof. Es war eine Übung, die die Blicke aller Anwesenden auf sich zog. Rúna nutzte die Gelegenheit, um unbemerkt in die Kapelle zu huschen. Doch außer einer Heiligenfigur, einem Kreuz und ein paar spärlichen Einrichtungsgegenständen befand sich nichts darin.

Sie verließ die Kapelle und ihr Blick fiel auf den Wohnturm. Sie zögerte nicht – schnell, doch nicht überhastet, ging sie die fünf Stufen hinauf, die zur zweiflügeligen Tür des Turms führte. Sollte es auch hier zwei Wachen geben, die eine junge Frau als Freiwild ansahen …

Doch niemand hielt sie auf. Sie konnte die Klinke herunterdrücken und einen düsteren Treppenaufgang betreten. Eine breite Tür führte in eine Halle. Ein Junge war damit beschäftigt, Stroh auf dem Boden auszulegen, aber er bemerkte Rúna nicht. Für die Böden also wurde das viele Stroh benötigt. Wandteppiche und Schilde bedeckten die Wände, und an einer Seite erhob sich ein Podest mit einem herrschaftlichen Stuhl. Eine Empfangshalle offenbar, doch auch hier war der Mönch nicht.

Rúna erschien es sinnlos und gefährlich, auf gut Glück in die oberen Stockwerke zu laufen. Sie entschloss sich, einfach einen der Ritter zu fragen. Warum sollten sie einer jungen Bauersfrau misstrauen?

Sie griff nach der hohen Türklinke. Von draußen erklangen Schritte auf den Stufen. Hastig wich sie zurück und senkte den Kopf, um kleiner und unscheinbarer zu wirken.

Es war ein Mönch, der eintrat. Ein großer, vierschrötiger Mönch, mit einem stechenden Blick, in dem der Ärger der ganzen Welt zu liegen schien. Über seine pockennarbige Wange zogen sich drei gerötete Narben. Unwillkürlich fragte sich Rúna, ob sie von den Fingernägeln ihrer Mutter stammten, als sie sich gegen ihn gewehrt hatte.

Sie starrte ihn an. Wollte ihn fragen: *Bruder Oxnac?* Doch es war nicht nötig – sie kannte die Antwort.

Er war es.

Er sah sie an, als sei sie ein Käfer, der es gewagt hatte, auf seinen Schuh zu fliegen. Mit einer ärgerlichen Handbewegung hieß er sie, beiseite zu treten, und stapfte die Treppe hinauf.

Rúna stieß den angehaltenen Atem aus. Ein Geschenk der Götter! Ihre Füße machten keinen Laut, als sie ihm in angemessenem Abstand folgte. Er ging geduckt und wirkte gehetzt, sah sich jedoch nicht um.

Rúna fühlte sich ganz benommen. Was wagte sie hier? Und wie sollte es ihr gelingen? Dieser Mann war anders als der junge verhuschte Alewold. Oxnac strahlte einen harten Willen aus. Auf seinem kahl geschorenen Hinterkopf leuchtete ebenfalls eine Narbe. Diese konnte nicht von der Mutter stammen. Eher vom Hieb eines Ziemers. Der Haarkranz war verfilzt, und der ganze Mann zog eine Wolke üblen Geruchs hinter sich her. Als wüsste er, dass seine Seele verloren war, und er sähe keinen Sinn mehr darin, sich noch um den Körper zu kümmern.

War er bereits so gewesen, als er die Mutter ermordet hatte? Seit Jahren hatte Rúna nicht mehr um Ingvildr geweint; sie hatte es sich verboten. Jetzt spürte sie die Tränen in sich aufsteigen. Unbändiger Zorn brandete ihre Kehle hinauf, sodass sie an sich halten musste, dem Mann nicht laut schreiend in den

Rücken zu springen. Sie musste stehen bleiben, musste Atem schöpfen und sich zur Ruhe zwingen.

Das war ein Fehler. Sie ahnte es, als er außer Sicht geriet und sie eine Tür leise klappen hörte. Hastig nahm sie zwei Stufen auf einmal und gelangte auf einen Treppenabsatz. Hier gab es zwei Türen – welche war die richtige?

Dieses verdammte Zögern machte es nicht besser! Das Tageslicht wurde zusehends trüber, und sobald es dämmerte, musste sie aus der Burg heraus sein. Wenn Bauern und Händler die Burg verlassen hatten, würde ihre Anwesenheit hier sehr bald auffallen. Ebenso wie ihre Abwesenheit im Lager.

Sie zog die erste Tür auf.

Das Erste, was sie sah, waren zwei kräftige Hände auf nackten Brüsten. Auf einer von vielen Truhen hockte ein Mann mit heruntergelassener Hose, und auf ihm, den Hintern ihm zugewandt, ritt eine nackte Frau. Ihr Kopf lag auf seiner Schulter, und ihr Gesicht war vor Wonne verzerrt. Dem Gewand nach zu urteilen, das gebauscht am Boden lag, war sie keine Bauersfrau, auch keine Magd, sondern eine hohe Dame. Der Mann hingegen schien zu den Wachleuten zu gehören. Rúna dankte schon den Göttern, dass die beiden miteinander beschäftigt waren und sie nicht bemerkten, und wollte leise die Tür schließen. Da fiel der Blick der Frau auf Rúna. Ihre vor Lust verengten Augen weiteten sich.

»Fergus!« Sie entwand sich ihm und sprang auf. »Ich dachte, du hast den Riegel vorgeschoben?«

Das hatte Fergus in seiner Gier wohl vergessen. Rúna legte einen Finger auf die Lippen und sah sie verschwörerisch an, um ihr klarzumachen, dass sie sich nicht im Geringsten für dieses Techtelmechtel interessierte. Vergeblich. In Windeseile war die Frau bei ihren Kleidern und zerrte sie an sich hoch.

»Was willst du noch, warum verschwindest du nicht?«, zischte sie. Plötzlich kreischte sie laut: »Du bist ja eine Hure!«

»*Was* bin ich?«

Die dunkelbraunen Locken der Frau erbebten wie in einem Sturm, als sie ihre prächtige Mähne zurückwarf. »Nur eine Hure würde mit so anstößigem Schmuck herumlaufen.«

Verwirrt sah Rúna an sich hinunter. Sie hatte die Kristallkette und den Thorshammer doch abgelegt? Aber nicht die Zehenringe – die hatte sie ganz vergessen!

»Verschwinde endlich!«, kreischte die Frau.

»Was ist denn hier los?«, hörte Rúna hinter sich eine düstere, raue Stimme. Sie fuhr herum. Niemand anderer als der Mönch Oxnac stand hinter ihr. Er besaß blaue Augen, die das Gesicht jedes anderen Mannes anziehend gemacht hätten. Seines aber wirkte dadurch nur mehr kälter.

»Eine Hure hat sich in die Wäschekammer geschlichen«, behauptete die Dame. Rúna sah über die Schulter. Geschickt hatte sie sich wieder geordnet, und von dem Kerl war nichts mehr zu sehen. Wahrscheinlich hockte er hinter einer der Wäschetruhen.

»Was willst du hier?«, fragte der Mönch.

Rúna erkannte, dass sie sich verrannt hatte. Jetzt gab es nichts mehr zu überlegen. Ihr blieb nur noch, zu handeln. Die Götter mochten ihr beistehen – sie war bereit, ihn hier und jetzt zu töten, falls es nicht anders möglich war. Selbst auf die Gefahr hin, das eigene Leben zu verlieren.

Sie riss den Sarazenendolch aus der Tasche und drückte die Spitze an seinen Bauch.

»Dich«, erwiderte sie. »Wenn du friedlich mit mir kommst, werde ich dir nichts tun.«

Ich spreche nur für mich. Nicht für meinen Vater, fügte sie in Gedanken hinzu.

»Und warum sollte ich?« Er wirkte ein wenig verblüfft, wie jemand, der langsam aus einem langen, schweren Traum erwachte. »Wer bist du?«

»Eine Hure!«, kreischte die Frau, dass es Rúna in den Ohren schmerzte. »Sie schmückt ihre nackten Füße wie eine Babylonierin!«

Von der Klinge scheinbar unbeeindruckt, blickte er hinunter. Er blinzelte und bückte sich ein wenig. »Sind das Runen auf deinen Ringen?« Er richtete sich wieder auf und verengte die Augen. »Du bist eine Heidin.«

»Ja, eine Heidin und Wikingerkriegerin, und ich hoffe, dass ein Skalde dereinst von meinen Taten singen wird«, sagte Rúna stolz.

Da vernahm sie hinter sich trampelnde Schritte. Fergus. Sie würde sich umdrehen und seiner erwehren müssen, doch dann konnte Oxnac fliehen. Besser, wenn sie sich darauf konzentrierte, dem Mönch die Klinge in den Leib zu stoßen. Dann würde Fergus sie überwältigen können, und sie wäre des Todes, doch die Rache wäre vollendet.

Aber sie merkte, dass sie viel zu sehr am Leben hing. Sie liebte es, sie liebte den Vater, Arien – Rouwen! Sie *durfte* nicht sterben! Den Bruchteil eines Herzschlags gingen ihr diese Gedanken durch den Kopf, und das Zögern besiegelte ihr Scheitern.

Fergus stieß seine Liebschaft so grob beiseite, dass sie jammernd zu Boden fiel, und warf sich auf Rúna. Mit einem kräftigen Hieb schlug er ihr den Dolch aus der Hand. Ihre Linke grub sich in sein Haar, und ineinander verkeilt rollten sie über den Boden, sodass sie die Treppe hinabzustürzen drohten. Ihr Kopf schlug gegen die Steinwand. *Ist es meiner Mutter so ähnlich ergangen?*, fragte sie sich noch. Dann fiel sie in tiefe Schwärze.

VI.

GELIEBT

17.

Irgendetwas sagte ihm, dass sie in Gefahr war.

Rouwen befingerte die verwitterten Steine eines zerfallenen Brochs und ließ Grashalme durch die Finger gleiten. Vielleicht stammten diese Mauerreste auch aus der Römerzeit; das ließ sich kaum mehr sagen. Er hatte gehofft, sie sei hier in Kontemplation versunken – wenn man das bei einem Heidenmädchen so nennen wollte. Sie hatte einmal erwähnt, dass einer ihrer Lieblingsplätze auf der heimatlichen Insel ein zerfallener Broch war. War sie wirklich jagen gegangen? Weshalb kam sie nicht zurück? Er hatte Arien fragen wollen, doch auch der Junge war verschwunden – Rouwen war sich sicher, dass etwas nicht stimmte.

Seine Befürchtungen bestätigten sich, als er plötzlich Ariens helle, angsterfüllte Stimme hörte. Rouwen sprang über die Mauer und hastete zurück auf die Waldlichtung, wo die Yoturer ihr Lager aufgeschlagen hatten. Alle waren aufgesprungen und umringten den Jungen und Baldvin, der ihn an der Schulter rüttelte.

»Das glaube ich nicht!«, donnerte der Häuptling. Er reckte die Fäuste zum Himmel und mahlte angespannt mit den Kiefern. »Ich glaube es nicht! Rúna! Rúna, mein Wirbelwind! Warum hast du das getan?«

»Was getan?«, fragte Rouwen.

Niemand achtete auf ihn. Baldvin stapfte wild umher, zerrte sein Schwert aus der Lederschlaufe am Gürtel und hieb es schreiend in einen Baumstamm. Rouwen schob sich zwischen Sverri und Gorun hindurch und umfasste Ariens Schultern. Auch er hätte ihn am liebsten durchgeschüttelt, damit der Junge möglichst schnell sprach, aber er zwang sich zur Ruhe.

»Arien Adlerjunge, sag mir, was geschehen ist.«

Tränen rannen über Ariens Gesicht; der Rotz lief ihm aus der Nase. »R-Rúna ha-hat sich als Bäuerin verkleidet und ist in die Burg. Sie–ie wollte den Mönch entführen, so wie den anderen. A-aber dann ist sie gefangen genommen worden.«

»Verdammt, bei allen Heiligen, verdammt!«, fluchte Rouwen und ballte eine Faust. »Sie ist wirklich ein Teufelsweib.«

»Da drin waren so viele gerüstete Männer«, schniefte Arien. »Von draußen haben wir die gar nicht bemerkt.«

»Ich ahnte es! Eine Falle.« Rouwens Blick suchte Angus. »Ihr hattet nie vor, den Mönch auszuliefern.«

Der Edelknecht zuckte nur die Schultern. Ihm schien nichts daran zu liegen, es zuzugeben. Allerdings auch nicht, es abzustreiten.

Rouwen versuchte das Gehörte zu verdauen und bemerkte erst nach einer Weile, dass die Männer miteinander stritten.

»Baldvin«, ereiferte sich Yngvarr. »Wir müssen die Sache jetzt beenden und die Burg angreifen.«

Rouwen, den Arm um Ariens Schulter gelegt, sah zu, wie sich Yngvarr und Baldvin anfunkelten. Die anderen verhielten sich weitgehend ruhig, und den Schotten schien das Ganze nicht zu beeindrucken. »Das wäre eine schlechte Idee«, warf er ein.

»Ich bin zermürbt, ich will meine Ruhe«, gab Baldvin zu. »Und ich will meine Tochter. Ich werde nicht ihr Leben riskieren, indem ich gegen diese Burg anrenne.«

»Wir könnten das Tor in Brand setzen«, sagte Yngvarr.

Angus lachte.

»Oder darübersteigen!«, schrie Yngvarr. »Haben wir das in Eastfield nicht auch so gemacht?« Er begann zwischen den Männern herumzustiefeln und reckte die Faust in den Himmel. »Wir sind Wikinger!«

»Es sollte dir zu denken geben, dass es außer euch längst keine mehr gibt«, sagte Angus. Seine Stimme hörte sich beinahe vergnügt an. Rouwen überlegte, ihn zu warnen, aber dieser Mann war gestanden genug; er sollte selbst wissen, wann er zu weit ging. »Meine Ahnen kämpften im Heer Wilhelm des Eroberers, und lange Zeit dankten sie Gott täglich für die Gnade, dass die letzten überlebenden Heiden nach dem großen Kampf um England zurück in ihre Löcher krochen und letztlich verschwanden. Ihr hättet …«

»Angus«, warnte Rouwen ihn nun doch, aber Yngvarr schnitt ihm das Wort ab.

»Halt dein Lügenmaul, Schotte, sonst schneide ich dir die Zunge heraus.«

Auch das schien Angus' Laune nicht zu verschlechtern, doch wenigstens blieb er still.

Yngvarr fuhr fort, seinen Häuptling zu beschimpfen. »Du hast zu viele Fehler gemacht, Baldvin. Du hast den Engländer mit ins Boot geholt, obwohl der bislang kaum gezeigt hat, wofür eigentlich, und stattdessen eine ständige Gefahr darstellt. Du bist nicht fähig, deine Rache zu vollziehen. Rúna und Arien verhätschelst du …«

Rouwen wartete, dass Baldvin so grimmig und polterig auf diese Vorwürfe reagierte, wie es seine Art war. Doch der zwergenhafte Häuptling schien noch um einen halben Kopf geschrumpft zu sein. Seine dichten blonden Brauen hatte er finster gerunzelt, und sein Kinnbart zitterte vor Zorn. »Was immer du zu sagen hast, Yngvarr«, sagte er heiser. »Lass meine Kinder aus dem Spiel.«

»Aber sie spielen doch ganz entschieden mit!« Dicht vor seinem Herrn baute sich Yngvarr auf. »Und wie man jetzt sehen kann, taugt Rúna nicht zur Führung eines kriegerischen Dorfes. Sie wird eine prächtige Häuptlingsfrau abgeben, aber keinen Häuptling. Und was dich betrifft: Du hast deine Sache gut gemacht, aber deine Zeit ist vorbei.«

Rouwen staunte über diese Respektlosigkeiten, und auch die anderen Männer waren verblüfft. Keiner gebot Yngvarr Einhalt. Fürchteten sie ihn? Vielleicht gaben sie ihm auch insgeheim recht. Yngvarr war ein junger, starker Mann. *Und er wird mit seinem dummen Hitzkopf dafür sorgen, dass die letzten Wikinger sehr bald untergehen*, dachte Rouwen.

»Du willst also meine Häuptlingswürde«, murmelte Baldvin. Er starrte durch Yngvarr hindurch, als wünschte er sich weit fort von hier.

»Das wäre vernünftig, oder? Als Gegenleistung bringe ich dir deine Tochter und den Mönch.«

Yngvarr wartete, doch Baldvin schwieg. Ärgerlich warf Yngvarr eine Hand hoch, als wolle er seinen Herrn schlagen.

»Kapiere endlich, dass du nur noch ein alter Mann bist!«, brüllte er auf ihn hinab.

Endlich lösten sich Sverri und Hallvardr aus den Reihen und legten die Hände an ihre Schwertgriffe. »Nun langt es, Yngvarr. Du hast nicht das Recht, so zu reden.«

Yngvarr packte ebenfalls das Heft seines Schwertes. »Er ist einverstanden, das seht ihr doch! Er muss nur noch über sich bringen, es auch zu sagen. Wollt ihr euch mir in den Weg stellen, obwohl er es nicht will?«

»Vielleicht solltest du erst einmal deinen Plan erklären«, bemerkte Rouwen. Er konnte sich kaum verkneifen, verächtlich zu klingen. »Du kannst die Burg nicht erstürmen, und wie Rúna unbemerkt hineinspazieren, wirst du auch nicht mehr können, nachdem sie entdeckt wurde.«

»Wir haben eine Geisel. Den Schotten.«

Angus winkte höhnisch lachend ab. Ein seltsamer Mensch. »Für mich würde man keinen Penny geben. Zumal ich meinen Auftrag, euch in die Burg auf die Schlachtbank zu führen, nicht ganz erfüllt habe.«

Yngvarr zog brüllend sein Schwert. Rouwen warf sich in seinen Schwertarm. Mehr konnte er nicht tun, da er selbst unbewaffnet war. Es rettete den Schotten nicht vor dem Tod. Yngvarr versuchte Rouwen zurückzustoßen, doch gleichzeitig riss er mit der Linken das Langmesser aus dem Gürtel und stieß es Angus ins lachende Gesicht.

Angus staunte mehr, als dass er entsetzt zu sein schien. Er packte das Messer und zog es aus seinem Mund. Dann fiel er rücklings nieder. Rouwen warf sich neben ihm auf die Knie. Blut sprudelte aus dem Mund des Schotten. Augenblicklich wurde sein pockennarbiges Gesicht weiß; seine drei Zähne waren nur noch helle rote Stümpfe. Ein grässlicher Anblick.

»Ich bin kein Priester, Herr Angus.« Rouwen legte eine Hand um den strähnigen Hinterkopf und hob ihn leicht an. »Aber zur Not werde ich Euch die Beichte abnehmen ...«

»Brauche ich ... nicht ... danke.« Mit jedem kaum verständlichen Wort quoll ein Blutschwall hervor. Angus röchelte und sagte etwas, das wie ›Das hätte längst geschehen müssen‹ klang. Doch seine Hand tastete nach einer, die die seine hielt. Rouwen ergriff sie und drückte sie fest. Es dauerte nicht lange, bis der Blick des Edelknechts brach. Er war tot.

Rouwen legte Angus' Kopf nieder und stemmte sich hoch. Schwer wog dieser unnötige Tod auf seinen Schultern. So viele hatte er sterben sehen, damals auf dem Schlachtfeld ... So vielen hatte er die Hand gehalten, so vielen ein letztes tröstendes Wort zugeflüstert. Schwer atmete er aus.

Er wandte sich den wartenden Wikingern zu.

»Der Verräter hat genau diesen Tod verdient«, schnaubte Yngvarr, der sein Schwert inzwischen wieder weggesteckt hatte. Die Messerklinge säuberte er gerade an einer Grasnarbe. »Du ebenso, dafür, dass du dich mir in den Weg gestellt hast. Denk nicht, ich vergesse das.«

Rouwen malte sich aus, diesen Mann zum Kampf zu fordern und den Tod dieses unbewaffneten Mannes, und sei er auch ein Verräter, zu rächen, aber er drängte diesen nutzlosen Gedanken beiseite. Rúnas Schicksal war viel wichtiger.

»Wir müssen uns stellen. Etwas anderes können wir nicht tun.«

Yngvarrs graue Augen blitzten. »Gorun hat sich Burg Daenston von außen angesehen, während du weg warst. Sie liegt eingebettet zwischen zwei Felsen, die an den äußeren Seiten sanft ansteigen. Wir können uns in der Nacht hinaufschleichen und dann über den Burggraben Seile auf die Zinnen des Wohnturms werfen.«

»Ich kenne Burgen besser als ihr. So einfach wird man es uns nicht machen, und wir wären sicher nicht die ersten, die bei diesem Versuch draufgehen. Wir sollten zum Burgherrn gehen und mit ihm reden.«

»Das werde ich *nicht* tun. Eher brandschatze ich in der Umgebung, raube jede Kostbarkeit, die ich finden kann, und kaufe damit ein Heer, um die Burg zu überrennen.«

»Das wird lange dauern«, wandte Rouwen ein. »Zu lange für Rúna.«

»Solange Athelna lebt«, schrie Yngvarr, »wird auch Rúna leben!«

»Aber solange *ich* lebe, werde ich nicht tatenlos zusehen, wie du deine großspurigen Pläne wahrmachst und Rúna in Gefahr bringst.«

»Was geht dich das Ganze überhaupt an?«

»Wir gehen«, sagte Baldvin. Überrascht, dass der still in sich versunkene Mann doch noch etwas sagte, schwiegen alle. Die Männer schielten zu Yngvarr.

»Also gut, gehen wir.« Yngvarr gab sich großmütig, als sei Baldvin sein Untergebener. Vielleicht gab er nur deshalb nach, weil er dachte, seinen Herrschaftsanspruch so besser untermauern zu können. Ließ er die Situation jetzt eskalieren, bestand immer noch die Möglichkeit, dass sich die Männer auf Baldvins Seite schlugen. Der Blick, den er zu seinem Häuptling hinunterwarf, war jedoch voller Verachtung.

Rouwen beobachtete die Szene mit Unbehagen. Wie weit würde Yngvarr gehen, um den Häuptling zu verdrängen? Wie viel war ihm Baldvins Leben noch wert? Und Rúnas?

Ein scharrendes Geräusch schreckte sie auf. Ein Schlüssel wurde ins Türschloss gesteckt und gedreht. Rúna sprang von der knarrenden Bettstatt auf. Bis auf das Bett, das wohl einmal einer Edeldame gehört hatte, jetzt aber morsch und wacklig war, gab es in ihrem Gefängnis nur noch eine verschlossene Truhe und reichlich Spinnweben und Mäusenester. Und ein Fußbänkchen unterhalb des schmalen Fensters, jedoch ohne dazugehörige Sitzbank. Für ein Verlies war es recht erträglich. Rouwen hatte von Angstlöchern erzählt, die aus gutem Grund so hießen. Von düsteren, nassen Gewölben und Ratten. Vielleicht wollte man das einer Frau nicht zumuten und hatte sie deshalb in einem der Turmzimmer untergebracht. Allerdings war man bisher nicht zimperlich mit ihr umgegangen. Ihr Kopf schmerzte noch immer von dem Stoß, der sie gegen die Wand und damit in die Bewusstlosigkeit geschickt hatte.

Sie raffte das Bänkchen auf – das Einzige in diesem Raum, was sich notfalls als Waffe verwenden ließ – und kauerte sich an die Wand.

Zwei gerüstete Krieger betraten die düstere Kammer.

»Sei friedlich, Mädchen.« Der Vordere, ein wuchtiger Kerl mit einer alten Kriegsnarbe quer über dem kahlgeschorenen Schädel und frischen, leuchtenden Kratzern auf den Wangen, hatte eine Fackel in der Hand. »Wir wollen dir nichts tun.«

Der andere, hochgewachsen und sehnig, grinste. »Das ist eine Wildkatze, mit der kannst du nicht so reden.«

Der Glatzkopf trat näher. »Komm, leg das Bänkchen weg, es nützt dir doch eh nichts. Wenn du brav bist, binden wir dich auch nicht auf der Bettstatt fest, wie du es verdient hättest.«

»Gleich beißt sie dir in die Hand! Die gehört anders angefasst.«

Unwillig verzog er das Gesicht. »Was glaubst du, woher ich diese Kratzer habe? Sie hat sich wie der Teufel gewehrt, als wir sie hier hereingeschafft haben. Aber jetzt ...«

»Aber jetzt *was*? Denkst du, das stundenlange Warten seitdem hat sie mürbe und friedlich gemacht? Sie hockt da, als wollte sie uns mit dem Bänkchen von den Beinen holen.«

»Nein, sie ist nur ängstlich. Das ist doch verständlich. Mädchen, wir sollen dich holen. Da draußen ist deine Sippe. Die Wikinger warten auf dich.«

War das wahr? Baldvin. Sverri, Hallvardr und die anderen? Yngvarr?

Und Rouwen?

»Und wenn du jetzt gefügig bist, Mädchen, bringen wir dich auch zu ihnen. Ein bisschen Zeit haben wir noch.«

So war das also. Rúna schob sich an der Wand hoch und suchte mit den Füßen festen Stand. Mit beiden Händen packte sie fest das Bänkchen.

»Sieht nicht so aus, als sei sie einverstanden.«

»Dann werden wir ihr eben beibringen, wie sie sich zu verhalten hat.«

Beide zugleich stürzten auf sie zu; der Kahlschädel schlug ihr das Bänkchen aus den Händen, so schnell, dass sie gar nicht dazu kam, damit zuzuschlagen, und so heftig, dass ihre Finger schmerzten. Der lange Kerl griff in ihr Haar. Sie drehte den Kopf und biss in sein Handgelenk. Brüllend schlug er mit der anderen Hand nach ihr. Der Kahlköpfige zerrte an ihr und stieß sie zu Boden. Rúna schlug mit gekrümmten Fingern nach ihm, um ihm noch weitere Schrammen im Gesicht zu verpassen. Sie spürte, wie ihre Fingernägel brachen. Sie wehrte sich mit aller Kraft, trotzdem konnte sie nicht verhindern, auf den Rücken geworfen zu werden. Der Kahle hielt sie mit einem Knie nieder, packte ihr Kleid am Ausschnitt und riss es bis hinunter zum Bauchnabel auf.

»Schau dir diese Äpfel an.« Ihm rann der Sabber aus dem geifernden Mund, als er triumphierend grinste. »Wer nimmt sie zuerst?«

Rúna dachte dumpf, dass es an der Zeit wäre, die Götter anzuflehen. Aber ihr Kopf weigerte sich noch, zu glauben, dass ihr *das* geschehen konnte.

»Ich.« Der Lange begann schon an seinen Beinkleidern zu nesteln. »Geh du hinaus und sieh zu, dass keiner etwas mitbekommt. Das gäbe nur Geschrei, wenn es dem Burgherrn zu Ohren käme.«

»Gut, aber mach schnell, ich will auch noch.« Der Kahle löste sich von Rúna und stand auf. Hochschnellen konnte sie nicht, denn der andere warf sich auf sie. »Und sei nicht zu grob! Ich mag's nicht, wenn die Weiber wie tot unter mir liegen.«

Sie lachten mit tiefen, vibrierenden Stimmen. Rúna atmete mehrmals tief durch, um sich dann mit aller verbliebenen Kraft gegen den Mann zu wehren. Dieses Mal würde sie nicht in seine Hand beißen, sondern in sein Gesicht …

Der Glatzkopf hatte kaum die Tür hinter sich zugemacht, da kehrte er schon zurück und rüttelte an der Schulter seines Kumpans.

»Was ist?« Ärgerlich hob der Kerl den Kopf. »Haben wir nicht ausgemacht …«

»Verdammt, sieh doch«, knurrte der andere zwischen zusammengebissenen Zähnen und nickte zur Tür.

Rúna entwand sich dem gelockerten Griff und wich hektisch zurück. Sie war erhitzt vom Kampf, doch als auch sie einen Blick zur Tür warf, schwappte eine Welle eisiger Kälte über sie hinweg.

Auf der Schwelle stand der Mönch.

Der Blick seiner blauen Augen glitt von den Männern zu ihr.

Und an ihr hinab. Hastig schlang sie die Arme um sich, doch zu spät, er hatte ihre Blöße gesehen.

Ihr Atem kam schwer vor ohnmächtigem Zorn. Dass die beiden Wächter sie begrapscht hatten, war schlimm gewesen. Doch allein vom Blick des Mannes, der sich ihrer Mutter aufgezwungen hatte, fühlte sie sich noch viel schlimmer erniedrigt. *Denk nicht daran*, ermahnte sie sich. *Nicht jetzt. Die Zeit der Rache kommt schon noch ...*

»Glotz nur, Mönch«, sagte sie kalt, mit einer Stimme, die sie kaum als die eigene erkannte. »Ich verspreche dir, bevor diese Sache vorbei ist, werde ich dich töten.«

»Daran bist du schon einmal gescheitert«, sagte er ruhig. Sein Mundwinkel hob sich zu einem Lächeln, das kaum wahrnehmbar war und doch sehr höhnisch wirkte. »Und deine Mutter sagte einst ganz ähnliche Worte.«

Rúna spürte, wie sich Tränen der Wut hinter ihren Augen sammelten. Sie schluckte sie mit aller Macht herunter.

Oxnac wandte sich ab und ging weiter. Der Wächter stand auf, ordnete seine Hose und klopfte sich umständlich den Staub von den Knien. Das Erscheinen des Mönchs hatte ihre Lust anscheinend erkalten lassen. Oder vielleicht fehlte ihnen auch einfach die Zeit.

»Hoch mit dir, Mädchen«, sagte der Kahlschädelige. »Wir bringen dich zu deinen Leuten, wie ich es dir sagte.«

Zögernd erhob sie sich. Mit der linken Hand hielt sie den Riss zusammen; die rechte erhob sie warnend.

»Keine Angst, du hast uns genug Kratzer zugefügt.« Er versuchte sich an einem Lächeln, das wohl ehrlich wirken sollte.

Die Männer fassten sie nicht an, als sie die Kammer verließen. Rúna erwartete, nach unten geführt zu werden. Doch es ging hinauf. Am nächsten Treppenabsatz gab es drei weitere Türen. Ihr wurde zusehends unbehaglicher zumute, als sie an diesen vorbei noch weiter hinauf gebracht wurde. Dort oben warteten schwerlich ihre Leute – wollte man sie etwa von den Zinnen stürzen? So weit oben roch es nach den Hinterlassenschaften von Vögeln und Fledermäusen. Schwalbennester klebten in den Ecken. Eine schwere Falltür war am Ende der Treppe geöffnet; kühler, würziger Frühlingswind wehte herein. Rúna betrat die Plattform des Turms. Die Felswände umschlossen die Burg wie eine gewaltige schwarze Schale, bis auf eine Öffnung, die den Blick auf die fernen Berge freigab. Die Nacht hatte sich über das Land gelegt. Hier und da sah man ein Licht aufblitzen, klein wie ein Stern; dort befanden sich wohl die Dörfer, die es in der Nähe einer so belebten Burg geben musste. Der Hohlweg, der zum äußeren Tor führte, lag dunkel und verlassen.

Mehrere Gerüstete standen an den Zinnen. Einer von ihnen kam nun auf sie zu. Auch er war schwer bewaffnet, doch als einziger trug er über dem Kettenhemd eine bodenlange Tunika aus kostbaren Brokat mit silbern bestickten Borten. Sein Schwertgürtel war mit silbernen Nieten besteckt. Als er vor Rúna trat, legten ihre Bewacher die Hände um ihre Oberarme.

»Wie ist dein Name?«, fragte er.

Sie schwieg.

»Du bist Baldvin Baldvinssons Tochter«, sagte er ihr auf den Kopf zu. »Du kannst es ruhig zugeben. Eine Brieftaube hat mir verraten, dass er kommt.«

»Mein Name ist Rúna Baldvinsdottir.« Sie hob stolz den Kopf.

»Rúna … Wie geht es Lady Athelna?« Er sah sie fordernd an, und sein großer, hagerer Leib spannte sich. Der Wind fuhr durch seine roten Haare, in denen sich hellgraue Strähnen zeigten, und ließ sie wirr abstehen. Sein Gesicht war von harten Falten durchzogen, die vielleicht die Sorge hineingetrieben hatten. War er etwa … Ian MacCallum? Athelnas Vater? Aber das war ja unmöglich, dieser befand sich in Eastfield. »Wer seid Ihr?

Er gab ihr augenblicklich die Antwort. »Ich bin Wulfher von Edinburgh, Athelnas Verlobter.«

Sie schluckte. Athelna war einem Mann versprochen? Diesem Mann? Sie stöhnte beinahe auf. Welch ein Unfug es doch im Nachhinein war, zu vermuten, Athelna und Rouwen könnten sich ineinander verliebt haben ...

Er schien ihre Miene falsch zu deuten. »Ja, ich weiß, dem Alter nach könnte ich ihr Vater sein«, sagte er. »Aber das ändert nichts daran, dass ich sie über alles liebe. Und sie mich. Oder hat sie je etwas anderes verlauten lassen?«

Zögernd schüttelte Rúna den schmerzenden Kopf. Sie konnte sich nur einen Grund vorstellen, warum Athelna ihren Verlobten nie erwähnt hatte: um ihn zu schützen.

»Trägt sie noch die Hülse?«

»Die ... Hülse? Was meint Ihr damit?«

»Ein silberner Anhänger, etwa so groß.« Wulfher hielt einen kleinen Finger in die Höhe.

Ja, sie hatte eine solche Silberkette an Athelnas Hals gesehen. Die Christin hatte den Anhänger häufig umklammert. »Ja, das tut sie«, antwortete Rúna daher. Sie konnte sich nicht verkneifen zu fragen: »Was ist darin?«

»Ein Minnelied, das ich ihr schrieb.«

Ihr wurde noch elender zumute. Sie hatte Athelna bedauert, doch stets nur eine Geisel in ihr gesehen, die noch dazu recht gut behandelt wurde. Nun, da sie wusste, was es hieß, jemanden zu lieben und nicht mit ihm zusammen sein zu können, wurde ihr erst bewusst, wie schwer die Gefangenschaft für Athelna sein musste.

»Fesselt sie«, befahl Wulfher und trat an die Zinnen zurück.

Die Wachen zwangen ihre Hände auf den Rücken und schlangen einen Strick um sie. Rúna wand sich, doch dabei sprang ihr zerrissenes Kleid vorne auf und entblößte eine Brust. Freya sei Dank, dass es so dunkel war.

»Herauf mit ihr«, Wulfher klopfte auf eine der Scharten zwischen den Zinnen, und die Wachen schubsten sie dorthin und hoben sie hinauf. Sie ärgerte sich, eben noch freundlich – nun ja, halbwegs freundlich – mit einem Mann geredet zu haben, der sie so grob behandeln ließ und offenbar riskierte, dass sie in die Tiefe fiel. Wild schlug ihr Herz angesichts der Höhe. In den Klippen Yoturs war sie oft herumgeklettert, um Eier zu sammeln, und ein Sturz wäre nicht weniger tödlich gewesen. Doch hilflos darauf zu hoffen, dass die Männer das Seil gut festhielten, ließ sie schwindeln.

»Rúna!«, erklang ein erschreckter Schrei aus der Tiefe.

Sie schaute in den inneren, von Fackeln erhellten Hof hinab. Da. Ihr Vater! Und die anderen! Sie alle waren gekommen, um … Nein, vergeblich hielt sie auch nach Rouwen Ausschau. So gerne hätte sie ihn gesehen, hätte sich noch einmal sein Gesicht eingeprägt, um dieses Bild mit nach Walhall zu nehmen. Weshalb war er nicht mitgekommen? Hatte Yngvarr ihn getötet? *Niemals!*, wehrte sie diesen hässlichen Gedanken sofort ab. Dazu wäre er niemals in der Lage!

Es tat weh, ihren Vater so verzweifelt zu sehen. Aus dieser Höhe wirkte er noch um einiges kleiner als die Schwertmänner an seiner Seite. Der stolze Wikingerhäuptling, der um der Fehde willen die Tradition der Wikingfahrten aufrecht erhielt … und der jetzt um ihr Leben flehen musste.

Als sie den Blick weiter durch den Hof gleiten ließ, stockte ihr der Atem. Auf jeden Yoturer kamen zwei Gewappnete, die die Hände an den Schwertern hatten oder lange englische Kampfbogen halb gespannt hielten.

»Baldvin Baldvinsson!«, rief Wulfher hinunter. »Ihr habt Athelna, ich habe Rúna. Ich denke, die Sache ist klar: Wir werden sie austauschen. Seid Ihr einverstanden?«

Baldvin ballte die Fäuste. »Ja. Sofern Ihr auch den Mönch Oxnac ausliefert!«

»Und wen gebt Ihr mir für den Mönch? Nein, Baldvin, eine für eine! Das ist mein erstes und letztes Wort. Ich lasse nicht mit mir schachern.«

Selbst von hier oben konnte sie erkennen, dass Yngvarrs Gesicht vor unterdrücktem Zorn und Kampfeslust glühte. Baldvin hingegen wirkte um Jahre gealtert. Es schien, als sei jegliche Lust am Erobern und Rauben, die ein Wikinger doch im Blut hatte, von ihm gewichen.

Rúna wurde flau im Magen, als sie daran dachte, hier nun Wochen ausharren zu müssen, bis er und die anderen Athelna geholt hatten.

Doch Yngvarr schrie: »Wir werden darüber beraten und morgen zurückkommen!«

Hinter sich hörte Rúna einen der Wächter lachen. »Der Kerl glaubt wohl, in der Nacht eindringen zu können. Na, da wird er sich die Zähne ausbeißen.«

Wulfher nickte. »Von mir aus sollen sie diese Nacht noch haben – bis morgen werden sie sich eines Besseren besonnen haben.« Dann hob er seine Stimme wieder. »Morgen früh erwarte ich euch mit der richtigen Antwort vor dem Tor!« Er wandte sich ab; die Verhandlungen waren beendet.

Als Rúna einen Zug am Seil spürte, neigte sie sich vor. »Vater, es tut mir leid«, rief sie. »Als zukünftiger Häuptling hätte ich klüger sein müssen.«

»Du hast getan, wozu dich dein Herz getrieben hat«, erwiderte Baldvin. »Und das macht eine starke, mutige Kriegerin aus!«

Für diese Worte würde sie ihm ewig dankbar sein. Sie hoffte nur, es wären nicht die letzten Worte, die sie je von ihm hörte.

18.

Die Männer kehrten zurück. Darauf hatte Rouwen gewartet, um der Gefahr zu entgehen, ihnen auf dem Weg zur Burg versehentlich in die Arme zu laufen. Rückwärts schob er sich unter dem Gebüsch hervor, in dem er sich versteckt hatte, und hastete durch das Unterholz zu Angus' Pferd. Er hatte es, ebenfalls gut verborgen, hinter einer Birkengruppe festgebunden. Seine Füße stoben durch das raschelnde Laub, doch das Geräusch war zu leise, als dass man ihn im Lager hätte hören können. Zumal ihn die Dunkelheit schützte und die Männer ausreichend mit sich selbst beschäftigt waren.

Er konnte sich ausmalen, was sie erreicht hatten: nichts. Wer immer Rúna auf der Burg gefangen hielt, konnte alles fordern und musste nichts geben.

Er vernahm Yngvarrs Stimme. »Wo ist der Engländer?«

Rouwen konnte die einzelnen Worte gerade noch verstehen. Trotzdem hörte man ganz deutlich die Wut darin. Er blieb stehen, um zu lauschen.

»Irgendwo im Wald, um den Schotten unter die Erde zu bringen«, antwortete Sverri, der zurückgeblieben war, um auf Arien aufzupassen.

»Der ist doch abgehauen!«

»Das glaube ich nicht. Und wenn schon; er ist nutzlos, hast du das nicht selbst gesagt?«

Der Streit ging weiter, doch Rouwen setzte sich wieder in Bewegung. Bald konnte er nichts mehr hören. Es tat ihm leid, dass er Sverri hatte belügen müssen – er hatte tatsächlich mit bloßen Händen ein flaches Grab für Angus ausgehoben, darüber ein Kreuz aus Ästen aufgestellt und ein Gebet gesprochen. Doch er hatte nicht vorgehabt, zurückzukehren.

Er führte das Pferd aus dem Wäldchen und über Wiesen und Felder, in denen die Gräser hüfthoch blühten. Der Boden war so feucht, dass jeder Schritt ein schmatzendes Geräusch verursachte, doch ein halber Mond erleichterte ihm die Sicht und zeigte ihm, dass er weit und breit der einzige Mensch war. Sowie er auf den Hohlweg gelangt war, zog er das Kettenhemd vom Pferderücken und legte es über Angus' Tunika an, die er bereits trug. Darüber kam der Gürtel mit dem Langschwert und einem Messer. Es fühlte sich gut an, wieder anständig bewaffnet zu sein. Rouwen warf sich den weißen Mantel des toten Schotten um und schloss die Scheibenfibel mit dem Kreuz vor der Brust. Auch die aus feinem Rindsleder gefertigten und mit Eisenplatten versehenen Handschuhe zog er an. Die Sporne des Edelknechts hatte er bereits an den eigenen Stiefeln befestigt. Als er fertig gekleidet war, schwang er sich auf den Rappen. Das Tier tänzelte unruhig, doch dann gehorchte es seinem Zügelzug und Schenkeldruck und hielt auf die Burg zu.

Bald machte der Weg eine Biegung; über der Böschung konnte man bereits den Wohnturm erkennen, und dann kamen die Burgmauer und die Gebäude davor in Sichtweite. Flackernde Talglichter in den Fenstern des Turms verhießen Wärme und Gemütlichkeit. Genau das Richtige für einen Reisenden. Er würde ...

Schnelle Schritte erklangen hinter ihm. Er drehte sich im Sattel.

Bei allen Heiligen, das konnte doch nicht wahr sein! Rouwen zügelte das Pferd. »Hölle und Teufel, Arien! Was machst du hier?«

Der Junge kam an seine Seite gehastet und blieb schwer schnaufend stehen. Er schwankte, presste eine Hand auf die Brust und kämpfte einen Hustenanfall nieder. Rouwen war drauf und dran, abzuspringen und ihn an den Wegesrand zu bringen, wo er sich ins Gras hätte legen können. Doch dann hatte sich Arien gefasst und grinste.

»Ist etwas passiert?«, fragte Rouwen.

Arien schüttelte die blonden Locken. Rouwen schnalzte mit der Zunge und ließ das Pferd langsam vorwärts schreiten. Die Wachen auf dem Wehrgang über dem Tor hatten ihn zweifellos längst bemerkt, und er wollte nicht ihr Misstrauen wecken, indem er hier herumlungerte. »Arien«, sagte er zu dem Jungen, der neben ihm hertrabte, »du wirst auf der Stelle kehrtmachen.«

»Das hat Rúna auch verlangt, als sie herkam, und wenn sie es nicht schafft, mich loszuwerden, dann kriegst du das auch nicht hin. Auf dich muss ich eh nicht hören, du bist doch immer noch unser Gefangener.«

»Du redest Unfug, und das weißt du, oder?«

Der Junge presste die Lippen zusammen und setzte eine finstere Miene auf. Natürlich wusste er es.

»Wenn die anderen bemerken, dass du weg bist, werden sie dich suchen.«

Der Junge schüttelte entschieden den Kopf. »Nein, die denken alle, ich schlafe. Ich bin hinten aus meinem Zelt herausgekrochen. Ich hab aufgepasst, dass mich niemand sieht. Und Sverri und Hallvardr schauen nie ins Zelt, nachdem ich schlafen gegangen bin. Außerdem reden sich alle die Köpfe heiß; die denken jetzt gar nicht an mich. Yngvarr wird übrigens sehr zornig sein, wenn er merkt, dass das Pferd des Schotten weg ist. Vermutlich hat er's schon gemerkt. Er wollte es bestimmt Odin opfern.«

Rouwen verzog das Gesicht. »Lenk nicht von dir ab. Geh endlich!«

»Nein, Herr Rouwen, das kann ich nicht. Ich muss Rúna da herausholen.«

Hatte Arien ihn jemals zuvor ›Herr‹ genannt? Rouwen seufzte. Ariens Entschlossenheit, seiner Schwester beizustehen, erweichte sein Herz. Dennoch, es war viel zu gefährlich. Wie wurde er den

Jungen nur wieder los? Es war nicht mehr weit bis zur Zugbrücke; er konnte über dem geschlossenen Tor bereits die Wachen auf dem Wehrgang erkennen. Der Fackelschein spiegelte sich auf den Eisenspitzen ihrer Spieße.

»Was hast du eigentlich vor?«, fragte Arien. »Du hast meinem Vater geschworen, ihm bei seiner Rache zu helfen. Hältst du dich noch daran? Willst du etwa Rúna befreien?«

Rouwen seufzte. »Ja. Aber ich will auch versuchen zu verhindern, dass Yngvarr euch alle ins Unglück stürzt.«

»Warum tötest du ihn nicht?« Diese Frage klang, als wäre es Arien ganz recht.

»Weil ich geschworen habe, mich nicht gegen euch zu stellen. Das gilt auch für ihn. Und weil die anderen nicht tatenlos zusehen, sondern mich umbringen würden. Außer vielleicht Sverri und Hallvardr. Aber auch die beiden würden sich kaum mit mir gegen ihre Waffenbrüder stellen ...« Verdammt, weshalb hielt er hier Reden, statt den Jungen abzuschütteln? »Also bin ich hier. Um Rúna zu helfen. Und auch um Lady Athelna zu schützen. Oder was glaubst du, wird Yngvarr mit ihr tun, wenn Rúna in dieser Burg stirbt?«

»Und was willst du da drin tun?«

Rouwen sah ihn ernst an. »Ich will an ihrer Seite sein und sie verteidigen, wenn Yngvarr, dieser Narr, heute Nacht die Burg angreift.«

»Ich werde deinen Knappen spielen. Dann kommst du leichter hinein.« Arien hustete, doch selbst dabei sah man ihm die Begeisterung über diesen Einfall deutlich an.

»Du könntest recht haben«, gab Rouwen zu. »Aber ist dir auch klar, dass mein Knappe kein Wikingerjunge wäre? Wenn du nur *einmal* Odin, Thor oder sonst was in den Mund nimmst, sind wir aufgeflogen.«

»Das passiert mir nicht. Was soll ich stattdessen sagen?«

»›Beim heiligen Cuthbert‹.« Noch während er den Namen

des englischen Heiligen aussprach, schüttelte er schon den Kopf. Ihm kam der Reliquienschrein in Stígrs Hütte in den Sinn. »Nein, sag besser ›beim heiligen Blane‹. Das ist zwar ein Ire, aber ein schottischer Heiliger will mir gerade nicht einfallen. Blane ist gut.«

»Der heilige Blane.« Arien furchte konzentriert die Stirn und nickte eifrig.

»Und jetzt still!«, murmelte Rouwen, denn es waren nur noch wenige Schritte und das Tor ragte vor ihnen auf.

»Wer da?«, rief einer der Wächter von oben herab.

»Ich bin Rouwen von Durham und bitte um ein Nachtlager!«

Eine kleine Klappe öffnete sich im Tor. Ein vierschrötiges Gesicht tauchte dahinter auf. »Nachts bleibt das Tor zu. Ihr werdet Euch ins nächste Dorf aufmachen müssen.«

Rouwen breitete die Arme aus. »Ich bin ein Ritter und komme aus dem Heiligen Land. Um Christi willen habe ich dort gelitten. Um Christi willen bitte ich Euch, öffnet das Tor.«

»Ihr habt Euch einen denkbar schlechten Zeitpunkt ausgesucht, es gibt hier ein paar Schwierigkeiten ...«

Rouwen krempelte den Ärmel der Tunika hoch und entblößte sein Tatzenkreuz. »Ich sagte, ich bin ein Ritter aus dem Heiligen Land. Ein *Tempel*ritter.«

Der Mann erbleichte, als er die rote Tätowierung sah. »Allmächtiger Gott! Verzeiht, Herr! Connor«, brüllte er nach einem anderen Mann, während er die Klappe zuschlug. »Wir öffnen dem Tempelherrn!«

Rouwen hörte hastige Schritte, dann schwangen die beiden Torflügel knarrend und schwerfällig auf. Vier bis an die Zähne bewaffnete Knechte kamen heraus und bildeten ein kleines Spalier. Der vorderste war der Mann mit dem vierschrötigen Gesicht

»Was ist mit dem Jungen?«, fragte er. Offenbar hatte er den Befehl inne.

»Ich bin sein Knappe, beim heiligen Blane!«, rief Arien.

»Das?« Rouwen drehte sich kurz im Sattel. »Das ist ein Bengel, der sich mir an die Fersen geheftet hat, um in die Burg zu kommen.«

»Aber, beim … beim heiligen …«, stotterte Arien.

»Mein Knappe ganz gewiss nicht. Scher dich fort, Junge!« Mit diesen Worten drehte sich Rouwen wieder um.

»Verschwinde«, der Wächter fuchtelte mit einer behandschuhten Hand vor Ariens Gesicht herum, sodass dieser zurückwankte.

Rouwen ritt durch das Tor. Im Innenhof angelangt warf er einen raschen Blick zurück und zwinkerte Arien zu. Er sah noch, wie der Junge enttäuscht die Schultern hängen ließ, dann schlossen sich die Torflügel.

»Auch wenn der Zeitpunkt ungünstig ist, so ist es uns doch eine Ehre, einen armen Ritter Christi vom Tempel Salomons zu beherbergen.« Der Burgvogt, ein kleiner, dicklicher Mann, verbeugte sich mehrmals vor Rouwen. Sein Bauch umspannte ein Lederwams, und an der Seite hing ein Kurzschwert – Rouwen war nicht entgangen, dass sich die Burg bis hinunter zum jüngsten Pagen gewappnet hatte.

Rouwen hatte nur kurz warten müssen, bis der Burgvogt ihn auf dem Innenhof in Empfang nahm. Er hatte ihn in eine Art Empfangshalle geführt, etwas zu trinken bringen lassen und Rouwen untertänigst gebeten, ihm das Tatzenkreuz zu zeigen. Dann hatte er sich für eine Weile entschuldigt. Vermutlich wollte der Burgherr von einem Vertrauten die Bestätigung, dass es sich bei Rouwen tatsächlich um einen Tempelritter handelte. Als der Burgvogt zurückkehrte, hatte er ihm endlich ein Zimmer für die Nacht angeboten. Nun führte er ihn die Treppe des Turms hoch.

»Mein Herr Wulfher konnte kaum glauben, dass wirklich ein Tempelritter vor unserer Türe stand«, erzählte der Burgvogt munter. »Er fragte dreimal ungläubig, ob Ihr auch wirklich ein Templer seid, und ja, ich und die Wachen haben ihm bestätigt, dass Ihr das Templerkreuz auf ewig auf Eurem Körper tragt. Ich soll Euch sagen, er sieht es als Zeichen von Gottes Wohlwollen an, dass Ihr ausgerechnet in diesen Tagen gekommen seid, denn sie sind schwierig. Wir befinden uns, wie Ihr ja sicher bemerkt habt, in Alarmbereitschaft.«

»Das ist mir nicht entgangen. Was immer Euch bedroht, ich werde in der Nacht dafür beten, dass es gut ausgehen möge.« Das war nicht einmal eine Lüge. Nur unterschied sich das, was Rouwen unter einem guten Ausgang verstand, sicher grundlegend von der Auffassung des Burgvogts.

»Vielen Dank. Vielleicht ...« Der Vogt spielte angelegentlich mit dem schweren Schlüssel an seinem Gürtel.

»Ja?«

»Vielleicht wäret Ihr geneigt, meinem Herrn Euren Schwertarm zu leihen? Falls die Not es gebietet. Ein Templer wiegt drei gute Ritter auf.«

»Vielleicht, ja.«

Die Antwort schien dem Mann zu genügen. Er seufzte erleichtert auf. Als sie den obersten Stock erreichten, schob er sich an Rouwen vorbei, löste einen Schlüssel vom Bund an seinem Gürtel und steckte ihn ins Schloss einer der drei Türen. Knarrend öffnete sich die Tür und offenbarte eine geräumige, mit Truhen, einem Tisch und einem ausladenden Bett bestückte Kammer. Dichtgewebte Teppiche an den Wänden zeigten Jagdszenen; den Boden bedeckte Stroh. Ein schulterhoher Messingkandelaber rührte unangenehme Erinnerungen in Rouwen an.

Der Vogt eilte sich, mit dem brennenden Kienspan, mit dem er den Weg hier herauf erhellt hatte, die Kerzen in dem Kandelaber anzuzünden. Süßer Duft von kostbarem Bienenwachs erfüllte kurz darauf den Raum.

Die schweren Vorhänge des Betthimmels waren bereits zurückgezogen, die Bettdecke einladend zurückgeschlagen. Die Matratze sah weich aus, die vier Kissen ebenso. Rouwen überlegte, ob er jemals in einem so üppigen und bequemen Bett genächtigt hatte. Nicht einmal daheim in Durham war seine Bettstatt so prunkvoll gewesen.

Der Vogt verneigte sich noch einmal tief, was ihm bei seiner Körperfülle den Atem raubte. »Mein Herr lässt fragen, ob Ihr wünscht, heute noch von ihm willkommen geheißen zu werden, oder ob Ihr Euch lieber zurückziehen wollt, denn sicher seid Ihr sehr müde.«

Rouwen nickte. »Das bin ich.«

»Er lässt ausrichten, dass er sich freut, Euch morgen kennenzulernen. Und dass er hofft, dass Ihr mit Eurem Nachtlager zufrieden seid. Es ist die beste Kammer im Turm. Er war sich nicht sicher, ob Ihr als Templer nicht lieber eine karge Pritsche bevorzugt; andererseits wollte er Euch nicht beleidigen, indem er Euch eine solche anbietet. Ihr mögt es ihm nachsehen, sollte er die falsche Wahl getroffen haben.«

Rouwen begann Angus' Schwertgürtel zu lösen und abzustreifen. Mittlerweile schmerzten seine Ohren von dem nicht enden wollenden Gerede. »Das hat er nicht. Ich habe im Namen des Herrn in Outremer mehrmals dem Tode ins Auge geblickt. Während der Heimfahrt ebenso. Da wird mir eine Nacht voller Annehmlichkeiten vergönnt sein, meint Ihr nicht auch?«

»Ihr habt völlig recht!«

»Daher würde ich mich auch über eine warme Mahlzeit freuen. Euer Page hat mir nur verdünnten Wein angeboten.«

»Das ... das ist unverzeihlich! Ich lasse Euch vom heutigen Schweinebraten mit Pilzsoße aufwärmen, und dazu gibt es weißes Brot, das heute frisch gebacken wurde.«

»Und für danach einen Zuber mit heißem Wasser, in dem ich entspannen kann?« Rouwen rieb sich anschaulich den Nacken, als seien die Muskeln dort verspannt.

»Auch das!«

»Und einen Fußofen für die Nacht?«

Eifrig nickte der Vogt. »Man hört ja allerlei darüber, dass manche Templer zwar einen Kanten Brot einem Braten vorziehen und ein hartes Lager einer Matratze ebenso, doch dass ihnen ihr Keuschheitsgelübde nicht gar so wichtig ist.« Schief blickte er zu Rouwen hoch und lächelte vorsichtig. »Ein Bad, ein Ofen ... Wollt Ihr, dass ich Euch auch noch eine hübsche Magd schicke? Für ... Ihr wisst schon?«

Rouwen zögerte nur kurz. »Ja.« Er legte eine Hand auf die Schulter des Vogts, und drückte ihn sanft in Richtung Tür, damit er endlich ging. »Das würde mich freuen.«

Nach endlosen Stunden war Rúna irgendwann auf ihrer Bettstatt eingenickt. Doch ein schabendes Geräusch ließ sie aufschrecken. Sie wollte sich aufrichten, aber ihre Arme wurden beinahe sofort wieder zurückgerissen – sie hatte vergessen, dass man ihre Hände irgendwo über ihrem Kopf am Betthaupt festgebunden hatte. Die Wachen hatten sie wieder zu begrapschen versucht, als sie sie zurück in ihr Gefängnis gezerrt hatten, und da sie das nicht wehrlos über sich hatte ergehen lassen, musste sie nun in dieser unbequemen Haltung ausharren. Dabei war es ihr in dem Gerangel sogar gelungen, unbemerkt an ein Brotmesser zu kommen und es in der Tasche ihres Kleides verschwinden zu lassen. Sie wusste, dass sie damit gegen die zwei Wachen kaum eine Chance hatte, doch sie war bereit gewesen es einzusetzen, bevor es zum Äußersten kam. Doch dann hatten sie sie gefesselt ... Wenigstens konnte sie den Göttern dafür danken, dass die Männer zum Dienst gerufen worden waren, bevor sie mehr tun konnten als das. Doch die Sorge, dass sie zurückkamen, hatte sie nur in einen leichten Schlaf sinken lassen. Da war es wieder, das schabende Geräusch. Waren es die beiden Wächter? Kamen sie, um über sie herzufallen? Rúna zog die Knie an, um notfalls mit den gefesselten Füßen zustoßen zu können.

Plötzlich tauchte eine dunkle Gestalt in dem schmalen Fenster auf. Jemand zwängte sich leise ächzend hindurch.

Gütige Götter, steht mir bei, flehte Rúna still. Sie hielt den Atem an. Wer immer es war, er war so groß, dass es ihm Schwierigkeiten bereitete, sich durch das Fenster zu schieben. Doch dann hatte er es geschafft und richtete sich auf. Sie sah nichts als den schwarzen Schemen eines großen, breitbeinig dastehenden Mannes. Doch das genügte.

Rouwen.

Sie wusste, er war es. Einen Herzschlag später war er an ihrer Seite und hielt ihr sofort den Mund zu, damit sie nicht aufschrie. »Rúna«, hauchte er an ihr Ohr. »Ich bin es.« Langsam löste er seine Hand.

»Rouwen«, wisperte sie. »Du bist ...«

Mehr konnte sie nicht sagen; er packte ihr Gesicht mit beiden Händen und presste seine Lippen auf ihre. Dieser Wahnsinnige, wie konnte er im Angesicht der Gefahr so selbstvergessen sein? Doch sie vergaß ebenfalls alles um sich herum. Sie gewährte seiner suchenden Zunge Einlass und saugte wild an seiner. Dieser Kuss erinnerte sie mit wuchtiger Macht daran, wie ausgehungert sie nach seiner Berührung war. Könnte sie doch nur die Arme um ihn legen und ihn an sich ziehen! Sie wollte mehr, mehr. Es war wie ein herrliches, himmlisches Ertrinken ... Sie stöhnte unterdrückt auf, als eine seiner tastenden Hände über den zerrissenen Stoff fuhr und ihre nackte Brust berührte.

Erschrocken hielt er inne, löste sich von ihr. Doch nur kurz. Im nächsten Moment spürte sie seine Lippen auf ihrer Brust.

O ihr Götter …

Sie drückte das Kreuz durch, um ihm so nahe wie möglich zu sein. In ihrem ganzen Körper breitete sich ein ebenso schönes wie unerträgliches Kribbeln aus. Er saugte an ihrer Brust, knabberte daran – er war wie entfesselt.

Doch genauso plötzlich, wie er begonnen hatte, hörte er auch wieder auf. Er stützte die Hände auf das Bett und atmete ein paar Mal tief durch. »Was tust du da, Rouwen?«, schimpfte er leise mit sich.

Er hob den Kopf und sah ihr in die Augen; erhitzter Atem streichelte ihr Gesicht. Sanft strichen seine Finger über ihre Stirn und die Wangen und verharrten an dem Kratzer, den einer der Wächter ihr zugefügt hatte.

»Was hat man dir angetan, mein Herz?«, flüsterte er.

»Nichts Schlimmes.« Die Zärtlichkeit in seiner Stimme trieb ihr beinahe Tränen in die Augen. Sie wollte ihn berühren, ihn umarmen. Jetzt. Und wenn es nie mehr als flüchtige Küsse zwischen ihnen geben sollte, dann musste das genügen. »Binde mich los!«

Sie vernahm das Scharren eines Messers, das aus einer Scheide glitt. Rouwen tastete an ihrem Armen entlang und durchschnitt die Fesseln.

»Meine Füße …«

Auch die waren rasch befreit. Rúna fuhr hoch und umfing ihn mit den Armen. Er kniete neben dem Bett, presste sie an sich und küsste sie erneut, diesmal beherrschter.

»Wie … wie hast du das geschafft?«, wisperte sie zwischen zwei Küssen. »Ich habe mich so nach dir gesehnt, doch nicht zu hoffen gewagt, dass du tatsächlich herkommst.« Sie ließ die Hände über seine Schultern gleiten. Dann runzelte sie die Stirn und wich ein Stück auf dem Bett zurück. »Was trägst du da?«

Das war nicht die schlichte Tunika, die er in Yotur erhalten hatte. Diese war länger, schwerer und mit bestickten Borten versehen. Hatte sie die schon einmal gesehen?

»Die Sachen von Angus«, bestätigte er ihre Vermutung. »Er ist tot. Yngvarr hat ihn umgebracht. Und sich zum Herrn deines Stammes aufgeschwungen.«

Was? Hatte sie das richtig verstanden? Rouwen hatte leise geflüstert, damit die Wächter vor ihrer Tür, falls welche dort standen, nichts hörten. »Ich ...«, stieß sie hervor; die Empörung ließ sie unwillentlich zu laut werden. Blitzschnell und zielsicher verschloss er wieder mit der Hand ihren Mund.

»Ich habe nachgesehen, bevor ich kam. Der Wachposten vor deiner Tür schläft, und das Türblatt ist dick. Trotzdem sei so leise wie möglich.« Er löste seine Hand.

»Ich muss zurück und meinem Vater beistehen!«, zischte sie. »Wie hast du es hergeschafft? Kommen wir so auch wieder hinaus?«

»In den Hof vielleicht. Aber nicht aus der Burg. Man hat mir oben die beste Kammer zugewiesen. Wo du warst, wusste ich leider nicht, und ich konnte es nicht wagen, den Vogt einfach zu fragen, obwohl er wirklich ein sehr redseliger Mensch ist. Also habe ich um sämtliche Annehmlichkeiten gebeten, die mir eingefallen sind, und habe die Pagen und Mägde, die sie brachten, vorsichtig befragt, bis endlich einer plauderte. Sogar eine Magd für die Nacht hatte ich da. Es war ziemlich anstrengend, ihr beizubringen, dass sie wieder gehen kann, ohne ... nun ja ...« Er lachte leise. »Aber die Mühen waren nicht umsonst; ich erfuhr, dass du unter meiner Kammer bist, wahrlich Gottes glückliche Fügung. Also habe ich Angus' Mantel in Streifen gerissen und bin daran heruntergeklettert.«

Rúna stockte beinahe das Herz, als sie dies hörte. »Rouwen!«, zischte sie. »Oben auf dem Turm laufen doch Wachen herum!«

Er zuckte mit den Achseln. »Ja, aber ich bin davon ausgegangen, dass sie in die Ferne schauen und nicht unmittelbar in die Tiefe.«

»Was für eine Verrücktheit!« Rúna schüttelte den Kopf.

Er nickte, als sei ein solch tollkühnes Unterfangen das Normalste der Welt. »So etwas lernt man im Krieg. Außerdem: Wer ist verrückt? Doch wohl eher die Kriegsbraut, die sich als Bauersmagd verkleidet in die Burg des Feindes einschleicht, um einen Mönch zu entführen, von dem sie eigentlich wissen sollte, dass er gefährlich ist.«

Rúna schauderte. »Oxnac! Er ist … er ist wie einer der Frostriesen aus Jotunheim. Als er mich ansah, dachte ich, mein Inneres vertrocknet vor eisiger Kälte. Ich wollte ihn töten, aber ich habe es nicht geschafft. Wo ist er jetzt?«

»Ich hatte gefragt, ob ich mit einem Gottesmann sprechen könne. Ein Page meinte, er sei nirgends zu finden.«

Als Rúna erneut erschauerte, zog Rouwen sie eng an sich. Er begann, sie wieder zu liebkosen. Rúna hielt still und schloss verzückt die Augen, während seine Lippen über ihren Hals glitten, über ihr Kinn und sanft wie ein Frühlingshauch über ihren Mund hinauf zu ihren Lidern. »Der Page war wirklich diensteifrig«, murmelte er. »Er wollte den Kaplan fragen, ob der mir die Beichte abnehmen würde.« Sein Atem strich über ihre erhitzte Haut. »Ich hatte Mühe, ihn davon abzubringen. Bei meiner verfluchten Seele, was sollte ich diesem Mann denn sagen? Dass eine heidnische Göttin mich verzaubert hat und ich drauf und dran bin, alles zu vergessen, was einem Templer heilig ist …«

»Ja, vergiss es, Liebster«, hauchte sie in sein Ohr. Sie griff nach seiner Hand und führte sie an ihre Brust. Er umfasste sie, streichelte sie sanft und seufzte leise auf.

»Irgendwie wusste ich, dass das geschehen würde, wenn ich herkomme. So wahnsinnig es ist.«

Sie legte beide Hände an sein Gesicht und zwang ihn, ihr in

die Augen zu sehen. »Es ist nicht wahnsinnig. Wir sterben vielleicht, also liebe mich.«

»Ja, Geliebte. Selbst wenn ich dafür im Fegefeuer büßen muss.«

Er zitterte vor Erregung, ebenso wie Rúna. Sie rutschte von der Bettstatt und ließ sich auf seine Schenkel gleiten. Seine starken Arme umfingen und streichelten sie. Ewig hätte sie so sitzen können, die Brust an seiner und seinen kräftigen Herzschlag im Einklang mit ihrem. Was nach dieser Nacht kommen würde, war ihr jetzt gleich. Yngvarr und alle anderen – sie verblassten in diesem Augenblick. Lediglich das mahnende Gesicht des geliebten Vaters schien noch über ihr zu schweben, doch auch dies verschwand wie Nebel in der Morgensonne, und nichts blieb zurück: keine Furcht, kein Zweifel, keine Last.

Nur Sehnsucht, die endlich gestillt werden wollte.

Sie küssten sich, ihre Lippen ließen keinen Moment voneinander, als wollte jeder den anderen daran hindern, einen verräterischen Laut zu tun. Derweil wanderten ihre Hände am Körper des anderen hinab. Rúna löste seinen Gürtel, legte ihn lautlos ab, hob seine Tunika und tastete nach der Verschnürung seiner Hose. Währenddessen glitten seine Hände unter ihr Kleid. Vor Lust japste sie auf, als sie seine behutsam tastenden Finger an ihren geschwollenen Schamlippen spürte. Er tauchte in ihre warme Nässe, erkundete das für ihn so unbekannte Gebiet.

»Rúna ...«

Sie schloss die Augen. »Keine Zweifel mehr. Bitte nicht.«

»Nein. Aber magst du es?«

Ihre Lider flogen wieder auf. »Ich liebe es! Bitte ... komm in mich.«

Mit zitternden Fingern befreite sie sein Glied und hob ihr Becken darüber. Etwas in ihr schrie *schnell, schnell!*, bevor jemand hereinplatzte und sie erwischte. Aber dann dachte sie, dass es ein guter Tod wäre, würden sie beide in inniglicher Zweisamkeit von einer Schwertklinge durchbohrt und so im Tode verbunden.

Rouwen packte ihre Hüften und führte sie. Es war sein erstes Mal, so wie ihres, doch instinktiv wusste er, was zu tun war. Sein mächtiges Glied begann sich in sie zu schieben und gegen ihren Widerstand zu drücken. Sie fürchtete sich nicht. Sie drückte den Rücken durch, spreizte die Beine noch weiter und ergab sich dem Schmerz. Dann war er in ihr und füllte sie aufs Vollkommenste aus, als sei er für sie geschaffen worden.

Rouwen atmete fast lautlos an ihrem Ohr, und sie biss sich auf den Finger, um ihr Stöhnen zu unterdrücken. Sie durften nicht zu laut sein.

Es war ihr letzter klarer Gedanke, bevor ihr erhitzter Körper in neuen, aufregenden Gefühlen verglühte. Als die Ekstase sie überwältigte, sank sie, am ganzen Leib erbebend, in sich zusammen. Er fing sie auf.

19.

Wie schön sind deine Schritte, Fürstentochter! Die Biegung deiner Hüfte ist wie ein Halsschmuck, das Werk eines meisterhaften Künstlers. Dein Nabel ist eine Schale, voll mit gemischtem Wein darin; dein Leib eine Weizengarbe, von Lilien umringt. Deine Brüste sind wie ein Zwillingspaar junger Gazellen. Dein Hals ein Turm von Elfenbein; deine Augen wie die Teiche am Tor der volkreichen Stadt Hesbon; deine Nase wie der Libanonturm, der nach Damaskus blickt …«

»Rouwen«, flüsterte Rúna verwirrt. »Was ist das?«

»Ein Liebeslied, mein Herz.« Er konnte nicht davon lassen, ihr diese Zeilen ins Ohr zu flüstern. Hätte er die mahnenden Sprüche Salomos aufsagen sollen, wäre ihm wohl im Moment kein Wort eingefallen.

Er war schon immer fasziniert vom Hohelied gewesen. Früher war er in stillen einsamen Nächten aus dem Gemeinschaftsschlafsaal geschlichen, um beim Schein eines Talglichtes im Skriptorium die lateinischen Zeilen wieder und wieder zu lesen und still für sich ins Englische zu übersetzen.

Als hätte ich das Lied gelernt für diesen Augenblick.

»Dein Haupt auf dir ist wie der Karmel, und das herabfließende Haar wie kostbarer Purpur. Deine Locken fesseln einen König … Wie schön bist du, wie lieblich, o Liebe, unter den Wonnen! Dein herrlicher Wuchs …«

Er verstummte, überwältigt davon, diese Worte das erste Mal in seinem Leben wirklich zu begreifen.

»Es ist schön«, wisperte sie in die Stille hinein. »Obwohl ich nicht alles verstehe. Ein Zwillingspaar junger Gazellen?«

»Das Hohelied Salomos verstehen schon die Christen schwer. Dir als Heidin muss es erst recht schwerfallen.«

»Nein, ich meine: Was sind Gazellen?«

Er musste sich beherrschen, nicht aufzulachen. »Wunderschöne Geschöpfe Gottes, wie du. Ähnlich wie Rehe.«

»An dir ist womöglich ein Skalde verloren gegangen, und du weißt es gar nicht. Wer hätte das gedacht?«

Sie lagen beieinander auf dem Boden, doch ihm war nicht kalt, und ihr machte es sicherlich auch nichts aus. Er hielt sie im Arm, sie hatte den Kopf auf seine Brust gebettet. Ihre Finger steckten im Ausschnitt seiner Tunika und spielten mit seinem silbernen Kreuz. Flüchtig dachte er an das ausladende Bett in seiner Kammer und dass er nun doch nicht erfahren würde, wie es war, darin zu schlafen.

Wie viel Zeit mochte vergangen sein? Eine Stunde vielleicht? Von ferne erklang der Ruf eines Käuzchens, und der Wind pfiff leise durch das schmale Fenster. Ansonsten lag Burg Daenston in völliger Stille. Fast schien es, als hielte alles den Atem an, in Erwartung des Angriffs der Wikinger. Wie auch immer der aussehen mochte. Rouwen hoffte, dass Baldvin das Heft in der Hand behielt und gar nichts geschehen würde. Doch insgeheim glaubte er nicht daran.

Jetzt würde wohl noch nichts geschehen – die Nacht war zu jung. Dennoch sollten sie sich allmählich wappnen. Bedächtig zog er Rúnas Hand aus seinem Ausschnitt und den Arm unter ihrem Rücken hervor. Sie gab einen enttäuschten Laut von sich, als er sich aufsetzte.

»Wir müssen uns bereit machen, entdeckt zu werden, Liebste«, flüsterte er und tastete nach seinem Gürtel. Er verschnürte seine Hose, ordnete die Tunika und gürtete sich.

»Warum hast du kein Schwert dabei?«, wollte sie wissen.

»Wir werden nicht kämpfen, es wäre sinnlos.« Zumal er Angus' langes Schwert ohnehin nicht hatte mitnehmen können; es war viel zu groß, als dass er hätte verhindern können, dass es bei der Kletterpartie gegen die Mauer schlug. Allerdings trug er das Langmesser, und es bei sich zu wissen, beruhigte ihn zumindest etwas.

Rúna versuchte vergeblich, ihre Kleider zu ordnen. Vorne prangte der lange Riss, der für seine suchenden Hände so günstig gewesen war. Seine Miene wurde finster, als er daran dachte, wie sie wohl dazu gekommen war. Hätte er gewusst, dass sie sich nicht einmal züchtig bedecken konnte, so hätte er zumindest versucht, an die Kleidung einer der Mägde zu gelangen. Aber so war es nicht zu ändern. Im matten Zwielicht schimmerte ihre nackte Haut; er sah den dunklen Fleck einer ihrer Brustwarzen und musste mit schierer Willenskraft verhindern, dass sein Blut wieder in Wallung geriet.

»Setz dich zu mir.« Er hockte sich neben der Bettstatt an die Wand. Rúna schmiegte sich an ihn.

»Wehrlos bin ich nicht«, sagte sie leise. Stoff raschelte, dann sah er im schwachen Licht eine winzige Klinge schimmern. »Der Burgknecht hat mir meinen … deinen Sarazenendolch entwendet, aber im Gerangel mit den Wachen habe ich dafür ein Brotmesser geklaut.«

»Du bist eine Wildkatze!«

»Der Dolch war das schönste Stück in meiner kleinen Messersammlung«, sagte sie bedauernd.

Er lachte leise. »Vielleicht bekommen wir ihn ja wieder. Ansonsten verspreche ich dir einen neuen.«

»Wirklich?« Sie klang höchst erfreut.

»Ja, denn du bist eine Kriegerin. Ich liebe dich, Rúna Wirbelwind.«

Als Antwort drehte sie sich zu ihm, schlang die Arme um seinen Hals und küsste ihn. Er umfasste sie und erwiderte ihren heißen Kuss. Diesmal jedoch beherrschte er sich, nicht erneut über sie herzufallen, auch wenn ihn sein Körper dazu drängte.

»Ich liebe dich auch, Rouwen. Ich möchte mit *dir* in Walhall tanzen, mit keinem anderen.« Sie kuschelte sich an ihn, den Kopf in seiner Halsbeuge.

»Und ich möchte mit dir im Himmel sein.« Er legte die Wange auf ihr Haar.

Sie verfielen in Schweigen. Ob auch sie sich jetzt die Frage stellte, wie ein Christ und eine Heidin zusammen sein konnten? Ihre Hand tastete über seinen Arm, befingerte die Knotenschnur um sein Handgelenk, die ihm als Rosenkranz diente, dann verflocht sie ihre Finger mit seinen.

Rouwen seufzte tonlos. Der Rausch vorhin war herrlich gewesen. Dies hier jedoch, diese stille Zweisamkeit, war pures Glück. Heidin oder nicht – ihm war, als würde er Rúna seit Jahren kennen. Sie musste ein Geschenk Gottes sein. Anders war das alles nicht zu erklären.

»Und jetzt?«, fragte sie. »Warten wir, bis jemand kommt?«

»Ja.« Er spürte, wie sie ein Schauder überlief.

Sie stand auf und tapste vorsichtig zum Fenster. Lange stand sie da, beobachtete die Nacht und schwieg. »Ich wünschte, es geschähe jetzt«, wisperte sie schließlich so leise, dass er es kaum verstand.

»Komm zurück, Rúna. Wir müssen uns, wenn wir schon nicht schlafen, wenigstens ausruhen, um bereit zu sein für das, was auf uns zukommt.«

Sie löste sich vom Fenster und kam auf ihn zu. Ein Schritt, zwei; er hob schon den Arm, um ihr die Hand zu bieten. Da stieß ihr Fuß gegen eine winzige Bank – ein Büßerbänkchen. Mit einem scharfen Misston, der unnatürlich laut klang, schlitterte es über den Steinboden.

Verdammt! Er sprang hoch. Rúna hastete an seine Seite. Draußen wurde ein Riegel zurückgeschoben und der Schlüssel mit einem lauten Knarren im Schloss gedreht. Die Tür schwang auf, und der Schein einer erhobenen Fackel erhellte die karge Kammer.

»Mädchen, du müsstest doch gefesselt im Bett liegen«, brummte der Wächter. »Wie kannst du also so einen Lärm machen … Teufel auch!« Er schrie bei Rouwens Anblick sofort nach Unterstützung, die sich mit raschen Schritten schon im nächsten Moment ankündigte. Ein weiterer Wachposten drängte sich herein, das Schwert halb aus der Scheide gezogen.

»Bei allen Heiligen! Der Templer!«

Wulfher von Edinburgh stand vor einer Wand voller kleiner Fliesen, die er, die Hände auf dem Rücken verschränkt, versunken betrachtete. Er drehte sich nicht um, als Rúna und Rouwen hereingeführt wurden. Es musste sich um das von Angus erwähnte römische Mosaik handeln. Eine Jagdszene, wie er es gesagt hatte: Halbnackte, doch bewaffnete Männer umringten fremdartige Tiere. Rúna erkannte zwei Löwen, doch das schwarz-weiß gestreifte Pferd und das gefleckte Tier mit dem ellenlangen Hals erschienen ihr eher wie Fabelwesen. Schließlich trat Wulfher zu einem wuchtigen Bohlentisch, auf dem im Schein eines fünfstrahligen Kerzenständers ein riesiger Foliant ruhte. Dahinter lag ihr Sarazenendolch.

»Was soll ich von all dem halten?«, fragte er und blickte den Wachmann am Fenster auffordernd an, der einen riesigen Bogen in der Hand hielt, dann den jungen Diener, der ängstlich unterhalb des Fensters auf einer Truhe kauerte. Auch die beiden Burgknechte, die Rúna und Rouwen hierher geführt hatten. Aber keiner gab ihm eine Antwort.

Schließlich sah er Rouwen an.

»Bitte sagt mir, dass Ihr nicht meine Gastfreundschaft missbraucht habt.« Er klang müde. »Dass Ihr nicht mit meinen Feinden unter einer Decke steckt.«

»Weder das eine noch das andere.« Rouwen wollte weiterreden, doch der Burgherr achtete gar nicht darauf.

»Weshalb seid Ihr in die Kammer eingedrungen, in der sie gefangen gehalten wurde?« Fahrig wischte er sich durch sein abstehendes rotes Haar. »Seid Ihr überhaupt ein Templer?«

»Das bin ich.«

»Ihr wolltet die Frau befreien! Aber wie konntet Ihr glauben, dass das gelingt?«

»Ich wollte keineswegs ...«

»Hinunter in den inneren Hof, ja, das kann ich mir noch vorstellen! Doch niemals wäret Ihr zu diesem Heidenpack gelangt, zu dem Ihr sie ja dann wohl bringen wolltet? Warum? Warum seid Ihr, ein Tempelritter, ein Handlanger dieser Leute? Das begreife ich nicht!« Er stütze die Hände auf die Tischplatte und senkte den Kopf, den er gramvoll schüttelte.

Rúna dachte, dass er niemals etwas begreifen würde, wenn er nicht imstande war, zuzuhören. Unruhig trat sie von einem Fuß auf den anderen. Das winzige Messer war wieder in der Tasche ihres Kleides verborgen. Ihre Finger tasteten von außen sanft über den Griff, während sie mit der Linken den lästigen Riss in ihrem Kleid zusammenhielt. Auch Rouwen hatte sein Kampfmesser noch. Die Wachen hatten es nicht gewagt, es ihm abzunehmen. Aber er war auch klug genug gewesen, sie nicht damit zu bedrohen. Stattdessen hatte er den herbeieilenden Wachen gesagt, dass er den Burgherren zu sehen wünsche. Und tatsächlich hatten die beiden Wächter und drei weitere herbeigerufene Knechte höflich, doch aufs Äußerste wachsam, eine Eskorte gebildet, die Rouwen und sie zum Burgherrn brachte.

Dieser hatte wohl auch noch kein Auge zugetan, als man ihn von dem Zwischenfall unterrichtet hatte. Die scharfen Schatten, die das Kerzenlicht warf, ließen sein erschöpftes Gesicht noch älter und ausgezehrter wirken, aber er war vollständig gekleidet und schien nicht gerade erst aus dem Schlaf gerissen worden zu sein. Vielmehr sah er ruhelos aus. Verzweifelt. Er war ein Mann, der nicht mehr ein noch aus wusste.

»Herr Wulfher«, versuchte Rouwen zu ihm durchzudringen. »Ich soll Euch von Lady Athelna ausrichten, dass sie Euch liebt.«

Wulfhers Kopf ruckte hoch. Schmerz spiegelte sich auf seinen Zügen, dann Weichheit, und er lächelte. »Wie kann es sein, dass Ihr Athelna getroffen habt? Ich dachte, Ihr kämt aus dem Heiligen Land?«

»Mit einem kleinen Umweg, sozusagen … Das ist eine längere Geschichte, die ich Euch ein anderes Mal bei einem Becher Ale gerne erzähle. Sofern Ihr zuhören wollt.« Offensichtlich konnte sich Rouwen diesen kleinen Seitenhieb nicht verkneifen. Rúna musste trotz der ernsten Situation schmunzeln.

Auch Wulfher entging diese Spitze nicht. Er richtete sich stolz auf. »Verzeiht. Ich war eben nicht ganz bei mir. Was wollt Ihr von mir?«

»Dass Ihr uns gehen lasst.«

»*Ihr* könnt gehen, wohin Ihr wollt, Herr Rouwen.« Sein Ton war überrascht, als wundere er sich, dass er Rouwen diesen Umstand erklären musste. »Aber die Frau brauche ich als Geisel.«

»Ich weiß. Aber so kommt Ihr nicht ans Ziel.«

»Die Frau ist …«

Rúna hatte genug davon, dass über sie geredet wurde, als wäre sie nicht anwesend. Sie trat vor; Wulfher verstummte und sah sie an. Sofort stellte sich ihr einer der Männer mit halb gezogenem Schwert in den Weg.

Sie spürte ihre Hände feucht werden. Ihr Herz klopfte wild. Vor Aufregung oder doch vor Furcht? Sie hatte sich das alles anders vorgestellt, und nun war ihr, als entgleite ihr alles. Hätte sie doch wenigstens Falkenkralle in der Hand! Oder noch besser ihren Bogen. Oder den des Wächters dort drüben. Allerdings war dieser englische Bogen wirklich eine gewaltige Waffe.

Doch alles Wünschen nützte nichts, also griff sie in die Tasche und umschloss fest das Brotmesser. Es gab ihr etwas Sicherheit.

»Ich mag eine Geisel sein, aber sprecht nicht über mich, als hätte ich keinen Einfluss auf mein Schicksal. Fragt, was *ich* will. Ich will den Mönch Oxnac. Meinetwegen auch nur seinen Kopf.« Sie zog das Brotmesser heraus. Nur die kleine spitze Klinge schaute aus der erhobenen Faust. Der Wächter lachte leise.

»Dich, Frau, habe ich unterschätzt«, bemerkte Wulfher diese kleine, doch unmissverständliche Geste. »Du würdest wie eine Löwin um dein Leben kämpfen.« Er blätterte in dem Folianten, wie um seine Gedanken zu sammeln, schlug ihn dann zu und hakte die eisernen Verschlüsse ineinander. »Aber du musst nicht kämpfen. Ich bin bereit, mit mir reden zu lassen ... Ich will Athelna zurück, sonst nichts.«

»Wie kommt es überhaupt, dass Ihr hier seid?«, fragte Rouwen. »Das kann doch kein Zufall sein.«

»Zufall?« Ermattet rieb sich Wulfher die faltige Stirn. »Wenn es keiner war, dann Gottes Fügung. Oder weil es einfach an der Zeit war, dass ich herkam, um Bruder Oxnac ins Gewissen zu reden. Das hatte ich auch bei Lord MacCallum versucht, aber vergebens. Er würde eher seine Tochter opfern als einen Mann der Kirche. Aber ich liebe sie! Begreift ihr, was es heißt, zu lieben? Und wenn einen die Liebe zur Verzweiflung bringt?«

Er hob den Kopf und starrte Rouwen und sie an. Doch wieder wartete er nicht, dass sie etwas sagten, sondern gab sich stattdessen selbst eine Antwort. »Nein, das könnt ihr nicht. Ihr seid ein Templer, selbst ein Mönch, und du, Frau ... Du bist noch jung. Du kannst es noch nicht wissen.«

Sie warf Rouwen einen raschen Blick zu, den er erwiderte. Wahrscheinlich stand in ihren Augen das Gleiche, was sie in seinen las: *Wir können es*.

Wulfher grub die Finger in die widerspenstigen roten Haare, schüttelte den Kopf und schloss aufstöhnend die Augen. »Ich kam her, um Oxnac ins Gewissen zu reden. Allen Ernstes hoffte ich, dass er seine Tat doch bereuen müsse und bereit wäre, zu büßen. Indem er sich Baldvin Baldvinsson ausliefert. Wie dumm ich war! Ich wäre bereit gewesen, dem Kloster in Eastfield reiche Stiftungen zu schenken. Mein ganzes Vermögen, wenn es nötig wäre. Aber Oxnac ist nichts als ein feiger Hurensohn, schmeichelnd und lächelnd, wann immer es ihm nützt, und brutal, wann immer er glaubt, es sich erlauben zu können.«

Er ließ die Hände sinken. Sein Blick ging in weite Ferne. Rúna schien es, als sei er froh, es sich von der Seele reden zu können.

»Ich spielte mit dem Gedanken, ihn gewaltsam auszuliefern. Mein Seelenheil wäre dann verloren gewesen, doch ich hätte mein Liebstes zurückgewonnen ... Dann kam vorgestern eine Brieftaube von Lord MacCallum mit der Nachricht, dass niemand anderer als Baldvin mit einem kleinen Trupp auf dem Weg hierher sei, um Oxnac zu holen.«

»Ich hatte also recht«, entfuhr es Rouwen. »Eine Falle. Angus hat den unschuldigen Führer hervorragend gespielt.«

Wulfher hob beinahe entschuldigend die Hände. »Angus von Galashiels. Ich kenne ihn nicht, hörte aber von ihm, dass er so freundlich wie skrupellos sei und weder Lügen noch den Tod scheue. Er soll im Heiligen Land gekämpft und dort seinen Glauben verloren haben. Nun, ich kann verstehen, dass man nach vielen harten Schlachten so wird.«

Rúna wartete, dass Rouwen, dessen Glauben offenbar nichts hatte erschüttern können, glühend widersprach.

Doch er nickte langsam. »Ja, das kann ich auch.«

Diese Antwort und der gramvolle Ausdruck, der kurz über sein Gesicht huschte, ließ ihm erneut ihr Herz zufliegen. Wären sie nur nicht hier. Wäre doch alles anders! Dann würde sie jetzt zu ihm gehen und ihn trösten. Wenigstens seine Hand ergreifen. So blieb ihr nur, weiterhin den Messergriff festzuhalten.

»Angus von Galashiels ist tot«, sagte er.

»Dann hat er jetzt hoffentlich Frieden gefunden«, erwiderte Wulfher. »Ich wusste nicht, dass Angus die Wikinger begleitet. MacCallums Nachricht war kurz, aber sie gab mir Hoffnung. Ich könnte die Wikinger besiegen, einen bedeutenden Krieger oder Baldvin höchstselbst gefangen nehmen und so Athelnas Herausgabe erzwingen. So hätte ich die Schuld nicht auf mich laden und den Mönch opfern müssen. Dass mir dann aber ausgerechnet Baldvins Tochter in die Hände fällt ... welch eine großartige Fügung!«

Er umrundete den wuchtigen Tisch und trat vor Rúna. »Steckt Euer albernes Messer weg, Tochter des Baldvin. Ich habe vor nichts mehr Furcht, da geht es mir wie Angus. Ich fürchte nur um meine Verlobte. Lord MacCallum meinte einmal, ich sei vor Hass und Verzweiflung zerfressen. Verzweiflung? O ja. Hass? Wenn, dann vom Hass auf Bruder Oxnac ...«

»Gebt ihn heraus«, sagte Rúna. »Ich will ihn zu meinem Vater bringen.«

»Er ist ein Mann Gottes. Ich kann nicht.«

Er hatte sie in der Gewalt, er musste es nicht tun. Und er hatte sie oben auf den Zinnen grob behandelt. Trotzdem sah sie etwas in diesem Mann, das ihr Hoffnung gab. Sie hatte geglaubt, ihr Stolz würde niemals zulassen, ihn zu bitten. Doch die Worte kamen ganz selbstverständlich und fühlten sich richtig an. »Meine Mutter hat wegen dieses Mannes gelitten. Sie ist seinetwegen gestorben. Denkt an Athelna, sie wurde bei uns immer gut behandelt. Nun stellt Euch aber vor, sie hätte das gleiche Schicksal ereilt wie Ingvildr. Stellt es Euch vor! Was spürt Ihr? Hass? Ohnmächtige Wut?«

Er schluckte und schwieg.

»Ich *bitte* Euch. Euch Christen ist euer Seelenheil so wichtig. Mir das meiner Mutter ebenfalls. Sie wartet auf Rache.«

»Aber Vergebung ...«, murmelte er und verstummte. Sie sah, wie er mit seinem Gewissen rang. Er schluckte. »War Eure Mutter auch so ... liebreizend?«

Rúna musste für einen Moment die Augen schließen. »Viel mehr als ich«, flüsterte sie.

Er mahlte mit den Kiefern und raufte sich wieder die Haare. Und als er die Lippen zusammenpresste und sie schon glaubte, er werde ablehnen, rief er über ihre Schulter hinweg: »Holt den Benediktiner! Er soll sich rechtfertigen, hier und jetzt, vor ihr!«

»Ja, Herr.« Bewegung kam in die Wachen an der Tür; Rúna hörte sie die Treppe hinabstiefeln. Mit hochgezogenen Augenbrauen wandte sich Wulfher an sie. »Zufrieden, schöne Heidin?«

»Danke«, murmelte sie. Ihr Herz klopfte, und das nicht nur vor Freude. Es würde alles andere als angenehm werden, wieder in das düstere Gesicht des Mönchs zu schauen.

Wulfher breitete die Arme aus, als wolle er sein Zaudern mit aller Kraft abwerfen »Ich will Frieden!«, rief er. »Wir müssen handeln, bevor deine Sippe wirklich angreift. Ich muss ihnen eine Nachricht schicken, dass es keinen Grund mehr zu kämpfen gibt.«

»Das wird Baldvin gern hören«, bemerkte Rouwen. »Aber es gibt einen Mann, der sich in den Kopf gesetzt hat, diese Auseinandersetzung dazu zu nutzen, sich zum Herrn der Wikinger aufzuschwingen.«

Wulfher runzelte die Stirn. »Wie viele Männer hat er?«

»Zwölf.«

»Zwölf? Mehr nicht?«

»Möglicherweise noch weniger. Nicht alle sind auf seiner Seite.«

»Was will er?«

»Rúna befreien, sie zu seiner Frau machen, sich zum Herrn der Yoturer aufschwingen und alte glorreiche Zeiten wiederbeleben.« Rouwens Stimme war gefährlich dunkel geworden, als er dies sagte.

Wulfher rieb sich das stoppelige Kinn. »Es klingt, als sei er wahnsinnig.«

»Yngvarr ist nicht wahnsinnig«, mischte sich Rúna ein. »Er ist ein starker Krieger, wie einer der Berserker, die früher im Alleingang ganze Schlachten entscheiden konnten. Und er mag zwar hitzköpfig sein, aber er ist nicht dumm. Ihr müsst darauf vorbereitet sein, dass er einen Plan hat. Was immer Ihr tut: Ich will nicht, dass die anderen Schwertmänner dabei sterben. Auch ich will Frieden!«

Der Burgherr ging zum Tisch, ergriff den Sarazenendolch und wog ihn nachdenklich in den rauen Händen. Dann trug er ihn zu Rúna und hielt ihn ihr hin. »Ich glaube, dieses schöne Stück gehört Euch, Frau Rúna.«

Sie bedankte sich mit einem verblüfften Nicken.

»Wir zumindest haben schon einmal Frieden geschlossen.« Sein Lächeln war ehrlich. »Kann ich Euch noch etwas geben?«

Bevor sie antworten konnte, warf Rouwen ein: »Gebt Ihr als Erstes ein anderes Kleid, Herr Wulfher.«

»Und einen Bogen«, fügte sie hinzu. »Einen kleineren als den da.«

Erstaunt schüttelte der Burgherr den Kopf, doch bevor er etwas dazu sagen konnte, kehrten die zwei Männer zurück, die er nach dem Mönch geschickt hatte, und verkündeten, Bruder Oxnac weder in seiner Kammer noch in der Kapelle gefunden zu haben.

»So groß ist die Burg nicht, dass er sich vor Euch verstecken könnte«, knurrte Wulfher ärgerlich. »Und flüchten kann er auch nicht. Ich wünschte, er könnte es, und er würde dabei in irgendeinem Moor versinken oder von einem Felsen stürzen.« Er fluchte leise, dann wandte er sich wieder Rúna zu. »Wir finden ihn schon, Frau Rúna. Aber jetzt«, ein gefährliches Blitzen trat in seine Augen, »jetzt müssen wir uns rüsten.«

Es war eine kühle, stille, nicht enden wollende Nacht. Zusammen mit zwei Dutzend anderen Männern stand Rouwen auf dem äußeren Wehrgang, geschützt durch die fast brusthohe Mauer, und beobachtete das dunkle Land. Man hatte ihm Angus' Kettenhemd wiedergegeben, dazu auch das Schwert und einen neuen schwarzen Umhang. In seinem weißen Templermantel mit dem roten Tatzenkreuz darauf hätte er sich wohler gefühlt, andererseits fragte er sich, ob es nicht geheuchelt wäre, das Zeichen seines Ordens so deutlich zu tragen. Er hatte sein Keuschheitsgelübde gebrochen. Er hatte seinem Vater und seinem verstorbenen Bruder Schande bereitet. Mochte es auch niemand erfahren, der Allmächtige und alle Heiligen wussten es doch ...

Es gab so manchen Templer, der es nicht so ernst mit der Keuschheit nahm und trotzdem voller Stolz und Hingabe für den Orden und den Papst kämpfte. Ganz wie der Burgvogt es so schelmisch angedeutet hatte. Rouwen waren diese Heuchler immer zuwider gewesen.

Und jetzt gehöre ich selbst zu denen, dachte er.

Trotzdem bereute er nichts. All diese Überlegungen schmerzten nicht so sehr angesichts des Glücks, das er erfahren hatte. Das an seiner Seite stand. Rúna hatte von einem Burgknecht eine Tunika und lederne Beinkleider bekommen, von einer Magd die Schuhe und vom Burgherrn einen Gürtel, an dem ein Kurzschwert und ihr geliebter Sarazenendolch hingen. Erst hatte man ihr ein schlichtes, aber aus guter, fester Wolle gewebtes Kleid geben wollen. Doch sie hatte darauf bestanden, sich gut bewegen zu können, sollte es zum Kampf kommen. Die Männer waren verblüfft gewesen, als sie so im Hof erschienen war, doch ihr giftiger Blick und wohl auch ein mahnender seinerseits hatten genügt, um jeglichen Spott im Keim zu ersticken.

Er war stolz auf sie, auf seine Wikingerin. Und dass sie jetzt an seiner Seite war und mit ihm wachte. Seine Gedanken glitten zurück zu den letzten Stunden, zurück zu jenem Moment, in dem sie sich vereint hatten. Ihren glühenden Leib auf seinem, ihre Lippen ... Eine Flamme hatte er im Arm gehalten, ein brodelndes Feuer. Es hatte ihn verbrannt, ihn getötet und in unbekannten Sphären wiedergeboren ...

»Wann kommen diese Heiden endlich? Herr Rouwen? Herr Rouwen!«

Rouwen blinzelte.

Wulfher, der an seiner anderen Seite ausharrte, sah ihn mit hochgezogenen Augenbrauen an. Er hatte ihn offensichtlich schon mehrfach angesprochen.

Das durfte doch nicht wahr sein! Er, ein gut ausgebildeter und in vielen Schlachten erprobter Tempelritter träumte auf dem Wehrgang herum! Er straffte und räusperte sich. »Ich weiß auch nicht, wo sie bleiben, Herr Wulfher.«

Falls sie über die Felsen, welche die Burg umgaben, kamen, würden sie es nicht unbemerkt tun können – hinter den Zinnen des Turms lauerten weitere zehn Gewappnete. Ein Heer könnte Burg Daenston wohl erobern. Nicht jedoch ein Dutzend Männer. Mochten sie noch so gefährlich sein.

»Du kennst Yngvarr am besten«, wandte sich Rouwen an Rúna. »Was wird er tun? Wird er mit List angreifen? Oder mit berserkerhafter Wut in den Tod rennen? Und werden die anderen ihm ins Verderben folgen?«

»Ich weiß nur, dass er mit dem Kopf durch die Wand will.« Ihre Stimme zitterte vor Ärger. »Was die Schwertmänner betrifft: Sie wissen, dass sie nach einem guten Kampf nach Walhall kommen. Der Tod schreckt einen wahren Wikinger nicht. Sie werden sich um mich sorgen, gewiss, aber Yngvarr wird ihnen klar machen, dass ich wegen Athelna nicht in Gefahr sein kann. *Ich* sorge mich eher um meinen Vater und Arien.«

»Ich ebenso«, murmelte Rouwen.

Obwohl es Nacht war, konnte er ihre Augen sehen. Er konnte erkennen, dass sie ihn ansah. Und er glaubte sogar einen dankbaren Ausdruck wahrzunehmen.

Er legte einen Arm um sie und zog sie an sich. Ein Duft nach Lust hing in ihrem Haar, der ihn wiederum an die gemeinsame Nacht erinnerte. Aber das bildete er sich doch sicherlich nur ein?

»Trotz aller Gefahren«, flüsterte sie ihm zu, »bin ich glücklich, hier zu stehen, gewappnet an deiner Seite, und du an meiner. Ich hoffe sehr, dass man Oxnac bald aus dem Loch, in das er sich verkrochen hat, herauszerrt. Er wird mich nicht noch einmal überrumpeln können, und ich werde endlich meine Klinge in das Blut dieses Feiglings tauchen. Aber sollten die Nornen beschlossen haben, dass ich vorher sterbe, dann ... dann würde ich im Augenblick des Todes deine Hand ergreifen und dich mit mir nach Walhall ziehen.«

»Wir ... wir werden nicht sterben, mein Herz«, stammelte er ergriffen. »Du schon gar nicht, denn außer Oxnac gibt es niemanden, der wollte, dass dir irgendetwas geschieht. Aber sollte ein solches Unglück dennoch eintreten, bete ich zu Gott, dass er uns *beide* durchs Himmelstor lässt.«

Sie musste lachen.

»Das ist nicht lustig, Wirbelwind.«

»Nein, eigentlich nicht.« Sie reckte sich nach ihm, legte eine Hand an seine Wange und drehte seinen Kopf, um ihn zu küssen. Er genoss die Berührung ihrer sanften Lippen für einen langen Moment, doch dann löste er sich von ihr und fuhr fort, die wie tot daliegende Umgegend zu beobachten. Bis auf den

Wind, der durch die Gräser pfiff, war nichts zu hören, und bis auf die funkelnden Sterne und einen schwachen Lichtschimmer im Osten war nichts zu sehen. Als ein Hahnenschrei den Morgen ankündigte, wusste er, dass es keinen Angriff geben würde.

Rúna saß mit dem Rücken an die Mauer des äußeren Wehrgangs gelehnt. Sie hatte die Beine angezogen und die Wange auf ein Knie gelegt. Auch die Männer dösten im Sitzen, bis auf jene, die Wache stehen mussten. Schlafen konnte sie nicht; zu sehr plagten sie die Sorgen um ihre Lieben. Sie hob den müden Blick und sah Rouwen an einem Brunnen im Hof stehen. Er hatte sich einen Eimer frisches Wasser heraufgezogen und wusch prustend sein Gesicht. Auch er hatte noch ein wenig Schlaf zu finden versucht, doch er wirkte müde.

»Da kommt ein Reiter«, hörte sie da einen der Männer sagen. »Herr, Herr, seht Ihr?«

»Ich sehe ihn«, sagte Wulfher. »Frau Rúna, erkennt Ihr ihn?«

Rúna sprang auf und legte eine Hand über die Augen, um die noch tiefstehende Morgensonne abzuschirmen. Seit sie aufgegangen war, war lediglich ein Bettler gekommen – und schnell wieder verschwunden, als er gemerkt hatte, dass sich die Burg für einen Kampf gerüstet hatte. Auch sonst kam niemand; offenbar hatte sich in der Umgebung in Windeseile verbreitet, dass man Burg Daenston heute besser nicht zu nahe kam. War dieser Reiter also ein Fremder, der von all dem nichts wusste? Oder … Rúna blinzelte.

»Bei allen Göttern!«, rief sie. »Es ist Yngvarr! Und er ist allein.«

Hinter ihr knarrte die Leiter unter schweren Tritten; im nächsten Moment spürte sie Rouwens Hand auf ihrer Schulter.

Er drückte sie zurück auf den Boden. »Es ist besser, wenn er dich nicht hier oben sieht. Also bleib unten.«

Sie nickte, da sie ohnehin keine Lust auf eine Begegnung hatte. Welchem bedauernswerten Mann Yngvarr das Pferd wohl gestohlen hatte? Es dauerte nicht lange, bis sie Huftritte und dann auch das Knirschen des Sattelleders und des Zaumzeugs hörte. Schließlich erkannte sie an den Geräuschen, dass Yngvarr das Pferd zügelte.

»Einen guten Morgen wünsche ich«, rief er spöttisch.

Er war mutig, das musste Rúna zugeben. So laut wie seine Stimme klang, musste er bis an den Burggraben geritten sein. Andererseits wusste er ja, dass ein englischer Langbogen ihn ohnehin auf große Entfernung töten konnte. »Ah, da ist ja auch der Engländer. Du trägst Angus' Kettenhemd, du hältst sein Schwert in der Hand, wie ich sehe. Die Sachen des Verräters kleiden dich gut. Oder willst du mit deiner Lügenzunge abstreiten, dass du deinen Schwur gebrochen hast?«

»Ich habe nicht die Absicht«, rief Rouwen hinüber.

»Wer bist du, und warum bist du hier?«, fragte Wulfher.

»Ich bin Yngvarr, der Sohn des Ragnarr, der Anführer der Yoturer, der Schrecken der englischen Küste.«

Rúna blähte die Backen. Dieser Angeber. »Ich will wissen, was mit meinem Vater ist!«, zischte sie Rouwen zu.

»Warum bist du hier und nicht Baldvin Baldvinsson?«, fragte Rouwen.

»Weil Baldvin ein kläglicher Zwerg ist. Zu alt, zu schwach und zu klein, um in dieser Sache irgendetwas zu sagen. Oder auch nur in meinem Gefolge das Schwert zu schwingen.«

Rúna wollte aufspringen, doch Rouwens Hand auf der Schulter hielt sie zurück. Als sie sich ihm entwinden wollte, packte er ihre Tunika so fest, dass die Ränder in ihre Haut schnitten.

»Und was ich hier will, du feiger Hund? Was glaubst du denn?«, schnaubte Yngvarr verächtlich. »Ich will dich töten! Ich fordere dich zum Zweikampf. Der Preis ist Rúna. Und die Seele des Verlierers möge in die tiefsten Tiefen Niflheims entschwinden.«

»O nein! Lass mich ihm das Maul stopfen«, zischte sie, doch Rouwen ließ sie nicht los.

»Was sagt Ihr, Herr Wulfher?«, raunte er dem Burgherrn zu, während er sie weiterhin festhielt, aber ansonsten missachtete. Am liebsten hätte sie ihren Dolch gezogen und in seine vermaledeite Hand gestochen, damit er sie endlich losließ. »Ohne Eure Einwilligung werde ich nicht kämpfen.«

»Ich vertraue Euch, Herr Rouwen«, erwiderte dieser ohne zu zögern. »Tötet ihn.«

»Ich bin einverstanden!«, rief Rouwen hinunter. »Ein Zweikampf um Rúna. Auf Leben und Tod.«

20.

Rúna passte es nicht, sich in der Schmiede neben dem Tor verstecken zu müssen. Aber Rouwen war der erfahrenere Kämpfer, also gehorchte sie ihm. Der Raum war nachtschwarz mit seinen rußgeschwärzten Wänden und roch unangenehm nach kalter Asche und Metall. Sie ließ unruhig den Blick schweifen, da ihr ein unangenehmes Prickeln über den Rücken lief, als beobachte sie jemand. Da war die Esse, Säcke voller Kohlen, eine riesige aufgebockte Holzplatte voll mit Werkstücken, Hämmern, Zangen und Schürhaken, und auf dem Boden lagen allerlei Zeug und Dreck herum. Nein, hier war niemand. Sie war nervös, das war alles. Sie drückte sich nah an die angelehnte Tür und beobachtete, wie Yngvarr durchs Tor ritt.

Großartig sah er aus, das musste sie zugeben, wie ein Held der alten Sagas. Seine blonde Mähne war von geflochtenen Strähnen durchzogen, die in silbernen Hülsen endeten. Sein Bart war sauber gestutzt, und seine grauen Augen erinnerten an einen stürmischen Himmel. Das Kettenhemd glänzte, so gut war es poliert, ebenso die Sporne. Nicht weniger eindrucksvoll war das Pferd, ein schwarz-weißer Schecke. Das Zaumzeug sah kostbar und neu aus. Langsam ritt er in den äußeren Hof, mit stolzem, durchgedrücktem Rücken. Lässig ruhte seine Schwerthand auf seinem rechten Oberschenkel.

»Das Tor bleibt offen«, rief er in die Runde. »Die Männer dort oben sollen verschwinden.« Sein Blick suchte den des Burgherrn. »Wenn Ihr mich verratet, ist Eure geliebte Athelna des Todes.«

Wulfher gab einen Wink, und alle, die auf dem Wehrgang ausgeharrt hatten, auch Rouwen, kamen herunter und verteilten sich an den Hofmauern. Einige Diener und Mägde drückten sich am offen stehenden inneren Tor herum, um zuzusehen. Ihre Mienen waren ängstlich, aber anscheinend überwog ihre Neugier. Rúna erkannte den dicklichen Mann, den man den Burgvogt nannte, und, als ihr Blick nach oben schweifte, sogar jene Dame, die sich mit Fergus vergnügt hatte. Sie stand im Turm an einem der Fenster und hatte die Arme auf die Brüstung gelegt.

Yngvarr genoss es sichtlich, von all diesen Leuten angestarrt zu werden, während er das Pferd in einem großen Kreis durch den Hof schreiten ließ. Es schien ihn nicht zu beunruhigen, dass die Kriegsknechte grimmig zu ihm hochsahen und der ein oder andere die Hand an den Griff seiner Waffe legte. Er konnte es sich leisten – mit der Geisel Athelna in der Hinterhand. Trotzdem war Rúna beeindruckt, und sie wusste wieder, weshalb sie ihn früher bewundert hatte.

Und auch, weshalb sie ihn jetzt verachtete.

Vor Rouwen hielt er an, stemmte sich in die Steigbügel und zerrte an den Zügeln, sodass das Tier unruhig tänzelte und fast stieg. »Engländer! Ich werde dir den Kopf abschlagen und ihn an den Bugsteven der *Windjägerin* binden!«, brüllte er. »Der Geruch deines Blutes wird in Odins Nase dringen, und er wird sich daran erfreuen. Aber erst will ich wissen, wo Rúna ist!«

»Es geht ihr gut«, antwortete Rouwen ruhig. »Wo sind Baldvin, Arien und die anderen Männer?«

»Was geht dich das an?«, bellte Yngvarr. »Du fragst, als hätte ich sie umgebracht. Sie sind im Lager geblieben, wie ich es ihnen befohlen habe. Denn ich bin der Herr der Yoturer!«

Rúna musste an sich halten, nicht hinauszustürzen und ihm ins Gesicht zu schleudern, was sie davon hielt. Ging es ihrem Vater wirklich gut? Und Arien? Sie ballte die Fäuste so fest, dass sich ihre Fingernägel schmerzhaft in ihre Handflächen bohrten.

Auf seinen leichten Schenkeldruck hin schritt das Pferd weiter zum Herrn der Burg. Wie auch Rouwen gab sich der gerüstete Wulfher gelassen. Allerdings sah Rúna, dass seine Hand leicht zitterte.

»Hat der Engländer Euch erzählt, wie sehr Athelna auf Yotur leidet?« Yngvarr zeigte ein bemerkenswertes kaltes Lächeln. Er schien sich sehr sicher zu fühlen, da er eine solch herausfordernde Bemerkung wagte. Was ging in ihm vor? »Genug jetzt«, rief Rouwen und hob eine Hand. »Yngvarr, lass uns beginnen …«

Mit einem gewaltigen Schrei, von dem Rúna dachte, dass er die Steinwände erbeben lassen müsste, hieb Yngvarr die Sporen in die Flanken des Pferdes. Augenblicklich stießen die Frauen spitze Schreie und die Gewappneten wütende Flüche aus. Doch keinem gelang es, schnell genug zu reagieren. Das Pferd machte einen Satz vorwärts; Yngvarr neigte sich aus dem Sattel und griff nach Wulfher. Rúna wollte schon nach draußen stürzen, doch dann besann sie sich. Sie konnte nichts mehr ausrichten. Und sie durfte nicht unüberlegt handeln, sonst machte sie vielleicht alles noch schlimmer.

»Zurück, zurück mit euch!«, schrie Yngvarr, während er in die Mitte des Hofes ritt. Rúna brauchte einige Momente, bevor sie recht begriff, was er getan hatte: Mit unglaublicher Schnelligkeit hatte er eine Lederschlinge über Wulfhers Kopf gezogen. Mit der Linken hielt er sie stramm; die Rechte drückte einen Dolch an die Kehle des armen Mannes, der gezwungen war, rücklings an der Seite des Pferdes zu laufen. Er drohte zu fallen und bekam kaum noch Luft. Hilflos ruderte er mit den Armen.

»Ich habe es mir anders überlegt, Kastrierter«, rief Yngvarr Rouwen höhnisch zu. »Ich will doch nicht mit dir kämpfen.« Dann schrie er in die Runde: »Übergebt mir Rúna!«

Rúna hörte Rouwen gepresste Flüche ausstoßen. Dass er fluchen konnte, wusste sie, aber die Worte, die er nun ausstieß, hätte sie von ihm, von einem Mönch, nie erwartet. Langsam schritt er auf das sich beständig bewegende Pferd zu. Er hatte sein Schwert gezogen, doch was half ihm das? Yngvarr war wachsam; seine Blicke waren überall, und er achtete darauf, niemandem ein ruhiges Ziel zu bieten. Rúna staunte, dass er es schaffte, dieses Pferd allein mit den Schenkeln zu lenken.

»Rúna, ich will Rúna! Oder dieser Mann hier stirbt!«, brüllte er. »Ich meine es ernst. Mich schreckt der Tod nicht, denn ich bin ein Wikinger. Aber wer es wagt, auf mich zu schießen«, hierbei warf er den Bogenschützen warnende Blicke zu, »dem sei gesagt, dass nicht ein Dutzend Pfeile mich daran hindern könnten, eurem Herrn die Kehle durchzuschneiden.«

Er hatte nie die Absicht gehabt, gegen Rouwen zu kämpfen, erkannte sie. Einen Feigling konnte sie ihn deshalb nicht heißen, da er stattdessen etwas so Wahnwitziges wagte. Ihm war es nur darum gegangen, in die Mauern zu gelangen. Verrückt! Da hatte sich die Burg bis an die Zähne bewaffnet, um die Wikinger aufzuhalten, nur um dem gefährlichsten von ihnen dann freiwillig das Tor zu öffnen.

»Rúna, Rúna. Ich will Rúna!«, hallte Yngvarrs Stimme wieder durch den Hof.

Lange würde Wulfher das nicht mehr durchstehen, sein Gesicht hatte bereits einen bläulichen Ton angenommen. Und sie selbst hielt es auch nicht länger aus, nur zuzusehen – sie zog die Tür der Schmiede auf und trat ins Licht eines hellen Frühlingstages.

»Rúna, endlich.« Während er das Pferd im Kreis tänzeln ließ, musste er immer wieder über seine Schulter blicken. »Komm mit mir.«

Wulfher starrte sie an, doch sein Blick war leer, er schien sie nicht richtig wahrzunehmen. Röchelnd kämpfte er darum, Luft zu bekommen. Wie er an die Flanke gepresst neben dem Pferd herwankte, ließ an einen wirren Tanz denken.

»Yngvarr«, rief Rouwen. »Wenn er stirbt, stirbst auch du, also lass ihm Luft zum Atmen, du Irrsinniger!«

»Maul halten, Mönch. Der Mann ist zäher als du mir weismachen willst. Rúna, warum so langsam? Durchs Tor mit dir, mach schon!«

Statt seinem Befehl zu folgen, blieb sie stehen und sah zu, wie er den Burgherrn mit sich zum Tor zerrte.

Wo niemand anderer als Haakon Steinriese stand.

Der gewaltige Mann war wie ein Baum: genauso starr und schweigsam. Die Hand lag an seiner Streitaxt. Noch hatte er sie nicht aus dem Gürtel gezogen, doch allein seine schiere Größe schien die Männer in seiner Nähe vor Schreck zu bannen.

Er machte einen langen, schweren Schritt ins Innere. Yngvarr zerrte die Schlinge vom Kopf Wulfhers, so heftig, dass er ihm Haare mit ausriss, und stieß ihn auf Haakon zu. »Pack ihn und halt ihn fest«, befahl er. Haakon gehorchte und fing den armen Mann auf, indem er ihn im Nacken an seinem Waffenrock packte.

Yngvarr wendete das Pferd in einem kleinen Bogen und hielt auf Rúna zu.

Wollte er sie befreien? Oder entführen? Ihre Hände waren schneller als ihre Gedanken. Sie ließ den kurzen Jagdbogen, den man ihr gegeben hatte, von der Schulter gleiten, zog einen Pfeil aus dem Köcher auf ihrem Rücken, zielte auf Yngvarrs Schenkel und schoss. All das dauerte nicht länger als drei Herzschläge. Im gleichen Augenblick sah sie Rouwen wie einen dunklen Schemen von der Seite nahen. Rúna erkannte zu spät, dass er, nun da der Burgherr fort war, Yngvarr angriff. Das lange Schwert hatte er wieder in die Scheide zurückgestoßen, da es bei dem, was er vorhatte, offenbar hinderlich wäre. Mit der Rechten sein Kampfmesser erhoben, reckte er den linken Arm, um nach Yngvarr zu greifen.

Zuzusehen, wie der Pfeil in seinen Oberarm flog, war, als

träfe sie sich selbst. Seine Hand glitt an Yngvarrs Gürtel ab, den er hatte packen wollen. Yngvarr preschte auf Rúna zu, beugte sich vor und griff nach ihr. Der Schreck hatte sie gelähmt, und ehe sie sichs versah, lag sie bäuchlings vor ihm auf dem Pferderücken.

Sie schrie zornig auf und begann sofort zu strampeln. »Verdammt, lass mich los!« Merkte er nicht, dass er ihren Arm aus dem Gelenk zu reißen drohte, weil er ihr Handgelenk hinter ihrem Rücken gepackt hielt? Oder tat er es absichtlich, damit sie nicht an ihr Schwert kam? »Du hirnloser Ochse«, fauchte sie. »Lass mich herunter! Ich befehle es dir als Tochter Baldvins!«

»Baldvin hat nichts mehr zu befehlen, und seine Tochter auch nicht. Sie ist närrisch und gehört eine Zeit lang eingesperrt, damit sie wieder zur Vernunft …«

Plötzlich war ihre Hand frei. Kopfüber stürzte sie vom Pferd, und nur ihren guten Reflexen verdankte sie, sich nicht wehzutun. Geschmeidig ließ sie sich auf den sandigen Boden fallen, rollte herum und sprang wieder auf die Füße.

Rouwen hatte es geschafft, Yngvarr von seinem Reittier herunterzuziehen, und sie gleich mit. Die beiden hatten sich am Boden ineinanderverkeilt und rangen. Sie fluchten und keuchten und waren wie entfesselte Berserker. Schwerter waren in einem Kampf wie diesem viel zu unhandlich, sie traktierten sich mit Fäusten und versuchten ihre Messerklingen anzusetzen.

Der Schecke war auch ohne seinen Reiter noch ein Stück weiter gelaufen, doch die Gefahr ließ ihn immer unruhiger werden. Er änderte ständig die Richtung, lief vor und zurück und kam dabei auch Rouwen und Yngvarr mit seinen Hufen gefährlich nahe. Rúna schüttelte ihren Schrecken ab und wollte zu dem riesenhaften Pferd. Einer der Burgknechte war jedoch schneller und zog es am Zügel beiseite. Sie legte eine Hand auf das Schwert in ihrem Gürtel und näherte sich den Kämpfenden, ohne recht zu wissen, was sie tun sollte. Ihr Fuß trat auf einen Pfeil, der ihr, wie alle anderen auch, aus dem Köcher gerutscht war, als sie kopfüber vom Pferd hing. Aber wo war ihr Bogen?

In die Schotten war Leben geraten; einige spannten Bogen oder hoben Spieße, doch ihnen allen war klar, dass sie nichts tun konnten, ohne Wulfhers Leben zu gefährden.

Auf der Suche nach ihrem Bogen fuhren Rúnas Augen über den Boden, doch der Anblick der beiden kämpfenden Männer nahm sie gefangen. Rouwen teilte mächtige Fausthiebe aus – aus Yngvarrs Nase floss schon das Blut. Er selbst hatte einen langen Schnitt an der Schläfe, den ihm Yngvarr mit seinem Messer zugefügt haben musste. Vergeblich versuchte Rouwen, ihm sein Kampfmesser an die Kehle zu legen. Die Wunde in seinem Arm schwächte ihn. Er stöhnte auf, als sie sich herumwälzten und der Pfeilschaft dabei abbrach. Das Messer entglitt seiner Hand.

Ihr Götter, das würde er nicht überleben, und sie war schuld daran!

Der Bogen half ihr sowieso nichts; bei diesem Gerangel würde sie nur den Falschen treffen. Auch das Schwert wollte sie gegen Yngvarr nicht ziehen. Er kannte sie zu gut, und sie war sich nicht sicher, ob sie den Mann, von dem sie einmal gedacht hatte, sie würde ihn heiraten, töten konnte. Doch sie musste etwas tun. Sie stürmte los und griff mit bloßen Händen nach Yngvarrs langer Mähne, um ihn von Rouwen herunter zu zerren. Er schnellte hoch, presste sein Knie gegen Rouwens Hals und drehte sich halb zu ihr um. Er gab ihr einen so gewaltigen Stoß, dass sie durch die Luft flog. Es gelang ihr kaum, sich abzufangen, sie stolperte rückwärts, rammte gegen die Tür der Schmiede, die aufschwang, und fiel hinein in den düsteren Raum.

Sie landete hart auf dem Boden. Stöhnend rollte sich Rúna auf die Seite. Ihr Bauch schmerzte, wo dieser Mistkerl sie gestoßen hatte. Selbst das Atmen fiel ihr schwer.

Sie biss die Zähne zusammen und stemmte sich hoch, kam mühsam auf die Beine. Übelkeit stieg ihre Kehle hinauf. Noch einmal tief Luft holen ... Dann musste sie wieder hinaus. Die Tür war zugeschwungen, fast geschlossen, und es war dunkel. Dennoch sah sie am anderen Ende eine Bewegung. Einen Schatten. Wie aus einem Abgrund tauchte aus dem Schwarz der Schmiede eine Gestalt auf.

Der Mönch.

Hier also hatte er sich versteckt – mit seiner schwarzen Kutte verschmolz er fast gänzlich mit den rußigen Wänden.

Wie ein Dämon löste er sich langsam aus der Düsternis. Die Schatten verbargen die Einzelheiten seines kalten Gesichts. Trotzdem meinte Rúna die roten Narben auf seiner Wange zu erkennen. Wieder fragte sie sich, ob sie von ihrer Mutter stammten.

Draußen hörte sie schnelle Schritte und das Stöhnen der kämpfenden Männer. Sie warf einen raschen Blick durch den Türspalt – Rouwen hatte den abgelenkten Yngvarr abwerfen können; geduckt umkreisten sie sich. Rúna überlegte nicht lange. Rouwen konnte besser kämpfen, wenn sie ihn nicht ablenkte. Und Odin und alle Götter hatten ihr eine zweite Möglichkeit gegeben, den Mörder ihrer Mutter zu richten. Diesmal würde sie nicht zögern.

»Jetzt stirbst du. Für Ingvildr und all das Leid, dass du meiner Familie zugefügt hast.«

»Du wirst sterben«, gab Oxnac ungerührt zurück. »Und zwar genauso wie sie.«

Meinte er das ernst, dieser Wahnsinnige? War er so voll von unheilvoller Lust?

Doch diesmal würde er nicht mit ein paar Schrammen im Gesicht davonkommen. Sie zog das geliehene Schwert. Noch trennten sie allerdings ein paar Schritte und in diesem nachtschwarzen Durcheinander wäre es ihr lieber, er käme auf sie zu.

»Möge deine Seele ins eiskalte Niflheim fahren und erfrieren, Kastrierter!« Yngvarrs Stimme drang nur gedämpft in die Schmiede, doch auch so hörte man noch den Hass darin. Auch in Rouwens Erwiderung schwangen Ablehnung und Ärger mit: »Du dagegen wirst es heiß haben, du Narr. Sicherlich gefällt es dir, im Höllenfeuer gut durchgebraten zu werden.«

Für einen kurzen Moment drohten ihre Sorgen sie abzulenken, doch dann konzentrierte Rúna sich wieder ganz auf die Bedrohung vor ihr. »Komm schon, Mönch, und fall über mich her.« Sie trat zwei lange Schritte vor und legte ihr Schwert zwischen die Werkzeuge auf den Tisch, um ihn zu locken. »Siehst du, ich mache es dir leicht.«

Komm schon her, verflucht!

Ein Triumphschrei Yngvarrs lenkte sie ab – was geschah jetzt dort draußen? Hatte Yngvarrs Messer seinen Weg in Rouwens Fleisch gefunden? Sie zögerte, schwankte zwischen dem Wunsch, Oxnac endlich das verdiente Ende zu bereiten, und dem, hinauszulaufen und Rouwen beizustehen. Plötzlich löste sich der Mönch von der Wand und kam mit erstaunlicher Schnelligkeit auf sie zu. Sie reckte sich nach dem Schwert, doch als sie den Griff umschloss, rutschte es ein Stück nach vorne und die Klinge verfing sich in einer herumliegenden Kette. Oxnac war schnell wie ein Krieger – natürlich, er war imstande gewesen, ihre Mutter zu überwältigen. Und er war bewaffnet.

Er schwang einen Schürhaken. Im letzten Moment schaffte es Rúna, die Klinge hochzureißen und seinen Hieb abzufangen. Alle Kraft warf sie in ihren Arm. Es gelang ihr jedoch nicht, ihm den Haken aus der Hand zu schlagen. *Denk an das, was Rouwen dir beigebracht hat*, ermahnte sie sich. Dieser Mann mochte ein Mönch sein, doch er war flink und kräftig. *Beobachte seine Augen* … Und tatsächlich: Sie sah seine nächste Bewegung voraus: Er riss den Haken über die Schulter, und sie reckte sich und traf mit der Klingenspitze seinen Unterarm.

Mit einem ärgerlichen Zischen zuckte er zurück und ließ den Schürhaken fallen. Doch er überraschte sie erneut. Er duckte sich unter ihrem nächsten Schlag hinweg und riss sie von den Beinen. Ihr Kopf schlug gegen die Tischkante, auf jene Stelle, die sie sich schon im Kampf mit dem Burgknecht Fergus angestoßen hatte. Der schier unerträgliche Schmerz ließ Blitze vor ihren Lidern aufzucken. Den Aufprall auf dem Boden nahm sie nur noch dumpf wahr.

Oxnac warf sich auf sie und drückte seinen Mund auf ihren. Sein abgestandener Atem drang in ihre Nase. Sie würgte. Und fragte sich, ob all das wahrhaftig gerade geschah. Rang sie wirklich mit diesem Mann hier in der Schmiedehütte, während draußen Rouwen um sein Leben kämpfte? Sie versuchte den Mönch fortzustoßen, ihm das Knie ins Gemächt zu rammen, doch das schmerzhafte Pochen in ihrem Schädel machte sie schwach.

»Halt still, Weib.« Er packte ihren Zopf und schlug ihren Kopf zu Boden. Seine andere Hand knetete ihre Brust. Rúna glaubte zu sterben vor Scham und Zorn. Sie tastete nach dem Schwert, das ihr aus der Hand gefallen war, doch ihre suchenden Finger fanden nichts als Staub und Erde auf dem Boden. War denn nichts in Griffweite, das sie dem Mönch an den Hinterkopf schlagen konnte? Verzweifelt versuchte sie irgendetwas zu fassen zu bekommen.

»So lag deine dreckige Mutter auch unter mir«, keuchte er in ihr Ohr. »Diese Höllenheidin, die sich mir verweigerte, obwohl ich ihr Geld anbot. Mein Samen hätte sie geheiligt.«

Er riss an ihren Kleidern und fluchte, als die lederne Hose sich nicht unaufgeschnürt über ihre Hüften schieben ließ. Panik drohte Rúna zu überwältigen. Würde sie jetzt wirklich enden wie ihre Mutter? *Oh ihr Götter, das darf nicht sein.*

Draußen schrie Yngvarr.

Kein Schrei der Furcht, des Schmerzes. Sondern des Triumphes. Hatte er Rouwen getroffen? Starb ihr Geliebter in diesem Moment dort draußen? Würden sie beide sterben? Wie sollte sie ihn mit nach Walhall nehmen, wenn sie ihn nicht einmal sehen konnte?

Rúnas Fingerspitzen tasteten verzweifelt über den Boden, berührten etwas. Was war das? Ein dünnes Holz ... vielleicht ein Pfeilschaft? Hatte sie hier drinnen einen Pfeil verloren? Nein, das konnte nicht sein. Hatte der Schmied hier Pfeile gefertigt? Sie machte den Arm so lang wie möglich, berührte eine Spitze – und stieß sie blindlings in Oxnacs Gesicht.

Sein Körper bäumte sich auf. Er schrie nicht, was auf schaurige Weise zu ihm passte. Zitternd brach er auf ihr zusammen. Nur mit Mühe gelang es Rúna, unter ihm hervorzukommen. Noch immer benommen und mit schmerzendem Kopf kam sie auf die Füße. Sie entdeckte das Schwert, raffte es auf und wankte zur Tür. Nur einen einzigen Blick warf sie zurück – er hatte sich herumgewälzt, seine Fersen trommelten auf dem Boden, der Pfeilschaft ragte aus einem Auge.

Rúna stürzte hinaus. Entsetzt sah sie Yngvarr auf Rouwen hocken. In der Faust hielt er sein Messer stoßbereit. Die Klingenspitze schwebte dicht vor Rouwens Augen. Der Glaube, gesiegt zu haben, ließ ihn triumphal lächeln.

»Wie fühlt es sich an, zu wissen, dass du gleich sterben wirst, Engländer?« Yngvarr kostete seinen Sieg genüsslich aus.

Rúna bemerkte er erst, als sie ihm die Schwertspitze an die Wange hielt.

»Lass das Messer fallen, Yngvarr.«

»Rúna!«, stieß er überrascht aus, verharrte aber ganz still. Er schielte nach ihr, nach ihrer Schwertspitze, die warnend gegen seine Haut drückte.

»Wenn es dir tatsächlich um mich geht, dann kämpfe mit mir«, sagte sie kalt.

Auf seinem ansehnlichen Gesicht breitete sich Geringschätzung aus. Sie begriff, dass er sie nie als Kriegerin geachtet hatte. Etwas lag auf seinen Lippen, ein hässliches Wort, und sie war entschlossen, ihm die Zunge herauszuschneiden, sollte er es aussprechen. Doch da schnellte Rouwens linke Faust gegen sein Kinn; sein Kopf schrammte an der Klingenspitze entlang, die eine blutige Spur über sein Gesicht zog. Er brüllte vor Schmerz und Zorn, während Rouwen ihn von sich hinunterstieß. Im Aufspringen verpasste er ihm einen weiteren mächtigen Hieb.

Noch war Yngvarr jedoch nicht besiegt. Er schüttelte seine Benommenheit ab, sprang hoch und zog zugleich sein Schwert.

Nicht auf Rouwen stürzte er zu, sondern auf sie. Er schwang das Schwert. Die Klinge war lang, viel länger als ihre. Es gelang ihr, den Hieb abzuwehren. In allen Gliedern spürte sie die Erschütterung, und sie meinte, ihr Kopf müsse zerspringen vor Schmerzen. Dabei schien er sie nur mit der flachen Klinge treffen zu wollen.

Aus den Augenwinkeln sah sie, wie Rouwen zu seinem Schwert hechtete. Er musste es im vorherigen Kampf verloren haben. *Ich habe viel von dir gelernt, Geliebter*, dachte sie. *Aber für Yngvarr reicht es nicht*.

Nicht einmal für einen Yngvarr, der sie nicht verletzen wollte.

»Rúna, ich *will* dich«, sagte er. »Und ich werde dich besitzen. Aber du wirst mir nicht meine Pläne zerstören. Notfalls prügele ich dich mit der flachen Klinge durch. Also hör auf, dich einzumischen, damit ich den Kastrierten …«

Ihr lag auf der Zunge, welch ein ekelhafter Wicht er in Wahrheit war, da er Rouwen, der dreimal mehr Mann als er war, so nannte. Lieber starb sie an Rouwens Seite, als zuzulassen, dass Yngvarr ihn vor ihren Augen umbrachte. Mit einem Wutschrei und erhobener Klinge stürzte sie auf ihn zu.

»Rúna!«

»Rúna, tu das nicht!«

In Rouwens Stimme mischte sich eine andere. Die ihres Vaters? Sie hielt inne, was Rouwen Gelegenheit gab, ihre linke Hand zu ergreifen und sie zurückzuziehen. Alle, auch Yngvarr, blickten zum Tor.

Niemand anderer als Baldvin stand dort. Er war mit seinem Schuppenpanzer gerüstet, trug sein Schwert und den Schmuck eines Kriegsherrn. Bei ihm waren Haakon Steinriese, Sverri, Hallvardr und die anderen. Mitten unter ihnen, als gehöre er dazu, befand sich Wulfher von Edinburgh. Haakon hatte ihrem Vater nicht die Treue gebrochen, wie sie vermutet hatte. Er war lediglich die Vorhut gewesen.

»Weg mit den Schwertern«, befahl Baldvin. Seine Stimme klang nicht ganz so kraftvoll wie sonst, doch Rúna hoffte, dass nur sie allein es bemerkte. Rouwen schob als Erster sein Schwert in die Scheide. Sie tat es ihm nach, und schließlich ließ auch Yngvarr seines sinken.

»Der Kampf ist vorbei«, rief Wulfher. In der einsetzenden Stille hörte Rúna jemanden klatschen. Es war die Dame im Turm.

Rúna rannte auf ihren Vater zu und fiel in seine Arme. Wie gut das tat! Sie küsste seine Wange, und er klopfte ihr auf die Schulter. Manchmal war es so viel leichter, Tochter statt Kriegerin zu sein. Und er erschien ihr trotz seines gebieterischen Auftretens eher wie ein Vater als ein Wikingerhäuptling.

»Rúna!«, schrie Yngvarr.

Sie drehte sich in den Armen ihres Vaters, um ihn anzusehen.

Mit einer erregten Geste wischte er sich das Blut von der Wange. »Ich wollte dich zu meiner Frau machen. Zu meiner Schlüsselträgerin. Wir hätten ruhmreiche Fahrten gemacht. Erst recht unsere Kinder! Wir hätten dem Geschlecht der Yoturer zu großem Ruhm und Reichtum verholfen und all diesen Anbetern eines schwächlichen Gottes den Garaus gemacht!

Bald hätte man sich an den hiesigen Küsten wieder vor den Wikingern gefürchtet ...«

»Hast du vergessen, von wem wir abstammen?«, unterbrach Rúna ihn. »Von friedlichen Siedlern aus dem Wikingerreich Jórvík an Englands Küste. Es ist Zeit, dass wir uns wieder daran erinnern.«

»Friedlich, ha! Und das sagt eine Frau, die begierig war, auf eine Wikingfahrt zu gehen?«

Rúna schüttelte traurig den Kopf. Verstand er sie wirklich so wenig? »Das war ich. Heute bin ich es nicht mehr.«

Sie löste sich von Baldvin und ging auf Yngvarr zu. Sie war sich sicher, dass er das Schwert nicht gegen sie erheben würde, auch wenn er es immer noch in der Hand hielt. Rouwen stand noch dort, wo sie ihn zurückgelassen hatte, nur wenige Schritte von Yngvarr entfernt. Er wirkte angespannt – er würde sich in die Bresche werfen, sollte sie sich täuschen. Es schmerzte sie, ihn blutend und verletzt zu sehen – vor allem, da sie ihm eine der schlimmsten Wunden selbst beigebracht hatte. Aber der Ausdruck von Stolz und Zuneigung in seinen Augen ließ sie sich unbändig freuen.

»Ich habe in meinem jungen Leben nicht viel kämpfen müssen, den Göttern sei Dank«, sagte sie. »Aber das reicht mir nun auch für den Rest meines Lebens. Fing das Unglück unserer Sippe denn nicht an, als unsere Ahnen in Wilhelm des Eroberers großem Kampf um England mitmischen wollten?«

»Das Unglück fing an, als unsere Ahnen getauft werden sollten!«, schrie Yngvarr, Rouwen einen giftigen Blick zuwerfend. »Unser Urahn verlor seine Brüder durch die Christen. Er ließ seinen Sohn schwören, niemals Christ zu werden. Hast du das alles vergessen? Du stammst von ihm ab. Wir alle! Was glaubst du, wird er denken, wenn er von Walhall aus zusieht, was hier geschieht? Dass du diesen Mann da liebst? Und alles verrätst, wofür er gekämpft hat?«

»Man sagt, in Walhall begrüßen sich einstige Feinde und trinken miteinander. Denn sie werden am Tag der Götterdämmerung Seite an Seite in die letzte Schlacht ziehen. Und überhaupt: Ich glaube nicht, dass den Helden dort oben noch so wichtig ist, was auf der Erde geschieht.«

Noch drei Schritte trennten sie von dem Mann, der ihr Gefährte hätte werden sollen, hätten die Nornen nicht anders entschieden.

Ihr Götter, beendet das Kämpfen, flehte Rúna im Stillen. Sie war sich sicher, dass auch Rouwen seinen Gott um Frieden bat.

Ihre Gebete schienen erhört zu werden.

Yngvarr schob das Schwert in die Scheide zurück und ging in einem Bogen an ihr vorbei zu seinem abseits stehenden Pferd. Der Knecht, der es am Zügel gehalten hatte, sprang zurück, als er nach Sattel und Zaumzeug griff und sich hochwuchtete.

Langsam ritt er zum Tor. Die Schwertmänner machten ihm Platz. Doch sie griffen zu ihren Schwertern, bereit, ihren Häuptling zu verteidigen.

»Du bist ein alter Narr geworden.« Yngvarrs Stimme troff vor Hohn. »Wo ist der Mann geblieben, den ich meinen Häuptling genannt habe? Er hat die alte Tradition der Wikingfahrten wiederaufleben lassen. Wollte, dass seine Tochter eine große Kriegerin wird. Und hat bedauert, dass Arien so schwach ist. Er war bereit, alles für seine Rache zu tun!«

»Ja, weil ich Ingvildr so liebte.« Baldvin starrte ins Leere. »Ich wollte sie rächen, wie es die Pflicht eines Mannes ist. Weil ich es für meine Bestimmung hielt. Und weil es gut tat, den Schmerz in Rache zu ersäufen. Aber es war weder Ariens noch Rúnas Bestimmung. Vielleicht ist der Engländer Rúnas Schicksal ... Sie liebt ihn.« Sein Blick richtete sich auf Yngvarr. »Und *das* hätte ich nie für möglich gehalten, das kannst du mir glauben! Aber ich sehe daran, dass die Götter diese Fehde beenden wollen. Sie wollen nicht, was du willst, Yngvarr.«

Yngvarrs graue Augen verengten sich. Was immer ihm noch auf der Seele liegen mochte, er schluckte es herunter. Er warf Rúna über die Schulter einen letzten Blick zu, in dem sie nichts als Verachtung las. Dann gab er dem Schecken die Sporen und ritt durch das Tor.

21.

Rúna hatte das Schwert abgelegt. Die Hosen ebenso. Stattdessen trug sie ein Seidenkleid, das ihr eine Magd gebracht hatte. Das edle Kleidungsstück, ein Bad und wohlduftendes Parfum hatten sie in eine Dame verwandelt. Es kam ihr seltsam vor. Andererseits musste sie nur in die Runde schauen: Alle hatten das Ordentlichste und Beste am Leib, das sie besaßen – und keine Waffe.

Der Burgherr hatte zum Friedensmahl geladen und tatsächlich saßen sie alle einvernehmlich zusammen. Auch ohne Waffe und in einem feinen Zwirn fühlte sich Rúna nach wie vor als Kriegerin, genauso mutig wie jeder der anwesenden Kämpfer. Und sie saß auch mitten unter ihnen – Rouwen zu ihrer Rechten, Baldvin zu ihrer Linken. Ein Bediensteter hatte sie zu der Tafel führen wollen, wo die Frauen saßen, doch Rúna war, kaum dass sie gesehen hatte, wo man Rouwen hinführte, mit gerafftem Kleid über Tische und Bänke gesprungen und hatte sich unter dem Gelächter der Männer an seine Seite gesetzt.

Die Wikinger unterhielten sich angeregt mit den Schotten und sprachen dem Ale, dem Bier und dem ungewohnten Wein aus Südengland und dem Frankenreich zu. Riesige Holzplatten mit dampfenden Spanferkeln, Eierpasteten, gefüllten Broten und saftigen Kuchen waren herangetragen worden. Sogar ein Schwan, dem man die Federn nach dem Braten wieder angesteckt hatte. Davon hatte sich Rúna mit spitzen Fingern ein kleines Stück Fleisch abgepflückt und probiert – zu ihrem Leidwesen. Doch ansonsten war das schottische Essen würzig und wohlschmeckend. Auch Rouwen langte zu, anders als der Burggeistliche, der neidisch auf dessen Teller schielte – Mönchsritter durften ohne Zurückhaltung essen, wie Rouwen ihr erklärt hatte.

Zumal er fleischliche Genüsse anderer Art längst gekostet hatte. Sein durchdringender Blick, das Gefühl seiner Schenkel an ihren und die wie zufälligen Berührungen, wenn er nach etwas langte, erinnerten sie nur zu deutlich daran. Allein ihm zuzusehen, wie er Apfelmost trank und seine Zunge über seine schönen Lippen glitt, um einen Tropfen abzulecken, ließ ihren Körper vibrieren. Ein prächtiger Brokatmantel, den Wulfher ihm gegeben hatte, ließ ihn noch imposanter wirken, und trotz einer dicken, verkrusteten Schramme an der Schläfe sah er hinreißend aus. Er bemerkte ihre Musterung und warf ihr von der Seite einen vielsagenden Blick zu. *Ich freue mich auf dich*, verhießen seine Augen. Und: *Wir werden nachher viele schöne Dinge tun.*

Ihr wurde warm zwischen den Beinen und die Hitze stieg ihr zu Kopf; es war wohl besser, nicht mehr so heftig dem Wein und dem Ale zuzusprechen. Andererseits, auch die anderen Damen und Mägde ließen ihre Blicke über die muskelbepackten Nordmänner schweifen, steckten die Köpfe zusammen, kicherten und leckten sich die Lippen. So manche beging wohl in Gedanken eine Sünde, die sie später auf das sogenannte Büßerbänkchen zwingen würde. Jene Dame, die sich mit Fergus vergnügt hatte, hatte ein Auge auf Hallvardr geworfen. Und dieser auf sie.

Zwei Gaukler boten Tanz und Musik; mit ihren aus bunten Flecken genähten Kleidern und den Schellen an den Säumen erinnerten sie an das seltsame Pärchen in Eastfield. Diese hatten jedoch noch einen Zwerg bei sich, der mit seinem Schabernack die Frauen zum Kreischen und die Männer zum Lachen brachte. Sogar auf den Tischen schlug er Purzelbäume und riss Becher und Schalen um. Baldvin rettete seinen Zinnbecher gerade noch rechtzeitig vor ihm. Als der Zwerg vom Tisch sprang, stand ihr Vater auf.

Allmählich verebbte das Gelächter und die Gesichter wandten sich Baldvin zu. Er hob seinen Becher in Richtung von Wulfher, der ihm gegenüber saß.

»Ich danke Euch für Eure Gastfreundschaft«, begann er feierlich. »Vor Jahren war ich bei einem englischen Lord zu Gast, dem Earl von Eastfield. Ich ging zu ihm, um ein kleines Stück Land zu pachten. Als ich zurückkam, war das Unglück geschehen, das uns letztlich hierher geführt hat, und nun sind wir wieder Ian MacCallums Gäste, nur dass er gar nicht weiß, wer gerade auf seiner kleinen Jagdburg bewirtet wird. Ich bin froh, dass *dieser* Tag anders enden wird: freudig und in Frieden.«

»In Frieden«, wiederholte Wulfher und hob auch seinen Becher; Baldvin und er tranken sich zu. Fast ehrfürchtige Stille war eingekehrt.

Baldvin fuhr fort: »Diese Fehde, die ich dann um der Rache willen heraufbeschwor … Ich hatte geglaubt, mein Hass auf diesen Mönch, ja, auf alle Mönche …«, flüchtig sah er zu Rouwen und räusperte sich, »er mache mich stark. Aber letztlich war er falsch, er hat mich nur zermürbt.«

Nachdem er seinen Becher wieder abgestellt hatte, legte er die rechte Hand auf Rúnas Schulter und die linke auf Ariens an seiner anderen Seite. Arien versuchte würdevoll dreinzuschauen, aber ausgerechnet jetzt packte ihn einer seiner üblichen Hustenanfälle.

»Meine Kinder – ich will mit euch in England siedeln, wie ich es damals schon vorhatte. Oder vielleicht auch hier in Schottland. Rúna Wirbelwind, würde dir das gefallen?«

Sie schluckte. Yotur, ihre Heimat, sie liebte sie doch … Aber sie liebte Rouwen noch mehr. Und ihre Neugier auf die Welt war noch lange nicht gestillt. »Ja, Vater.«

Arien sperrte den Mund auf, um ebenfalls zu antworten, doch Baldvin kam ihm zuvor. »Und für dich, Arien Adlerjunge, und deine Gesundheit ist der Süden wohl auch besser als die windigen Hjaltland-Inseln.«

»Ich möchte hier bleiben und viel lernen«, verkündete Arien.

»Du meinst, aus Büchern?«

»Ja.«

»Um aus Büchern lernen zu können, müssen junge Männer für gewöhnlich in ein Kloster eintreten«, warf Wulfher ein. Darauf folgte ein Gelächter, das so heftig war, dass sich Ariens Ohren röteten. Hinter Baldvin neigte sich Rúna ihm zu und strich ihm lachend über den Arm. Dann zwinkerte sie ihm zu. Ganz gewiss hielt dieses neue Leben Aufregendes für ihn bereit, auch wenn es ihn niemals in die Nähe schwarzgekleideter Mönche brachte.

»Männer«, wandte sich Baldvin an seine Schwertmänner. »Wir werden mit der *Windjägerin* nach Yotur zurückkehren. Ich hole mein Weib und Lady Athelna. Wer ebenfalls hier leben will, soll seine Familie mit sich nehmen.«

Nachdenklich nickten sie: Sverri, Hallvardr, Haakon und die anderen. Wer auf Yotur bleiben würde, wäre wohl bald Yngvarrs Schwertmann, denn Rúna zweifelte nicht daran, dass er dorthin zurückkehren und seinen Herrschaftsanspruch nach Baldvins Weggang durchsetzen würde. Vielleicht würde er eine neue Sippe gründen, die die Tradition der Wikingfahrten aufrechterhielt.

»Lasst mich mit Euch gehen, Herr Baldvin«, sagte der Burgherr. »Ich will Athelna so bald wie möglich in meine Arme schließen.«

Baldvin nickte, ohne zu zögern. Wulfher hob seinen Becher und prostete in die Runde. »Frieden, bei Gott! Man sagt, die Wikingerzeit begann, als eine Horde das Kloster auf der englischen Insel Lindisfarne überfiel. Und sie endete mit Wilhelm des Eroberers Sieg über England. In Wahrheit endete sie heute. Baldvin Baldvinsson, wollt Ihr nicht hier in der Nähe siedeln? Ich würde ein gutes Wort bei Lord MacCallum einlegen, dass er Euch ein fruchtbares Stück Land gibt.«

»Ich danke Euch, aber ich denke, ich will dorthin, wohin ich mit meiner Frau wollte.«

Wulfher nickte. »Das verstehe ich. Aber England oder Schottland, es gäbe da eine Sache, die für Euch und Eure Familie alles sehr viel einfacher machen würde.«

»Und das wäre?«

Grinsend hob der Burgherr seinen Becher noch ein Stück. »Die Taufe!«

Entsetzt schüttelte Baldvin den Kopf, während der Saal erneut in Gelächter ausbrach.

»Verrätst du mir jetzt, woher du stammst?«, fragte Rúna, während sie sich dicht an Rouwen kuschelte.

Sie hatten sich in einem ausladenden Himmelbett geliebt. Rouwen hatte ihr erzählt, dass er letzte Nacht noch bedauert hatte, dieses Bett nicht genießen zu können. Ob ihr die Weichheit der riesigen Matratze gefiel, wusste sie nicht so recht zu sagen. Die sauberen Laken und Decken jedoch waren herrlich, wie für die Götter gewoben. Sie dufteten nach Blüten, und am Fußende verbreitete ein eisernes Öfchen wohlige Wärme.

Doch wozu brauchte sie einen Ofen, wenn sie Rouwen hatte? Eng umschlungen lagen sie unter der Decke; er hatte den Arm unter ihren Kopf geschoben, und sie strich über seine straffen Bauchmuskeln bis hinunter zum Ansatz seiner Schamhaare, wo sie die Nägel kreisen ließ. Unruhig bewegte er die Beine.

»Aus Durham in Northumberland, das ist etwa drei Tagesritte südlich von hier.«

Dort also lebte sein Vater, der ihm die Bürde seines toten Bruders auferlegt und ihn gezwungen hatte, ein Mönchsritter zu werden. Rúna biss sich unsicher auf die Unterlippe. Sollte sie ihn fragen, wann und wie er gedachte, dorthin zurückzukehren? Ob er sie mitnehmen wollte? Eine Heidin? Wollte er überhaupt zurückkehren? Als ein Mann, der einen seiner Schwüre gebrochen hatte, nämlich den, keusch zu leben?

Sie spürte, dass Rouwen wusste, worüber sie nachdachte.

Er griff mit seiner freien Hand nach ihrer. »Mein Herz, meine wilde Wikingerkriegerin ... Wo ist die Kristallkette, die für meine Mutter gedacht war?«

»Die ... die mein Vater dir geraubt hat?« Sie schluckte und spürte, wie sie errötete. »Die liegt hoffentlich noch unweit von hier in einem Gebüsch verborgen. Wie auch Falkenkralle. Warum fragst du jetzt danach?«

»Weil ich mir vorstelle, dass du die Kette trägst, wenn ich dich meinem Vater vorstelle. Und Falkenkralle natürlich auch.«

»Natürlich?« Sie richtete sich auf, um ihm in die Augen sehen zu können. »Du verblüffst mich!«

Erstaunlich gelassen zog er sie zu einem Kuss zu sich hinunter. Dann sprach er weiter: »Ach, weißt du ... Eine Frau, die kämpft, sollte doch auch nicht ungewöhnlicher sein als ein Mönch, der kämpft. Das wird er wohl einsehen müssen. Und alles andere.«

»Alles andere?« Rúna spürte, wie ihr Herz begann, schneller zu pochen.

»Dass ich kein Tempelritter mehr sein kann. Man wird mich entlassen, so viel ist sicher. Das Brechen des Gelübdes mag ja noch verzeihlich sein, schließlich gibt es genug Möglichkeiten, Buße zu tun. Eine ganze Nacht auf dem Büßerbänkchen beispielsweise. Oder einen Monat Latrinendienst ... Aber das nützt mir ja nichts, wenn ich dem Komtur sage, dass ich dich zur Frau nehmen will.«

Seine Worte rauschten durch ihre Adern wie Feuer. Rúna löste sich von ihm und setzte sich an seiner Seite auf.

»Was ist?«, fragte er angespannt. »Du willst nicht ...?«

Tief atmete sie ein. Natürlich wollte sie. Es erfüllte ihre kühnsten Träume. Nie hätte sie gedacht, dass es so einfach sein könnte.

Sie sah in sein banges Gesicht. Ihr wurde beinahe schwindelig, als sie an die Freude dachte, die sie gleich darin lesen würde, wenn sie ihm sagte, wie sehr sie ihn wollte. Doch für einen kurzen Moment lenkte sie der Anblick seiner nackten Brust ab.

Die Decke war bis zu seiner Hüfte heruntergerutscht. Ein kleines Stück mehr, und sie würde seine herrliche Männlichkeit sehen, die ihr schon so viel Lust bereitet hatte. Mit den Augen fuhr sie die Linien seines muskulösen Körpers entlang. Das untere Ende seines Templerkreuzes verschwand in der Armbinde, die um die Pfeilwunde lag. Auf ewig würde dieses Kreuz ihn an seine Vergangenheit erinnern – und sie noch lange daran, wie behutsam sie mit ihm umgehen musste.

Auch er betrachtete sie. Langsam, fast ehrfürchtig, hob er eine Hand, um über ihre offen wallenden Haare zu streichen, über ihre stolz gereckte Brust und ihre Taille hinab.

»Ich will dich«, sagte sie feierlich.

Seine herrlichen Lippen öffneten sich zu dem schönsten Lächeln, das sie je gesehen hatte. Einem Lächeln, das ihr eine Zukunft versprach. Wie würde es werden, dieses neue Leben? Um das auch nur zu erahnen, müsste sie ein Auge für die Kraft der Sehergabe geben, wie es Odin getan hatte. *Freya, Odin und alle Götter – ihr habt mich einen Mönch mehr als jeden anderen Mensch hassen lassen, und jetzt habt ihr mir einen geschickt, ihn zu lieben. Ihr lacht doch dort oben in Asgard über uns, nicht wahr?*

»Du bist so schön«, seufzte sie, sank auf ihn nieder und suchte die Lippen, die sie so liebte. Sie öffnete sich für seine zärtlich tastende Zunge, küsste ihn voller Hingabe. Seine Hände wanderten sanft über ihre Haut; seine Berührungen sandten tausend kleine wohlige Schauer durch ihren Leib. Plötzlich lachte er, warf sie herum und schob sich über sie. Sie spürte sein Glied, und wie von selbst glitten ihre Schenkel auseinander, um ihm Einlass zu gewähren. Sie umschlang ihn, ersehnte sein Eindringen, und als es geschah, schrie sie zugleich mit ihm ihre Lust in die Nacht. Er füllte sie völlig aus, sie spürte ihn in ihrem tiefsten Inneren. Was dann geschah, nahm sie wie einen Rausch wahr: Sie fielen übereinander her, wild und ohne etwas zurückzuhalten, bis sie meinte, vor Lust zu vergehen. Sie stieß ihn vor die Brust, rollte sich mit ihm und begann, ihn zu reiten. Sie blickte in sein wollüstig verzerrtes Gesicht hinab, während seine Hände ihre Brüste liebkosten und ihre Hüften sich immer schneller bewegten. Als die Ekstase sie überwältigte, meinte sie aus großer Höhe zu fallen. Doch Rouwen fing sie auf und umarmte sie.

»Mein Herz«, keuchte er erschöpft. »Ich liebe dich.«

»Ich ... ich ...«, mehr schaffte sie nicht. Sie starb noch den Tod der Lust.

Sanft strich er über ihre erhitzte, schweißfeuchte Haut, während sie von ihm glitt und sich an seine Seite kuschelte. »Es kam mir vor wie das erste Mal«, sagte er nachdenklich. »Es ist irgendwie jedes Mal neu und anders. Hört das nie auf?«

»Ich weiß es nicht, Liebster«, flüsterte sie. »Woher auch? Aber wir werden es herausfinden.«

»Ja. Es gibt noch viel zu lernen. Ich möchte zum Beispiel gerne wissen, was eigentlich die Runen in deinen Zehenringen bedeuten.«

Sie musste kichern. »Das erzähle ich dir morgen. Und ich möchte gerne wissen ...«, sie überlegte kurz, »... was ist der heilige Gral?«

»Wie kommst du denn darauf?«

Sie öffnete den Mund, um zu antworten, aber er unterbrach sie lachend. »Nein, sage es mir nicht. Sag es mir morgen. Dann erzähle ich dir auch, was der heilige Gral ist. Jetzt aber, mein Herz ... fühle ich mich noch ein wenig ungesättigt.«

Er drehte sich, sodass sie wieder unter ihm lag, und neigte den Kopf, um sie zu küssen.

Ach, dieser Mund ..., dachte sie beglückt.

Romeo und Julia in den Highlands

Paula Quinn
VERFÜHRT VON EINEM
HIGHLANDER
Roman
Aus dem amerikanischen
Englisch von
Susanne Kregeloh
368 Seiten
ISBN 978-3-404-16863-7

Bereits von der ersten Sekunde an ahnt Isobel, dass die Begegnung mit dem attraktiven Highlander Tristan ihr Leben verändern wird. Noch nie hat sie sich derart von einem Mann aus der Ruhe bringen lassen. Sein sinnliches Lächeln lässt ihre Knie weich werden, und ihr Herz klopft bei jeder noch so flüchtigen Berührung schneller. Doch als sie erfährt, wer Tristan wirklich ist, stellt sich ihre Welt auf den Kopf: Er gehört zu den MacGregors, dem verhassten Clan, der vor zehn Jahren ihren Vater tötete ...

Kann denn Liebe Sünde sein?

Victoria Dahl
SÜSS WIE DIE SÜNDE
Roman
Aus dem amerikanischen
Englisch von
Sabine Schilasky
320 Seiten
ISBN 978-3-404-16858-3

Lady Marissa York hat sich eine winzig kleine Indiskretion erlaubt ... Nun ja, vielleicht war sie nicht ganz so klein, aber muss ihre Familie deswegen gleich darauf bestehen, dass sie heiratet? Die lieben Verwandten setzen ihr auch umgehend einen willigen Kandidaten vor die Nase, von dem Marissa allerdings alles andere als begeistert ist: Jude Bertrand ist zu groß, zu maskulin, zu anmaßend. Um einen Skandal zu vermeiden, lässt sie sich auf eine Verlobung ein, entschlossen, dass es nie zur Heirat kommt. Doch sie hat nicht mit Judes Verführungskünsten gerechnet ...

Bastei Lübbe Taschenbuch

Werde Teil
der Bastei
Lübbe Welt
www.luebbe.de/
Meinewelt
Lesen,
rezensieren,
Bücher
gewinnen
Lerne Autoren,
Verlagsmitarbeiter
und andere
Leser kennen
You
Tube